btb
Aus Freude am Lesen

Henning Boëtius · Undines Tod

Henning Boëtius

Undines Tod

Roman

btb

Umwelthinweis:
Dieses Buch und der Schutzumschlag wurden auf chlorfrei gebleichtem Papier gedruckt.
Die Einschrumpffolie (zum Schutz vor Verschmutzung) ist aus umweltschonender und recyclingfähiger PE-Folie.

btb Bücher erscheinen im Goldmann Verlag,
einem Unternehmen der Verlagsgruppe Bertelsmann.

1. Auflage

Satz: IBV Satz- und Datentechnik GmbH, Berlin
Druck: Presse-Druck Augsburg
Bindung: Großbuchbinderei Monheim
Printed in Germany
ISBN 3-442-75002-4

INHALT

1. Amandine ... 7
2. Der Schwur ... 10
3. Der ästhetische Tee ... 20
4. Die Sektion ... 41
5. Der Prosektor ... 51
6. Das Niederländische Palais ... 57
7. Schattentheater ... 68
8. Asa foedita ... 74
9. Der Friedhof der Charité ... 84
10. Im Ephraimschen Garten ... 87
11. Der Tanzmeister ... 100
12. Die Kommission ... 108
13. Der Theatermaschinist ... 117
14. Das Kaffeehaus ... 121
15. Ein guter Kauf ... 138
16. Johanna ... 148
17. Unter den Linden ... 156
18. Das magnetische Spital ... 163
19. Das Verhör ... 169
20. Die Spallanzanische Fledermaus ... 176
21. Der Komtur ... 183
22. Der Einkaufszettel ... 197
23. Kellertheater ... 204
24. Auf dem Schnürboden ... 212

25. Schinkels Traum 221
26. Das Porträt 231
27. Im Tollhaus 239
28. Der Charge 256
29. Pas de trois 259
30. Die Schiffswerft 267
31. Das Spukhaus 280
32. Die Premiere 287
33. Inferno 295
34. Nachtstück 301

1. AMANDINE

Hatte sich etwas verändert an ihr? Sie blickte in den Spiegel, taxierte ihr Gesicht. Die beiden Kerzen rechts und links vom Schminktisch warfen Schatten, die sich wie kleine Hände auf ihren Wangen bewegten. Sie spürte es fast körperlich, ein zartes Streicheln. Nein, da war nichts verändert. Ihre Haut war makellos. Die viele Schminke hatte noch nicht geschadet. Wenn sie nur nicht diese großen Ohren hätte! Sie lächelte. Dabei konnte sie nicht einmal besonders gut hören.

Sie rieb sich mit einem groben Lappen ab, rieb, bis die Haut sich rötete. Tauchte das Tuch in Alkohol und betupfte damit die schwerer zu reinigenden Stellen in den Augen- und Mundwinkeln. Es brannte wie Feuer, und der Alkoholdunst benebelte ihre Sinne. Tränen traten ihr in die Augen. Die Kerzenflammen verwandelten sich in goldene Kugeln, die auf einer Wasserfontäne tanzten.

Sie lauschte. Die Stille war unheimlich. Da waren keine Stimmen mehr, keine Klänge des schlecht gestimmten Klaviers, nach denen sie tanzten, nicht das Trippeln der Seidenschuhe, dieses Geräusch, das manchmal klang wie Regen, der gegen eine Scheibe trommelt, wenn das ganze Ballett tanzte.

Alle schienen schon fort zu sein, sie war die letzte. So war es jedesmal, und es war gut so. Es war ein wenig wie ein Soloauftritt: das leere Haus, die Sitze im Zuschauerraum, die sie an halbe Menschen erinnerten, Wesen, die nur aus Bauch und

Beinen bestanden. Immer wenn sie sich auf einen der Stühle im Parkett setzte, glaubte sie, im Schoß einer nackten Amme zu ruhen. Ja, es stimmte wohl, sie war überempfindlich geworden in letzter Zeit. Lag es an diesem Mittel, das er ihr gegeben hatte? Anfangs hatte sie sich dagegen gesträubt; sie mochte den Geruch nicht. Es stank nach Aas. Aber es verlieh ihr Federn, Vogelschwingen. Sie glaubte beim Tanzen zu fliegen, und tatsächlich waren ihre Sprünge viel höher geworden. Manchmal kam es ihr vor, als würde sie davonschweben in den Theaterhimmel, der bemalten Decke entgegen, mitten in die Soffitten, die künstlichen Wolken hinein. Legrand wunderte sich über die Fortschritte, die sie machte. »Wenn das so weitergeht, muß ich dir noch Bleisohlen verpassen«, hatte der Ballettmeister gesagt. Natürlich war ihm diese Entwicklung nicht recht. Manchmal hatte sie beinahe Angst vor ihm.

Sie seufzte und lehnte sich zurück. Langsam wurde ihr Blick wieder klar. Vor ihr stand das Döschen mit dem Wundermittel. Sollte sie sich noch einmal damit einreiben? Sollte sie zurück auf die leere Bühne, noch einmal tanzen im Licht einer einsamen Kerze? Einen pas de deux mit ihrem Schatten? Ach, sie sollte besser nach Hause gehen. Er würde sicher noch kommen, wie meistens in letzter Zeit.

Welch ein Leben! Sie würde bald Primaballerina sein. Das hatte ihr dieser Mensch zugeflüstert, der ihr seit einiger Zeit keine Ruhe ließ. Dieser Carlsberg. Er wußte es angeblich von seinem Freund Rüthling, dem Direktionssekretär. Sie mochte Carlsberg nicht. Er hatte, wie viele kleinwüchsige Menschen, dieses Klebrige, Klettenhafte, das sie an Männern nicht ausstehen konnte. Männer wie er erinnerten sie an Schnecken, die sich auf ihrem eigenen Schleim vorwärtsbewegten: zielstrebig, und wenn es sein mußte senkrecht die Wand empor. Carlsberg war ihr ein paar Mal gefolgt. Aber es war ihr jedesmal gelungen, ihn abzuschütteln.

Sie drehte den Kopf und sah zur Tür. Gerade, als sie die

Kerzen ausblasen wollte, hatte sie etwas gehört. Einen dumpfen, fremden Ton, dem Schritt eines Riesen ähnlich. Da war es wieder. Das polterte wie Erde auf einen Sarg. Ach was, sie war wohl nicht mehr ganz bei Sinnen, war überreizt, hatte zuviel getanzt; das Tanzen war ihr zu Kopf gestiegen wie Schaumwein, die Pirouetten hatten sie verwirrt. Es war doch wohl nicht möglich, daß das Monstrum in ihre Garderobe kam! Stand es nicht tot und starr in einer Ecke? Jetzt, da das Leben aus ihm gewichen war? Nur ungern tanzte sie diese Nummer, obwohl sie zugeben mußte, daß die Kraft, mit der die Automate sie hob, unvergleichlich war. Auch die Präzision ihrer Bewegungen war enorm. Daß da etwas nicht mit rechten Dingen zuging, hatte sie gemerkt. Vielleicht sollte sie es Legrand sagen. Ja, sie hatte das Geheimnis gelüftet, hatte, als das Ding sie für einen Moment an sich preßte, einen feinen Geruch erhascht, hatte etwas in den leeren Augenhöhlen bemerkt, das nicht mit dem übereinstimmte, was alle sagten.

Sie erhob sich und zog das Tanzkleid aus. Einen Moment lang sah sie sich nackt im Spiegel, eine weiße Porzellanfigur, eine Majolika mit rosig schimmernder Glasur, bemalt mit diesen wenigen dunklen Tupfen, die bei Männern wie Carlsberg eine widerwärtige Begehrlichkeit weckten.

Die fleischfarbenen Strümpfe und die Seidenschuhe hatte sie anbehalten. Wie immer fiel es ihr schwer, die Schuhe auszuziehen, als ob sie damit den Boden unter den Füßen verlieren würde. Sie schloß die Augen und öffnete die Arme, streckte sie aus, als wollte sie ihr eigenes Spiegelbild umfangen, mit ihm tanzen, zugleich vor und hinter dem Spiegel, dessen Silberhaut die Welt in zwei Hälften teilte.

Da war es wieder. Ein dumpfes Dröhnen, ein metallisches Knirschen, das Rasseln des Räderwerks in einer eisernen Brust, der schwere Gang einer toten Puppe über eine hohle Welt. Schnell flog sie zur Tür, drehte den Schlüssel, schob den Riegel vor. Sie wollte das Kleid nehmen, um es sich überzustreifen, da nahm sie im Spiegel wahr, wie die Tür erzitterte, wie sie aufsprang und ihre dunkle Öffnung sich füllte mit seiner schimmernden Gestalt. »Nein!« wollte sie schreien. Aber ihre Zunge zitterte nur ein wenig im offenen Mund. Dann fiel der Vorhang, schwer und rot fiel er herab aus der Schwärze über ihr und begrub sie unter sich.

2. DER SCHWUR

Er holte einen dicken Folianten aus dem Bücherregal und legte ihn auf den Boden vor das Stehpult. Dann stellte er sich auf ihn und tauchte die Feder ein. Einen Moment überlegte er, woran er schreiben sollte. Wie immer in solchen Augenblicken glaubte er Musik zu hören. Etwas in seinem Kopf musizierte und lenkte seine Gedanken jeweils in eine bestimmte Richtung. Diesmal war die Musik schrill und voller Disonanzen.

Die Dämmerung draußen ließ das Fenster in der Dachgaube wie mit einem Laden verschlossen erscheinen. Es half nichts, Kreisler mußte eine Kerze holen. Er stellte sie neben das Tintenfaß und begann.

Das Kratzen der Feder lockte seinen Kater an, der im Raum umherschlich, als sei er auf der Jagd nach unsichtbaren Mäusen, während das Flackern der Kerzenflamme Kreislers Schatten wie die Silhouette eines Betrunkenen auf der Wand hinter ihm schwanken ließ.

Es war schon einige Zeit her, daß er auf die verrückte Idee verfallen war, das Tagebuch des Teufels zu verfassen. Eigentlich ging es ihm gut in letzter Zeit. Besser jedenfalls als jemals zuvor.

So hatte er derzeit keine Geldsorgen, ein für ihn durchaus neues und überraschendes Gefühl. Als Kammergerichtsrat

– ein erträglicher Beruf, soweit Berufe überhaupt erträglich sein konnten – verdiente er genug, um seiner Leidenschaft für das Trinken edler Weine eine solide finanzielle Grundlage zu geben. Was ihm noch mehr gefiel war allerdings die Tatsache, daß in letzter Zeit auch sein heimlicher Ehrgeiz in künstlerischen Dingen beinahe befriedigt wurde durch den unerwarteten Erfolg seiner ersten Oper. Außerdem schien ihn die Welt endlich als geschickten Autor phantastischer Geschichten und Romane zu entdecken. Die Welt, das waren die großen Salons, in denen gewisse Leute sich gegenseitig mit Anwesenheit schmückten. Eine Welt, deren Längen- und Breitengrade sich kreuzende Blicke waren, und auf deren Handelswegen ein reger Austausch von bornierten Meinungen und Vorurteilen stattfand.

Aber auch wenn Kreisler sich neuerdings jederzeit einen schweren, alten Burgunder oder einen goldenen Sauternes leisten konnte, auch wenn er Geld hatte und Ruhm und eine treue und fürsorgliche Ehefrau, so machte ihn gerade das unruhig. Mußte er nicht nur einen Blick auf seinen alten Kater werfen, um zu sehen, was es hieß, vor Glück zu verfetten? Im Dachstuhl dieses Hauses am Gendarmenplatz gab es zweifellos zu viele wohlschmeckende Mäuse.

Wenn er also zu später Stunde am Tagebuch des Teufels arbeitete, war das so etwas wie ein Gegengift, wie ein Glückspurgatorium, das er sich gegen sein unerwartet freundliches Schicksal verschrieben hatte. Und außerdem, da das Licht der einen Kerze höchst unzureichend war, da der Schatten seiner schreibenden Hand die Buchstaben jeweils fast auslöschte, so daß sie krumm und gichtig wirkten, tröstete er sich mit dem Gedanken, auf diese Weise wenigstens seinen Augen zu schaden.

»Der Teufel versteht es vortrefflich, in immer wieder neue Rollen zu schlüpfen, ja, nicht selten erscheint er gleichzeitig in mehreren Verkleidungen auf der nämlichen Bühne. Es gibt tatsächlich keinen begabteren Schauspieler als ihn, den großen Ludwig Freundt vielleicht ausgenommen, ebenso keinen, der weniger Skrupel hat, das Publikum mit einer einzigen obszönen Geste zugleich abzustoßen und zu begeistern. Fragt man sich, woher der Fürst der Finsternis seinen schauspielerischen Genius besitzt, dann fällt mir nur eine Antwort ein: Er hat ihn von den Menschen selbst, in die er jeweils fährt. Ob er die Gestalt eines Drogisten, eines Bettelweibes, eines Priesters, einer frommen Witwe, eines kleinen armseligen Steuereintreibers oder eines begnadeten Feldherrn wie Napoleon annimmt, immer weiß er sofort, wie er glaubhaft aufzutreten hat. Ja, er übertrifft seine Opfer oft noch darin, so wie sie selbst zu sein. Ich bewundere ihn, diesen grauen Magier, den harmlose Geister mangels Phantasie einst mit Schwanz und Pferdehuf versehen haben. Nein, so leicht ist der Teufel nicht zu erkennen, so billig ist er nicht kostümiert. Wie meisterhaft versteht er es zum Beispiel, getarnt mit den feinen Zügen eines belesenen, gottesfürchtigen Menschen aus irgend einer unauffälligen Nebenkulisse des Welttheaters zu treten, um alsbald seine tödlichen Machenschaften zu beginnen, unmerklich erst, doch unweigerlich eine jener verheerenden Katastrophen heraufbeschwörend, die in unserer menschlichen Gesellschaft so zahlreich zu beobachten sind.

Des Nachts, wenn er sich wohler fühlt als am hellichten Tag, soll dieser begnadete Mime leichter anzutreffen sein. Denn er ist lichtscheu, der Meisterinterpret und Akteur des Bösen, nicht jedoch etwa, weil er sich, wie man als anständiger Mitbürger annehmen sollte, seiner Untaten schämt, nein, ganz im Gegenteil, weil er sie vor einem dunklen Hintergrund um so deutlicher präsentieren kann. Der Teufel hat wie jeder Schauspieler ein entschiedenes Vergnügen daran, bei seinem Geschäft beobachtet zu werden. Er liebt Publikum, und er ist ein Kenner effektvoller Beleuchtung.«

Philipp Kreisler wohnte seit kurzem in einer kleinen Mansardenwohnung im dritten Stock eines Eckhauses am Gendarmenmarkt, einem der schönsten Plätze Berlins. Man hatte die Etage nachträglich auf das Haus gesetzt, eine Maßnahme, geboren aus der gravierenden Wohnungsnot in dieser Stadt, die in den letzten Jahrzehnten wie ein Hefeteig aufging und über die Ränder der Schüssel quoll. Niemand verstand so recht, was in diese wuchernde Kleinstadt gefahren war, die sich offenbar anschickte, Metropolen wie London und Paris Konkurrenz zu machen. Kreislers finanzielle Mittel hätten es ihm inzwischen durchaus erlaubt, geräumigere und schönere Zimmer zu mieten. Doch er hatte diese bescheidene Bleibe wegen der Aussicht aus einer Dachgaube gewählt. Sie diente ihm als Ausguck, als Mastkorb des Schiffes seiner Phantasie. Hierhin begab er sich jeden Nachmittag, wenn er von seiner oft eintönigen Arbeit beim hiesigen Kammergericht nach Hause kam. Wenn er nicht schrieb, saß er in einem bequemen Fauteuil, der fast die ganze Fensternische ausfüllte, trank Punsch, wie ihn nur seine Frau anzusetzen verstand, zog gelegentlich seinen Dollond, sein kleines Messingfernrohr, auf die richtige Länge aus und beobachtete das Treiben in den Straßen und auf dem Platz. Er ließ das runde Blickfeld wie eine kleine, gläserne Sonne über Gesichter und Bäuche schweifen, richtete es auf Hosen, Röcke, auf Schuhwerk, hielt es auf Fenster von Kutschen, auf Hüte, auf Degen und Hunde, kurz, auf alles, was sich dem vermeintlichen Leben zurechnete. Veränderungen interessierten ihn, jene Verdunklungen des Gemüts, die den Augen von Frauen die Leuchtkraft nahmen, die plötzlichen Finsternisse in Gesichtern, ebenso wie deren überraschende Aufhellung, vor allem aber das Dunkle, Abnorme in jeder Gestalt. Wenn man so wollte, lebte er also in zwiefacher Hinsicht vom Teufel. Bei Licht, oder besser, bei Dunkelheit besehen, war er sein eigentlicher Arbeitgeber.

Wenn Kreisler bei Tage schreiben wollte, traf er gewöhnlich Vorkehrungen, die seine Phantasie vor Ablenkungen bewahren sollten. Er verbannte dann das Draußen aus seinem Blickfeld, indem er einen vierteiligen, schwarzen Wandschirm vors Fenster schob, auf den er eigenhändig bunte Teufelsfratzen gemalt hatte.

So war es auch an diesem kalten Nachmittag des 13. Februar 1817 gewesen. Es wollte ihm jedoch nichts einfallen, was in letzter Zeit häufig geschah. Die Teufelsfratzen schienen ihn anzugrinsen, mit den Augen zu zwinkern, spöttisch die Lippen zu spitzen und im Chor zu flüstern: »Seht diesen armen Poeten da, wie er sich abmüht, seine Einfälle aufs Papier zu bannen. Dabei zerdrückt er sie wie Fliegen, so daß nur schwarze Kleckse übrig bleiben.«

Schließlich hatte er den Wandschirm beiseite gezogen, um hinauszusehen. Mit dem ersten Blick erkannte er, daß draußen etwas Ungewöhnliches vorgefallen war.

Direkt seiner Wohnung gegenüber lag das Königliche Schauspielhaus. Heute abend war, wie er wußte, keine Vorstellung. Dennoch bedeckte jetzt ein bunt gemusterter Menschenteppich die große Freitreppe vor dem Hauptportal.

Kreisler zückte seinen Dollond und sah, wie sich in diesem Moment eine Gasse bildete und man eine Bahre ins Freie trug und die Treppe hinunterschleppte. Er öffnete das Fenster und stellte den Tubus nach, um schärfer sehen zu können. Nun hörte er auch deutlich das Gemurmel der Menge, einzelne verstörte Rufe sogar.

Auf der Bahre lag ein Mensch, eine junge Frau offenbar. Nackte Arme baumelten leblos herab. Das Tuch, das man über ihren Körper geworfen hatte, war verrutscht und gab ihren bloßen Oberkörper den glotzenden Blicken der Umstehenden preis. Die Schaukelbewegungen der Bahre verliehen der Person eine Art puppenhaftes Leben. Ihre Augen waren weit aufgerissen und blickten starr, und als der Kopf ein wenig beiseite rollte, fiel ihr Blick, wie Kreisler schien, genau in sein Fernrohr. Deutlich sah er, daß die Pupillen übernatürlich groß waren. Namenloses Entsetzen lag in diesem Blick. Etwas Grauenhaftes war dort eingefroren wie ein Einschluß im Eis.

Kreisler wandte sich ab. Er meinte, das Gesicht der Frau zu kennen. Ein Madonnenoval mit feingezogenen Brauen, das er so oft aus einer der ersten Reihen des Schauspielhauses bewundert hatte; ein knabenhaft schlanker Körper, der kein Gewicht zu haben schien, wenn er tanzte. Es gab wohl kaum einen Mann, der sie nicht zu besitzen begehrte, und auch Kreisler gehörte zu ihren Verehrern. Aber nie hätte er gewagt, sich ihr zu nähern. Sie hieß Amandine und war eine der ersten Ballerinen des Hauses. Tagsüber hatte er sie oft auf dem Markt beobachtet, wenn sie einkaufen ging. Sie kaufte gewöhnlich sehr viel ein, als ginge es darum, eine ganze Familie zu ernähren. Auch bei solchen eher prosaischen Gelegenheiten schwebte sie förmlich über dem Boden dahin, und nur das Gewicht ihres Einkaufskorbes voller Mohrrüben, Salatköpfen und anderer Köstlichkeiten schien ihr die nötige Erdenschwere zu verschaffen.

Kreisler hatte es sich bereits bequem gemacht, trug ein Nachtkamisol und ausgetretene Nankingpantoffeln. Doch nun gab es kein Halten mehr. Er mußte hinunter, die Sache selbst in Augenschein nehmen. Also warf er einfach seinen langen Mantel über und schlüpfte in feste Stiefel.

Als er ging, sah ihm Mischa, seine Frau, aus dem Spalt der angelehnten Schlafzimmertür nach. Sie wußte, er würde so bald nicht zurück sein. Sie war die einsamen Nächte gewöhnt. Sie seufzte nicht einmal, sondern beugte sich nur tiefer über ihr Klöppelkissen, und während sie arbeitete, wanderten ihre Gedanken in ihre Heimat Polen zurück. Wie gern war sie innerlich unterwegs dorthin. An diese große Stadt hier würde sie sich nie gewöhnen. Die Menschen in ihr kamen ihr wie Pappfiguren vor, die ein kalter Wind in den Straßen hin- und hertrieb.

Auch Murr, den Kater, störte die Abwesenheit seines Herrn nicht. Während er zum Zeitvertreib wieder einmal unsichtbare Mäuse jagte, die er offenbar nach Belieben aus seinen Träumen in dunkle Zimmerecken entschlüpfen lassen konnte, tröpfelte die Zeit, die sonst rauschte und strömte, wenn der Hausherr in der Wohnung war.

Als Kreisler sich in den Menschenauflauf vor dem Theater mischte, sah er gerade noch, wie die Kutsche mit der Leiche davonfuhr. Die Menschengasse schloß sich, und das Gedränge wogte die Treppe hinab. Daß die Tänzerin tot und daß es tatsächlich Amandine war, entnahm er den erregten Kommentaren etlicher Bürger, die sich dabei schier überboten, ihre Sensationslüsternheit mit gekünsteltem Mitleid zu verbrämen.

»Die Ärmste, sie war schon kalt«, sagte ein dicker Herr und befühlte dabei seiner Begleiterin die Wange, als wollte er dadurch ihre Lebendigkeit überprüfen.

»Aber sie hatte noch nicht die Starre«, schaltete sich ein junger Mann ein. »Ich studiere Medizin. Deshalb darf ich vermuten, daß sie höchstens seit einer Stunde hinüber war. Der Kopf schaukelte unaufhörlich. Ich tippe auf gebrochenes Genick. Außerdem war das Blut noch nicht getrocknet.«

»Welches Blut? Haben Sie Blut gesehen?« fragte eine Dame, der die Neugier einen fröhlich verzückten Gesichtsausdruck verlieh.

»Haben Sie denn nicht das rot verfärbte Laken gesehen? Es war blutgetränkt, da, wo die Füße sind!«

Kreisler hatte genug gehört. Er ging in seine Wohnung zurück und zog sich mit mechanischen Bewegungen an. Ihm war übel. Er wusch sich die Hände, als habe er sie mit etwas Ekelerregendem beschmutzt. Hier, in der Behaglichkeit seiner vier Wände würde er es nicht aushalten, dieses Gefühl von Schmerz und Leere, von nacktem Entsetzen über das, was geschehen war.

Es gab jetzt nur eines für ihn: hinunter in jene Vorhölle an der Ecke des Platzes, wo auch andere verdammte Seelen sich das Warten auf Erlösung mit dem Trinken erlesener Weine vertrieben, die dort bei ›Lutter und Wegener‹ kredenzt wurden. Diesen ekelhaften Kloß, den Kreisler im Halse verspürte, den konnten nur viele, sehr viele Schluckbewegungen lösen. Alkohol machte die Ereignisse zwar nicht ungeschehen, aber er milderte die grausamen Konturen der Wirklichkeit.

Außerdem legte Kreisler es darauf an, bei Lutter eine Menschenseele zu treffen, die gleich ihm in Amandine verliebt gewesen war: Ludwig Freundt. Der Mann stand ihm nahe. Er war Schauspieler am hiesigen Theater, einer jener genialen Mimen, die ihren Beruf nie verleugnen, auch außerhalb der Bühne nicht. Sie spielen alles und sie spielen immer, sei es mit oder ohne Publikum.

Ludwig Freundt war ein Magier der Verwandlung, darin dem Teufel nicht unähnlich, auch wenn er sonst über ein äußerst weiches Herz verfügte. Seine Welt war geprägt von der Überzeugungskraft, der glaubhaften Illusion, die oftmals realer erschien als die gewöhnliche Wirklichkeit. Darum liebte Kreisler seinen ›Freund‹, wie er zuweilen doppelsinnig sagte, so sehr; vielleicht mehr als all die anderen Menschen, die sich oft allzu bereitwillig mit der gewöhnlichen Wirklichkeit begnügten.

Ludwig war sein Nachbar. Aber bei Tage sahen sie sich fast nie; dafür um so häufiger und lieber des Nachts, wenn ihre so verschiedenen Berufe sich nicht mehr in ihre Verhältnisse einmischen konnten.

Kreisler wollte gerade gehen, als seine Frau aus dem Schlafzimmer kam und ihn ansah. »Was ist mit dir?« sagte sie. »Du siehst blaß aus. Ist dir nicht gut?«

Wie störend empfand er in diesem Moment ihre Mütterlichkeit, die ihm sonst so oft als Heilmittel diente, wenn er innerlich fror. Er konnte sie sich wie eine frisch gefüllte Wärmflasche an den Leib halten, wann immer ihm danach zumute war, aber jetzt erschien ihm Mischa wie die Inkarnation des Banalen über einer zutiefst erschütterten Welt.

»Ich bin verabredet«, log er. »Mit Ludwig.« Es war nur eine halbe Lüge. Denn in der Tat konnte er damit rechnen, seinen Zechkumpanen bei ›Lutter und Wegener‹ anzutreffen. Und er hatte sich nicht verrechnet. Freundt war bereits da. Er saß in einer dunklen Ecke des Lokals und raufte sich die wilden Locken. Seine lange, gebogene Nase glühte und seine feuchtglänzenden Augen verrieten, daß er an diesem Abend die Rolle des trauernden Geliebten einer Toten mit größter Überzeugungskraft zu spielen gedachte.

Kreisler ließ sich neben dem Schauspieler in den Stuhl fallen und winkte der Kellnerin. »Einen Punsch, bitte«, sagte er. »Aber einen starken.« Freundt nahm keine Notiz von ihm, sondern blickte durch ihn hindurch auf die Wand hinter ihm. »Warum ausgerechnet dieses Kind«, seufzte er. Und dann, mit harter Stimme, mit saubersten Artikulation, wie ganz nahe an der Rampe gesprochen: »Amandines Mörder ist ein Schwein mit schmutzigen Klauen. Ich sehe ihn vor mir, diesen fetten rosa Rüssel, diese Borsten im Nacken, diese Schlappohren, dieser feiste Bauch, diese kotigen Hinterschinken. Ich höre seine grunzende Stimme, sein schmieriges Gequieke, wenn er die Mädchen lobt.«

»Ich fürchte, du bist ein Opfer deiner Gefühle in diesem Fall«, sagte Kreisler. »Ich meine nämlich, in deinem ziemlich ungerechten Porträt Legrand, den guten Tanz- und Ballettmeister eures Hauses zu erkennen. Nein, mein Lieber, das scheint mir zu einfach zu sein. Ist es möglich, daß dir das von einer natürlichen Eifersucht eingeflüstert worden ist? Sag, hattest du etwas mit der Kleinen?«

Freundt nahm Haltung an. Er schien um zwei Köpfe gewachsen. Steif und beleidigt, wie ein geohrfeigter Spanier, reckte er den Hals. »Ja, es ist wahr, ich habe Amandine geliebt. Aber ich habe dabei niemals diese widerlichen Veranstaltungen mit meinen Körperteilen gemacht, wie es deinesgleichen in solchen Fällen zu tun pflegen.«

Freundt sank in sich zusammen. Er wurde auf seinem Stuhl fast noch kleiner als Kreisler, der von Natur aus ein kleiner Mann war. Dann saßen sie schweigend da und tranken.

»Sie werden nichts herausfinden, diese Trottel«, zischte Freundt plötzlich. »Sie verstehen nichts von der Liebe, ergo auch nichts von Verbrechen.«

»Wen meinst du?« fragte Kreisler, der genau wußte, was sein Freund sagen wollte.

»Deine Kollegen, mein Lieber. Die sogenannten Ordnungshüter. Die Ordnung mögen sie ja hüten können, aber von Unordnung verstehen sie nichts. Und dieser Mord an der kleinen Amandine ist ein Geschehen der Unordnung höchsten Grades. Ich muß wissen, wer sie ermordet hat. Hilfst du mir dabei?«

Kreisler beugte sich vor und küßte seinen Freund auf die zornig gerunzelte Stirn. Dann stand er auf, hob sein Glas und sagte: »Bei diesem Schluck schwöre ich, daß wir Amandine rächen werden, noch ehe der Herbst die Frechheit besitzt, den Bäumen wieder einmal die Blätter wegzuzensieren. Ist das Antwort genug?«

Auch Freundt erhob sich. Er trank sein volles Glas in einem Zuge leer, ging mit federnden Knien in die Auslage, den Stiel des Römerglases fest umklammernd. Dann erfolgte das schnelle Vorsetzen des rechten Fußes, der Ausfall, der Stoß mit dem Florett. Man sah die Klinge förmlich blitzen, bevor sie einen unsichtbaren Gegner durchbohrte.

Ein riesiger Floh hüpfte zur Tür herein. Mit drei Sätzen war er bei ihm am Bett und kniete nieder. »Verzeihen Sie meinen Überfall«, murmelte er. »Ich bin der Doktor Nirgendwo, und da ich nirgends nirgends bin, bin ich natürlich überall. Deshalb nennt man mich auch Dappertutto.« Der Eindringling erhob sich, verbeugte sich wieder und wieder und hüpfte zum Fenster.

Kreisler fühlte sich noch miserabler als gewöhnlich nach einer durchzechten Nacht. Immer wieder hatte er in seinen Träumen den Blick des toten Mädchens gesehen, Augen, die ihn ansahen mit der ganzen Sogkraft ihrer Leere. »Wasser«, stöhnte er, als er sah, daß seine Frau in der offenen Tür stand. Seine Zunge war geschwollen, die Lippen rauh, die Stirne heiß.

»Wer ist das?« flüsterte er, nachdem er einen Schluck getrunken hatte.

Mischa flüsterte ebenfalls. »Er hat gesagt, er sei ein Doktor, und da dachte ich, du seist krank und hättest ihn für heute bestellt.«

»Einen schönen Blick haben Sie von hier«, sagte der Mann, der sich Dappertutto nannte. »Man könnte allerdings meinen, die Menschen da unten seien allesamt viel zu klein geraten für große Ideale. In ihre Köpfe dürfte kein einziger vernünftiger Gedanke passen, genauso wenig wie ein großes Gefühl in ihre Herzen.«

Dappertutto trug einen scharlachroten Rock mit blanken Metallknöpfen und ein rotes Halstuch. Er schnitt scheußliche Grimassen und hielt keinen Augenblick still, als wollte er der Bedeutung des italienischen Wortes dappertutto als ›überall‹ pantomimisch Ausdruck verleihen. Kreisler fragte sich, ob er träumte oder ob er fiebrige Halluzinationen hatte. Der Kerl sah aus wie eine Figur aus einer seiner phantastischen Erzählungen. Vielleicht gab es ja wirklich Gespenster, vielleicht war Fieber nichts anderes als die Begleiterscheinung der Situation, in der sie sich materialisierten.

Sein Schädel brummte und summte wie ein Bienenstock. Mischa flößte ihm Wasser ein und bettete seinen Kopf hoch. Dann ging sie aus dem Zimmer, wie es ihre Art war, leise und mit sanftem Blick. Ach ja, sie ging immer irgendwie aus dem Zimmer, seitdem er sie kannte. Inzwischen störte ihn dies allerdings nicht mehr. Seine Frau war ebensowenig für die Liebe gemacht wie er selbst, deshalb ließ es sich auch mit ihr so redlich zusammenleben.

Das Gespenst im scharlachroten Rock hüpfte inzwischen weiter im Zimmer auf und ab, und immer wenn es am Spiegel vorbeikam, bückte es sich tief unter ihm hinweg. Schließlich kam es zu ihm ans Bett, seufzend, kichernd, sich die Haare raufend. »Stellen Sie sich vor, ich möchte alle Lichter ausputzen, um meinen Schatten nicht sehen zu müssen, ich möchte alle Spiegel verhängen, um mein Spiegelbild nicht zu erblicken. Doch es hilft nichts. Die Sprache ist mein Spiegel, darum werde ich in Zukunft stumm sein, nichts mehr sagen, ein für allemal.«

Der Kerl war wirklich unheimlich. Jetzt hielt er die Lippen fest geschlossen und blickte wild um sich. Er schien zu würgen, faßte sich an den Hals, verdrehte die Augen. Plötzlich öffnete er den Mund und etwas Graues sprang heraus und kugelte über den Teppich. Dappertutto trat mit den Füßen nach dem kleinen, haarigen Ding und kickte es im Zimmer umher. Der Kater führte sich wie toll auf und versuchte, sich an der Jagd zu beteiligen, aber da er so fett war, kam er immer zu spät. Der Eindringling bückte sich plötzlich nach dem Ding und hob es auf an einem langen, dünnen Schwanz. Es war tatsächlich eine Maus. Sie war vielleicht tot, sie war vielleicht künstlich, aber sie sah täuschend echt und lebendig aus.

Dappertutto ließ den Mäusekörper am Schwanz vor der Nase des Kranken hin- und herpendeln, der darauf Anstalten machte, sich unter das Federbett zu verziehen. »Mein Freund, ich verehre Sie. Hören Sie mich an. Ich bin verloren. Meine Worte laufen mir wie gespenstische Mäuse mitsamt meinen Empfindungen aus dem Munde auf und davon. Deshalb muß ich schweigen, deshalb muß ich die Feder beiseite legen. Es geht um Leben und Tod. Wenn ich rede, sterbe ich, und wenn ich stumm bin, existiere ich nicht. Eine höchst gefährliche Situation. Raten Sie mir, was ich tun soll. Ich bin verliebt. Unsterblich verliebt, das ist nicht auszustehen. Lieber wäre ich richtig toll.«

Nach dieser kurzen Rede, die der Kranke staunend und ohne weiter darauf einzugehen angehört hatte, sprang sein Gast mit drei Flohsätzen zum Fenster, um es zu öffnen und die Maus hinauszuschleudern.

Katzbuckelnd glitt er daraufhin rückwärts zur Tür. Ehe er verschwand, sagte er noch: »Ich bin gekommen, um Sie, werter Kammergerichtsrat, ganz offiziell zum Mittwochstee im Hause Staegemann einzuladen. Anwesend wird auch eine gewisse Johanna Eunicke sein, ein Engel mit einer englischen Stimme, von dem ich Euch nichts zu erzählen brauche.«

Dann schloß sich die Tür hinter Dappertutto. Kreisler lauschte. Kein Geräusch, keine Schritte auf den so leicht knarrenden Treppen. Es war wohl wirklich ein Geist gewesen.

Kreisler blieb an diesem Tag im Bett. Er gestattete seiner Frau, ihm ein leichtes Frühstück zu machen, von dem er kaum etwas aß. Zweifellos hatte er Fieber. Wenn er die Augen schloß, funkelten Sterne unter seinen Lidern.

Er mochte diesen Zustand. Die überempfindlichen Sinne, die Hitzewallungen und die plötzliche Kälte dazwischen. Die Seele verteilte sich dann viel besser als gewöhnlich im ganzen Leib. Sie kroch bis in die Haarspitzen und vagabundierte in allen Gliedern umher. Ein wenig war es wie im Halbschlaf, ein somnabuler Zustand beinahe, ein Schwanken zwischen Traum und Wirklichkeit, eine tiefe Trunkenheit der Sinne, durchaus vollkommener als die, die Wein oder Punsch zu bewirken vermochten. Die Geräusche auf der Straße waren lauter als sonst. Das Licht, das den Raum mehr und mehr füllte, wechselte beständig die Farbe. Es war Johanna, die sich über ihn beugte und ihm den Schweiß von der Stirn wischte. Mit seinem vom Fieber geschärften Gehör glaubte er ihren Herzschlag zu vernehmen.

»Man sollte nur im Fieber komponieren«, flüsterte er.

Als Mischa den Kopf zur Tür hereinsteckte, löste sich die Vision auf. »Ich werde dir eine gute Rindfleischsuppe kochen, mein lieber Mann.«

»War da wirklich heute morgen ein Besucher hier, Mischa?«

Sie nickte. »Er war sehr freundlich. Das hier hat er für dich dagelassen.«

Sie reichte ihm eine handgeschriebene Einladung zum ästhetischen Mittwochstee bei Staatsrätin Elisabeth Staegemann in der Dienstwohnung ihres Gatten, des Geheimen Finanzrates und Königlichen Hauptbankkommissars Friedrich August Staegemann. Als besonderer Höhepunkt wurde die Uraufführung eines Singspiels angekündigt mit dem Titel »Die schöne Müllerin«.

Er würde wohl hingehen, wenn es ihm sein Zustand erlaubte. Vielleicht erfuhr er bei den Staegemanns etwas über Amandine. Soweit er wußte, war deren Tochter Hedwig mit ihr befreundet gewesen. Außerdem, und das war, wie er sich selber lächelnd eingestand, der eigentliche Grund, würde er *sie* sehen und, vermutlich, würde er sie auch hören: Johanna, das Mädchen mit dem schönsten Gesicht, der schönsten Gestalt und der schönsten Stimme in dieser Stadt.

Am folgenden Tag ging es Kreisler viel besser. Es hielt ihn nicht mehr in seiner Wohnung und so ging er ins Amt, obwohl er dienstags eigentlich frei hatte.

Sein Arbeitszimmer lag in der berüchtigten Hausvogtei am Schinkelplatz, einem düstern Gebäudekomplex, in dem neben Polizei und einer wechselnden Anzahl von Gesetzesbrechern auch das Kammergericht untergebracht war.

Obwohl es zur Hausvogtei nicht weit war, fiel ihm der Weg heute schwer. Aber eine Kutsche zu nehmen, kam ihm lächerlich vor. Als er das Gebäude mit seinen breiten, von zahllosen Schicksalen abgewetzten Treppen betrat, schlug ihm modrige Luft entgegen, wie eine sinnfällige Vermischung von Angstschweiß und Aktenstaub.

Von seinem Arbeitszimmer aus konnte er im Hof die Gefangenen sehen, die unter Bewachung im Kreise gingen, als gälte es, ein unsichtbares Tretrad in Bewegung zu halten, das mit seinem ebenso unsichtbaren Transmissionsriemen ein gigantisches Mahlwerk antrieb. Tage zu Stunden, Stunden zu Minuten wurden dort zermahlen, ehe sie als feinster Sekundenstaub ins Nichts davonwehten.

Auf seinem wie immer vorbildlich aufgeräumten Schreibtisch lag eine neue Akte. Die Sache ›Chézy‹. Er blätterte lustlos darin. Das Übliche: Denunziationen, Verdächtigungen der Geheimbündelei mit dem Ziele des Umsturzes, der Majestätsbeleidigung, der Verunglimpfung preußischer Staatsorgane. »Die Herren werden immer nervöser«, dachte er. »Wahrlich kein Zeichen von starkem Selbstbewußtsein.«

Seit einem Jahr nun war er Kammergerichtsrat, für tausend Taler pro Jahr und dreihundert Talern als Zulage. Das war für seine Verhältnisse nicht schlecht. Soviel Geld hatte er bisher jedenfalls noch nie in den Fingern gehabt. Als Gegenleistung wurde natürlich eherne Staatstreue erwartet. Das war nicht viel, und es war zugleich alles, je nachdem, wo man sich befand. Ob in einer Kneipe oder einem Gerichtssaal.

Friedrich Wilhelm der Dritte von Gottes Gnaden König von Preußen war sein oberster Dienstherr. Sein direkter Vorgesetzter aber war Trützschler, ein sympathischer Mann, der allerdings einen Fehler hatte: Sein Name ließ sich nur im Zustand völliger Nüchternheit korrekt aussprechen. Weniger sympatisch war Schuckmann, seines Amtes Minister des Inneren. Und fast noch schlimmer war der Polizeiminister, der Fürst zu Sayn-Wittgenstein-Hohenstein. Beides Kröten, die giftigen Schleim absonderten, wo sie nur konnten. Es gab nur einen, der fast noch schlimmer war: Kamptz, der Direktor des Polizeiministeriums. Er hatte öfter mit ihm zu tun als ihm lieb war. Zur Erleichterung des Gemüts hatte er es sich angewöhnt, Kamptz für eine Ausgeburt seiner Phantasie zu halten, was nicht ungefährlich war, denn zuweilen konnte er den Mann dadurch in einem Maße ignorieren, das höchsten Unwillen hervorrief.

Am ehesten hielt er es noch mit Trützschler aus. Der war eben nur Vizepräsident und vom Dünkel noch nicht völlig ausgehöhlt. Im übrigen war er ein sehr penibler Herr, ein besonders eingefleischter Preuße, dessen Hauptstärke darin lag, daß er nie etwas vergaß, jedoch vieles, an das er sich erinnerte, in Schubladen abzulegen pflegte, die niemals wieder geöffnet wurden.

Trützschler hatte die freundliche Angewohnheit, zuweilen bei seinen Untergebenen vorbeizuschauen und sich nach deren Befinden zu erkundigen. So war es auch heute.

Kreisler nutzte die Gelegenheit zu einer Frage: »Gibt es schon etwas zu diesem ... Mord?«

»Sie meinen die kleine Tänzerin? Nein, noch nichts Konkretes. Die Polizei ist ratlos. Ich habe mit Schuckmann darüber gesprochen. Er ist äußerst besorgt wegen des zunehmenden Verfalls der Moral in unserer Stadt. An der Leiche gibt es gravierende äußere Verletzungen, die jedoch nicht unbedingt die Todesursache gewesen sein müssen.«

»Verletzungen?«

»Man hat ihr die Füße oberhalb der Gelenke abgetrennt.«

Kreisler erbleichte, und eine entsetzliche Übelkeit würgte ihn. »Mein Gott. Bei einer Tänzerin!« Er ging zum Fenster und öffnete es ein wenig.

Trützschler antwortete nicht darauf; er setzte kühl und bedächtig seine Ausführungen fort: »Man neigt inzwischen an höherer Stelle dazu, die Sache möglichst nicht aufzubauschen. Man möchte vermeiden, daß eine Panik im Volk ausbricht. Die Obduktion findet übrigens übermorgen statt. Möchten Sie ihr beiwohnen?«

»Wenn es geht? Sehr gerne!«

»Kommen Sie gegen zwölf in die Charité. Das kleine Gebäude im Garten.«

»Ich weiß. Dieser Ort ist mir nicht unbekannt. Der Eingang zum Hades hat etwas erstaunlich Anheimelndes in dieser Stadt.«

Mittags ging Philipp Kreisler nicht nach Hause, obwohl er sich elend fühlte. Ihm war nicht nach Behaglichkeit zumute. Lieber marschierte er mit roter Nase und die Hände in den Manteltaschen vergraben am Spreekanal entlang zum Lustgarten, um den Soldaten beim Exerzieren zuzusehen. Das Maschinenmäßige ihrer Bewegungen tröstete ihn gewöhnlich über das Gefühl hinweg, in einem Sumpf von Unwägbarkeiten zu versinken. »Jeder müßte einen solchen exerzierenden Soldaten in sich haben, der zu allen Tages- und Nachtzeiten das Gewehrschultern, Salutieren oder Niederknien übt«, dachte er, denn es gehörte zu seinen Lieblingsbeschäftigungen, bei Tage Ideen nachzuhängen, die er des Nachts auf jede nur sich bietende Weise mit Lust ad absurdum führte.

Am späten Nachmittag, bei einbrechender Dunkelheit, kehrte Kreisler in seine Wohnung zurück. Mischa war ausgegangen. Sie hatte Bekanntschaften, von denen er nichts wußte. Es interessierte ihn nicht. Der Waffenstillstand ihrer so unterschiedlichen Interessen hielt nun schon seit fünfzehn Jahren, ein großer Erfolg, wie er fand. Siege kamen ihm ähnlich verdächtig vor wie Niederlagen, aber Waffenstillstände, damit ließ es sich leben.

Er warf sich in Schale, wählte dazu diesmal die Uniform eines preußischen Gardeoffiziers. Sie war maßgeschneidert. Da er von kleiner Statur war, sah er in ihr aus wie ein Zinnsoldat. Er hatte seine Freude daran, andere durch seinen Aufzug zu verblüffen. Dieser war passend für den Anlaß, da echte Soldaten, vor allem Freiheitskämpfer, sich dann zugleich geschmeichelt und verspottet fühlen mußten. Eine Widersprüchlichkeit der Reaktion war also zu erwarten. Mehr konnte man seiner Meinung nach nicht tun für ihre verknöcherten Seelen.

Bei den Staegemanns pflegten fast nur echte und eingebildete Freiheitskämpfer zu verkehren. Die Gebrüder Gerlach zum Beispiel, königs- und papsttreue Deutschnationale reinsten Wassers. Er mochte sie nicht, obwohl man ihnen Bildung und feinste Sitten nicht absprechen konnte. Aber sie wirkten fortwährend für etwas entflammt – da es nun nicht mehr die Befreiung von Napoleon sein konnte, mußten es andere, nebulösere Ziele sein – und er mochte fortwährend entflammte Leute nicht.

Es war nicht weit bis zum königlichen Bankgebäude. Gerade am Theater vorbei und um die Ecke in die Jägerstraße. Das Theater war dunkel, da auch heute die Vorstellung ausfiel. Etwas Bedrohliches ging von dem finsteren Gebäude aus, das die Berliner seines Äußeren, der niedrigen Seitenwände und des gerundeten Bohlendaches wegen, respektlos ›Koffer‹ oder gar ›Sarg‹ nannten, eine ziemlich treffende Bezeichnung neuerdings, wie er fand.

Kreisler glaubte plötzlich ein Licht in einem der tiefgelegenen, schlitzartigen Fenster zu sehen. Da bewegte sich ein Schein, flackerte, erlosch wieder. Vielleicht war es Freundt mit einer Laterne. Sie hatten verabredet, daß er heute heimlich die Garderobe Amandines nach möglichen Spuren absuchen sollte.

Auch Kreisler trug eine Laterne. Ihr schwankender Lichtkreis erhellte das schmutzige Pflaster kaum, so daß er nicht immer vermeiden konnte, in Hundekot zu treten. Trotz der neuesten Ausstattung der Straßenlaternen mit Metallreflektoren war Berlin des Nachts immer noch dunkel wie ein Morast. In London und Paris hatte man bereits das moderne Gaslicht in den Straßen, das es in Berlin bisher nur in einer Fabrik gab. In jenen Metropolen hingegen sollte inzwischen alles glänzen und hell sein wie am Tage der Auferstehung, während hier immer noch mittelalterliche Finsternis herrschte, kaum aufgehellt von den Lampen, den Lichtpunkten brennender Kerzen in Fensterhöhlen, den schwankenden Laternen in den Händen der Passanten, die sich zu bestimmter Zeit zu wahren Glühwürmchenprozessionen fügten.

Plötzlich hörte er hinter sich ein Rumpeln. Vielleicht ein Wagen? Aber das übliche Pferdegetrappel fehlte. Kreisler trat vorsichtshalber zur Seite und drückte sich an eine Häuserwand. Ein seltsames Gefährt schoß vorbei, kaum zu erkennen – zwischen Rädern zuckende Beine eines Menschen. Dann war es um eine Ecke verschwunden.

Wahrscheinlich war es eine dieser neuen Wundermaschinen gewesen, mit denen man so schnell vorankommen sollte, daß einem Hören und Sehen verging! Schneller als ein galoppierendes Pferd sollte man damit sein, schneller als der Wind, als ein fliegender Gedanke. Laufwagen, wie sie der Freiherr von Drais vor kurzem erfunden hatte. Der Fahrer stieß sich mit den Füßen voran und eilte auf diese Weise mit kometenhafter Geschwindigkeit seinen Träumen voraus, ja, er schien schon da zu sein am Ziel, ehe er mit seinen Gedanken eintraf, ein Geist seiner selbst. Waren dies etwa die Gespenster der Zukunft? Diese künstlichen Maschinen der Moderne, von denen ständig neue erfunden wurden, eine wunderbarer als die andere? Was waren dagegen all jene altmodischen Geister, die Teufelchen und Gnome und Riesen und Zwerge und Hexen, all dieser Plunder vergangener Zeiten, den er so liebte, weil er sich ihm verwandt fühlte?

Endlich war Philipp Kreisler am Ziel. Ein würdevoll und kostbar ausgestattetes Gebäude mit einer breiten Marmortreppe. Tote und lebende Kariatyden, Statuen und Lakaien mit brennenden Leuchtern in den Händen, wiesen den Weg ins Gebäude hinein. Mantel und Hut wurden ihm abgenommen, und dann öffnete sich wie durch Geisterhand das Tor zur Welt der Geselligkeit, die er so schätzte.

Nichts war schöner, als unter Menschen zu sein, und wenn sie noch so üble Charaktere waren und noch so widerwärtige Ansichten hatten. Die Welt war eben ein Maskenball; jeder trug seine Larve, ohne sie kaum je einmal abzunehmen. Am schlimmsten noch waren die, die so wenig Phantasie bewiesen, daß sie sich in sich selbst verkleidet hatten. Die schätzte er am geringsten. Aber die gänzlich Dummen, die verdreht Eingebildeten, die verstockt Reaktionären, die Musenbesessenen und die Machtgierigen, die gaben wunderbare Kostüme ab. Und er wußte, daß hier vornehmlich solche der grotesken Art beisammen waren. Schließlich war es eine ästhetische Soirée.

Kaum hatte sie Kreisler bemerkt, schwebte Madame Staegemann, eine würdevolle Matrone von sechsundfünfzig Jahren, auf ihn zu. Geräuschlos, wie auf unsichtbar unter ihrem langen, im antiken Stil geschnittenen Gewand befestigten Rädern, glitt sie über den Teppich. Ihr betont dezent geschminkter Mund öffnete sich und ihre Sprechwerkzeuge begannen leise zu klappern. »Wie schön für uns, heute abend einen Kenner bei uns zu wissen, einen Kenner der Musik, einen meisterhaften Pianisten und Komponisten, wie Sie es sind, lieber Herr Kammergerichtsrat. Ich verspreche Ihnen einen exquisiten und anregenden Abend, an dem sich die Schönheit der

Worte und der Töne aufs angenehmste zu vereinigen trachten. Sie werden finden, daß Sie keine Minute Ihrer kostbaren Zeit verschwenden müssen. Darf ich Sie meinen Gästen vorstellen ...«

Und dann begann die übliche, wunderbar komische Phalanx der Bücklinge, der geschüttelten Hände, der abschätzigen Blicke und gemurmelten Titel. »Welch Raritätenkabinett der Selbstüberschätzung«, dachte Kreisler bei sich, während er wieder und wieder seinen Namen murmelte, »welche Ansammlung von talentierten Tollhäuslern!«

Er kannte die meisten. Die drei Gebrüder Gerlach überragten alle. Wahrhaft tragende Säulen der militärisch-katholischen Gesinnung, verfeinert mit beachtlichem Sinn für Kultur. Eine Mischung, von der noch viel Böses für die Zukunft zu erwarten war. Kreisler erkannte auch jenen Menschen wieder, der sich bei ihm als Dappertutto eingeführt hatte. Diesmal jedoch gab der sich völlig anders. Er blickte verstört, war melancholisch gekleidet, und seine braunen Locken umrahmten ein fast unangenehm hübsches Gesicht mit vollen Lippen und kohlschwarzen Augen, deren Intelligenz auffallend wirkte in dieser Runde. Er stellte sich diesmal vor als Clemens Demens, als der schwachsinnige Clemens. Das also war der berühmt-berüchtigte Poet Brentano, der für seine Weibergeschichten bekannt war, wie für seine frechen und boshaften Satiren, seine blumigen Märchen und seine betörend wohlklingenden Verse!

Brentano gab ihm die Hand. »Ich bewundere Sie, Kreisler, Sie sind ein wahrer Meister des Phantastischen. Sie blicken klarer in die Seele als die meisten von uns, und die Seele blickt klarer aus Ihnen zurück«, sagte er. »Ich wünsche Ihnen noch viel Scheitern und wahrhaft bravouröse Katastrophen.« Dann hüpfte er fort zu einem der Spieltische und ließ sich dort nieder, wahrscheinlich, um die Spieler zur Verzweiflung zu bringen durch seinen poetischen Umgang mit den Whistkarten.

Im Vergleich zu den jüdischen Salons, dem der Sara Levy zum Beispiel, ging es recht spartanisch zu bei den Staegemanns, jedenfalls was die Freuden des Gaumens und der Zunge anbelangte. Der Wein war sauer, die gereichten Leckereien verdienten diesen Namen nicht. Dafür durfte man für die Armen spenden, von denen es allerdings immer mehr gab in letzter Zeit. Schuld waren natürlich die Reparationszahlungen an die Franzosen, jedenfalls nach der Meinung der Patrioten vom Schlage der Gerlachs. Philipp Kreisler war sich da nicht so sicher. Die Armut konnte vielleicht genausogut nur die Kehrseite des Reichtums sein.

Zur Freude von Kreisler war auch sein Freund Koreff da. Er war zwar nicht direkt zu sehen, aber man erkannte seine Anwesenheit an der Menschentraube, die ihn umgab. Hauptsächlich waren es Frauen; nicht ohne Grund natürlich. Koreff war einer der elegantesten und witzigsten Männer in ganz Berlin: Literat und Arzt, und vor allem Mesmerist. Die Lehre vom tierischen Magnetismus schien er allein schon durch seine eigene Anziehungskraft zu beweisen.

Kreisler drängte sich durch die Menge hindurch und kam gerade richtig, um noch den Schluß einer der berühmten Stegreifreden Koreffs zu hören.

»Meine verehrten Damen. Der Magnetismus ist gleichsam das Tor aus der Welt in die unendliche Natur. Schon daß der Magnet eine bestimmte Richtung hat, deutet es an. Das macht ihn so interessant. Sehen Sie, ohne Pole wäre die Erde ein Spielball, den ein Kind ins leere Weltall wirft und der dort ziel- und richtungslos herumtaumelt. Die Pole sind es, die der Erde zur Drehung verhelfen. Ohne sie gäbe es also nicht die regelmäßige Abfolge von Tag und Nacht, die uns so wichtig ist. Ohne die wir vor ständiger Müdigkeit oder Wachsein zum Sterben verurteilt wären. Und die Liebe, die Anziehungskraft zwischen den Geschlechtern, ist nicht auch sie eine Frage der Pole? Der kühle Mann ist der Norden, und, darf ich es so ausdrücken, die wärmere Frau ist der natürliche Süden. Beide ziehen sich an. Und in der Tat, ist nicht der tierische Magnetismus ein Spiel der Zeugungskräfte? Wenn dies so ist, und ich meine, daß es so ist, so muß diese Kraft, durch Batterien gesammelt, Wunder tun, sie muß uns gleichsam befruchten, durch bloße Berührung. Kommen Sie, mein Fräulein, geben Sie mir die Hand, Sie werden das Fluidum spüren, das immaterielle Kind unserer Nähe.«

Während Koreff die Hand ausstreckte, stoben die Damen kichernd auseinander. Koreff hob unbeirrt die Stimme: »Sicher muß es eine unsichtbare Welt geben, die sich zur sinnlichen verhält wie ein Pol zum anderen. Eine geistige Welt, die der Sinnenwelt das Gleichgewicht hält. Durch gewisse Manipulationen, durch mediale Kräfte, durch die Intensität unseres Willens können wir sie zusammenführen. Denken Sie an die Vitalmachung erloschener Organe durch Berührung mit lebenden. Totenerweckung durch Berührung von Lebendigem, von Rhabdomanten, magnetisierten Stäben etwa, die vorher Kinder durch Streichen mit ihren Händen aufgeladen haben. Sollte wohl die galvanische Batterie schon wie ein Lebendiges wirken und Berührung mit ihr, Teilnahme an ihr schon dadurch Leben mitteilen können? Es hat Fälle gegeben, wo man einen soeben Verstorbenen durch Stromschläge zum Leben erweckt hat, wenn auch nur für kurze Zeit. Ich erinnere an den Fall jenes englischen Schwerverbrechers, der erst neulich seinen Leib an die Krone verkaufte. Nachdem man ihn erhängt hatte, schloß man starke Elektrisiermaschinen an seine Gliedmaßen an. Er zuckte, er stöhnte, er atmete sogar wieder, seine Zunge trat blau hervor, er versuchte ein Wort zu stammeln, aber dann war es vorbei. Vielleicht war er einfach so dumm, daß ihm nichts Passendes einfiel. Einem Gerlach wäre bestimmt etwas eingefallen! Meine verehrten Damen, wir sind erst am Anfang des Begreifens. Eines Tages wird es möglich sein, sich als alter Mensch die Jugend zurückzuholen, indem man sich neben ein Kind legt und es umarmt, um dessen Fluidum auf sich überströmen zu lassen. Also weicht nicht zurück, ihr schönen Seelen, seht mich an, ich bin alt, aber durch eine kleine Berührung mit einer von euch gewönne ich meine Jugend zurück...«

Kreisler hatte genug. Er kannte die Verführungstechniken seines Freundes nur zu gut. Er sah sich um, streifte dann durch die Räume auf der Suche nach der Frau, wegen der er gekommen war: Johanna Eunicke, die begnadete Sopranistin, die er verehrte und begehrte, seit sie seine ›Undine‹ sang.

Johanna war noch nicht da. Vielleicht würde sie überhaupt nicht kommen, obwohl ihr Name auf dem Programmzettel stand. Sie hatte in letzter Zeit einige Vorstellungen wegen Erkältung der Stimmbänder ausfallen lassen müssen. Doch während Kreisler sich abseits hielt und ganz gegen seine Gewohnheit Gespräche mied, entstand plötzlich eine Gasse, Hälse reckten sich, Lorgnons wurden gezückt, spiegelten das Kerzenlicht, warfen Reflexe in Richtung des Portals. Der Gesprächslärm, dieser Gefechtslärm der Meinungen, verstummte und machte einem Raunen aus geflüsterten Wörtern der Bewunderung Platz. Kein Zweifel, sie war es, die jetzt in der Tür stand mit dieser unnachahmlichen Bescheidenheit in der Haltung, die sie sich trotz aller Erfolge bewahrt hatte. Johanna. In Begleitung ihres Vaters, der ihr den Arm geboten hatte. Ein korpulenter Mann mit den typischen weichen Zügen des Tenoristen.

Auch Philipp Kreisler machte unwillkürlich einige Schritte auf sie zu, aber dann versperrten ihm andere den Weg. Er hörte jedoch, wie die Gastgeberin das Mädchen begrüßte, und dann vernahm er ihre Stimme, die seltsam rauh klang, wenn sie sprach, als wäre dies ein Tribut ihrer Stimmbänder an ihren so glockenreinen Gesang.

»Verzeihen Sie alle, daß ich mich so verspätet habe. Aber

dieser Vorfall, er hat mich so mitgenommen. Ich wollte nicht unter Menschen. Amandine, wir haben uns öfters im Theater gesehen. Ich habe sie sehr bewundert. Und nun ... ach! Aber dann habe ich gespürt, daß ich nicht das Recht habe, meine Traurigkeit über alles zu stellen. Dennoch bitte ich Sie, mir zu erlauben, etwas anderes zu singen, als vorgesehen. Diese italienischen Kanzonen ... das wäre mir nicht möglich, nicht heute, da ich so viel an meine arme Freundin denken muß.«

Madame Staegemann hob die Hände und applaudierte leicht. Andere taten es ihr nach. Die Gasse öffnete sich wieder, und Johanna trat zum Flügel. Dabei sah sie sich um, als suche sie nach einem Pianisten. Das war die Gelegenheit, auf die Kreisler gewartet hatte. Er stürzte vor, bahnte sich fast rücksichtslos den Weg und nahm auf dem Klavierschemel Platz.

Johanna nickte ihm zu. Ihre Augen wirkten blind, wie immer, kurz bevor sie zu singen begann. Kreisler glaubte zu sehen, wie sich ihre Brust mit noch ungeborenen Tönen anfüllte, wie diese emporstiegen, um für einen Moment in der Kehle auszuruhen, bis ein Luftstoß aus der Tiefe ihrer Brust sie über die Schwelle ihrer Lippen davonschwirren ließ.

»Das letzte Lied, das ich für Sie schrieb, Johanna, die Arie, bitte ...«

Er schlug den Kammerton an, obwohl er wußte, daß es nicht nötig war, denn Johanna verfügte über das absolute Gehör. Dann begann er mit dem Vorspiel, aus dem heraus sich plötzlich ihre klare Stimme emporrankte: »Schweigend werde ich mein bitteres Geschick beklagen ...«

Immer wenn sie sang, erschien sie ihm nackt, so ungeschützt und ganz gab sie sich, und das machte sie für ihn zugleich begehrenswert und unerreichbar. Während er ihrer Stimme lauschte, griff er die Akkorde, ertastete er auf der Klaviatur unsichtbare Noten mit den Fingerspitzen wie tönenden Staub. Ja, er extemporierte mehr als dem Lied vielleicht gut tat, aber er konnte nicht anders. Er kam sich vor wie ein zweitklassiger Musiker, der seine eigene Komposition nicht verstand.

Als sie geendet hatten, spülte der Applaus Kreislers Zweifel hinweg. Johanna machte einen Knicks und zog ihn an der Hand vom Schemel hoch. Er verbeugte sich, genoß die Hochrufe, die ihr galten und ein wenig auch ihm. Immer noch hielt sie ihn an der Hand, und ihre magnetische Kraft drang in ihn ein, ihr Fluidum strömte in seine Adern und sammelte sich in seinem Herzen wie in einer offenen Schale aus Rubinglas.

Dann war alles vorbei.

Kreisler ließ sich ein Glas mit Burgunder füllen und trank es mit einem Zug aus. Während Johanna hinter einer Mauer von Bewunderern verschwand, ging er hinüber ins Raucherzimmer. Er ließ sich eine Pfeife geben, und dann stand er rauchend vor dem goldgerahmten Spiegel. Sein Gesicht kam ihm wie eine possenhafte Maske vor. Er bleckte die Zähne, blies den Rauch gegen sein Konterfei, das ihm noch weniger gefiel als gewöhnlich. Da tauchte aus dem Kerzenschimmer hinter ihm Brentano auf: »Sie waren wunderbar«, flüsterte er. »Göttlich, genial. Sie haben dieser halbtoten Sängerin zu einer glanzvollen Auferstehung verholfen. Ich weiß, Sie sind verliebt, deshalb erscheint Ihnen diese dralle Person mit den durchschnittlichen Zügen als schön. Eine verständliche optische Täuschung, der auch ich oft erliege. Auch ich bin verliebt, verloren. Mir zerfließt alles zu nichts, die Liebe, die Verse, das Leben. Sie aber, Sie sind besser dran. Sie verlieren sich nicht. Sie sind ein glücklicher Erdmann, der mit Lust in den Schnee pißt.«

So plötzlich wie er aufgetaucht war, verschwand er wieder und ließ Kreisler mit seinen Gedanken allein. Er wunderte sich, daß – mit Ausnahme Johannas – bis jetzt niemand Amandines Tod erwähnt hatte. Gewöhnlich wurde über derlei merkwürdige Kriminalfälle stundenlang auf den Salons parliert. Er ging zurück in den Saal und sprach Frau von Schuckmann darauf an, mit dem Ergebnis, daß er sich einige indignierte Bemerkungen über den Sittenverfall unter den Theaterleuten anhören mußte. Darauf wandte er sich an Koreff. »Wenn die Polizei nichts herausfindet, sollte man ein gutes Medium befragen«, sagte der. »Ich kenne eine Frau, die dafür geeignet wäre: Frederike Hähnel, die Tochter eines Bäckers. Als Medium ist sie einzigartig, als Frau, nebenbei bemerkt, auch. Im übrigen bin ich der Meinung, man sollte die Sache nicht allzusehr aufbauschen. Eine ganz gewöhnliche Tat aus Leidenschaft vermutlich, aus verschmähter natürlich. Dafür müßtest gerade du doch Verständnis haben.« Koreff grinste unverschämt. Er war wirklich blendender Laune.

Otto von Gerlach stand neben ihnen. »Ein privates Malheur. So kann man es natürlich sehen«, sagte er. »Aber es könnte auch sein, daß die zunehmende Kriminalität in unserem geliebten Berlin ein Barometer für die Existenz jener Kräfte ist, die es auf eine Schwächung der Monarchie abgesehen haben. Tendenz steigend, Herr Kammergerichtsrat.«

Kreisler deutete eine Verbeugung an und ging weiter. Hedwig Staegemann, die Tochter des Hauses, hakte sich bei ihm ein. »Ihr Spiel hat etwas Faszinierendes, lieber Kreisler«, sagte sie. »Es ist, als ob man spazierengeht ohne Ziel, ohne den Wunsch anzukommen.« Er küßte ihr die Hand, aber er wagte nicht, sie nach Amandine zu fragen. Wahrscheinlich würde sie bei der Erwähnung ihres Namens nur feuchte Augen bekommen. Blieb ihm nur noch Johanna.

Es war nicht einfach, an sie heranzukommen, denn immer schwirrte eine Traube von Verehrern um sie wie ein Drohnenschwarm um die Königin. Schließlich gelang es Kreisler, sie in einer Nische mit zwei Gläsern Wein zu überraschen. Sie lächelte und trank ihm zu. »Sie haben sehr schön gespielt«, flüsterte sie. »Wenn Sie spielen, ist es mir immer, als öffnete sich irgendwo ein Fenster.«

Er war verlegen über das Kompliment. »Johanna«, sagte er schließlich: »Welch eine Tragödie, der Tod Amandines. Es muß schrecklich für Sie sein.«

Ihre dunklen Augen verdüsterten sich noch mehr. »Ja, aber ich möchte nicht darüber sprechen, lieber Kreisler«, sagte sie.

»Darf ich Ihnen dennoch ein paar Fragen stellen?« beharrte er. »Sie waren doch mit ihr befreundet. Ich möchte die Wahrheit über ihren Tod herausfinden. Das ist das einzige, was man jetzt noch für Amandine tun kann! Denken Sie nicht auch so?«

Sie blickte ihn unsicher an. Er spürte, daß sie schwankte, unentschlossen war. »Was weiß ich schon«, flüsterte sie schließlich. »Ich habe ihr manchmal beim Tanzen zugesehen. Ich habe sie sehr bewundert. Und wir sind zuweilen zusammen spazierengegangen. Wir waren uns nahe. Einfach so.«

»Hatte sie noch andere Freunde? Lebte sie allein?«

Johannas Widerstand gegen seinen schüchternen Versuch eines Verhörs war fast körperlich zu spüren. Sie drängte sich an den Vorhang, schob ihn halb vors Gesicht. Der Anblick erregte ihn, er trank sein Glas leer, stellte es aufs Fensterbrett. »Johanna, helfen Sie mir doch. Ich will verhindern, daß man die Sache totschweigt, wie man es jetzt schon zu tun beginnt. Sagen Sie mir, was Sie über Amandine wissen. Wie lebte sie außerhalb des Theaters?«

»Ich weiß es nicht. Aber ich glaube, sie lebte allein. Ja, und manchmal hat sie von einem Menschen erzählt, der großen Einfluß auf sie habe.«

»Nannte sie einen Namen?«

Johanna schüttelte den Kopf und nippte an ihrem Glas. »Ich muß jetzt fort«, sagte sie. »Mein Vater wartet schon. Er wird mich sicher nach Hause bringen.«

Sie streifte seine Hand mit der ihren und verschwand zwischen den redenden, gestikulierenden, trinkenden Menschen.

Die kurze Berührung brannte wie eine Liebkosung auf seiner Haut.

Er mischte sich wieder unter die Gäste. Nur zu gut wußte er, daß alle von ihm noch einen besonderen Beitrag zur Unterhaltung erwarteten. Keinen musikalischen natürlich, denn Johanna war fort. Sie hatte ihm beim Weggehen am Arm ihres Vaters zugewunken. Nun spürte er plötzlich eine zunehmende Kälte ums Herz. »Bitte zwei Hände voll Salz aus der Küche«, rief er. »Und eine große Schüssel und eine Flasche Weingeist.«

Als alles gebracht war, sagte Kreisler: »Ich werde Sie, verehrte Anwesende, mit diesen geringen Hilfsmitteln in Ihre Zukunft sehen lassen. Wer den Mut dazu hat, nehme Platz an diesem Tisch.«

Schnell waren alle Stühle besetzt. Auch er nahm Platz, mischte Salz und Weingeist in der Schüssel zusammen. Dann bat er darum, daß alle Kerzen gelöscht wurden. Er entzündete die Mischung mit einem Fidibus. Eine grünliche Flamme sprang auf, und die, die am Tisch saßen, schrien auf vor Entsetzen. Leichenfarben waren ihre Gesichter. Gevatter Tod hatte sie geschminkt. Man applaudierte, höflich, und, wie es Kreisler schien, ein wenig verwirrt.

Es war bereits nach Mitternacht, als Philipp Kreisler die steile Treppe in den Keller hinabstieg, wo sein Freund Ludwig auf ihn wartete. Die warme, stickige, weindunstschwangere Luft kam ihm wie ein erfrischender Zephir vor. All die lächerlichen Konventionen der Oberwelt galten hier unten nicht mehr. Dieses mechanische Verbeugen. Händeschütteln, Namen und Titel Zelebrieren. Hier unten bei ›Lutter und Wegener‹ gab es keine Ämter und Würden mehr außer der einen, beim Trinken eine gute Figur zu machen.

Ludwig Freundt sprang auf, als er Kreisler bemerkte. Es sah aus, als wolle er den Mephisto und den Faust gleichzeitig extemporieren. Ein wahres mimisches Ungewitter ließ seine Gesichtsmuskeln zucken. Die gebogene Nase, die schmalen, so beweglichen Lippen, die tiefliegenden feurigen Augen in dem hageren Gesicht drückten Kummer und Hoffnung ebenso aus wie sardonische Lust am Spielen. Freundt hatte seine Bühne immer dabei. Wo er gerade saß oder stand, bildeten sich Bretter unter ihm, die aus dem Bühnenparkett des Globe Theater herausgeschnitten schienen.

»Setz dich erst einmal, mein Lieber«, sagte Freundt. »Du siehst aus wie ein von reichlich viel zuckrigen Komplimenten kandierter Pudel. Wasch deinen Pelz rein in diesem guten Tropfen, denn ich habe dir eine Eröffnung zu machen, die nur für deine Ohren bestimmt ist.«

Freundt sah sich mißtrauisch um. Die wenigen Gäste zu dieser Stunde saßen ein wenig entfernt und stierten in ihre Gläser. Die neue Karaffe Wein kam bereits, und der Schauspieler schenkte mit der Gestik eines perfekten Kellners ein. Dann stießen sie an.

»Hast du etwas herausgefunden?«

»Ruhig, mein Lieber, nicht zu schnell. Du weißt, eine Pointe muß ihr angemessenes Vorspiel haben. Damit auch der Dümmste in der hintersten Reihe des Stehparketts sie begreift.«

»Willst du damit andeuten ...«

»Gelassenheit, Philipp, mehr davon als gewöhnlich. Es reicht, daß sie *mir* abhanden gekommen ist.«

Freundt lehnte sich zurück auf seinem Stuhl und machte ein Gesicht, als ob er mit letzter Kraft dagegen ankämpfte, vom Schlaf überwältigt zu werden.

»Ja, ich habe etwas gefunden«, sagte er mit einer von einem Gähnen verzerrten Stimme. Dann verwandelte er sich in Sekundenschnelle. List und Verschlagenheit beherrschten seine Züge. Die Nase schien noch länger, der Mund noch schmäler. Er beugte sich vor, flüsterte: »Es war in der Schminkdose.

In *ihrer* Schminkdose wohlgemerkt. Die Polizei hat es übersehen, weil ihr entgangen ist, daß man Puderdosen auch zu öffnen vermag. Wenn man weiß, was ein Deckel ist, natürlich, und eben das weiß man nicht bei unseren Ordnungshütern. Weil sie allesamt so zugeschraubt sind. Weißt du übrigens mein Lieber, warum die Leute sich so selten langweilen? Weil sie selbst so langweilig sind.«

Freundt freute sich diebisch daran, seinen Freund auf die Folter zu spannen. Nach einer längeren Pause, in der beide ihr Glas leerten und es neu füllten, holte Freundt schließlich etwas aus seiner Jackentasche und stellte es direkt vor Kreisler auf den Tisch. Ein zierliches Silberdöschen mit einem eingravierten ›A‹ auf dem Deckel. »Öffne sie«, sagte der Schauspieler, »diese niedliche kleine Büchse der Pandora. Aber bitte vorsichtig!«

Eine dunkelbraune, intensiv und unangenehm riechende Salbe wurde sichtbar, auf deren Oberfläche noch die Spuren von Fingerkuppen zu sehen waren.

»Auf den Spiegel in ihrer Garderobe ist ein Wort geschmiert. Mit dieser Salbe, wie ich annehme«, sagte Freundt. »Das Wort ›Spal‹.« Er lehnte sich triumphierend zurück, als habe er soeben den Fall gelöst.

»Spal?« sagte Kreisler. »Was bedeutet das?«

»Vielleicht ein Fragment, die Anfangssilbe eines Wortes. Wir sollten sämtliche Wörter, die mit ›Spal‹ anfangen, unter die Lupe nehmen.«

»Spalt, Spalier, Spalette, Spalm ...« Kreisler seufzte. »Was hilft uns eine Spur, die wir nicht lesen können.«

»Warte doch. Vielleicht ist es ein Name! Amandine hat ihren Mörder erkannt und in höchster Todesangst versucht, seinen Namen auf den Spiegel zu schreiben, aber sie ist nicht zu Ende gekommen damit. Jetzt sehe ich es vor mir. Vom ›l‹ läuft ein Strich über das Glas abwärts. Jemand hat sie mitten im Schreiben von hinten gepackt und dann ...«

Freundt machte das schrecklich entstellte Gesicht eines Gewaltopfers. Die Augen von Todesangst geweitet, die Zunge aus dem Hals hängend.

»Und warum hat der Mörder die verräterischen Buchstaben nicht später ausgewischt?«

»Was weiß ich? Vielleicht hat er sie in der Erregung des Augenblicks nicht bemerkt. Vielleicht ist er gestört worden. Oder er ist ein Spieler und liebt das Risiko.«

4. DIE SEKTION

Kreisler nahm eine Droschke und bat den Kutscher, einen Umweg durch den Tiergarten zu fahren. Es herrschte Nebel, und er liebte es, wenn die Bäume bei diesem Wetter zu Skorpionen wurden, die mit ihren langen Scheren den weichen, grauen Bauch des Himmels zwickten.

Der Kammergerichtsrat steckte den Kopf aus dem Kutschenfenster und inhalierte die feuchte Luft, als wolle er seine Lungen noch einmal reinigen, ehe sie anderen Gerüchen ausgesetzt seien.

Schließlich rumpelten sie über das Pflaster der Invalidenstraße, am Hinrichtungsplatz vorbei mit dem leeren Galgen. Sah er nicht im Nebel wie ein geheimnisvolles Seezeichen aus?

Am Louisentor, dem Eingang zum Charitégelände, schickte Kreisler den Wagen fort. Zu Fuß folgte er dem Lauf der Panke, jenem kleinen Flüßchen, das das Gelände der Tierarznei-Schule durchfloß und das in seiner Trübseligkeit zwischen dem nahegelegenen Irrenhaus und dem Kirchhof der Charité so etwas wie einen Ausfluß allen dort eingepferchten menschlichen Elends darzustellen schien.

Mitten im Park der Tierarznei-Schule lag jener kleine Zentralbau mit der Kuppel, der das Anatomische Theater enthielt. Ein passender Name, wie Kreisler fand. Denn die letzte Vorstellung, die hier menschliche Wesen gaben, hatte durchaus etwas vom düsteren Schlußakt eines Trauerspiels an sich.

Er hatte sich verspätet. Man führte ihn in einen mittelgroßen Raum. Es war vor allem der scheußliche Geruch im ganzen Haus, der seine schreckliche Funktion verriet: Leichengeruch und Formalin.

Im Obduktionszimmer waren anwesend: Trützschler, Schuckmann, Kamptz, ein Polizeikommissar, ein Beamter vom Kriminalgericht und der Prosektor der Charité Nepomuk Rust. Schon dieser Aufmarsch bedeutender Persönlichkeiten bewies, daß man dem Schicksal der Toten eine ungewöhnliche Bedeutung beimaß, auch wenn man es offiziell als reinen Routinefall abtat.

Es war nicht die erste Obduktion, der Philipp Kreisler beiwohnte, aber diesmal war es etwas anderes. Er wußte, daß es ihm schwer werden würde, die nötige Distanz zu wahren. Trützschler stellte ihn vor. Man reichte ihm ein kampfergetränktes Taschentuch mit der Empfehlung, es sich bei Bedarf vor die Nase zu halten. Kreisler hätte sich allerdings fast noch lieber etwas für die Augen gewünscht. Denn in diesem Moment trugen zwei Männer in weißen Kitteln auf einer Bahre die von einem Leinentuch bedeckte Leiche herein. Sie legten Amandine auf die schwarze Marmorplatte des Obduktionstisches und zogen das Tuch beiseite.

Sie sah immer noch unglaublich schön aus. Der gelbliche Teint der Haut, die krausen Schamhaare, die bräunlichen Brustwarzen, vor allem aber die makellos weißen Schneidezähne im halboffenen Mund und die so klar und inzwischen friedlich zur Decke starrenden Augen verliehen dem toten Mädchen ein scheinbar neues Leben, in dem sich irdische und unirdische Welten zu vereinen schienen. Wäre da nicht jene grausame Verstümmelung gewesen. Kreisler mußte gegen seinen Willen dorthin starren, wo sich einst Amandines Füße befunden hatten. Der Anblick der Stümpfe wirkte schockierend. Eine zerstörerische Gewalt ging von ihm aus, die die Stille im Raum brüchig machte.

Keiner der Männer schien unbeeindruckt. Selbst der Prosektor, der sich geräuschvoll an seinen Instrumenten zu schaffen machte, zögerte offenbar den Moment hinaus, in dem er mit seiner Arbeit beginnen würde.

Als er schließlich doch das Messer zum sogenannten Kragenschnitt ansetzte, preßte sich Kreisler unwillkürlich das Taschentuch vor den Mund, um nicht aufzuschreien, so heftig glaubte er das Eindringen des Messers geradezu am eigenen Leib zu spüren.

Natürlich gab es längst kein Blut mehr in diesem Körper. Die aufklaffende Wunde, die wie ein halbrundes Band den Oberkörper von Schlüsselbein zu Schlüsselbein durchzog, wirkte sauber und glatt. Es sah aus, als schnitte Rust in Marzipan. Dann erfolgte der senkrechte Schnitt zwischen den Brüsten hindurch bis zum Nabel. Kreisler spürte es heiß seine ganze Brust hinab. Am liebsten wäre er davongerannt, aber Trützschlers beruhigende Hand auf seiner Schulter hielt ihn auf seinem Platz.

Daß das Gekröse eines Menschen von einer gewissen Schönheit sein kann, wußte Kreisler. Aber als der Prosektor jetzt die Darmschlingen freilegte und sich anschickte, sie zu öffnen, schloß er dennoch die Augen. Es schien ihm zu genügen, Rusts Stimme zu lauschen, die das eigene Vorgehen und die dabei gewonnenen Einsichten kommentierte.

»Sehen Sie, meine Herren, der Darm ist völlig leer, ebenso der Magen. Sie muß völlig nüchtern gewesen sein zum Zeitpunkt des Todes. Ich konstatiere im übrigen eine außerordentliche Gesundheit der Organe. Die junge Dame hat über eine prächtige Konstitution verfügt. Die Geschlechtsteile sind übrigens unmittelbar nach der Einlieferung untersucht worden:

keinerlei Anzeichen von Mißbrauch. Hier jedoch scheinen wir eine Anomalie zu haben. Sehen Sie, meine Herren, hier, treten Sie ruhig ein wenig näher. Es ist nicht leicht zu bemerken.«

Trützschlers Hand auf seiner Schulter drückte Kreisler behutsam, jedoch bestimmt voran. Er öffnete die Augen, sah erst durch einen Schleier, dann klar, wie Rust mit dem Finger die unteren Rippen des Leichnams entlangfuhr. »Hier, wo die Rippenbögen gegen das Brustbein stoßen, sehen Sie, diese kleinen Risse im Knochen? Er ist nicht gebrochen, aber es muß ein ungeheurer Druck auf ihn ausgeübt worden sein. Und hier das Gewebe, meine Herren, der Teil des Magens, der unter den Rippenbögen liegt, sehen Sie, diese dunklen Flecken? Es gibt nur eine Erklärung, es hat hier Blutungen gegeben, keine starken zwar, aber doch deutliche Hämatome. Man nennt diese Gegend unterhalb der Rippenbögen das Hypochondrium. Sie können es bei sich selbst ertasten, wenn Sie direkt unterhalb der Rippen die Haut eindrücken. Eine geheimnisvolle Region des Körpers. Manche halten diese Gegend für den Sitz des Gemeinsinns. Das muß man natürlich als durchaus unwissenschaftliche Betrachtung des menschlichen Leibes ansehen. Ebenso wie all jene Spekulationen über das sogenannte Parenchym übrigens. Dies ist das Grundgewebe, das Sie hier sehen. Das, was als schwammige Materie übrig bleibt, wenn man alle festen Bestandteile des Körpers entfernt, die Knochen, Sehnen, Muskeln, Nervenstränge. Das Parenchym halten manche Ärzte, oder besser gesagt, Naturphilosophen, für ein eigenes Organ, für den Sitz der Lebenskraft sogar.«

Rust begann die Bauchdecke wieder zu schließen. Er benutzte dazu eine große Nadel und groben Zwirn. »Wie eine Weihnachtsgans«, dachte Kreisler. Er trat zum Fenster und schob den Nesselvorhang ein wenig zur Seite. Draußen war der Nebel verschwunden. Die Welt lag unter einem fahlen Sonnenlicht, das sie zu sezieren schien. Auch dort draußen war nichts normal, überall Flecken, Blutergüsse, geborstene Knochen.

Im Hintergrund hörte er, wie Rust offenbar mit einer Säge hantierte. Dann seine Stimme. »Ich habe jetzt die Rippen an ihrer schwächsten Stelle durchtrennt und klappe nun das Brustbein hoch, um an das Herz heranzukommen. Ich öffne den Herzbeutel und lege es frei. Sehen Sie, wie wunderbar dieser kleine Muskel geformt ist? Der Sitz der Gefühle, der Liebe, der Frömmigkeit für manche, für andere eine wunderbar konstruierte mechanische Pumpe. Keine Anomalien. Alles perfekt bei der Kleinen. Ebenso die Lunge. Ich glaube nicht, daß uns noch weitere Überraschungen bevorstehen. Dennoch sollten wir uns noch den Kopf ansehen.«

Er hörte wieder die Säge, dann Rusts Stimme: »Auch im Hirn nichts Außergewöhnliches. Und hier, mittendrin, glandula pinealis, die rätselhafte Zirbeldrüse. Für manche der Sitz der Seele. Eigenartig nur, daß in ihr nichts anderes zu finden ist als Sand. Gehirnsand, wie wir es nennen. Sollte also der Sitz der Seele auf Sand gebaut sein wie unser Berlin? Aber zurück zur Frage nach der Todesursache bei der bedauernswerten jungen Dame hier. Wenn in Bauch, Brust und Gehirn keine entsprechenden Ursachen zu entdecken sind, dann bleibt mir nur noch die offenbar mit großer Brutalität durchgeführte Amputation der Füße. Sie ist mit einem außerordentlich scharfen Gegenstand und mit fachmännischer Präzision ausgeführt worden. Aber daß die Ärmste an diesem Eingriff verblutet ist, scheidet als Möglichkeit aus; daran ist sie nicht gestorben. Jemand hat die Unterschenkel kurz vor der Tat mit einer feinen Schnur abgebunden. Hier sehen Sie immer noch die feinen Einschnürungen im Gewebe. Vielleicht wollte er das Opfer demnach gar nicht töten. Vielleicht hat aber das Trauma der Amputation bei der Tänzerin zu einem plötzlichen Herzstillstand geführt. Mit Sicherheit läßt sich das allerdings nicht sagen. Leider kann ich Ihnen also zur Zeit keine relevante Diagnose der Todesursache geben.«

Rust begann sein Sezierbesteck in einer Schüssel zu waschen. »Ich bin fertig, meine Herren. Natürlich werden wir den Körper noch auf Gift analysieren. Dazu werde ich verschiedene Gewebeproben an unser Labor weiterleiten.«

Als er draußen war, atmete Kreisler tief durch. Die Luft war köstlich, selbst der Qualm der Schornsteine war eine Wohltat nach diesem Leichengeruch, denn er zeugte von Leben, von Wärme. Dennoch fiel es ihm nicht leicht, die tiefe Niedergeschlagenheit zu bekämpfen, die ihn befallen hatte.

»Kommen Sie, ich nehme Sie mit.«

Er war froh über Trützschlers Angebot. Beide schwiegen sie, als sie nebeneinander in der Chaise saßen. Das Rumpeln übers grobe Berliner Pflaster wirkte wie eine Predigt vom realen Leben. »Hirnsand«, murmelte Kreisler einmal. »Was ist nun dort vergraben! Amandines Träume? Sind sie noch nicht ganz verblaßt in ihrem zerstückelten Leib?«

»Was meinten Sie soeben, Herr Kammergerichtsrat?« sagte sein Nachbar, offenbar erleichtert, daß jener das Schweigen gebrochen hatte.

Kreisler blickte zum Kutschenfenster hinaus und deutete auf die vorbeiziehenden Gestalten. »Kommen die da Ihnen nicht wie die eigentlichen Toten vor?« sagte er leise. »Während jene dort auf dem Marmortisch zu leben schien? Was halten Sie übrigens vom Fluidum, von jenem feinen, unsichtbaren Gas, das der toten Marionette Mensch vielleicht erst Leben einhaucht. Was ist, wenn jemand stirbt? Weicht das Fluidum vollständig aus ihm? Oder hält es sich noch eine Weile wie die Feuchtigkeit in einem Schwamm?«

»Das können wir nicht beantworten, lieber Kammergerichtsrat, weder Sie noch ich, und auch nicht ein Fachmann wie Rust.« Und damit hüllte sich Trützschler wieder in einen undurchdringlichen Mantel des Schweigens.

Kaum war Kreisler in seinem Zimmer, schloß er die Tür ab. Er öffnete die Schublade seines Schreibpultes, holte die Schminkdose heraus und schraubte sie vorsichtig auf. Wieder stieg ihm dieser süßlich stechende Geruch in die Nase. Benommen machte er, und nicht nur das. Er entlockte den Sinnen wahrhaft seltsame Bilder. Die Dinge im Raum veränderten sich, die Vase zum Beispiel wirkte wie schmelzendes Glas, aus dem ein Funkenregen strömte. Der Teppich unter seinen Füßen begann zu wogen, die Muster verschlangen sich ineinander, und die Tapete blähte sich zu einem Ballon. Er sah zur Uhr. Ihr Zifferblatt schien zu rotieren, so daß die Zahlen auf ihm wie graue Streifen wirkten. Die Zeiger aber krümmten sich und stachen wild aufeinander ein.

Er schloß die Dose und legte sich aufs Bett. Ihm war elend, als sei er seekrank. »Kein Wunder, bei diesem schaukelnden Bett«, dachte er. »Ich werde mit Rust sprechen. Er soll den Leichnam besonders sorgfältig auf Drogen untersuchen.«

Als Kreisler erwachte, stellte er fest, daß es fast Mitternacht war. Er mußte über zehn Stunden geschlafen haben. Längst wollte er bei ›Lutter und Wegener‹ sein, um seinen Freund zu sprechen. Er fürchtete schon, ihn nicht mehr anzutreffen, aber als er auf der Kellertreppe Klatschen und Johlen hörte, wußte er, daß Ludwig noch da war und zwar in voller Aktion.

Dichter Rauch stand in den Räumen und verlieh den Öllampen den rötlichen Ton eines Höllenfeuers. Ludwig Freundt stand auf einem der Tische, einen Totenschädel in der Hand, den er gerade küßte und dann weit von sich hielt wie einen Spiegel, in dem sich ein Weitsichtiger betrachtet. Um ihn herum saß und stand das Publikum. Verzückte Gesichter, andächtig und sichtlich bewegt vom Spiel dieses großen Mimen. Freundt gab den Hamlet. Er spielte alle Rollen, zauberte selbst den poetischen Wahnsinn Ophelias so glaubwürdig auf sein Gesicht und in seine Stimme, daß niemand mehr wahrnahm, daß hier ein ziemlich betrunkener Mann von dreiunddreißig Jahren ein umnachtetes Mädchen darstellte.

Kreisler war gerade rechtzeitig zum Höhepunkt der Vorstellung erschienen. Sein Freund verstand es meisterlich, von seinem erhöhten Platz aus die Kulisse eines dänischen Schlosses durch malende Handbewegungen und scharf artikulierte, knappe Bühnenanweisungen entstehen zu lassen. Die Rauchschwaden schienen Zinnen und Türme zu bilden, die Kerzen und Ölfunzeln einen prunkvollen Rittersaal zu erleuchten. Mitten drin stand der Dänenprinz, einsam, erschüttert bis ins Mark von seinen Zweifeln, und redete um sein Leben. Die Worte kristallsierten auf seinen Lippen und schwebten schöngeformten Schneeflocken gleich auf die Zuhörer herab.

»Sein oder Nichtsein«, niemand verstand es wie Freundt, beide harmlosen Wörter zu wahren Bestien zu machen, die kein Verstand mehr zu zügeln vermochte. Bei der Stelle, an der es heißt »sterben, schlafen, vielleicht auch träumen ...« hätte man meinen können, alle Personen im Raum würden in einen somnambulen Zustand versetzt. Wie die Bewohner von Dornröschens Schloß erstarrten sie in ihrer jeweiligen Haltung, die Pfeifenraucher ebenso wie die Weintrinker. Sie hielten ihre Utensilien vor sich, ohne sie zum Mund zu bewegen und starrten blicklos vor sich hin.

Ludwig Freundt brach ab, als er Kreisler bemerkte. Mit einer ausladenden Bewegung der Hände brachte er einen imaginären Vorhang zum Fallen, und dann verbeugte er sich in den aufbrandenden Beifall hinein.

Später saßen sie in einem Nebenzimmer. Freundt wirkte erschöpft. Er trocknete sich den Schweiß von der Stirn und hielt sich an seinem Weinglas fest. »Die Banausen«, zischte er. »Sie verstehen den Hamlet nicht. Besser gesagt, sie verstehen nicht, daß es da nichts zu verstehen gibt, jedenfalls nicht im üblichen Sinne. Hamlet, das ist das personifizierte ›Oder‹ zwischen Sein und Nichtsein, jedenfalls verstehe ich es so. Haben wir beide es nicht auch in uns, dieses ewig brennende, unruhig machende Oder? Ach, sie verstehen es nicht, weil sie entweder völlig *sind* oder gar nicht. Ich habe wieder einmal Perlen vor die Säue geworfen, und die Säue haben sie gefressen, als seien es Eicheln gewesen. Aber sag, Freund, was hat man herausgefunden. Was ist mit der Kleinen?«

»Die Ärzte sind allesamt Leichenfledderer. Sie wissen gar nichts und bilden sich alles darauf ein«, sagte Freundt, nachdem Philipp ihm von der Sektion der Leiche erzählt hatte, so gut er vermochte. Dann zeigte er auf den Schädel, der vor ihm auf dem Tisch lag. »Der ist aus dem Fundus. Er ist echt. Ich muß ihn leider zurückbringen. Er soll übrigens vom ersten Intendanten unseres Hauses stammen, eine durchaus wahrscheinliche Sache, hohl wie er ist. Das Hypochondrium, sagtest du, hat man bei der Kleinen verletzt? Ich weiß, das soll bei den Damen der Sitz der Gefühle sein. Nicht im Herzen sind sie, sondern ein ganzes Stück tiefer, näher dem Bauch. Jaja, das scheint mir eine Theorie zu sein, die durch die Praxis recht gut bestätigt wird. In diesem Fall könnten die Quacksalber einmal richtig liegen. Die Liebe geht zwar nicht durch den Magen, jedoch hart an ihm vorbei. Ich muß noch einen Rum trinken, sonst sterbe ich. Zwei doppelte Rum bitte, aber gefälligst schnell!«

Nachdem sie die gewünschten Getränke erhalten hatten, steckten Kreisler und Freundt die Köpfe zusammen und unterhielten sich flüsternd.

»Was für einen Eindruck macht diese seltsame Schminke auf dich?« fragte Freundt. »Sie ist von bräunlicher Farbe, als sollte Amandine eine Mohrin tanzen. Ich weiß aber nicht, daß solch eine Rolle auf dem Spielplan stand. Meines Wissens hat sie für den Don Giovanni geprobt.«

»Wir sollten die Salbe bei einem Apotheker analysieren lassen. Ich vermute, daß Laudanum darin ist, vielleicht auch Auripigment. Arsen und Opium, welche Mischung! Der Tod als Rauschzustand.«

»Du hast ja richtige Drogistenkenntnisse, mein Lieber.«

»Du vergißt, daß ich von Berufs wegen eine Menge mit den Mitteln zu tun habe, mit denen man sich am besten ans Leder geht.«

»Ich sehe sie vor mir, wie sie in den Tod getanzt ist«, sagte Freundt pathetisch. »Ja, es muß ein Tanz gewesen sein mit dem Knochenmann. Er hat sie um die Hüfte gefaßt und herumgewirbelt. Dann hat er sie emporgeworfen und wieder gefangen und dann zerquetscht wie eine Fliege.«

»Genau dieses Bild sah ich auch schon vor mir, Ludwig. Weißt du eigentlich, wo Amandine gewohnt hat? Wir müssen mehr über sie erfahren. Ich habe oft von meinem Erker aus beobachtet, wie sie einkaufen ging. Sie kaufte meistens ziemlich viel, als habe sie eine ganze Familie zu ernähren. Manchmal drei Hähnchen auf einmal. Doch Johanna sagt, daß sie vermutlich allein gewohnt hat. Ist das nicht merkwürdig? Kennst du ihre Adresse?«

»Nein. Niemand kennt sie bei uns. Ich weiß nur, daß ihr einmal ein Kollege nachgegangen ist, der arme Kerl war unsterblich verliebt in sie. Er hat mir erzählt, daß unser Engel damals in Richtung Behrenstraße entschwebt sei, wo er sie im Gedränge der Leute verloren habe. Sie muß etwas gemerkt haben, denn das nächste Mal ging sie in eine völlig andere Richtung. Auch diesmal gelang es ihr, durch einen Hauseingang zu entkommen. Mein Kollege gab schließlich auf. Übrigens ein erbärmlicher Schauspieler. Amandine war ihm weiß Gott nicht zu gönnen. Er heißt Carlsberg und ist so etwas wie ein ewiger Charge.«

»Scheint als hätte Amandine etwas zu verbergen gehabt. Aber was?« Kreisler stierte mit leerem Blick durch das Lokal. Dann trank er einen Schluck und fuhr fort: »Übrigens, diese

Schrift auf dem Spiegel will mir nicht aus dem Kopf gehen. ›Spal‹. Und wenn es doch kein Name ist? Vielleicht wollte sie ›Spalettür‹ schreiben. Gibt es solche Türen bei euch im Haus?«

»Natürlich gibt es da Tapetentüren. In allen Kulissen, soweit sie Häuser, Schlösser, Zimmer darstellen. Das ganze Theater hat etwas von einer Spalettür an sich. Geheimtüren, unechte Türen, geschwindelte Türen, die von Geisterhand geöffnet und geschlossen werden. Das ist unser Leben auf dem Theater, und das ist unser Leben in der Wirklichkeit. Der Tod, auch er tritt durch eine Spalettür ein, verbeugt sich kurz und geleitet uns höflich durch sie hindurch in den leeren, dunklen Raum hinter den Kulissen, den wir nie mehr verlassen werden.«

Ludwig Freundt lehnte sich zufrieden zurück, hob sein Glas und blickte hindurch zur Flamme der Öllampe über dem Tisch. »Prost«, sagte er, »auf dein Wohl, Tod, alter Türsteher, du Rausschmeißer, du ungehobelter Portier. Möge ich noch lange meine schäbigen, kleinen Rollen spielen, bevor du mich durch meine persönliche Geheimtür holen kommst!«

5. DER PROSEKTOR

Der Professor für Anatomie und Geburtshilfe Johann Nepomuk Rust lebte erst seit einem Jahr in Berlin und war in seiner Funktion als Prosektor der Charité ein vielbeschäftigter Mann im besten Alter. Es erwies sich als schwierig, bei ihm einen Termin zu bekommen. Als Kreisler ihm endlich zu später Stunde gegenübersaß, nahm ihn die Atmosphäre des geschmackvoll eingerichteten kleinen Salons mit seinen antiken Plastiken und einigen unter Glas befindlichen menschlichen Gliedmaßen ganz gefangen. Da gab es zahlreiche Präparate menschlicher Körperteile, Köpfe, Arme, Füße, innere

Organe, Sinnesorgane, Geschlechtsteile. Die roten Äderchen, die Muskeln, die graugrün eingefärbten Lymph- und Nervenstränge, die rosa Muskeln, weißlichen Sehnen und gelblichen Fettpartien wirkten so echt, daß Kreisler Scheu hatte, sie sich näher anzusehen.

»Es ist wirklich alles aus Wachs modelliert, Herr Kammergerichtsrat. Arbeiten toskanischer Bildhauer. Die Qualität ist außerordentlich, wie Sie zugeben müssen. Natürlich ist die Realität anders. Die Unterschiede zwischen den einzelnen Bestandteilen des Körpers sind dort nicht so klar und schön voneinander abgesetzt. Gott arbeitet schlampiger als ein italienischer Künstler. Aber nehmen Sie doch Platz.«

Die beiden Männer saßen sich an einem Mahagonitisch gegenüber, tranken Rheinwein und genossen für einen Moment das angenehme Gefühl, einander sympathisch zu sein.

»Ich habe Ihre Oper gehört«, sagte Rust. »Soweit ich es beurteilen kann ein außerordentliches Werk. Und dieses Fräulein Eunicke! Eine unglaubliche Stimme, so leicht, so empfindsam. Für einen Anatomen wie mich ein schlagendes Beispiel dafür, wie wenig all die mechanischen Erklärungsversuche organischen Lebens taugen. Lunge, Stimmbänder, Kehlkopf, Rachen, Zäpfchen: Was läßt sie alle auf eine solche phantastische Weise zusammen agieren, daß jene seelenvollen, uns zutiefst in unserem Dasein berührenden, ja stärkenden Töne entstehen? Ich weiß es nicht. Und ich vermute, niemand wird es je wissen.«

Rust erhob sich und kam mit einem herrlich verzierten Kasten aus Sandelholz zurück. Er öffnete den Deckel. »Möchten Sie eine Zigarre? Es sind echte Havannas von Schlottmann aus Hamburg.«

Kreisler griff hinein. »Für einen Pfeifenraucher sieht das ziemlich gefährlich aus«, sagte er. »Aber ich sollte vielleicht mit der Zeit gehen. Man muß ja heute sehr aufpassen, um nicht schnell als altmodischer Misanthrop zu gelten.«

Rust zeigte ihm den Gebrauch der Zigarre, und dann hüllten sich beide für eine Weile schweigend in blaue Rauchwolken.

»Sagen Sie mir, was ich für Sie tun kann.« Rust hatte sich vorgebeugt, und Kreisler hatte das angenehme Gefühl, mit wohlwollender Neugier betrachtet zu werden.

»Ich frage mich, ob Sie uns bei Ihren lehrreichen Ausführungen während der Autopsie der armen Amandine alles gesagt haben. Sie haben wunderbare Dinge erzählt über das Hypochondrium, das Parenchym, die Zirbeldrüse zum Beispiel. Ich habe daraus geschlossen, daß Sie zu den wenigen modernen Ärzten gehören, die den seelischen *und* geistigen Elementen der Körperlichkeit geziemend Rechnung tragen. Das hat mir gefallen, hat mein Vertrauen zu Ihnen gestärkt. Deshalb meine Fragen. Letztlich laufen sie alle auf eine hinaus: Wie, das heißt mit welchen Mitteln hat der Mörder Amandine getötet? Und daran anschließend: Warum mußte sie sterben? Aus meiner Erfahrung als Gutachter gibt es bei Morddelikten nicht selten einen engen Zusammenhang des Wie und des Warum. Es ist ein himmelweiter Unterschied, ob ich jemand erwürge oder erschlage. Man könnte hier beinahe von verdeckten Botschaften reden, von einer Geheimsprache des Tatvorgangs.«

»Ich kann Ihre Gedanken gut nachvollziehen. Sie spielen auf jene schrecklichen Verstümmelungen an.« Rust schien sich in besonders dichte Schwaden Zigarrenrauchs einnebeln zu wollen. »Das deutet natürlich nicht auf Mord aus Habgier oder Eifersucht. Eher auf die Tat eines Irren. Wobei die Frage nach der Ursache von Amandines Tod uns zusätzlich mit einem Rätsel konfrontiert. Meine Antwort lautet: Ich weiß es einfach nicht. Was mir bleibt, sind Hypothesen, die ich wiederum am liebsten in Fragen kleiden würde. Könnten zum Beispiel Körper und Geist bei einer professionellen Tänzerin besonders eng miteinander verbunden sein? Enger als bei normalen Sterblichen? Könnte man ihren Leib töten, indem man ihre Seele tötet? Könnte eine besonders grauenhafte Attacke auf ihren Körper, wie es die Amputation der Füße darstellt, ihr Wesen in einem Maße vernichten, daß das Herz aufhört zu schlagen? Bei einem Soldaten würde die gleiche Verletzung vielleicht nur zur Ohnmacht führen. Leider sind unsere Kenntnisse, was solche Traumen anbelangt, hauptsächlich auf die Opfer kriegerischer Auseinandersetzungen beschränkt. Der Soldat aber befindet sich während der Schlacht in einer Art Rauschzustand, der ihn den Verlust von Gliedmaßen oft kaum bewußt erleben läßt.«

»Sie wollten die Tote auf Gift untersuchen lassen. Ist das inzwischen geschehen?«

»Ja. Ergebnis negativ.«

»Und wie steht es mit Drogen? Hat man Spuren von Rauschmitteln in Amandines Körper finden können?«

»Ach, wissen Sie, wir verfügen in diesem Zusammenhang über außerordentlich wenige und unsichere Mittel der Erkenntnis. Gift, ja, das können wir leidlich gut nachweisen. Aber Rauschmittel? Die sind oft zu flüchtig, als daß wir nach einiger Zeit noch Spuren von ihnen in einem Leichnam festzustellen vermöchten.«

»Professor Rust, ich bitte Sie dringend, es dennoch zu versuchen.«

»Ich verspreche mir nichts davon. Wirklich nicht. Und außerdem: Amandine wurde bereits begraben. Sie liegt auf dem Friedhof der Charité, eine Tatsache, aus der Sie Ihre eigenen Schlüsse ziehen mögen.«

»Man wollte die häßliche Angelegenheit so schnell wie möglich aus der Welt schaffen, nicht wahr? Die Politik hat häufig etwas von einem Totengräber an sich. Nur schnell verscharren, was unangenehm sein könnte.«

»Wundert Sie das? Wir leben schließlich in einer Zeit gewaltiger Umbrüche technischer, naturwissenschaftlicher, politischer, sozialer Art. Allein die Art und Weise wie Berlin derzeit explodiert! Ein Magnet, der die Eisenfeilspäne aus dem Umland anzieht und ihnen scheinbar eine gewisse Ordnung verleiht. Eine höchst unsichere, wie mir scheint. Viele haben nicht begriffen, daß die Zeiten sich wandeln. Viele tun seit den sechzehn Jahren des neuen Jahrhunderts so, als sei es immer noch das alte. Kluge Köpfe wie Lichtenberg wollten es nicht erleben, das neue Jahrhundert mit seinen Fabriken, seinem Gaslicht, seinen Maschinen. Deshalb sind sie lieber vor der Türschwelle gestorben, im alten Zimmer des 18. Jahrhunderts sozusagen. Der rasche Wandel, dessen Zeugen wir sind, scheint mir der Hauptgrund für die allgemeine Unsicherheit im Staate zu sein, und die wiederum ist ein Grund für all die Ängste, die Schnüffelei, die Kontrollen, den staatlichen Verfolgungswahn. Was hat man denn getan, um die Neuzeit vorzubereiten? König Friedrich hat 97 eine Ordnung zur Verhütung von Tumulten und Bestrafung ihrer Urheber und Teilnehmer erlassen. Man hat Hausnummern eingeführt, wohl um besser Akten über mißliebige Personen führen zu können. Man hat eine Stadtpost etabliert, vielleicht nur, um schneller Vorladungen an den Mann zu bringen. Und man hat eine erste Dampfmaschine in der Königlichen Porzellanmanufaktur in Gang gesetzt und eine geradezu militärisch organisierte Truppe von Lampenanzündern und Putzern aufgestellt, unsere berühmte Erleuchtungscompagnie. Das war eine in der Tat erhellende Maßnahme. Aber viel zu viel bleibt im Dunkeln der Hinterzimmer, der Kabinette, der Keller. Sie haben völlig recht, Kreisler, man möchte jede Irritation möglichst schnell unter die Erde bringen. Wie unsere arme Amandine.«

Rust strich den weißen Aschekegel seiner Zigarre ab. Er sprach mit leiser, wohlklingender Stimme, als rezitiere er einen Text, dessen Inhalt ihm gleichgültig war.

»Immerhin hat man zur Jahrhundertwende unser Theater gebaut«, sagte Kreisler.

Rust nickte. »Kein sehr ansehnliches Gebäude für mein

Empfinden. Und was spielt man? Immer noch die alten Sachen.«

»Und etliche schlechte neue. Da sind wir uns einig. Aber, verzeihen Sie, wenn ich noch einmal darauf zurückkomme, Professor: Kann man nicht Amandines neuerliche Exhumierung veranlassen?«

»Das müßten Sie schon selbst durchsetzen. Fragen Sie doch Trützschler. Seine Antwort wird Ihnen vermutlich kaum gefallen. Und wirklich, glauben Sie mir: Es gibt nichts, was Ihnen die tote Amandine noch sagen könnte. Aber ich mache Ihnen einen anderen Vorschlag: Reden Sie doch einmal mit Ihrem Freund Koreff.«

»Ausgerechnet mit diesem Chamäleon der Meinungen?«

»Er ist immerhin ein vielseitiger Mann. Literatur, Medizin, Psychologie, Magnetismus sind seine Domäne, die Politik nicht zu vergessen. Ganz Berlin spricht doch heute vom animalischen Magnetismus. Frauen und insbesondere Künstlerinnen sind besonders stark involviert. Ich könnte mir vorstellen, daß sich auch Amandine einer magnetischen Kur unterzogen hat, vielleicht, um noch besser tanzen zu können. Deshalb mein Rat.«

Eine Weile schwiegen beide. Kreisler dachte darüber nach, ob der gute Professor Nepomuk Rust wohl den Magnetiseuren mörderische Absichten unterstellen wollte.

In diesem Moment erlosch eine der beiden Kerzen auf dem Tisch mit einem knisternden Geräusch. Der Verlust an Licht im Raum ließ die anatomischen Objekte und die kleine Antikensammlung Rusts noch lebendiger erscheinen.

»Haben Sie einmal darüber nachgedacht, worin die Faszination all dieser Plastiken besteht?« fragte Kreisler.

»Ja, das habe ich. Sie gemahnen an Leben in einem unverweslichen Gewand. Eine Aphrodite aus Marmor oder Wachs täuscht ewige Jugend vor. Ein alter Menschheitstraum.«

Kreisler erhob sich und dankte Rust. »Eine letzte Frage«,

sagte er im Gehen. »Wie werden Sie eigentlich fertig mit dieser für einen Laien wie mich so schrecklichen Aufgabe, einen Toten aufzuschneiden, ihn regelrecht zu tranchieren, den Schädel aufzusägen?«

»Ach wissen Sie, Kreisler: Der Mensch ist gewiß mehr als eine bloße Maschine. Aber er ist *auch* eine Maschine, sein Körper jedenfalls. Und zwar eine wunderbare Maschine, viel komplexer und raffinierter als alles, was sich der Mensch bisher ausgedacht hat. Diese Maschine studiere ich bei meiner Arbeit bis in ihre kleinsten Rädchen hinein, und ich studiere sie mit Ehrfurcht und Staunen. Wenn man so an diese Aufgabe geht, dann verliert sie alles Abstoßende und Erschreckende. Dann wird sie jedesmal von neuem zu einer der faszinierendsten Herausforderungen, die man sich denken kann.«

6. DAS NIEDERLÄNDISCHE PALAIS

Philipp Kreisler empfand es als ein liebevolles Schulterklopfen der Nemesis, daß er am nächsten Morgen auf dem Weg ins Amt ausgerechnet Koreff begegnete. Der war wie immer bester Laune und für das kalte regnerische Wetter provozierend leicht gekleidet. Sein Hemd stand offen, der Knoten seines bunten Halstuches war tief herunter gezogen. Den Zylinder schwenkte er in der Hand.

»Na, mein Freund? Darf ich deine Leichenbittermiene so deuten: Du gehst gezwungenermaßen zur Arbeit und würdest eigentlich viel lieber in einem Café sitzen und Maulaffen feilhalten!«

»Es geht nichts über den klaren Blick eines guten Freundes«, sagte Kreisler. »Du bist und bleibst ein Verführer. Komm, gehen wir.«

Sie gingen auf die Linden, setzten sich in ein Café und bestellten Schokolade und Rum. »Es ist immer noch der Tod der kleinen Amandine, der dich umtreibt, der dir den Schlaf raubt, wenn es da überhaupt etwas zu rauben gibt?«

»So ist es, mein Lieber. Wenn du weiterhin so klar blickst, sollte ich aus Selbsterhaltungstrieb lieber gehen.«

»Du bist unglücklich verliebt in das arme Wesen. Das hast du bislang, solange sie lebte, gar nicht so richtig gewußt, aber ihr Tod hat deine Gefühle so richtig in Wallungen gebracht, und nun würdest du ihr sogar einen unsittlichen Antrag machen, begegnetest du ihr, habe ich recht?«

»Du bist unerträglich. Aber etwas anderes: Ich möchte mehr über animalischen Magnetismus wissen.«

»Wieso das? Du hast doch bereits eine ganz hübsche Geschichte darüber geschrieben. Wenn du die Sache auch ein wenig arg dämonisiert hast, wenn ich mich recht erinnere. ›Dichterische Freiheit‹, nennt man das nicht so, wenn man versucht, möglichst erfolgreich zu schreiben? Aber wenn du unbedingt willst ... ich kann dir die Theorie schon erklären. Eine trockene und konfuse Sache übrigens. Denn man weiß im Grunde überhaupt nichts zu diesem Phänomen zu sagen, außer, daß es vermutlich existiert. Vielleicht ist es daher besser, ich gebe dir einen praktischen Einblick. Komm doch heute abend ins Niederländische Palais. Du wirst dort eine Menge über animalischen Magnetismus in Erfahrung bringen können.«

»In jenes berüchtigte Etablissement in den ehemaligen Räumen der ehemaligen Mätresse des ehemaligen Königs?«

»So ist es. Alles ist ehemalig dort, außer der Lust.«

»Darf ich Ludwig Freundt mitbringen?«

»Ein Mann mit höchst magnetischen Eigenschaften! Aber seid nicht zu früh da. Die besten Sachen gibt es, wenn Aurora bereits ihren rosa oder diesmal vermutlich grauen Kittel anprobiert.«

Es war weit nach Mitternacht, als man zwei dick vermummte Gestalten auf der menschenleeren Straße sehen konnte. Sie liefen voreinander her, wobei die hintere wie ein Schatten die Bewegungen der vor ihr laufenden imitierte. Ein hüpfender Gang, schlenkernde Arme, ein ständiges Drehen des Kopfes in alle Richtungen.

Längst brannten die Laternen nicht mehr. Auch gab es keine Kerzen in den Fenstern. Die bürgerliche Nacht hatte sich die Schlafhaube aufgesetzt. Daß es gleichwohl nicht gänzlich finster war, lag an dem leichten Nebel, der wie ein wollenes Tuch bereits das erste Frühlicht über den östlichen Horizont herbeisog.

An einer Straßenecke steckten sie die Köpfe zusammen. »Warum dieser Umweg, Philipp?«

»Es zieht mich immer wieder magnetisch zu diesem Gewässer. Ich kann es dir nicht erklären. Verbinde mir die Augen und gebe mir einen Stock in die Hand, er wird mich sicherlich zu einer der Stellen der Stadt führen, an der Wasser fließt. Holz will treiben, sagt man. Auch ich wünsche mir dies manchmal sehnlichst.«

Sie bogen in die Unterwasserstraße ein und folgten dem Spreekanal bis zur Hundebrücke. Die Nähe des Wassers machte sich durch einen unbeschreiblichen Gestank bemerkbar. Der Unrat von fast zweihunderttausend Menschen machte aus der Spree mit ihren vier Armen eine riesige Kloake.

Es war totenstill. Nur hin und wieder das Rascheln eines Tieres, einer Ratte wahrscheinlich, die den Abfall durchstöberte. Eine Weile standen sie auf der Brücke und starrten hinab. Die Trunkenheit in ihren Köpfen ließ allmählich nach. Sie hatten wieder einmal bei Lutter gezecht, in diesem Sprechzimmer der Welt, wie sie es bei sich nannten, und in dem es sich besser warten ließ als irgendwo sonst. Warten? Worauf? Das war beiden nicht so recht klar. Vielleicht nur darauf, daß dieser merkwürdige Schwebezustand zwischen Geburt und Tod, den man Leben nennt, nicht länger als nötig währte.

Der naßkalte Morgen mit seinem blassen Schimmer ließ die Welt um sie herum wie aus Blei gegossen erscheinen. Irgend etwas Helles trieb dort im Wasser näher. Ein fahles Oval, von feinen Schlieren umgeben. »Sieh doch, Ludwig, dort, dort, die ertrunkene Ophelia!« Ach, es war nur eine Perücke, die Gott weiß wer irgendwann verloren hatte!

Dann gingen sie an der dunkelschweren Masse des Zeughauses vorbei die Linden hinab. Über ihnen seufzten die im Morgenwind schaukelnden Eisenketten, an denen erloschene Lampen hingen. Die prunkvollen Fassaden auf beiden Seiten starrten mit schwarzen Fensterhöhlen aufs Pflaster, und die steinernen Skulpturen, die das Portal des Zeughauses flankierten, schienen sich ächzend unter dem eigenen Körpergewicht zu beugen.

Niemand war zu sehen. Sie bemerkten auch nicht die Gestalt, die sich in einem Torbogen verbarg. Sie folgte den beiden Zechbrüdern, kaum waren sie vorbei, und sie tat es geschickt, indem sie den Rhythmus ihrer Schritte übernahm.

Freundt blieb vor der grauen Steinfassade eines Gebäudes stehen. Es hatte offenbar bessere Tage gesehen. Nun war einiges von den Verzierungen, den Statuetten und Säulchen, den Simsen und Kapitälchen abgebrochen oder beschädigt. Die hohen Fenster des Parterres waren von Läden verschlossen, das Portal finster. Eine durch zwei Ringe laufende rostige Kette mit einem Schloß versperrte den Eingang so offensichtlich, daß man gar nicht erst auf die Idee kam, es mit ihm zu probieren.

»Das Niederländische Palais. Warst du schon einmal drin?«

»Nein. Bisher nicht«, beteuerte Kreisler. »Ich habe jedoch einiges an Gerüchten gehört, die mir einen Besuch auch ohne Koreffs Empfehlung interessant erscheinen lassen.«

Freundt stellte den Fuß in eine Mauerritze und zog sich ein Stück hoch, bis sein Ohr einen der Läden erreichte. Er legte das Ohr ans Holz und lauschte.

›Musik«, flüsterte er. »Jemand singt.« Er sprang aufs Pflaster herab und zog seinen Freund weiter. »Wir müssen hinten herum.«

Kurze Zeit später klopfte Ludwig Freundt gegen die unscheinbare Tür eines unscheinbaren Nebengebäudes in der Behrenstraße. Eine kleine Luke öffnete sich und ein Lichtschein fiel heraus, genau auf das Gesicht des Schauspielers. Freundt machte Anstalten, den Monolog des umstrittenen Aufrührerstücks »Wilhelm Tell« zu zitieren, das an den hiesigen Bühnen verboten war: »Durch diese hohle Gasse muß er kommen ...«, aber weiter kam er nicht. Die Tür öffnete sich, und ein Mann erschien und verbeugte sich: »Monsieur Freundt, es ist uns eine Ehre ... und auch Sie, Herr Kammergerichtsrat, eine große Ehre für unser Haus ... kommen Sie, die letzte Vorstellung hat gerade begonnen!«

Schwerer, süßer Geruch lag in den Gängen und Fluren, Bienenwachsgeruch, Ölgestank, Tabaksqualm, Seife, Haaröl, Pomade, Myrrhe, Weihrauch, Rosmarin und Erbsensuppe, ein Babylon der Düfte, in dem sich eine feine Nase wie die von Philipp hoffnungslos verirren mußte.

Der Portier führte sie eine breite Treppe hoch zur Garderobe, wo sie ihre Mäntel und Zylinder abgaben. Ein hübsches, leicht bekleidetes Fräulein – sie trug die durchsichtige Chemise ohne das fleischfarbene Trikot auf dem nackten Leib – gesellte ihre Kleidungsstücke zu den anderen schwarzen Schattenwesen – jeweils ein Mantel und ein Zylinder am Haken darüber –, die stumm den Garderobenraum füllten.

Beide erhielten Masken. Es gab schwarze und weiße. Einfache Halbmasken, die die Mundpartie freiließen, so daß das Sprechen nicht behindert war. »Und vor allem das Fressen, das Trinken und das Küssen nicht«, bemerkte Freundt.

Dann führte man sie in den Saal. Er war nur von wenigen Wandleuchtern schwach erhellt. Unter Schleiern von Knasterwolken wogte ein schimärisches Leben, das in manchem dem eines gewöhnlichen Salons glich. Man tanzte, man spielte, man parlierte, man musizierte auch hier. Alles jedoch offenbar freier, anmutiger und temperamentvoller als sonst. Einen Unterschied gab es allerdings noch: sämtliche Unmaskierten waren ganz offensichtlich Damen, jüngeren Alters zumeist, während die Maskierten der Kleidung, den Frisuren und der Stimme nach fast ausnahmslos Männer waren. Wenn man von der äußerst spärlichen Verhüllung weiblicher Schönheit absah – und wer konnte das schon –, ging alles höchst gesittet und respektabel zu. Philipp hatte den Eindruck, daß hier eine Gesellschaft der unterschiedlichsten Grade, Vermögen, Bildung, Berufe und sozialen Stände beisammen war, die eines einte: der Wunsch, sich grenzenlos zu amüsieren, der eigenen Daseinslust den Raum zu geben, der ihr sonst von den Verhältnissen beständig beschnitten wurde. Hier schien sich der Schüchterne genauso wohl zu fühlen wie der Lüsterne, hier gab es nur schwarze und weiße Larven, die sich mit rosigen Schmetterlingen umgaben.

Eine junge Schöne sang. Ihre Stimme war unsicher, aber ihre Haltung die einer antiken Göttin. Begleitet wurde sie von Klavier und Glasharfe. Kreisler war die Musik nur allzu vertraut, denn sie stammte schließlich aus seiner Feder:

Wer traut des laun'gen Glückes Flügeln
bei Spiel und Fest? Ach wer?
Ei, wer sich auf Wellenhügeln
froh schaukeln läßt?
Da schwebt und wogt man auf und nieder
und scherz und lacht,
dann auf zum Lichte kehr man wieder
aus Grundes Nacht.

Doch kann Undine in Liebesgluten Undine sein?
Jüngst tanzte froh sie auf den Fluten,
jetzt sinkt sie ein.
Ich fühl' es wohl, so muß es enden,
man hindert's nicht.
Drum auf, der Freuden viel zu spenden!
Noch strahlt das Licht!

Der Applaus war heftig. Galt er etwa ihm? War er erkannt? Er glaubte, daß etliche Larven ihm zunickten, daß viele der Dämchen mit blitzenden Augen nach ihm hin sahen. Doch dann erkannte er den Grund: Freundt war auch durch die Maske nicht verborgen geblieben. Seine eleganten Bewegungen, seine kultivierte Stimme hatten ihn verraten. Er klatschte der Sängerin, wie nur ein Schauspieler dem Kollegen zu klatschen vermag: ebenso durchdringend wie verhalten. Die aneinandergeschlagenen hohlen Hände verursachten einen förmlichen Knall wie ein Kanonenschuß, aber das Tempo des Applauses war betont langsam. Das Kompliment paarte sich also mit dezenter Kritik. ›Erstaunlich gelungen für einen Unbegabten‹, so ungefähr konnte man Freundts Applaussprache deuten.

Wenig später stürzte sich Freundt in den Trubel, machte mit sonorer Stimme Komplimente, küßte Hände und Stirnen, als gelte es, für eine Ewigkeit an Zuneigung Vorsorge zu treffen.

Obwohl draußen hinter den dicken Vorhängen und Läden wahrscheinlich bereits der Tag zu grauen begann, herrschte hier ewige Nacht. Und was für eine Nacht! Eine Kapelle spielte zum Tanz. Leiber wogten wie Schilf im Wind. Bocksfüßige Teufel von Kellnern hielten Tabletts mit Champagner bereit. Bukolische Gestalten schwirrten herum und boten feinste Zuckerwaren an. Modelliertes Marzipan, kopulierende Paare, die sich umschlangen. Die Preise für all das waren hoch, aber Geld war in diesen Gefilden offenbar eine

Sache, die niemand allzu ernst zu nehmen schien. Man gab es mit vollen Händen aus. Kredit gab es leicht. Man mußte nur Namen und Adresse angeben und einen Schuldschein unterschreiben.

Ein wahrer Oberteufel von einem Maître de plaisir in feuerrotem Kostüm mit phosphoreszierenden Hörnern lenkte die Veranstaltung, sagte neue Sensationen an, wie diese jetzt, die offenbar den Höhepunkt des Spektakels darstellte.

An der Schmalseite des Saales befand sich ein Podest, auf dem ein Flügel stand und die Kapelle musizierte. Dieser Platz wurde jetzt geräumt und eine Art Lehnstuhl herangeschafft. Vor ihm wurde ein Hocker plaziert und ein Stück vom Podest entfernt stellte man mitten im Raum zwei große Spiegel so auf, daß sie sich parallel gegenüberstanden.

Dann wurden die Lichter bis auf wenige gelöscht. Das Publikum bildete einen Halbkreis, vom Maître de plaisir dirigiert, wobei er geschickt die Zuschauer nach ihrer Körpergröße ordnete. Philipp stand als einer der Kleinsten in der vordersten Reihe.

Ein Moment höchster Spannung bewirkte allgemeine Stille. Zwischen einzelnem Räuspern und verstohlenem Hüsteln schien sie sich schmerzhaft zu dehnen. Dann erklang plötzlich sanfte Musik, Sphärenmusik, wahrscheinlich im Nebenraum von einem Könner auf der Glasharfe erzeugt. So mußte es klingen, wenn die kristallenen Himmelsschalen sich drehten und sich dabei aneinander rieben, dachte Kreisler.

Eine hohe Gestalt erschien durch eine Tapetentür im Hintergrund der kleinen Bühne. Sie war grün gekleidet, ein Greisenhaupt mit zottligen, weißen Haaren, Algen und Muscheln auf das Trikot genäht. Er kündigte den Herrschaften das unmittelbar bevorstehende Erscheinen seiner liebreizenden Tochter an, der Nymphe Arethusa.

Während dieser Szene spürte Kreisler plötzlich einen Arm unter seinem. Er drehte vorsichtig den Kopf und sah eine Frau neben sich. Sie preßte sich an ihn und murmelte etwas, das er nicht verstand. Er wagte nicht, seinen Arm, den der ihre wie ein Schraubstock umklammerte, zu befreien. Vielmehr wandte er sich ihr zu und flüsterte: »Sind Sie auch so aufgeregt wie ich, Mademoiselle?« Statt einer Antwort verstärkte sie den Druck.

Wie gebannt starrten sie auf das, was auf der Bühne geschah. Die Nereide erschien, von ihrem Vater an der Hand gehalten. Ein außerordentlich schönes Mädchen. Sie trug einen fast völlig durchsichtigen Umhang, der die eine Brust freigab.

Nereus geleitete sie zu dem Lehnstuhl, wo sie sich niederließ. Alles Folgende geschah schweigend. Nur die sphärischen Klänge der Glasharfe waren zu hören.

Nereus setzte sich auf den Hocker und preßte seine Knie um die der Nymphe. Dann legte er seine Hände auf ihre bloßen Schultern, die Daumen in die Achselhöhlen, die abgespreizten Finger ums Schultergelenk. Langsam und gleichmäßig ließ er seine Hände an den Armen des Mädchens hinabgleiten, bis sich seine und deren Daumen berührten. In dieser Stellung verharrte Nereus einige Sekunden. Dann nahm er die Hände vor seine Brust, kreuzte sie, und brachte sie wieder in die alte Stellung, wobei er darauf zu achten schien, daß bei dieser bogenförmigen Bewegung die Handrücken zur Nymphe zeigten.

Das Mädchen schloß die Augen, ihre Brust hob und senkte sich gleichmäßig. Rote Flecken zeigten sich an ihrem Hals.

Während die Glasharfe durchdringender tönte, legte Nereus seine zur Faust geballten Hände mit ausgestreckten Daumen aneinander und berührte mit diesen die Stirn der Nymphe oberhalb der Nasenwurzel. Sie zuckte auf und gab einen stöhnenden Laut von sich.

Kreisler glaubte, einen Schmerz auf seiner Stirn zu spüren. Er nahm die Maske ab und sah, wie jetzt Nereus mit seinen Daumen zur Nasenwurzel der Nymphe hinabstrich. Dann trennten sich seine Fäuste, und die Daumen wanderten über die geschlossenen Augen des Mädchens, verharrten einen Moment in den äußeren Augenwinkeln und glitten dann zu den Schläfen. Ihr Atem klang nun gepreßt, als drücke sie eine große Last. Weiter glitten die Daumen die Wangen und den Hals hinab, bis sie sich in der kleinen Grube unterhalb des Kehlkopfes trafen. Wieder verharrten sie. Die Finger spreizten sich ab, und dann wanderten die Daumen des Magnetiseurs das Brustbein entlang zur Herzgrube, wobei dic abgespreizten Finger über Arethusas Brüste glitten.

Die Erregung des Mädchens nahm zu. Ihr Atem ging stoßweise und schneller. Ihre Wangen glühten. Der Magnctiseur ließ seine Hände in unveränderter Stellung über den Unterleib wandern. Die Daumcn schlüpften zwischen die Oberschenkel, die Finger umschlossen diese, und so, die Daumenballen auf der Schenkelinnenseite, ging die Reise weiter bis zu ihrem Ziel, den großen Zehen der Füße, die Nereus zuletzt mit seinem Daumen berührte.

Diese Maßnahme schien Arethusa endlich zu beruhigen. Ihr Leib reckte sich, die Arme hingen schlaff seitlich am Stuhl herab, ihr Kopf sank mit geschlossenen Augen auf die Brust. Auch die Musik dämpfte ihren Klang.

Daraufhin schloß der Mann seine Hände wieder vor seiner Brust und bewegte sie, mit den Handflächen zu sich gewandt, in die alte Position. Kaum berührten die Daumen die Stirn des Mädchens, richtete sich ihr Kopf wieder auf, so, als zöge man die Fäden einer Marionette. Wieder begann das gleiche Spiel, das sich noch zweimal wiederholte, wobei die Reaktionen des Mädchens jedesmal extremer ausfielen, sowohl was die Erregung anbelangte, als auch die plötzliche Ruhe am Schluß beim Berühren der Zehen.

Schließlich erhob sich der Magnetiseur und trat einen Schritt zurück, als wolle er sein Werk bewundern. Der Mund des jetzt offenbar tief schlafenden Mädchens stand offen und ein Speichelfaden rann auf ihre Brust.

Der Mann ließ seine Finger vorschnellen in Richtung ihres Kopfes. Ein Ruck ging durch die Nymphe. Ihr Kopf hob sich. Wieder schnellten die Finger vor, und wie eine mechanische Puppe erhob sich Arethusa und begann mit geschlossenen Augen und vorgestreckten Händen kleine Trippelschritte zu machen. Es sah aus, als würden ihre Gliedmaßen von einem unsichtbaren Räderwerk angetrieben.

Der Magnetiseur wich zurück, sie folgte, und so zog er sie wie an unsichtbaren Fäden zum Doppelspiegel. Schriller und schriller erklang die Glasharfe. Nereus ging zwischen den Spiegeln hindurch. Einen Augenblick lang vervielfältigte er sich dabei ins Unendliche, ein gräßliches, zotteliges Heer von Ungeheuern. Dann näherte sich das Mädchen der Stelle. Kurz vor den Spiegel blieb sie stehen, öffnete die Augen und sah mit starrem Blick und verzerrten Gesichtszügen um sich. Ihre Hände tasteten vor, begannen zwischen den Spiegeln zu flattern wie aufgescheuchte Vögel, Tausende von Händen, Schwärme von weißen Vögeln.

Der Magnetiseur schnellte erneut seine Finger gegen sie und zog sie wie unter großen Mühen weiter. Seine Stirnadern schwollen; er legte sich zurück, als zerre er an Stricken eine schwere Last. Endlich war die Nymphe zwischen den Spiegeln. Ihre Lippen öffneten sich zu einem Schrei, einem tonlosen allerdings. Dennoch glaubte Philipp, seinen Widerhall in sich zu hören.

Arethusas Glieder begannen konvulsivisch zu zucken. Ihre Augen traten aus den Höhlen, die Zunge hing ihr aus dem Mund, als würde jemand sie würgen. Sie schien große Schmerzen zu erleiden. Mit den Händen riß sie sich die dünnen Stoffetzen vom Leib, dann fuhr sie sich mit den Fingern über Brüste und Bauch. Rote Striemen wurden sichtbar.

Das Publikum begann zu murren. Die Musik brach ab.

Während der Magnetiseur selbst keiner Bewegung fähig schien, vielmehr zur Salzsäule erstarrt war, sprang ein maskierter Mann zwischen die Spiegel und legte seine Hände gegen die Schläfen der Nymphe. Dann schob er sie mit sanftem Druck aus dem Bereich der Spiegel. Die Maske rutschte ihm dabei vom Gesicht. Es war Koreff.

Das Mädchen wirkte nun völlig ruhig. Wie apathisch ließ es sich von einem der Diener hinausführen. Koreff aber wandte sich an die Gäste. »Wir sind soeben Zeugen einer höchst eindrucksvollen Demonstration der Macht, aber auch der Gefahren des animalischen Magnetismus geworden. Die Somnambule hat vor unser aller Augen sichtbar die Qualen eines Todeskampfes erlebt. Schuld ist wahrscheinlich das Quecksilber auf den Spiegelrückseiten. Es hat die magnetischen Strahlen zwischen sich hin und hergeworfen und so verstärkt, daß die Ärmste in eine lebensbedrohliche Krise geriet. Es war daher durchaus nötig, das Experiment abzubrechen.«

Zögernder Applaus erhob sich. Koreff verneigte sich. Er ging zu einem der Fenster, zog die Vorhänge beiseite und stieß die Läden auf. Kaltes Tageslicht drang ein und nahm dem Raum seinen Zauber. Überall halbleere Flaschen, zerbrochene Gläser, derangierte Gestalten, die zur Garderobe drängten. Zylinder auf Zylinder fand seinen Kopf. Auch Koreff ging, und Kreisler und Freundt schlossen sich ihm an. Nereus aber war schon seit einer Weile unbemerkt verschwunden.

7. SCHATTENTHEATER

Es war finster, als Kreisler erwachte. Das Alpdrücken auf der Brust war nichts anderes als sein fetter Kater, der dort wieder einmal seinen Schlafplatz gesucht und gefunden hatte. Philipp warf ihn aus dem Bett und stand auf.

»Wir sind nicht weitergekommen, mein lieber Murr«, sagte er. »Es ist Zeit, sich die Sache einmal im Zusammenhang vorzustellen. Oder soll ich besser sagen, zu durchdenken? Ach, wäre da nicht meine alte Angst, daß der Gedanke die Anschauung zerstört! Warum wanken wir Menschen ein Leben lang in blinder Betäubung umher? Weil wir nicht der Anschauung vertrauen wie die Tiere, und weil wir ebensowenig dem Gedanken vertrauen, ihrem Spiegelbild.«

Er holte Papier und Schere und stellte eine brennende Kerze auf den Tisch. Mischa schlief nebenan, er hörte ihr leises Schnarchen. Der Kater hockte auf dem Schreibpult und gähnte.

»Ich werde also versuchen, in diesem Fall der Anschauung zu vertrauen. Zeichnen war für mich immer schon die genaueste Art der Reflexion.«

Er hielt einen Bogen Papier gegen die Kerzenflamme und begann, eine Figur herauszuschneiden. »Koreff, wie er leibt und lebt. Tüchtig, klug, eitel, anpassungsfähig, ein bißchen aufdringlich, aber sehr amüsant. Sicher ein Mann mit großer Zukunft, weil er so viele kleine Vergangenheiten hat.«

Er befestigte den Schattenriß an einem eingekerbten Stöckchen, hielt ihn gegen die Kerze, begutachtete den Schatten an der Wand und steckte sein Kunstwerk in einen frischen Brotlaib, den er sich aus der Küche geholt hatte.

»Hier werde ich die personae dramatis unseres Falles versammeln. Auf Koreffs Seite die Unverdächtigen. Wie zum Beispiel den Prosektor Rust.«

Eine Weile arbeitete er an der neuen Silhouette. »Nepomuk Rust. Sehr sympathisch. Beinahe verdächtig angenehm und moralisch intakt. Ein ausgezeichneter Wissenschaftler, kein Salonlöwe wie Koreff, aber mindestens so begabt. Zu Koreff also aufs Brot.

Und nun Johanna. Sie ist rein, ihr Gemüt ist klar wie Kristall, ihre Stimme ein wenig rauchig, wenn sie spricht. Ihre Figur ist so vollkommen, daß mir die Finger zittern beim Ausschneiden. Ich glaube, du bist zu Recht eifersüchtig auf Johanna, mein lieber Murr. Ich liebe und verehre sie tatsächlich mehr als jede andere Person.«

Der angesprochene Kater sprang von seinem Platz herab, sträubte das Fell und entblößte seine dornenscharfen Zähne.

So ging es eine Weile fort. Selbstgespräche des Figurenschneiders, stumme Kommentare des Katers mittels seines Buckels, seines Schwanzes, seiner bernsteinfarbenen Augen.

Nach und nach betraten Kreislers Schattenreich auf diese Weise der Magnetiseur, Madame Staegemann, ihre Tochter Hedwig, Brentano als Dappertutto, die Gebrüder Gerlach, Trützschler, Kamptz, Sayn Wittgenstein, ja, sogar der König selbst. Schließlich zuletzt die Tote, Amandine, auf einer Bahre liegend.

Die meisten Figuren plazierte Kreisler in die Mitte des Brotes auf dem weiten Feld der halb Unverdächtigen, wie er es bei sich nannte.

Amandine und Johanna steckte er am linken Ende des Brotlaibes zusammen. »Sieh mal, Murr, was haben diese Dämchen miteinander gemeinsam? Fällt dir dazu etwas ein?« Der Kater gab ein grunzendes Geräusch von sich und leckte sich mit fast unanständiger Ausgiebigkeit die Pfoten.

»Recht hast du, mein fettes Katerchen: daß sie uns immer und ewig verliebt in sich machen. Sie machen aus unserer aufrichtigen Liebe dieses teuflische Spiel der Gefühle, das man mit dem viel zu harmlosen Begriff Verliebtsein belegt. Es bedeutet, sie machen uns närrisch, wahnsinnig, kindisch. Und das ist es, was wir so schätzen an ihnen, denn es ist ein durchaus angenehmer Zustand, von falschen Gefühlen berauscht zu sein, vom Punsch der Liebeslüste sozusagen.«

Kreisler schnitt noch Madame Staegemann und ihre Tochter Hedwig aus und steckte sie zu Johanna und Amandine.

»Mehr Damen habe ich bisher nicht. Eine reine Damengesellschaft ist doch etwas höchst Tristes, beinahe Entmutigendes. Findest du nicht, Murr? Allein die Vorstellung, alle glücklich machen zu müssen! Wir werden besser einen Mann hinzugesellen. Den Dappertutto vielleicht. Der ist nämlich auch gänzlich unverdächtig. Ist es überhaupt ein Mann? Oder eher eine männliche Nymphe?«

Trützschler, Kamptz, Wittgenstein, die Gebrüder Gerlach bildeten eine Gruppe rechts von dem Mittelfeld der halb Unverdächtigen. Kreisler ließ sie dicht an einer Kerzenflamme entlang Revue passieren, so dicht, daß sich ihre papiernen Leiber in der Hitze krümmten. »Euch mag ich am wenigsten«, flüsterte Kreisler. »Ihr seid die Drahtzieher im Hintergrund, die Repräsentanten von Recht und Ordnung, die Apostel der Bürgerpflichten. Aber das ist nur die halbe Wahrheit. Eigentlich seid ihr mindestens so am Erhalt eurer Macht interessiert wie am Wohl der Bevölkerung. Auch der König gehört hierher. Der König? Glaub mir, Murr, wir spielen mit dem Feuer. Aber der König gibt nun einmal eine hübsche Silhouette ab. Ich werde ihn gegen Trützschler austauschen, der ist ein ehrlicher Mann. Schade, daß der rechte Knust noch frei ist. Aber einen richtig Verdächtigen haben wir leider bis jetzt noch nicht. Doch halt. Ich könnte es mit Carlsberg probieren. Und das aus drei Gründen: Erstens war er verliebt in Amandine und hat sie verfolgt, zweitens muß er eine von Erfolglosigkeit niedergedrückte Seele haben. Solche Leute sind erfahrungsgemäß gefährlich. Ich muß mehr über diesen Unglücksraben herausfinden. Ludwig soll entsprechende Erkundigungen einziehen. Leider weiß ich nicht einmal, wie er aussieht. Ich werde einen großen Unglücksraben schneiden und ihn auf einen Galgen setzen, der ins rechte Brotende kommt.«

So geschah es. Der schwarze Rabe war Kreisler über die Maßen gut gelungen. Er hatte die Schwingen zum Abflug gespreizt, und sein Schatten schien wie ein richtiger Vogel an der Wand zu schweben.

»Carlsberg, Unglücksrabe, sollte es sich herausstellen, daß ich dich zu Unrecht verdächtigt habe, darfst du über die Köpfe der anderen hinweg auf die Seite der Unschuldigen fliegen. Vorerst aber bekommst du noch ein großes S an deine Seite. S für Spal, für den geheimnisvollen Mann im Spiegel.«

Zufrieden mit seinem Kunstwerk bewegte Kreisler das bespickte Brot vor der Kerzenflamme hin und her. An der Wand sah es mit all seinen Schattenfiguren aus wie eine große, durch hohe Wellen gleitende Gondel. Der Kater war damit beschäftigt, die heruntergefallenen Papierschnitze zu jagen. Dabei fauchte er und kratzte mit den Krallen auf dem Parkett.

»Weißt du, was mir auffällt, mein lieber Murr? Wir haben gar keine Leute aus den niederen Ständen dabei, keinen Kutscher, keinen Straßenmusikanten, keinen Kellner, keinen Laternenputzer, keinen Logenschließer – aber das kann sich ja noch ändern. Wen brauchen wir noch? Den Theaterintendanten vielleicht? Ja, der Brühl muß mit aufs Brot. Schließlich ist er der höchste Vorgesetzte der kleinen Amandine gewesen. Ein über jeden kriminellen Verdacht erhabener Mann allerdings, ein Idealist, aber Idealisten sind eine durchaus gefährliche Spezies. Vorerst muß er zu den Unverdächtigen nach links, der gute Chef des Hoftheaters *von* Brühl. Sein ›von‹ ist wie ein Foyer, durch das man seinen Namen betritt. Wen haben wir noch aus dem Milieu? Schinkel natürlich, diesen Meister der Kulissenmalereien. Unverdächtig auch er. Aber wichtig, ungeheuer wichtig für uns alle. Schinkel ist unser aller Auge, durch ihn sehen wir die Dinge, die Welt. Er versteht es, ein Panorama so zu malen, daß man hineinlaufen möchte. Und jetzt die letzte Gruppe, die der Verfolger. Freundt und ich. Welche Freude, diese bizarren Herrschaften zu schneiden. Das sind doch noch Charakterköpfe und wahre Teufelskerle.«

Wieder ließ er die Schatten, seinen und den des Freundes,

über die Wand geistern. Murr machte seinen Buckel dazu und Philipp grunzte zufrieden. »Ihr seid mir am besten gelungen, liebe Freunde. Kein Wunder bei meiner Sympathie für euch. Ich stecke euch hier seitlich auf den Rand des reichlich gespickten Backwerks. Sieht es nicht wie ein Igel aus inzwischen? Wir werden sehen, wie wir die Leutchen in der nächsten Zeit bewegen, wie wir sie untereinander vermischen, und wer noch neues hinzukommt oder wer ausscheiden muß aus meinem kleinen Schattentheater.«

Eine Weile noch ließ er die Schatten der verschiedenen Gruppen über die Wand ziehen. Das eigene Konterfei hatte er herausgezogen. Er ließ seinen Schatten Bücklinge machen vor den verschiedenen Gestalten. Dabei murmelte er Begrüßungsformeln wie »Einen schönen guten Tag, Herr von Brühl, haben Sie gut geträumt, wie der Prinz von Homburg, der nicht auf Ihren Brettern erscheinen darf? Ich grüße Sie, meine allerliebste Johanna. Wie hat die holde Nachtigall in Ihrer Brust geschlafen diese Nacht? Und du, mein Freund Koreff, dich grüße ich mit dem natürlichen Mißtrauen eines von der Damenwelt weniger Beachteten.«

Schließlich löschte er die Kerze und setzte sich ans offene Fenster. Die kühle Nachtluft tat gut. Das Schauspielhaus lag dunkel und geheimnisvoll da. Irgend etwas mußte geschehen. Daß man den Fall Amandine bereits im wörtlichen Sinne begraben hatte, gefiel ihm immer weniger. »Morgen gehe ich zur Attacke über«, flüsterte er.

Dann schloß er das Fenster und legte sich aufs Kanapee.

8. ASA FOEDITA

Er klopfte und trat ein, ohne ein ›Herein‹ abzuwarten. Das war unhöflich, aber ihm schien dies Vorgehen angemessen. Trützschler saß hinter seinem Schreibtisch und blickte Kreisler erstaunt an.

»Nun? Ich sehe Sie sind in Rage sozusagen. Was bringt Sie so auf, mein Guter.«

»Warum hat man sie so früh verscharrt! Ist das nicht fahrlässig? Hätten nicht genauere Untersuchungen ...«

»Herr Kammergerichtsrat Kreisler, mäßigen Sie sich. Es ist alles geschehen, was notwendig war. Diese Tänzerin, ich nehme doch an, daß es um sie geht, hatte keine Verwandtschaft, keine Familie, da war es völlig in Ordnung, sie so schnell zu beerdigen, ehe ...«

»Sie meinen, ehe die Verwesung einsetzt? Dennoch: hat man wirklich alles Erdenkliche getan? Hat man die Leiche gründlich genug daraufhin untersucht, ob möglicherweise Drogen eine Rolle gespielt haben könnten? Gifte? Aufputschmittel? Ich habe gehört, daß Tänzer zuweilen Mittel benutzen, um ihre physische Leistungskraft zu erhöhen. Und ich habe selbst beobachtet, daß Amandine kurz nach ihrer Ermordung erweiterte Pupillen hatte!«

»Nun, selbst wenn das der Fall war, so ist sie wohl kaum daran gestorben. Sie regen sich völlig überflüssigerweise auf. Die Suche nach dem Täter wird weitergehen. Alle entsprechenden Schritte sind eingeleitet.«

»Dann nennen Sie mir bitte wenigstens einen Experten für Drogen, Aufputschmittel, Gifte. Wen beschäftigt die Polizei in solchen Angelegenheiten?«

Trützschler blickte Kreisler an. »Wollen Sie etwa auf eigene Faust ermitteln? Ihr Engagement in allen Ehren, aber ich glaube kaum, daß das höheren Ortes gerne gesehen wird.«

Kreisler sah aus dem Fenster, während Trützschlers Ermahnungen auf ihn eindrangen, ohne mehr als sein Außenohr zu erreichen. Dann wandte er sich noch einmal an seinen Vorgesetzten: »Bitte nennen Sie mir einen Fachmann. Ich verspreche Ihnen, die Kreise der Polizei nicht zu stören, aber ich kann Amandines Tod nicht einfach auf sich beruhen lassen.«

Trützschler lächelte. »Wenn es Probleme geben sollte, werde ich allen sagen müssen, daß ich Ihnen jegliche Eigenmächtigkeit strengstens untersagt habe. Und noch eins: Von mir haben Sie den Namen Liebenwein nicht.«

»Liebenwein?«

»Genau der. Es gibt keinen besseren Fachmann als ihn. Man muß natürlich in Rechnung stellen, daß er ein Spinner ist, ein Kauz, ein eitler und verworrener Mensch ohne Freunde. Es heißt, er hält seinen Laden für ein Schiff, sich selbst für einen Schiffsarzt. Die Spree ist sein Ozean und Berlin in seinen Augen eine karge Insel, an der er gestrandet ist.«

»Das geht mir zuweilen ähnlich«, sagte Kreisler und verabschiedete sich.

Draußen wirbelten weiße Punkte durch die Luft. Ein stürmischer Tag mit einem unbarmherzigen Wind aus Nordost, der späte Schneeflocken von den unendlichen Weiten Rußlands durch die Straßen trieb. Sie mischten sich mit Sand und peinigten die Gesichtshaut. Selbst wenn man bei geschlossenen Fenstern aß, knirschte es zwischen den Zähnen, und am Boden der Weinkelche sammelten sich die Sandkörner wie in einem Stundenglas. Das waren die Tage, an denen Kreisler sich besonders intensiv nach dem Süden sehnte. Warum ertrug er nur diese Unbilden des Nordens, diese Kälte, die bis in die Herzen und Gemüter der Menschen vordrang!

Er ging nach Hause und warf sich in wetterfeste Kleidung. Dann steckte er Amandines Schminkdose ein und machte sich auf den Weg.

Der Drogist und Apotheker Anselm Liebenwein hatte seinen Laden in der Reetzengasse, in der Altstadt also, wo die krummen und winkligen Gassen einen mittelalterlichen Kontrapunkt zu den großzügigen und geraden Prachtstraßen der neuen Stadtbezirke bildeten. Immer wenn Kreisler über den Spreekanal das alte Berlin betrat, hatte er das Gefühl, in ein anderes Jahrhundert zu geraten. Hier hatten einst die beiden Schwesterstädte Cölln und Berlin links und rechts des Spreeufers eine seltsame Doppelexistenz geführt, von einer gemeinsamen Stadtmauer umklammert und dennoch so verschieden im Wesen, daß er den Unterschied bis heute zu spüren meinte. Ein labiles Gefühl, als könne das alte Berlin längs der Spree in die zwei Hälften einer Walnußschale zerbrechen. Nur den Wind spürte man hier nicht so sehr. Die engen Gassen boten Schutz.

Liebenweins Laden war nicht leicht als Apotheke zu erkennen. Unkundige Passanten mochten ihn eher für einen Trödlerladen halten. Über der Tür hing ein großes, naturgetreu auf Blech gemaltes Doppelauge, das den Flaneuren mit beinahe höhnischem Ausdruck entgegensah, oder, wenn sie vorbei waren, ihnen bohrend in den Rücken starrte. Im Schaufenster tummelten sich verstaubte Utensilien, Muschelschalen, eine Krokodilmumie, ein komplettes Fußskelett. Ein ebenfalls skelettiertes Äffchen schwebte an einem unsichtbaren, dünnen Faden über den Auslagen und schaukelte im kleinsten Luftzug hin und her. In Kopfhöhe aber zog sich ein schmaler Spiegel über die ganze Ladenfront hin, in dem sich die Passanten im Vorübergehen selbst erblicken konnten, wenn sie den Mut dazu hatten. Dies war von Liebenwein als boshafte Strafe gedacht. Denn wer so plötzlich beim Herumlaufen sein Konterfei erblickte, mußte nach Ansicht des Apothekers zutiefst erschrecken über die Dümmlichkeit seines Gesichtsausdrucks. Auch hielt diese Maßnahme die meisten davon ab, den Laden zu betreten; lieber beschleunigte man seine Schritte, um dem eigenen Doppelgänger zu entkommen. Das wiederum war dem Besitzer des Ladens offenbar nur recht, denn er schien nichts mehr zu verabscheuen als Kundschaft.

Dem Vernehmen nach gehörte Liebenwein zur aussterbenden Sekte der heimlichen Goldmacher und sollte immer noch auf alchimistische Weise versuchen, das große Geld zu machen. Man konnte in seinem Laden aber auch speziell von ihm gemixte Tinkturen oder Salben gegen alle möglichen Zipperlein bekommen, und so kam es, daß er eine kleine Gemeinde von treuen Kunden besaß, die die Unbilden eines Ladenbesuches bei dem Apotheker in Kauf nahmen. Man war jedoch nie sicher, auch bedient zu werden. Manche alten Kunden, die ihm in der Stunde ihres Besuches scheinbar völlig grundlos mißfielen, übersah er einfach, wenn sie in seinem dunklen Laden standen und warteten. Da half kein Räuspern, kein Bitten und Fragen. Der Inhaber machte sich an den zahllosen Schubladen zu schaffen oder beschäftigte sich mit seiner großen Apothekerwaage und drehte dem Kunden dabei den Rücken zu. Erst wenn der ging, mit einem bösen Fluch auf den Lippen vielleicht, drehte sich Liebenwein um und wünschte höflich »Einen schönen Tag«.

Überhaupt, dieser Laden! Er war ein sehenswertes Loch, eine Art verräucherter Schiffskajüte mit allerlei Absonderlichkeiten, Krebsen, ausgestopften Hechten an der Decke, Seekarten an den Wänden, Bullaugen, hinter denen Fische in künstlich beleuchteten Aquarien spielten. Es war tatsächlich eine fixe Idee des Inhabers, daß man sich bei ihm auf hoher See befand. Der Rinnstein draußen mußte als Fahrwasser herhalten, durch das man sich mitsamt der ganzen Apotheke über einen imaginären Ozean bewegte.

Als Kreisler die Apotheke betrat, war der Inhaber gerade dabei, einen Kunden durch Nichtbeachtung zu vertreiben. Beim Anblick Kreislers hellte sich sein Gesicht auf.

»Nun, mein Freund? Du siehst wunderbar aus, ganz wie ein von Skorbut ausgezehrter Matrose! Was herrscht für ein Wetterchen draußen? Dem Rollen des Schiffes nach müssen wir einen netten kleinen Sturm haben, bei achterlichem Wind sogar. Willst du vielleicht etwas gegen Skorbut? Es gibt nur ein Mittel, das wirklich hilft: Champagner mit Sauerkraut. Eine ganze Flasche und einen großen Teller Sauerkraut, beides abwechselnd, immer ein Biß, ein Schluck, und dabei an eine schöne Dame denken.«

»Es herrscht ein echter Orkan«, sagte Kreisler. »Aber Ihr Schiff liegt großartig dabei. Keine Gefahr zu kentern.«

»Das will ich meinen. Wir haben ja auch das Richtige geladen. Grabsteine für Peru. Leichen für Kamerun. Dieser Mensch da ist eine von ihnen. Tot von Geburt an, wie die meisten in dieser verdammten Stadt.«

Liebenwein deutete auf den anderen Kunden, der darauf mit einem Fluch den Laden verließ. Der Apotheker rieb sich vergnügt die Hände. »Kann es sein, daß wir uns kennen?« fuhr er fort. »Ich meine, dein verschrumpeltes Essiggesichtchen schon gesehen zu haben. Es erinnert mich an das Antlitz eines Fötus im Alkohol, nicht daß ich dir zu nahe treten will, aber wie lange bist du bereits unterwegs auf dieser verrückten Welt, die der liebe Gott in einem Anfall von Schlamperei in einer Woche zusammengepfuscht haben soll?«

»Seit vier Jahrzehnten«, antwortete Philipp Kreisler wahrheitsgemäß. »Und die kommen mir vor wie vier verschlossene Kästchen, in denen vier ganz verschiedene Seelen von mir wie Springteufelchen eingeschlossen sind.«

»Ausgezeichnet. Wir verstehen uns«, sagte Liebenwein. »Die Seele des Liebenden, des Leidenden, des Tätigen und des Gleichgültigen. Letztere ist mir die liebste. Was kann ich für dich tun, mein gleichgültiger Matrose des Lebens? Gegen Skorbut hilft übrigens auch Ertrinken!«

Kreisler zog die Schminkdose aus der Jackentasche, klappte

den Deckel auf und hielt sie dem Apotheker unter die Nase. »Ich möchte wissen, was das ist.«

Liebenwein zog die Augenbrauen hoch. Dann schloß er die Außentüre ab und führte seinen Gast in ein Hinterzimmer, das als Labor diente. Gläser und Flaschen, Mörser und Dosen stapelten sich hier. Ebenso elektrische und optische Apparate, Leydener Flaschen, Voltasche Säulen, eine Elektrisiermaschine, ein Mikroskop, diverse Prismen, ein Elektrophor, Destillationsapparate und Kupferkessel.

Der hochwissenschaftliche Eindruck wurde allerdings durch den unbeschreiblichen Zustand des Labors ziemlich abgeschwächt. Es herrschte Chaos. An einem Faden hingen mehrere stinkende Froschschenkel, schon halb in Verwesung begriffen. Unter einer Glasglocke hockte ein halbtoter Vogel und krächzte ab und zu. Ein Topf voller Blutegel vervollständigte die Szenerie, die nicht gerade appetitlich war, zumal im Hintergrund mehrere Menschenskelette verschiedener Größe ein übertrieben stummes Publikum bildeten.

Anselm Liebenwein begann wortlos mit seiner Untersuchung. Er nahm eine Glasphiole und praktizierte mit einem langen Metallöffel ein wenig von der Schminke hinein. Dann goß er eine uringelbe Flüssigkeit hinzu, hielt die Phiole eine Weile über eine Kerzenflamme, schüttelte sie und betrachtete ihren Inhalt im Licht eines kleinen, von Spinnweben und toten Fliegen verhangenen Fensters.

»Zwei berüchtigte Substanzen bilden die Hauptmasse dieser eindrucksvollen Mixtur: Asa foedita und Adipocire. Du weißt, was das ist?«

Kreisler schüttelte den Kopf. »Es hört sich schrecklich genug an. Ich wäre für eine nähere Erläuterung dankbar.«

»Nun, Asa foedita, auch Stinkasant oder Teufelsdreck genannt, ist ein pflanzliches Produkt vom Aralsee. Eine dunkelbraune, schmierige Substanz, die unangenehm knoblauchartig riecht. Dieses Teufelszeug enthält neben Harzen und Gummi ätherische Öle, die stimulierend auf die Nerven wirken. Daher verschreibt man Asa foedita als kräftigendes Reizmittel, aber auch zur Krampfstillung bei hysterischen Zuständen, bei Asthma und nervöser Kolik zum Beispiel.«

»Auch bei einer Krise, bedingt durch eine Magnetisierung einer Person?«

Der Apotheker sah Kreisler eine Weile durchdringend und mißtrauisch an. Dann endlich sagte er: »Natürlich, auch dann.«

»Was befindet sich noch in der Paste?«

»Du klingst wie ein Schnüffler, mein lieber Freund. Das gefällt mir nicht. Nun, jene ominöse Substanz enthält noch andere Zutaten, wahre Elixiere des Teufels.«

Kreisler bangte bereits um die Fortführung der Audienz, aber Liebenwein hatte sich längst wieder in Begeisterung geredet. »Da haben wir als die Grundmasse mit einem Gewichtanteil von 80 Prozent, wie ich bereits erwähnte, Adipocire. Jenes ominöse Leichenfett, das die Totengräber des berühmten Pariser Friedhofs ›Zur Unschuld‹ zum ersten Mal in größeren Mengen entdeckten, als sie alte Massengräber öffneten, in denen sich die Leichen, vermutlich durch Einwirkung hoher Feuchtigkeit und enger Lage in eine weißliche Substanz verwandelt hatten. Sie ist bröckelig, seifig, talgähnlich und sozusagen die Quintessenz eines langen Lebens, an dessen Ende sich die betreffende Person in eine Art Kerze verwandelt, die nun auf dem Altar des Nichts zu brennen hat bis zum jüngsten Tag. Es gibt nur eine zweite Substanz, die dem Adipocire ähnelt. Das Sperma Ceti des Pottwales, auch Walrat genannt, das man in seinem Kopf und in Höhlungen entlang seines Rückenmarkes findet. Es ist nicht nur von gleicher Konsistenz und Farbe, es ist auch wie Adipocire höchst geeignet, andere Gerüche in sich zu speichern. Daher verwendet man Sperma Ceti als Trägersubstanz für die verschiedensten Salben. Für Schminke, für Lippenpomade, für Parfüm. Auch für besonders schön und fromm brennende Kerzen. Sperma Ceti ist sehr kostbar, was mit seiner schwierigen Gewinnung zusammenhängt. Außerdem soll es die Potenz stärken. Manche glauben, daß es, wie schon der Name ausdrückt, die Samensubstanz jenes gewaltigen Fisches ist. Möchtest du es vielleicht verschrieben haben, verehrter Freund?«

Kreisler überging die frivole Anspielung des Apothekers. »Ist denn Adipocire möglicherweise ebenfalls ...«

»Jaja, der kühne Gedanke liegt natürlich nahe«, fiel ihm Liebenwein ins Wort. »Der Samen der Toten, seine den ganzen Körper ergreifende sexuelle Kraft. Ich warne dich, Freundchen, dies ist gefährlicher Boden, auf dem wir uns mit solchen Spekulationen befinden. Hier sind manche bösen Geheimnisse zu vermuten, die sich uns besser verschließen sollten. Die von dir erwähnten Magnetiseure gehören übrigens zu den tollkühnen Leuten, die sich auf dieses dubiose Terrain zwischen Tod und Leben wagen. Sie wissen, daß der animalische Magnetismus auch den Tod tangieren kann. Es scheint erwiesen, daß es Fälle von Leichenerweckung gibt, indem man den Verstorbenen mit der magnetischen Aura von jungen Menschen in Berührung brachte.«

»Was halten Sie, verehrter Meister, von Alraunen, von Galgenmännlein, von Mandragora, einem Gewächs, dem aphrodisierende Wirkung zugesprochen wird?«

Liebenwein strahlte. Er war in seinem Element. »Mandragora, Mandragora«, er sang es fast. »Dieser Klang allein läßt die Liebessäfte wallen! Du weißt offenbar, daß du hier dich dem Geheimnis näherst, das mit dem Sperma unschuldig Gehenkter verbunden ist. So dachten wenigstens die Menschen des Mittelalters, die bekanntlich einen anderen Zugang zu den Wundern und Rätseln der Natur hatten als wir armen kühlen Kopfmenschen von heute. Es soll übrigens hin und wieder vorkommen, daß sich aus einem solchen Galgenmännlein ein richtiger, lebendiger Mensch entwickelt. Kleine, böse, runzlige Kerle mit ledriger Haut, mit denen nicht gut Kirschen essen ist. Sie bringen den Samen des Todes ins Leben. Ich kenne wenigstens einen dieser Kerle.«

Nach diesen rätselhaften Worten widmete sich Liebenwein der Probe, indem er die Phiole vorsichtig über der Kerzenflamme hin und her bewegte.

»Sie meinen doch nicht am Ende meine Wenigkeit?«

Liebenwein lächelte. »Äußerlich gibt es da einige Parallelen, aber innerlich hast du einen guten Kern.«

»Das ist ja tröstlich«, sagte Kreisler trocken.

Liebenwein schüttelte die Phiole und hielt sie ihm vor die Nase. »Siehst du die leichte Trübung, die sich gerade am Boden sammelt? Das ist die dritte Substanz, die ich gefunden habe. Eine berühmte Farbe, aber auch ein Rauschmittel, eine Droge, ein Gift. Auripigment. Ein Arsenabkömmling. In geringen Dosen bewirkt diese Substanz ekstatische Glücksgefühle, in größeren Mengen Bewußtlosigkeit, schließlich den Tod. Was bezweckte der Schöpfer dieser satanischen Mixtur? Ich würde sagen, er hat den Versuch unternommen, jemanden auf eine ebenso schreckliche wie kühne Gratwanderung zwischen Leben und Tod zu schicken, auf diesen dünnen First, von dem man so leicht abstürzen kann, entweder in unsere tagtägliche Wirklichkeit, diese Gruft der Langeweile, oder auf die andere Seite, in das bizarre Land der Lüste und Träume, aus dem es manchmal kein Erwachen mehr gibt.«

»Könnte eine Tänzerin damit ihre Leistung steigern?«

»Ja. Vorübergehend durchaus. Sehr vorübergehend würde ich sagen. Als Totentanz gewissermaßen. Sprünge so hoch und so weit wie die des australischen Beutelhasen. Neun Meter weit und drei Meter hoch. Bis nach einer unsanften Landung alles vorbei ist. Aber ich rieche noch etwas.«

Wieder schnüffelte Liebenwein mit geschlossenen Augen an der Phiole. »Zweifellos enthält diese Teufelspaste Kampfer. Und zwar in einer erheblichen Überdosis.«

»Kampfer, ist das nicht auch ein Beruhigungsmittel, entspannt es nicht die Muskeln und sorgt für ruhigen Atem?«

»Gewiß tut es das, mein Freund, aber nur in geringer Dosis. Dann wirkt es in der Tat krampfstillend. Du wirst wissen, daß es unsere jungen Dämchen zuweilen zwischen den Brüsten tragen als Mittel gegen rote Wangen. Oder bist du bis dorthin noch nie vorgedrungen? Aber in einer solch hohen Dosis wie hier ist es ein gefährliches Gift, das reizend wirkt auf die Geschlechtsorgane und auf sämtliche andere Gliedmaßen. Wenn man sich damit einreibt, glaubt man zu schweben, auf Stelzen zu gehen. 2,5 Gramm davon eingenommen führen zu wahren Gedankenstürmen, man hüpft herum, die Beine scheinen verlängert wie bei einem Storch, ja, man meint schließlich sogar, die Schwerkraft überwunden zu haben, ehe einem übel wird, man sich übergeben muß, ehe eine grausame Hitze den Körper befällt und man das Bewußtsein verliert.«

Liebenwein schien während seines Vortrages alle aufgezählten Symptome leibhaftig durchzumachen. Zuletzt sank er zu Boden, in einer Ohnmacht, die jedoch offensichtlich gespielt war, denn er sprach mit geschlossenen Augen weiter: »Und noch etwas, eine starke Kampfersalbe vermag den Fäulnisprozeß des Körpers aufzuhalten. Ein Mittel der Mumifizierung, ein Toter scheint frisch zu bleiben, als pulsierten immer noch Blut und Nervenströme in ihm.«

Liebenwein erhob sich und gab Kreisler die Hand. Die Audienz war offensichtlich beendet. Sie gingen in den Laden zurück. Kreisler zahlte ein fürstliches Honorar und steckte die Büchse der Pandora ein. Der Apotheker zwinkerte ihm verschwörerisch zu.

»Sollten sich neue Aspekte bei deinen Forschungen ergeben, neue Eskapaden deiner vier Springteufelchen zum Beispiel, dann wende dich vertrauensvoll an meine Wenigkeit.« Mit diesen Worten drehte sich Liebenwein um und verschwand in sein Labor.

9. DER FRIEDHOF DER CHARITÉ

Kreisler erkundigte sich danach, wo genau man Amandine beerdigt hatte. Um kein Mißtrauen aufkommen zu lassen, erklärte er, daß er, weil bei der Beerdigung nicht zugegen, einen kleinen Kranz Immortellen auf das Grab legen wolle. Trützschler zeigte ihm auf dem Stadtplan die Stelle, eine abgelegene Ecke auf dem Friedhof der Charité, die für die Armen, die Namenlosen und die Familienlosen vorgesehen war. Schicksale also, denen das Vergessen bestimmt war als die vielleicht ehrlichste Form des Überlebens unser aller Himmel- oder Höllenfahrt ins Nichts, wie Kreisler fand.

Sie machten sich spät am Abend auf, Freundt und Kreisler, angetan in lange, graue Mäntel, Schattenhülsen, Schlemihlröcke, wie Kreisler bemerkte. Sie trugen beide kleine Kränze aus weißen und lila Immortellen. Als sie die Mündung der Panke erreicht hatten, folgten sie ihren Windungen. Auch wenn der Fluß nicht gerade imposant war, so hatte sein Wasser doch den Nebel herbeigelockt. Ein fremder Beobachter hätte das Bild wahrscheinlich einer Halluzination zugeschrieben, so seltsam und ausgedacht wirkten die beiden Gestalten, die sich in knietiefen Dunstschwaden voranbewegten, als glitten sie auf Stümpfen durch die Luft. Unbemerkt gelangten sie bis zum Friedhof, dessen Westgrenze das Flüßchen bildete, und nur wenig später hatten sie beim Schein einer abgeblendeten Laterne das frische Grab gefunden. Ein schmuckloses Holzkreuz mit dem Namen und dem Sterbedatum der Toten. Die Stelle des Geburtsdatums nahm ein Fragezeichen ein.

»Wenn man uns jetzt erwischt, hält man uns für Grabräuber«, flüsterte Kreisler.

»Womit man durchaus recht hätte«, flüsterte Freundt. Er hob beschwörend die gefalteten Hände und imitierte mit den

Fingern eine flatternde Fledermaus, die sehr echt wirkte gegen diesen bewölkten Himmel, den ein unsichtbarer Mond indirekt beleuchtete.

Ein frisches Grab zu öffnen erfordert keine großen Körperkräfte, denn die Erde ist locker und setzt einer Schaufel kaum Widerstand entgegen. Die seelischen Kräfte hingegen müssen gewaltig sein, denn mit dem Spatenblatt dort hineinzustechen, wo einstiges Leben ruht, ist ein schlimmer Friedensbruch. So jedenfalls empfand es Kreisler, als er unter dem Mantel die Schaufel hervorholte und sie in den länglichen Erdhaufen stieß. Sein Freund umkreiste die Szene in einem gewissen Abstand, denn es war seine Aufgabe, vor eventuellen Störungen rechtzeitig zu warnen.

Das Grab schien nicht sehr tief zu sein, denn die Schaufel stieß bald auf Widerstand. Rohes Holz kam zu Tage. Es klang hohl, wenn der Stahl dagegenstieß.

Kurze Zeit später zogen sie die Kiste heraus. Sie erwies sich als ungewöhnlich leicht, so leicht, daß Freundt sich die Bemerkung nicht verkniff, die wunderbare Tänzerin habe vermutlich tatsächlich durch ihre Kunst die Schwerkraft überwunden.

Gemeinsam schaufelten sie das Grab wieder notdürftig zu und legte ihre beiden Kränze auf dem nunmehr viel flacheren Grabhügel ab. Dann trugen sie den Sarg zur Panke und ließen ihn aufs Wasser hinunter. Mit an den Tragegriffen befestigten Seilen treidelten sie ihn die Strömung hinab zur Mündung, wo sie tags zuvor im Gebüsch einen Leiterwagen versteckt hatten. Sie luden die Last auf und deckten sie mit einer Persenning zu.

Der Mond trat hinter den Wolken hervor und beleuchtete mit seinem kalkigen Schein die beiden Freunde, wie sie mit ihrem polternden Wagen über die hölzerne Weidendammer Brücke zogen. Auf dem Weg in die Innenstadt waren sie bald nicht mehr allein. Obwohl es nach Mitternacht war, promenierten immer noch vereinzelt Offiziere mit ihren Dämchen in den Straßen. Betrunkene grölten und sangen. Da und dort schlichen vermummte Gestalten lautlos wie Katzen an den Häuserwänden entlang. Eine Weile folgte dem Wagen ein bettelndes Kind mit seinem weinerlichen Gejammer, bis Freundt ihm eine Münze gab mit der Aufforderung, endlich zu verschwinden.

Dann hatten die beiden ihr Ziel erreicht, einen Schuppen im Innenhof des Hauses Ecke Taubenstraße. Sie schlossen die Tür ab und starrten auf die Kiste. Jetzt erst kam ihnen in den Sinn, wie bedenklich ihr Unternehmen war.

»Ob sie schon Leichenflecke hat?« Freundt beugte sich herab und legte ein Ohr an den Sarg. »Ich höre etwas«, flüsterte er. »Ein regelmäßiges Geräusch, wie Atemzüge.« Er dirigierte mit der Hand, den Rhythmus andeutend. »Vielleicht ist sie scheintot.«

»Sie wurde obduziert. Hast du das vergessen?«

»Vielleicht hat irgendein Hexenmeister der Toten neues Leben eingehaucht.«

Kreisler näherte sich dem Sarg. Er berührte ihn leicht mit der Hand. »Fühlst du nicht die Kälte? Es ist die Kälte des Nichts. Der Mensch erlischt, die Flamme seines Lebens wird erstickt. Kälte bleibt zurück. Die Temperatur der Leere. Das Weltall ist kalt, weil es aus lauter Nichts zusammengesetzt ist.«

»Wir haben uns da offensichtlich in eine dumme Sache verstrickt«, fiel Freundt Kreisler ins Wort. »Du philosophierst hier nur aus Verlegenheit. Ich schlage vor, wir bringen den Sarg so schnell wie möglich zurück.«

»Ich werde Liebenwein holen und ihn bitten, die Leiche gründlich auf Gift zu untersuchen. Arsen zum Beispiel soll bis zu zehn Jahre nach dem Tod nachweisbar sein.«

»Hätte es da nicht gereicht, wir hätten einen Arm mitgenommen?«

»Bist du verrückt? Welch grauenvolle Ideen hast du? Ich werde doch Amandine nichts zuleide tun.«

»Willst du nicht aufmachen? Wenigstens einmal nachschauen?«

»Tu du es. Mir ist nicht wohl dabei. Vielleicht sehen wir ihre Anima entschlüpfen. Man soll bei Sargöffnungen einen feinen Schleier festgestellt haben, der sich vom Kadaver erhebt. Moderne Ärzte sagen allerdings, daß es sich um Schwärme einer kleinen Fliege handelt, die ihre Eier in Leichen legt. Hier, Ludwig, tu du es.«

Kreisler reichte Freundt ein Brecheisen, und der begann widerstrebend den Deckel des Sarges hochzustemmen. Die Nägel verursachten einen stöhnenden Laut, der den Freunden mächtig in die Glieder fuhr. Dann ließ sich der Deckel beiseite legen.

Beide mußten sich überwinden hineinzusehen. Das Innere der Kiste schimmerte dunkel. Es dauerte eine Weile, bis sie begriffen, daß sie leer war. Jemand war ihnen zuvorgekommen.

10. IM EPHRAIMSCHEN GARTEN

Als Philipp Kreisler ein paar Tage darauf morgens erwachte, sah er den Schimmer gelben Sonnenlichts im Fenster. Mischa war bereits aufgestanden. Die Mulde im Bett neben ihm war noch warm.

Endlich ein Tag, der den Winter abzustreifen schien wie ein kratziges Hemd. Die Luft war sanft und mild. Sie kam von Süden, aus Regionen, in die sich Kreisler in diesem Vorfrühling mehr sehnte als gewöhnlich. Manchmal war sein Wunsch, nach Italien zu reisen, fast schmerzhaft stark, aber er war immer zugleich schön in seiner Vergeblichkeit. Er tat weh wie eine Wunde, die durch ihr Jucken Heilung verspricht.

Kreisler frühstückte in seiner Dachgaube. Alles sah so freundlich aus, selbst das Theater, dessen Dach wie poliertes Messing schimmerte. Mischa brachte ihm einen Brief und küßte ihrem Mann bei dieser Gelegenheit sanft die Stirn. Er öffnete das Kuvert und entnahm ihm eine gedruckte Karte. Die Einladung zu einer Ausstellung im Ephraimschen Garten.

Diesmal verwandte er ungewöhnlich viel Sorgfalt auf sein Äußeres. Das rote Halstuch flammte unter seinem Kinn, und als er sich im Spiegel betrachtete, schien ihm sein Lächeln das eines gutgelaunten Satyrs zu sein.

Er entschloß sich zu Fuß zu gehen, immer am Wasser entlang, erst den Kupfergraben, dann den Weidendamm, über die Weidendammer Zugbrücke hinüber ans andere Ufer der Spree, um dort dem Schiffbauerdamm zu folgen. Wie anders fühlte er sich heute! War er nicht vor wenigen Tagen, als er nachts mit Freundt diesen Weg zum Friedhof der Charité geschlichen war, in eine seiner eigenen Geschichten geraten? In eines dieser düsteren Traumbilder, die von Nachtmahren und den Gespenstern seiner zwielichtigen Psyche besiedelt waren.

Die Grabschändung war inzwischen der Polizei gemeldet worden, aber man schien ihr keine große Bedeutung zuzumessen. Offenbar geschahen solche Dinge des öfteren. Vor allem in jenem abgelegenen Teil der Begräbnisstätte. Leichenhandel verstieß zwar gegen christliche Normen, aber er kam vielleicht dem Fortschritt der Medizin zugute. Also sah die Obrigkeit, solange nicht Angehörige auf die Ahndung der Grabschändung drangen, keinen Anlaß, der Sache allzuviel Energie zu widmen. Schließlich gab es drängendere Probleme allenthalben.

Der Ephraimsche Garten mit seinen großzügigen, schloßähnlichen Gebäuden war in jüdischem Besitz, aber an die gräfliche Familie Voß vermietet. In der dortigen Orangerie sollte heute eine Ausstellung von Statuen eröffnet werden. Die neuesten Arbeiten der besten Bildhauer der Stadt:

Götter und Göttinnen, Krieger und Weise, Nymphen und Faune. Auch einige sensationelle Antikenergänzungen, wie es hieß. Viele der Künstler würden persönlich anwesend sein, Schadow, Schinkel, Rauch. Berlin würde seinem Namen als Spreeathen wieder einmal alle Ehre machen.

Eine Weile streifte er durch den gepflegten Park. In seinem hinteren Teil lag ein Pavillon. Ein sechseckiges Gebäude, schiefergedeckt, mit hohen Bogenfenstern. Im Volksmund hieß es das Spukhaus. Kreisler war neugierig und öffnete die Tür, in der Erwartung, daß sie mindestens knarrte. Aber sie war vorbildlich in den Angeln gefettet und machte kein Geräusch.

Drinnen war trotz der zugezogenen Vorhänge Licht genug, um den Raum bis in seine Ecken überblicken zu können. Staub, Pflanzkübel, Gartengerät, nichts von Bedeutung. Merkwürdig nur ein kleines Tierskelett, das in einer Ecke lag. Kreisler hob es vorsichtig auf, wickelte es in ein Taschentuch und steckte es in den Mantel.

Als er die Orangerie betrat, glaubte er in einer anderen Welt zu sein. Sie war warm und freundlich und lichtdurchflutet. Der tiefblaue Himmel hinter den Scheiben weckte die Illusion, im Süden zu sein, ebenso wie die Zitronen- und Orangenbäumchen, der Oleander und die Magnolien, die in großen Terracottatöpfen wuchsen. Das Zwitschern bunter Vögel in den Volieren und die Kunststücke von Äffchen in den Lianen waren köstliche Beigaben für das wintermüde Auge.

Die anwesende Gesellschaft schien von ähnlichen Gefühlen bewegt wie Kreisler. Die Damen gaben sich zwangloser als gewöhnlich. Sie hatten die Mäntel abgelegt und setzten die bloße Haut ihrer Arme und Dekolletés den Sonnenstrahlen aus, wie man einer zärtlichen Berührung durch eine unbewußte Bewegung entgegenkommt. Auch ihre Begleiter schienen von dem künstlichen Sommer des Glashauses verändert. Die Halstücher waren bunter als sonst, die unvermeidlichen

Zylinder in den Vorraum verbannt. Abgelegt, wirkten sie wie schwarze Krähen auf einem verlassenen Feld.

Es gab noch eine dritte Gruppe von Gestalten im Raum, die sich still verhielt, bewegungslos, und dennoch ging die meiste Anmut von ihr aus. Es waren die Hauptfiguren hier, fast alle nackt und von makelloser Schönheit.

»Hier haben wir die unvergleichliche Aphrodite«, sagte eine sonore Stimme und wies auf die Statue eines Mädchens. »Sehen Sie diese Vollkommenheit? Sie scheint ganz in sich zu ruhen und ist dennoch in ständiger Bewegung. Ein Meisterwerk der klassischen Epoche. Der Kontrapost erfaßt nicht nur die Zuordnung der Arme und Beine, der Rumpfhälften, sondern auch die des Hauptes und des Haares, des Körpers und des angedeuteten Schleiers hier. Jedes einzelne, die Brüste, der Nabel, die Scham, ist einem großen Ganzen unterworfen, welches ich das Wesen des Lebens nennen möchte. Sie ist Göttin und Mensch in einem, sie lebt in dem Marmor wie der Schmetterling in einer Puppe. Wir glauben, ihr Herz schlagen zu hören, ihren Atem. Ich möchte fast behaupten, wenige hier im Raum können es mit dieser toten Statue an Leben aufnehmen, meine Damen und meine Herren.«

Der Redner, es war der große Schadow, der Schöpfer der Quadriga, unterstrich seine Worte sehr wirkungsvoll mit den Händen, wobei er gleichsam die schöne Aphrodite noch einmal in der Luft modellierte.

»Doch welch Jammer«, fuhr er fort, »daß die Zeit mit ihren grausamen Machenschaften die Göttin ihres linken Armes und ihres rechten Fußes beraubte. Ein Torso ist auf uns gekommen. Ein Torso, ein Fragment, hat gewiß seine eigenen Reize, jedoch in diesem Fall, verstehen Sie, werte Herrschaften, konnte, sollte man da die Verstümmelung der jungen Dame ertragen, hinnehmen? Nein, und abermals nein. Glücklicherweise verfügen wir in unsrer Stadt über Talente, die es mit großer Einfühlung verstehen, wie soll ich sagen, nun, künstliche Glieder zu schaffen, die die gräßliche Verstümmelung aufs erstaunlichste zu korrigieren vermögen. Wie Sie sehen, sind etliche der ausgestellten Statuen in vorbildlicher Weise vervollständigt, ergänzt. Und es gehört zur Wahrhaftigkeit unserer Künstler, daß sie ihren Eingriff nicht zu verbergen suchen, indem sie dem angefügten Körperteil künstlich die Schrunden und Makel der Zeit zugefügt haben.«

Kreisler trat näher. Wirklich, der linke Arm Aphrodites sah aus wie Marzipan, ebenmäßig, matt, die marmorne Haut so zart, daß man die Adern unter ihr zu ahnen meinte.

Er ging weiter, während Schadow mit seinen Belehrungen fortfuhr, und blieb vor einem athletischen Männerkörper stehen. Hier war offenbar der Kopf ergänzt. Ein martialisch blickender Krieger, dessen Blick etwas Unangenehmes hatte. Er schien gegen eine Mauer zu blicken, die leeren Augen ohne Iris und Pupille schienen Stein zu spiegeln.

Trützschler trat zu Kreisler. »Sehr interessant, diese Ausstellung«, sagte er. »Vielleicht auch ein wenig unheimlich, diese Versammlung versteinerter Menschen. Manche wirken, als litten sie unter ihrer Schönheit. Als habe man sie in das Gefängnis ihres Ebenmaßes gesperrt.«

Kreisler wunderte sich über seinen Vorgesetzten. Trützschler machte gewöhnlich keine interessanten Bemerkungen. »Ja«, sagte er. »Den Eindruck hatte ich soeben auch. In sich selbst eingesperrte Vollkommenheit. Diese ergänzten Glieder übrigens, sie wirken irgendwie unanständig.«

Jetzt schien Trützschler verblüfft. »Sie haben zuviel Phantasie, lieber Kollege. Doch sehen Sie mal«, er kniff seinem Untergebenen in den Arm, »sehen Sie, wer da gekommen ist.« Er lenkte durch eine Handbewegung Kreislers Blick zu einem der Fenster, in dessen leuchtender Kulisse die Silhouette einer Dame stand.

»Johanna«, flüsterte Kreisler. »Du bist viel schöner als Niobe. Und nichts an dir ist nachträglich ergänzt.«

Trützschler lächelte. »Die Schönheit junger Damen, lieber Kammergerichtsrat, ist wie ein Nebel, der sich lichtet, wenn die Sonne des Lebens den Zenit erklimmt. Dann erkennt man, was er bisher verborgen hat: ein ganz normales menschliches Gesicht, dem man nicht viel mehr ansieht als die Kümmernisse, die das Dasein zu bereiten versteht.«

Ein athletischer, junger Mann war zu den beiden getreten. Er war groß, breitschultrig, und er hatte ein durchaus gewinnendes Gesicht. Hellgraue Augen blickten sehr wachsam, und der volle Mund gab prachtvolle Zähne frei. Ein Raubtiergebiß, dachte Kreisler. Der Mensch war ihm unangenehm, so angenehm sein Äußeres war. Vielleicht auch gerade deswegen.

»Darf ich Ihnen Doktor Klindworth vorstellen«, sagte Trützschler. »Doktor Klindworth gehört zu den seltenen Exemplaren unserer Gattung, bei denen sich Geist und Körper, wie man sieht, nicht zu befehden scheinen.«

Der Gemeinte verbeugte sich leicht, und wie um die eine genannte Eigenschaft seiner Person, seinen Geist nämlich, herauszustreichen, sagte er: »Es ist vielleicht eine der törichten Illusionen der neuen Zeit, die Beschäftigung des Körpers mit sich selbst zu den geistlosen Tätigkeiten zu rechnen. Wissen Sie, das Turnen mag ja in Verruf geraten sein, als aufrührerisch gelten, als umstürzlerisch gar, aber jeder, der einmal bei einem leichten Geländelauf ins Schwitzen geraten ist, wird bestätigen, daß sich nach einer solchen Anstrengung ein gutes Buch viel besser erschließt.«

Kreisler mochte diesen Apoll nicht, der seinen Anzug so unverschämt gut ausfüllte. War es Neid? Er ertappte sich bei der eifersüchtigen Frage, wie wohl Johanna auf diesen Schönling reagieren würde.

»Sind Sie Engländer?« fragte er, um überhaupt etwas zu sagen. »Zur Hälfte«, sagte Klindworth, »mein Vater ist Brite, meine Mutter ist aus Hannover. Dort bin ich aufgewachsen.«

»Was für einen Doktor haben Sie?«

Klindworth lächelte. »Ich sehe, Sie sind Verhöre gewöhnt, lieber Kammergerichtsrat. Ich bin Jurist. Doch mein eigentliches Interesse gilt der Literatur und dem Theater. Shakespeare, dieser große Mann, sein eigenartiges Menschenbild, das sind die wahren Rätsel. Ist Ihnen schon aufgefallen, daß die Menschen bei ihm hoffnungslos in das verstrickt sind, was wir gemeinhin Schicksal nennen?«

Alles, was Klindworth sagte, erschien Kreisler geradezu abstoßend trivial. Er drehte den Kopf und besaß die Unhöflichkeit, mit offen gezeigtem Interesse den neuerlichen Ausführungen des Bildhauers zu lauschen, der immer noch ein vorwiegend weibliches Publikum belehrte. Auch Johanna war dabei. Kreisler nickte Klindworth und Trützschler zu und mischte sich unter die Gruppe. Dabei schob er sich mit einiger Mühe so dicht hinter Johanna, daß er bei jeder zufälligen Bewegung von ihr berührt wurde.

»Sehen Sie, meine verehrten Herrschaften, man könnte in einem gewissen Sinne von einem zeitlichen Fließen der griechischen Statuen sprechen: Die Gestalten blühen still ihrer Zukunft entgegen, während unsere heutigen Skulpturen nur ›sind‹. Man könnte auch sagen, in dieser Aphrodite ist ein spannungskräftiges, willensmäßiges Element verborgen, der Keim einer schicksalskündenden Beweglichkeit. Wir würden uns nicht wundern, nicht einmal erschrecken, wenn sie dieser inneren Spannung nachgäbe und plötzlich vom Sockel stiege, um in ihrer wahrhaft göttlichen Haltung, als trüge sie eine unsichtbare Amphore auf dem stolzen Haupt, durch den Saal zu wandeln und in ihre vergangene Götterwelt zu entschwinden.«

Schadow trat zur Seite, als wollte er der Göttin tatsächlich den Weg freigeben. Unwillkürlich machten auch die umstehenden Personen eine Gasse frei. Zufällig stand die Sonne gerade so, daß ihr gleißendes Licht von dem gegenüberliegenden Bogenfenster durch diese Lücke auf die Statue fiel. Aphroditens Antlitz leuchtete auf, ihr Marmorkörper wirkte durchscheinend wie Bernstein, rötlich schimmernd und warm, durchblutet vom Feuer der Sonne. Doch der ergänzte Arm war gänzlich opak, er schimmerte nicht, wirkte plötzlich unförmig, mit häßlichen Flecken übersät.

Ein Raunen ging durch die Umstehenden. Kreisler trat näher, während die anderen zurückwichen. Er zögerte einen Moment, doch dann tippte er mit vorgerecktem Zeigefinger auf den Arm, dort, wo er sich über dem Ellbogen zu runden begann. Der Stein gab nach, eine Druckstelle war entstanden. Jetzt roch Kreisler auch einen fremdartigen, bösen Geruch. »Asa foedita«, dachte er.

Er winkte Trützschler herbei. Der kam mit Klindworth. »Wir müssen die Leute wegschicken«, flüsterte Kreisler. »Mit diesem Arm stimmt etwas nicht. Ich fürchte, wir haben eine schlimme Entdeckung gemacht.«

Trützschler trat näher. Auch er prüfte den Arm, kniff hinein, erschrak, beroch seine Finger, schüttelte den Kopf. »Mein lieber Klindworth. Würden Sie bitte die Versammlung auflösen. Lassen Sie sich etwas einfallen, Sie sind doch ein kluger und energischer Mann.«

Klindworth ließ sofort seine kräftige Stimme erklingen: »Verehrte Herrschaften, liebe Kunstfreunde. Ich bitte Sie, den Saal zu verlassen. Im Namen der Kunst bitte ich Sie darum. Wir haben eine ernsthafte Beschädigung an einer der Statuen feststellen müssen. Ehe die Hitze des Raumes ihr Zerstörungswerk fortsetzt, müssen Maßnahmen ergriffen werden.«

Der Appell wirkte erstaunlich schnell. Die Besucher gingen ohne Murren, ohne Fragen auch. Trützschler ließ die Orangerie absperren.

»Ich habe nach Professor Hufeland schicken lassen«, sagte er, zu Kreisler gewandt, »er wird gleich da sein.«

Der berühmte Mediziner wohnte in der Nähe der Universität. Keine halbe Stunde verging bis zu seinem Eintreffen. Er zückte eine Lupenbrille, beugte sich über Aphroditens Arm, befühlte ihn, holte aus einem kleinen Köfferchen ein Seziermesser, schnitt hinein. »Es besteht kein Zweifel, meine Herren, es handelt sich bei dieser Antikenergänzung um einen menschlichen Arm, der bereits in Verwesung übergeht. Er scheint unterhalb des Schultergelenks glatt durchtrennt worden zu sein und ist, wie ich allerdings annehme, da ich noch keine genauere Untersuchung anstellen konnte, mittels einer mechanischen Verbindung zwischen Knochen und Stein fixiert worden. Ähnlich verfährt man übrigens mit Kunstgliedern. Die Wundränder sind offenbar auf höchst geschickte Weise mit einer viskösen Masse, über deren Zusammensetzung ich natürlich noch nichts sagen kann, so behandelt worden, daß man den Übergang zum Stein als normale Anpassung eines nachträglich applizierten Marmorarmes empfindet, jedenfalls solange die Verwesung noch nicht eingesetzt hat.«

»Meine Herren«, sagte Trützschler, »ich muß um strengste Geheimhaltung ersuchen. Ich fürchte, wir haben hier eine Parallele zu dem Mord an der Tänzerin Amandine. Dort die abgetrennten Füße, hier der abgetrennte und an eine Statue applizierte menschliche Arm, bei dem es sich vielleicht sogar um einen Arm der Tänzerin handeln könnte. Der Sarg mit ihrer Leiche ist übrigens verschwunden, ein in diesem Zusammenhang nicht unwichtiges Detail.«

»Meinen Sie wirklich«, schaltete sich Kreisler ein, »daß wir es in beiden Fällen mit demselben perversen Verbrecher zu tun haben? Könnte es sich nicht auch um eine Art Nachahmungstäter handeln, jemanden, der von der Verstümmelung Amandines erfahren hat und erst dadurch angespornt wurde, seinen eigenen grauenhaften Trieben nachzugeben?« Kreisler machte eine kurze Pause, dann fuhr er fort: »Und dann ist da noch eine andere Frage: Warum riskierte der Unbekannte, daß seine abscheuliche Konstruktion auf dieser Ausstellung der Öffentlichkeit bekannt werden konnte. Wollte er dies? Ging es ihm um den Effekt?«

Trützschler zuckte mit den Schultern: »Wie dem auch sei, wir werden den Anworten auf all diese Fragen nicht näher kommen, ohne handfeste Untersuchungsergebnisse. Sie, Professor Hufeland, beauftrage ich hiermit mit der Analyse jenes fatalen weiblichen Armes. Vielleicht können Sie etwas herausfinden über das Alter der Person, über äußere Merkmale zum Beispiel.«

»Ich kann jetzt schon sagen, daß sie sehr schön gewesen sein muß. Diese wundervolle Harmonie der Proportionen findet sich nur bei Frauen, die zu den herausragenden Schönheiten zählen.« Klindworth sagte dies. Die Herren umstanden immer noch die Göttin der Liebe mit dem menschlichen Arm. Hufeland, Trützschler, der Ausstellungsleiter Schadow, Kreisler.

Hufeland räusperte sich. »Die äußerst geringe Behaarung des Armes läßt auf einen hellen Typus schließen.«

Trützschler nickte. »Sehr gut. Wir werden die Sache in den Griff bekommen. Von Ihnen, verehrter Professor Schadow, möchte ich eine Aufstellung der an der Ausstellung aktiv beteiligten Bildhauer. Insbesondere natürlich Unterlagen für diese Figur hier und ihren Schöpfer.«

Schadow, ein Mann mit einem groben, von Leidenschaften geprägten Gesicht, blauen Augen, die, wie Kreisler neidvoll dachte, sich ihre Farbe bei einem Italienaufenthalt direkt am Mittelmeer geholt haben mußten, wirkte nervös. »Ich muß gestehen, diese Aphrodite ist nicht aus unserer Schule. Wir fanden sie gestern morgen vor. Sie stand vor dem Eingang zu meinem Atelier. Ein Zettel hing an ihrem Hals. ›Venus andyomene, gespendet von ihrem Vater.‹ Wir hielten es für eine anonyme Schenkung. Die Qualität der Arbeit war überragend.

Ich habe noch nie in meinem Leben eine so gelungene Venus zu Gesicht bekommen. Zweifellos ist sie alt. Echt. Die Ergänzung hielt ich für die Arbeit eines hervorragenden Zeitgenossen. Ich habe mich schrecklich geirrt.«

»Wer war der Vater der Venus«, fragte Trützschler. »Ich bin leider, was griechische Mythologie anbelangt, ein ausgesprochener Laie.«

Schadow war in seinem Element. Er fuhr sich durch die dünnen Haare. »Ihr Vater, oder soll ich lieber Mutter sagen, war ein Penis, meine Herren! Lassen Sie es mich so unverblümt sagen. Diesen unglaublichen Mythos verdanken wir immerhin dem gebildetsten Volk dieser Erde. Uranos ist der Sohn und zugleich der Geliebte von Gäa. Er versteckt seine Kinder in der Tiefe und läßt sie nicht ans Licht, sie empören sich gegen ihn, sein Sohn, der Titane Kronos, entmannt ihn und wirft sein Geschlecht ins Meer. Es schäumt auf und gebiert Venus, die Göttin der Liebe. Kann man sie besser beschreiben, diese gewaltigen Gefühle, die uns zuweilen so unbarmherzig plagen? Ich fürchte, man hat damals mehr von der Liebe verstanden als heute.«

Trützschler nahm Kreisler in seiner Kutsche mit. »Wir werden den Vorfall vertuschen müssen. Zunächst jedenfalls. Bitte reden Sie mit niemandem über den grausigen Fund. Und noch einmal: Unternehmen Sie jetzt bitte nichts auf eigene Faust, lieber Kammergerichtsrat«, sagte Trützschler. »Wilde Theorien helfen nichts. Wir sollten jetzt alles den Fachleuten überlassen. Strengste Diskretion ist unabdingbar. Dem König darf nichts zu Ohren kommen, ebensowenig dem Volk. Man wird eine Kommission einsetzen. Wenn es Neuigkeiten gibt, werde ich Sie unterrichten.«

Kreisler sah aus dem Fenster der Kutsche. Die Stadt erinnerte ihn an ein riesiges Tier, das Menschen fraß und Menschen wiederkäute.

An diesem Abend sprach Kreisler besonders ausgiebig dem Burgunder zu. Er drehte das Glas vor den Augen und ließ die Kerzenflamme in ihm funkeln. Ludwig Freundt war immer noch nicht aufgetaucht. Er lag im Bett und pflegte seine Erkältung. Kreisler wußte, daß der Schauspieler in einem solchen Zustand keine Besucher duldete, Ärzte ausgenommen, die er für die einzig kompetenten Zuschauer hielt und die er mit virtuosen Darstellungen der widersprüchlichsten Symptome zur Verzweiflung zu bringen pflegte. Es war merkwürdig, aber Freundt, der doch Kreisler zunächst so bedrängt hatte, sich des Falles anzunehmen, schien längst nicht mehr mit dem anfänglichen Feuer an der Aufklärung von Amandines Tod interessiert zu sein. Aber das lag vielleicht nur an seiner wetterwendischen Schauspielernatur. Dafür ließ die Sache Kreisler inzwischen nicht mehr los; er war geradezu besessen von ihr.

Er steckte Hufeland aufs Brot, ebenso Schadow und Klindworth. »Daß Trützschler den Inhaber des Lehrstuhls für spezielle Pathologie geholt hat und nicht den Prosektor Rust spricht dafür, daß er den Fall wirklich ernst nimmt«, murmelte er. »Aber wird man auch wirklich weiterkommen? Immerhin: Hufeland ist ein interessanter Mann. Zweifellos ein großartiger Mediziner und außerdem jemand, der Sinn fürs Übersinnliche hat, wie es heißt. Er soll ein Anhänger des Magnetismus sein. Und er ist auch so etwas wie ein Apotheker, ein Fachmann für Mixturen. Schließlich ist sein Kinderpulver nicht ohne Grund berühmt. Vielleicht stößt er wirklich auf eine entscheidende Spur, auch wenn ich nicht so recht daran zu glauben vermag.« Er blickte seinen Kater an, der im Zimmer auf und ab strich und dabei den Mustern des Teppichs zu folgen schien. Seine Augen leuchteten gelb im Kerzenlicht. »Weißt du, Murr, ich denke, daß wir uns jetzt mehr mit dem Täter als mit den Opfern beschäftigen sollten. Wenn ich es recht überlege, sage ich mir, Amandine wird nicht das einzige Opfer bleiben. Die Katze läßt das Mausen nicht, das weißt du selbst am besten. Und irgendwo da draußen ist jemand, der es auf Frauen und deren Gliedmaßen abgesehen hat. Ein Irrer vielleicht. Bloß schade, daß man den Wahnsinn oft nur schwer erkennt, daß solche Leute im täglichen Leben höchst normal wirken können, wie man bei uns beiden sieht.«

Kreisler schenkte sich nach und sah lange durchs Glas ehe er trank, bis sich endlich seine Unruhe zu legen begann, dieses ewige Zwicken und Zappeln seiner Seele, das ihn so oft plagte, ohne daß er so recht einen Grund dafür wußte. »Ich werde Urlaub nehmen und endlich nach Italien reisen«, sagte er laut, »wenn der Fall gelöst ist. Dieser Klindworth gefällt mir übrigens ganz und gar nicht. Er hat das Zeug zu einem genialen Verbrecher. Skrupellos und intelligent.« Er zog den Scherenschnitt des Mannes aus dem Brot und hielt ihn gegen die Kerze. »Aber Leichen sezieren und Arme mit großer Kunstfertigkeit an alte Statuen anbringen, das ist wohl nicht ganz dein Fall. Da hast du noch einmal Glück gehabt, mein lieber Klindworth. Fast hätte ich dich auf das rechte Brotende gesteckt!«

Kreisler stand auf, trat vor einen Spiegel und schnitt Grimassen. Er zweifelte zuweilen wirklich nicht daran, selbst wahnsinnig zu sein. Diese vielen Naturen in seinem Wesen, der korrekte Staatsdiener, der Nachtmensch, der heimliche Lüstling und Kritikus der Gesellschaft, ließen sie sich nicht allein mittels eines gewissen Irrsinns in der Zelle seiner Person einschließen? Bei seinem Tode würden sie allesamt endlich ausbrechen aus dem Verlies seines Körpers, hinaus durch diese dünne Tapetentür zwischen dem Sein und dem Nichts, die er mit seinen Büchern zu schaffen versuchte.

»Sie bewegte sich wie ... wie ... wie eine Figur auf einer Spieldose.«

Monsieur Legrand wischte sich den Schweiß von der Stirn. Er saß eingezwängt zwischen den Armlehnen des Stuhles und erreicht mit den Spitzen seiner gestreckten Füße gerade noch den Boden. Ihm war anzumerken, wie unwohl er sich fühlte. Seine Finger führten kleine, kunstvolle Tänze auf, sprangen zu zweit und dritt auf seinem Knie auf und ab in nervösen Pas de deux und Pas de trois, und sein Blick irrte immer wieder zur Decke, als gäbe es dort einen Ausweg aus dieser für Legrand offensichtlich höchst unangenehmen Situation.

»Ich möchte noch einmal betonen, daß dies kein Verhör ist«, sagte Kreisler. »Ich bin nichts weiter als ein Verehrer der armen Amandine und möchte durch dieses Gespräch den, wie ich zugebe, hilflosen Versuch unternehmen, ihr noch einmal ein wenig nahe zu sein. Sie war eine begnadete Tänzerin, würden Sie das nicht auch so sehen?«

Er hob sein Glas mit dem goldgelben Sauternes und prostete Monsieur Legrand zu. Auch der hob sein Glas, führte es zum Mund, nahm einen kleinen Schluck und ließ ihn hörbar im Gaumen gurgeln.

»Sie war sehr gut, sehr, sehr gut sogar. Keine sprang so hoch, keine konnte so schnelle Pirouetten. Dennoch fehlte ihrem Tanz etwas. Ich habe vergeblich versucht, es ihr beizubringen.«

Legrand seufzte, quälte sich aus dem Sessel und nahm die Grundhaltung des Tanzes ein. Das heißt, er stand auf dem linken Bein. Das rechte war angewinkelt, wie bei einem Flamingo, das Knie dabei nach außen gedreht. Der Fuß berührte mit dem Innenrist das Knie des linken Beines.

»Ein schwer zu erlernender Balanceakt«, ließ sich Legrand

vernehmen. »Eine gedachte Gerade muß wie ein Bleilot durch den Körper von der Nasenwurzel bis zum großen Zeh des Standbeines gehen. Es hängt dabei sozusagen im Inneren der Wirbelsäule. Und so hat Amandine den Aplomb gestaltet.«

»Ich finde Ihre Position völlig korrekt, allenfalls vielleicht etwas statuenhaft steif, wenn ich das so sagen darf, Herr Legrand.«

Der Tanzmeister verließ seine starre Position und trippelte in kleinen abgezirkelten Schritten die Teppichkante entlang, als bewege er sich auf einem Hochseil. »Statuenhaft steif«, wiederholte er. »Genau das trifft es. Italienische Schule.« Er sagte dies mit einer Verächtlichkeit, die in Kreislers Ohren sehr nach fatalem Patriotismus klang.

»Aplomb, das ist also jene Grundhaltung, die der Tänzer vor jeder Figur einzunehmen hat? Die Basis für seinen Tanz sozusagen?«

»Ganz recht, Monsieur Kreisler. Ohne den richtigen Aplomb gelingt dem Tänzer nichts. Er muß völlig aufrecht stehen, daher auch der Vergleich mit der Schnur eines Bleilotes. Darin sind sich italienische und französische Schule übrigens einig. In dieser Haltung muß der Tänzer jeden Muskel, jeden Knochen in sich fühlen, die Wirbelsäule vor allem, und zwar Wirbel für Wirbel. Er muß sie zählen können, und das geht nur, wenn jene gedachte Bleischnur ein ganz klein wenig hin und her pendelt! Und noch etwas: der Tänzer sollte sich vor seinen Aktionen eine Weile innerlich streicheln, berühren, verstehen Sie, er muß unsichtbare Hände haben in seinem Körper, die ihn gleichsam von innen betasten. Das alles findet beim richtigen Aplomb statt, und zwar schnell und intuitiv, ohne daß der Tänzer sich dieses ungeheuerlichen Vorgangs bewußt ist.«

»Verstehe ich Sie recht, daß er beim Aplomb sein eigener Anatom und Liebhaber ist? Er betreibt an sich eine Art erotische Vivisektion?«

»Wieder haben Sie es sehr gut formuliert. Ich glaube, Sie sind ein ausgezeichneter Poet, Monsieur Kreisler, meine Hochachtung.«

»Aber wenn die französische wie die italienische Schule den richtigen Aplomb fordern, worin liegt dann der Unterschied? Könnten Sie mir das näher erläutern, vielleicht sogar demonstrieren, Monsieur Legrand?«

»Selbstverständlich, nichts einfacher als das. Sehen Sie, das zum Beispiel wäre ein französischer Aplomb.«

Wieder nahm der Tanzlehrer die Flamingostellung ein, und wieder war sie sehr aufrecht. Kreisler ging einmal um ihn herum, ohne zunächst einen Unterschied wahrzunehmen.

»Ich gehe jetzt zum italienischen Aplomb über und dann zurück zum französischen«, sagte Legrand, der offenbar die Begriffsstutzigkeit seines Betrachters bemerkt hatte.

Diesmal sah Kreisler die Differenz sofort. Zuerst wurde Legrand stocksteifer als stocksteif, er schien von den Haarspitzen bis zu den Zehen zu versteinern, ein kleiner, wohlbeleibter Bacchus von einem antiken Bildhauer aus Marmor gemeißelt. Dann begann er für das Auge kaum sichtbar zu schwanken, das Leben flutete zurück in ihn, eine kaum angedeutete Schwingung schien seinen ganzen Körper von unten nach oben zu erfassen.

»Sehen Sie nun den Unterschied, Monsieur Kreisler?«

»Ja, ich sehe ihn. Vom Stein zur Flamme! Eine großartige Metamorphose.«

Legrand geriet in Begeisterung. Er schwebte auf seinen kurzen Beinen zum Tisch, füllte sich sein Glas selbst und trank. »Diese Auffassung vom Aplomb ist dem größten Genie der Tanzkunst, ihrem wahren und einzigen Meister, dem Shakespeare der Bewegung zu verdanken: nämlich dem großen Noverre, der vor sieben Jahren nach einem langen Leben im Alter von neunzig Jahren starb. Sein Werk wird ewig währen. Bis zum Schluß hat er den Tod zum Mittanzen gezwungen.

Dann sein letzter Aplomb. Das Sterben in dieser einmaligen züngelnden Bewegung der Seele. Ja, die Flamme, das ist das Wesen des Tanzes. Das hat Noverre als erster erkannt. Der Sprung, der sich aus dem Aplomb und der anschließenden Grundposition, von denen es, wie Sie vielleicht wissen, fünf gibt, entwickelt, ist nichts anderes als das Auflodern einer Flamme aus dem, was sie nährt. Und was ist die Flamme? Sie ist Form gewordene Gestalt des Augenblicks. In ihr ist der Tod überwunden, oder vielleicht besser formuliert, in ihr ist ein Gleichgewicht zwischen Tod und Leben entstanden. Alles, mein Freund, was aus dem Zustand der Schwere in den der Schwebe übergeht, muß durch diesen Anblick aus Feuer und Licht. Soll ich es Ihnen demonstrieren?«

»Ich bitte darum!«

Kreisler schenkte sich ebenfalls nach. Er saß nun völlig entspannt in seinem Sessel und beobachtete Legrand dabei, wie er erneut einen Aplomb einnahm.

»Ich springe jetzt den beim Publikum zur Zeit wohl beliebtesten Sprung. Den Entrechat des volées. Das ist ein Sprung, bei dem sich der Tänzer gleichsam in einen Vogel verwandeln muß. Seine Beine schlagen gegeneinander. Sechsmal beim Entrechat six de volée. Das ist, als ob er Flügel bekäme. Er muß, scheinbar ohne körperliche Mühe, emporflattern mit den Wirbelbewegungen seiner Beine. Das ist natürlich eine optische Täuschung. In Wahrheit muß er ungeheure Sprungkräfte einsetzen. Aber das darf dem Publikum nicht sichtbar sein. Es muß tatsächlich den Eindruck haben, daß der Tänzer langsam emporschwebe, so wie eine Flamme, die mehr und mehr Nahrung findet. Ich werde den Sprung jetzt sogar achtfach springen. Ein Meisterstück, das nur wenige Tänzer beherrschen.«

Und so geschah es. Monsieur Legrand ging aus dem Aplomp in die fünfte Position, wobei die Füße parallel zueinander, aber seitlich nach außen verdreht, Ferse gegen Zeh,

Zeh gegen Ferse eine für den Laien völlig unnatürlich, ja, schmerzhaft wirkende Position einnahmen. Dann ging er ein wenig in die Knie, machte den Demi plié, wie er erläuterte. Einen Moment lang schien er in dieser höchst gezwungenen Stellung zu erstarren, dann aber schnellte das linke Bein heraus, und Meister Legrand begann, sich in die Luft zu erheben wie ein Heißluftballon. Dabei flatterten seine Beine und schlugen achtmal gegeneinander, wobei er die ganze Zeit in der Luft in gleicher Höhe zu schweben schien. Die Landung erfolgte sanft und völlig geräuschlos ein gutes Stück vom Startplatz entfernt in einer Haltung, der offenbar der Demi plié in der fünften Position war.

Kreisler applaudierte. »Perfekt, großer Meister, perfekt«, sagte er.

»Nein, eben nicht perfekt. Sondern wie eine Flamme, und die ist nie perfekt. Keine gleicht der anderen. Amandine sprang diesen Sprung leider perfekt. Ich kann ihn so nicht demonstrieren, denn ich habe die italienische Ausführung nie trainiert. Aber glauben Sie mir. Der Sprung Amandines war noch höher, die Landung war noch geräuschloser. Aber, bei aller Virtuosität, sie züngelte nicht, sie loderte nicht, sie glich eher einem steinernen Pfeil, den ein wütender Mensch in den Himmel schießt, um einen unsichtbaren Gott zu treffen. Ich weiß, daß das gemeine Publikum diese Sprünge höher bewertet als die Noverresche Kunst, die viel mehr Pantomime, viel mehr Ausdruck, viel mehr Feuer, viel mehr Seele in den Tanz gebracht hat als jene Schule der mechanischen Virtuosität.«

Kreisler erhob sich aus seinem Sessel und trat ans Fenster. »Von hier oben, Monsieur Legrand, habe ich Amandine oft gesehen, wenn sie auf dem Markt einkaufte. Manchmal war es so viel, daß ich mich fragte, hat sie eine Familie? Hat sie Freunde? Oder lebt sie allein? Was meinen Sie, Monsieur Legrand?«

»Also doch. Es ist ein Verhör. Ich habe der Polizei wirklich alles gesagt, Herr Kreisler ...« Legrand wirkte höchst indigniert und machte Anstalten, den geordneten Rückzug anzutreten, aber Kreisler kam ihm zuvor, indem er hinter ihn trat. Er legte seine Hände auf die runden Schultern seines Gastes und sagte. »Nein. Dies ist kein Verhör. Glauben Sie mir doch bitte. Ich versuche nur, ein wenig von Amandine zu verstehen. Und Sie sind es, der sie am besten gekannt haben muß.«

»Ich habe sie nicht gekannt. Niemand hat sie gekannt. Sie ging immer nach den Proben, den Aufführungen gleich weg, niemand weiß, wohin.«

Kreisler setzte sich wieder. Legrand schien sich immer noch unwohl zu fühlen. Mehrfach ging sein Blick sehnsüchtig zur Tür.

»Sagt Ihnen der Name Kleist etwas?«

Der Ballettmeister runzelte die Stirn. »Kleist? Sie meinen diesen unglücklichen Mann, der sich erschossen hat?«

»Ja, ihn meine ich. Er hat etwas Interessantes über den Tanz geschrieben. Kennen Sie den Text?«

Legrand schüttelte den Kopf. Kreisler erhob sich und holte aus einer Schublade ein vergilbtes und zerfleddertes Journal.

»Ich lese Ihnen den Anfang vor. ›Vor einigen Jahren erschien in einer hiesigen Zeitung, die inzwischen ihr Erscheinen leider einstellen mußte, ein Aufsatz, der mich, als ich ihn las, auf eine eigenartige Weise erregte. Es war mir, als würde ich Zeuge eines Gedankens, der dem Verfasser selber in ähnlicher Weise zu schaffen machte, als er ihn formulierte. Es war die Idee einer menschlichen Puppe, die besser zu tanzen verstand als je ein Mensch dazu in der Lage sein würde. Die Erregung, die von dieser Idee ausging, war eine höchst gemischte. Vorfreude, ja, fast ekstatische Glücksgefühle paarten sich in ihr mit Schrecken und tiefem Abscheu.‹«

Legrand mischte sich erbost in Kreislers Vortrag: »Das sind abscheuliche, italienische Ideen. Die könnten von Spinola persönlich sein.«

»Spinola? Dem Theatermaschinisten?«

»Genau. Er ist der Kopf der italienischen Fraktion bei uns.«

»Es gibt eine italienische Fraktion?«

»Ja, gewiß. Immer mehr Italiener sind im Haus beschäftigt. Tänzer, Sänger, Lampenputzer, Requisiteure, Handwerker, Italiener wohin man blickt. Das ganze Haus ist italienisch. Ihr Einfluß wird immer stärker. Es würde mich nicht wundern, wenn wir demnächst einen italienischen Intendanten statt Brühl bekommen.«

»Sie vergessen Schinkel, Schauspieler wie Freundt, Sängerinnen wie die Eunicke.« Kreisler wollte seinen Gast beruhigen, aber der hatte sich inzwischen so in Rage geredet, daß diese Bemühung allem Anschein nach vollkommen zwecklos war. Legrand war aufgesprungen und rannte auf dem Teppich hin und her. Gewiß, er tat es mit der Anmut eines erfahrenen Ballettmeisters. Aber Kreisler war sein Gast alles andere als geheuer. Er erhob sich und ging auf Legrand zu. Während er ihm die Hand schüttelte und ihn mit Dankesworten über die Belehrungen und die Demonstration überschüttete, schob er ihn zur Tür hinaus. Er schloß sie hinter Legrand und lauschte. Kein Geräusch auf der Treppe. Er mußte die Stufen förmlich hinabgeschwebt sein wie neulich Dappertutto.

Kreisler setzte sich und schnitt die bemerkenswerte Silhouette Legrands in der Stellung des Aplombs. Ein Satyr mit erstaunlicher Grazie. Dann steckte er sie aufs Brot zur Gruppe der Verdächtigen.

An diesem Abend ging Kreisler in die Oper. In *seine* Oper. Denn die ›Undine‹ stand wieder einmal auf dem Spielplan. Er saß in einer Loge, eng an die mit elysischen Motiven bemalte Wand gedrückt. Neben ihm saß eine Frau. Sie hatte die Arme auf die gepolsterte Brüstung gestützt und lauschte der Musik. Seiner Musik. Sie schwoll herauf wie Wasser, die Stimmen der Sänger trieben darin, Seerosen gleich. Doch diesmal gefiel ihm die ›Undine‹ nicht. Es war schöne Musik, zweifellos, aber es war keine Seele darin. Monsieur Legrand würde die Stupsnase rümpfen. Nur wenn Johanna sang, war sie da, dann glaubte er die Seele Undines zu hören. Diese leisen Seufzer in jeder Note, in jedem Glissando, in den Arpeggios, in jeder Harmonie und vor allem in jedem Lied.

Am Schluß rauschte Beifall auf. Er kräuselte die Oberfläche dieses tiefen Teiches voller Menschen, erzeugte Wellen, die von den bemalten Wänden, dem Stuck, den Vorhängen und Spiegeln zurückgeworfen wurden und deren Rauschen seinen Ohren schmeichelte. Den Fischen dort unten mußte es also wieder einmal gefallen haben.

Als Johanna an der Rampe erschien und sich verneigte, wurden die Wellen zu richtigen Brechern! Ach, wenn nur er selbst Gegenstand dieser Begeisterung gewesen wäre! Aber die da unten, und die in den Rängen und Logen meinten nicht seine Musik, sie meinten die Stimme, den Ort, Schinkels Kulissen, sich selbst vielleicht. So jedenfalls redete es sich Kreisler ein.

Auch er erhob sich nun, trat an die Brüstung und klatschte. Die Dame neben ihm rührte hingegen ihre Hände nicht. Sie saß versunken da und strich mit ihren weißen, feinen Fingern über den purpurfarbenen Stoff der Balustradenpolsterung. Als sie sich umdrehte, glaubte er sie zu erkennen. War dies nicht die Frau aus dem Niederländischen Palais, die sich an ihn gedrückt hatte? Jawohl, obwohl sie damals eine Maske getragen hatte, war er beinahe sicher, daß sie es war. Die gleiche Linie des Halses, der hohe Haaransatz, die kindlich gewölbte Stirn.

Er nickte ihr zu. Sie lächelte, kam näher, und dann, in einer blitzschnellen Bewegung, legte sie die Hände um seinen Kopf und zog ihn zu sich. Ihre Stirnen berührten sich, während unten die Ovationen kein Ende nahmen. Dann ließ sie ihn los, und noch ehe er etwas sagen konnte, war sie durch die Logentür verschwunden.

Kreisler begann von der Unbekannten aus der Loge zu träumen. Ihr Bild schob sich neben das von Amandine und Johanna. Er amüsierte sich ein wenig über die Vielweiberei in seiner Phantasie. Seiner Frau schenkte er im übrigen neuerdings mehr Aufmerksamkeit als gewöhnlich. Er ging ein paarmal mit ihr spazieren und überlegte sich sogar, sie dazu zu überreden, sich seine Oper anzuhören. Mischa zeigte jedoch wenig Interesse an seiner Arbeit. Für sie war seine oft kränkliche Leibesverfassung offenbar von größerer Anziehungskraft.

Auch mit seinem Kater ging Kreisler in letzter Zeit duldsamer um. So erlaubte er ihm, sich des Nachts an seinem Fußende zu betten. Wenn er ihn mit den Zehen berührte, schnurrte und vibrierte das Tier, wobei etwas von seiner primitiven Lebenskraft auf seinen Herren überzugehen schien.

In diesen Tagen fiel es Kreisler schwer, das Tagebuch des Teufels fortzusetzen. Vielleicht hatte auch der Fürst der Finsternis eine Atempause nötig. Doch als der Kammergerichtsrat eines Morgens wie üblich in die Zeitung starrte wie in einen Nebel, der die Dinge des Alltags und der Politik mit lauter Halbwahrheiten verschleierte, stellte er fest, daß dies keineswegs der Fall war.

Man hatte die Leiche eines Mädchens aus dem Spreekanal gezogen. Ihre langen, blonden Haare hatten sich an einem Pfeiler der Hundebrücke verfangen. Die Neuigkeit sprach sich wie ein Lauffeuer herum.

Kreisler ging zu Trützschler und erkundigte sich nach Einzelheiten. »War die Tote unversehrt?«

Trützschler lächelte ein wenig säuerlich. »Ja und nein, würde ich sagen. Ja, weil ihr keine Gliedmaßen fehlten. Nein, weil dennoch an ihrem Körper manipuliert worden ist. Hufeland ist damit befaßt. Die Autopsieergebnisse liegen mir noch nicht vor.«

»Manipuliert, sagen Sie? Geben Sie mir wenigstens einen Hinweis.«

Trützschler warf einen verzweifelten Blick aus seinem Bürofenster hinaus in den trüben Berliner Himmel. »Ihre Arme und Beine wiesen jeweils am oberen Ende Einschnürungen auf. Als habe man dort mit einem Draht oder einem unbekannten Gerät über längere Zeit großen Druck ausgeübt. Ich möchte nicht spekulieren darüber. Das sollen die Experten tun. Was jetzt nötig scheint, ist harte und konsequente Polizeiarbeit.«

Es geschah, was geschehen mußte. Eine Sonderkommission wurde einberufen. Den Vorsitz führte der Preußische Polizeiminister Fürst zu Sayn-Wittgenstein-Hohenstein höchstpersönlich. Der Fürst war ein Mensch von außerordentlicher, fast triebhafter Energie, die er nach Kreislers Meinung ausschließlich auf seine Karriere verwandte. Die Sache selbst interessierte ihn nur am Rande. ›Sayn oder Nichtsayn‹ war Freundts boshafter Kommentar zu diesem Mann.

Hausherr der Kommission war Schuckmann, denn die Sitzung fand im Innenministerium statt. Dies war ein Indiz dafür, welch enorme politische Bedeutung man der Angelegenheit an höchster Stelle beimaß.

Zu den übrigen Mitgliedern des Ausschusses gehörten Karl Albert von Kamptz, der neue Direktor des Polizeiministeriums und seit einigen Jahren vortragender Rat im Departement der höheren und Sicherheits-Polizei von Berlin, weiter Professor Theodor Schmalz, Ordinarius für Recht an der hiesigen Universität, Professor Hufeland, ehemals erster Arzt der Charité, heute Ordinarius für spezielle Pathologie an der Universität zu Berlin, dann Trützschler, dem die Leitung und Koordination der eigentlichen Polizeiarbeit oblag, sowie zwei Polizeiinspektoren, die Kreisler als biedere Beamte kannte. Und schließlich Kreisler selbst, der sich verwundert fragte, warum man ausgerechnet ihn hinzuzog. Doch der Grund sollte ihm bald klar werden.

In dem kleinen Rokokosaal trübte sich der Schein der Öllampen mehr und mehr vom Tabaksqualm der Runde. Es wurde gepafft, was das Zeug hielt. »Wie eine Dampfmaschine«, dachte Kreisler, »die die Verbrechensbekämpfung vorantreiben will mit der Kraft ihrer porzellanenen Pfeifenköpfe voller Knaster.«

»Was beide Morde gemeinsam haben«, ließ sich Trützschler vernehmen, »ist das Milieu, aus dem die Opfer stammen: die Welt des Theaters. Die erste Tote war Ballerina, die zweite, wie wir inzwischen wissen, Choristin an der Oper. Ihr Name ist Angela Conterio. Sie stammt aus Italien, lebte aber bereits seit fünf Jahren hier in der Stadt. Zurückgezogen, wie es heißt. Wir prüfen das noch.«

Kreisler fuhr zusammen. Sängerin, das hatte er bisher nicht gewußt. Sicher war sie ein Mitglied der ›italienischen Fraktion‹, von der Legrand geredet hatte.

»Wir müssen das Theatermilieu im Auge behalten«, sagte Kamptz.

»Ganz Ihrer Meinung«, schnarrte der Polizeiminister zu Sayn-Wittgenstein. »Es geht eine ungeheuerliche, sittenzerstörende Wirkung aus von dieser Institution. Das beste wäre wahrscheinlich, sämtliche Theater der Stadt vorerst zu schließen. Stechmücken bekämpft man bekanntlich auch am wirkungsvollsten dadurch, daß man den ganzen Sumpf trockenlegt.«

»Das wird dem König aber ganz und gar nicht gefallen«, warf Schuckmann ein. »Er ist nun einmal der Musik und dem Schauspiel sehr zugetan. Was meinen Sie, Herr Kammergerichtsrat? Sie sind doch ein Kenner des Milieus!«

Deshalb also war er hier, als Fachmann für einen Sumpf!

Am liebsten wäre er aufgestanden und hätte einen Toast auf die lebenserhaltende Kraft der Oper ausgesprochen. Aber er sagte nur mit gesenkter Stimme: »Ich halte die Schauspielkunst, ebenso wie die Musik, für eine besonders reine und staatsfördernde Kraft. Man kennt keine andere Kunst, die so geeignet ist, durch eine angenehme Unterhaltung von den ernsten oder vielmehr den einzigen anständigen Geschäften, nämlich solchen, die einem Brot und Ehre im Staat erwerben, auf eine angenehme Art abzulenken, so daß man nachher mit gedoppelter Aufmerksamkeit und Anstrengung zu dem eigentlichen Zweck seines Daseins zurückkehren kann, das heißt, ein tüchtiges Kammrad in der Walkmühle des Staates zu sein und weiter zu haspeln und sich trillen zu lassen.«

Während seiner kurzen Rede nahm er flüchtig wahr, wie aus dem anfänglichen allseitigen Nicken lange Gesichter wurden. Eine Weile herrschte eisiges Schweigen, und der Pfeifenrauch ballte sich über Kreislers Haupt zu einer gewaltigen schwarzen Wolke zusammen, aus der gleich der Blitz fahren würde.

Dann räusperte sich jemand, was sogleich eine ganze Serie von Räuspern zur Folge hatte.

»Wir kennen Ihre Vorliebe für ausgefallene Vergleiche, Herr Kammergerichtsrat«, sagte Kamptz schließlich, »aber den Staat mit einer Walkmühle zu vergleichen, das geht denn doch zu weit. Andererseits mögen Sie durchaus recht haben mit dem staatsfördernden Wert von derlei oberflächlichen Vergnügungen. Man vermag hinterher wirklich mit größerer Lust zu ernsten Geschäften zurückkehren. Ich würde daher sagen, die mögliche Schließung der Bühnen wäre ein allzu hartes Vorgehen.«

Kreisler ärgerte sich mehr und mehr. Diesen Kerlen gelang es doch tatsächlich, der Angelegenheit eine völlig neue Wendung zu geben. Es ging nicht mehr um Amandine, es ging um

Kulturpolitik. Verallgemeinerung war der Trick. Mit ihm ließ sich alles Konkrete aus der Welt schaffen. Das Leid des einzelnen wurde schnell zur Bagatelle. Der einzelne Halm auf der Wiese verlor sich im allgemeinen Grün. Ach, dachte Kreisler, welch entsetzliche Verallgemeinerungsgesichter haben diese Herrschaften. Nasen wie die Idee der Nase, Gesichter wie Fratzen, die jemand seit Jahrhunderten schnitt. Er wollte weg, nur weg aus diesem Raum, dieser Folterkammer, in der die Allgemeinplätze wie Daumenschrauben und die Vorurteile wie glühende Zangen zwickten.

Schon überlegte er sich, ob er sich nicht mit einer Ausrede der Situation entziehen konnte. Ein kleiner Schwächeanfall vielleicht. Für Freundt wäre das kein Problem gewesen, aber ob *seine* schauspielerischen Künste reichten? Er glaubte, den Blick Trützschlers mit leichtem Spott auf sich ruhen zu sehen, als sich Geheimrat Schmalz mit seiner unerträglich hohen Stimme vernehmen ließ: »Die Gefahr für das Staatsgefüge, die von den hiesigen Schauspielhäusern ausgeht, darf nicht unterschätzt werden. Sie ist jedoch, und damit schließe ich mich der Meinung meines verehrten Herrn Vorredners an, nicht groß genug, um ihre Schließung derzeit angeraten sein zu lassen.«

»Die Stimmwerkzeuge dieses Mannes bestehen aus zwei kleinen Messern, die seine Dummheit ständig wetzen«, dachte Kreisler.

»Ich möchte bei dieser Gelegenheit jedoch auf die großen Gefahren aufmerksam machen, die dem preußischen Staat von anderer Seite drohen. Ich meine die zahlreichen ins Kraut schießenden Tugendbünde, die Turnvereine, die Geheimbünde, die unter der Erde wie das Geflecht von Pilzen wachsen und so den Boden unterminieren, auf dem das Gebäude unserer Gesellschaft ruht. Hier muß hart durchgegriffen werden. Dieser Boden muß umgegraben und gesäubert werden, das ist meine felsenfeste Ansicht.«

Schmalz sah aus wie ein aufgeblasener Frosch. Eine spitze Bemerkung jetzt, sagte sich Kreisler, und er platzt mit Getöse.

Es war wieder einmal Trützschler, der die Situation rettete, indem er Kreisler aus der Seele sprach: »Meine Herren, lassen Sie uns zu unserem eigentlichen Problem zurückkehren. Die beiden Verbrechen. Das verstümmelte Mädchen in einer Theatergarderobe. Der Frauenarm in der Ephraimschen Orangerie. Sie, Herr Professor Hufeland, haben dankenswerterweise die Untersuchung des Armes übernommen. Können Sie uns schon Ergebnisse mitteilen?«

Hufeland räusperte sich. Es fiel ihm sichtlich schwer, den Laien der Runde in angemessener Sprache Rede und Antwort zu stehen. »Der Arm wurde unmittelbar unterhalb des Kopfes des Oberarmbeines abgetrennt. Weder Knochen noch Gewebe wurden dabei stärker deformiert. Der Täter muß über Kenntnisse der Anatomie, großes handwerkliches Geschick und ausgezeichnetes Werkzeug verfügt haben. Es gibt Hinweise darauf, daß das Gewebe während der Amputation durchblutet war. Das Opfer war also noch am Leben. Wahrscheinlich ist es betäubt worden, jedenfalls wollen wir dies in seinem Interesse unterstellen.«

»Können Sie uns sagen, welche Betäubungsmittel angewendet wurden?« Es war Kreisler, der diese Frage gestellt hatte. Alle sahen erstaunt zu ihm hin. In ihren Blicken war die Frage zu lesen: »Was weiß dieser Mensch, was wir nicht wissen!«

Kreisler wiederholte seine Frage.

Hufeland schien verlegen. »Unsere Mittel, Gifte, Drogen, betäubende Stoffe im Körper eines Toten nachzuweisen, sind leider sehr begrenzt. Ich habe trotz größter Bemühung keine eindeutigen Indizien für solche Stoffe gefunden. Ich halte deren Anwendung allerdings für wahrscheinlich, da es offensichtlich im Interesse des Täters lag, an den Arm im frischen Zustand und ohne Gegenwehr des Opfers zu kommen.«

»Glauben Sie, daß sie noch lebte?«

»Theoretisch möglich ist es. Aber ...«

»Und bei der Tänzerin? Auch keine Spuren von Narkotika?«

»Nein, leider nein. Aber auch hier scheint mir deren Anwendung wahrscheinlich.«

Es war spürbar, daß die kontroversen Gefühle und Meinungen innerhalb der Versammlung dieser biederen Staatsdiener immer stärker wurden. Die Luft war elektrisch, die Rauchwolken ballten sich immer noch schwarz unter der Decke; gleich würde tatsächlich der Blitz aus ihnen niederfahren. Die erlösenden Worte kamen ausgerechnet vom Polizeiminister, dem Fürsten Sayn, der bisher eisern geschwiegen hatte: »Es war ein Irrer!«

Hufeland nahm diese Äußerung als Stichwort. »Ganz wie Sie meinen, Fürst«, sagte er. »Eine These, die einiges für sich hat. Wenn ich den Herrschaften einige Erläuterungen zum Thema Blödsinnigkeit geben darf.«

Hufeland erhob sich, drehte seinen Stuhl um und packte die Lehne. Es war offensichtlich, daß er sich in einem Hörsaal wähnte. »Ich frage mich zuweilen, was ist überhaupt ein Irrer. Die Erfahrung lehrt, daß es sehr schwer ist, einen Irren überhaupt als solchen zu erkennen. Sein Verhalten, seine Sprache, seine Mimik können völlig normal sein. Nicht jeder Irre redet irre, meine Herren. Wir haben sogar höchst klar denkende und artikulierende Individuen im Tollhaus der Charité. Sie würden manchem Salon alle Ehre machen.«

Das Gelächter der Runde wirkte befreiend wie Regen nach dem Gewitter. Die meisten setzten sich in ihren hochlehnigen Stühlen bequemer zurecht.

»Ich will Sie nicht langweilen mit den vielen verschiedenen Formen der Blödsinnigkeit, die die Fachleute inzwischen unterscheiden. Selbst die Melancholie kann eine ihrer Spielarten sein. Wichtig für uns ist allein der Gedanke, dessen genauere Ausarbeitung wir dem großen Mediziner Professor Reil verdanken, dessen dreijährigem Wirken in dieser Stadt die wichtigsten Neuerungen auf dem Gebiet der psychischen Kurmethoden der Geisteszerrüttung zu verdanken sind, mit denen wir übrigens neuerdings auch in der Charité ganz erstaunliche Heilungserfolge erzielen. Seit Reil wissen wir, daß es so etwas wie einen ›vernünftigen Wahnsinn‹, einen Wahnsinn ohne Wahnideen gibt, den Pinel die ›Manie ohne Delirium‹ nennt.« Hufeland blickte jedem der Anwesenden der Reihe nach ins Gesicht, als wolle er diagnostizieren, wem er gerade eine solche Form des Wahnsinns zutrauen würde. »Alle Seelenkräfte«, fuhr er fort, »der Verstand, das Wahrnehmungsvermögen et cetera, sind bei dieser manie sans delire vollkommen gesund, bloß einige Handlungen sind abnorm, weil sie dem Kranken von einem blinden, organischen Drang diktiert werden. ›Der Kranke‹, hat der große Reil das einmal beschrieben, ›übt als Automat Grausamkeiten aus, ohne daß Vorstellungen der Lust oder Unlust, fixe Ideen oder Täuschungen der Einbildungskraft ihn dazu leiteten. Seine Vernunft kämpft mit dem vitalen Instinkt zu blutdürstigen Handlungen, ohne ihr Herrscherrecht behaupten zu können, ja, sie wird sogar genötigt, die raffiniertesten Mittel zur Genügung des blinden Drangs auszusuchen.‹ Der Intellekt dieser Personen ist also vollkommen intakt, und man erkennt ihre Krankheit daher nur an ihren abnormen Taten. Das ist es, was häufig die Aufklärung der von ihnen begangenen Untat so sehr erschwert. Mit einem Wort: Ich halte dafür, daß wir bei den Frauenmorden, die uns hier an diesem Tisch zusammengeführt haben, es mit einem Täter dieser Kategorie zu tun haben. Er lebt gewöhnlich normal, sogar vielleicht biedermännisch. Doch zuweilen, wenn er aus heiterem Himmel in jenen Zustand impulsiven Irrseins gerät, dann ...«

Hufeland machte eine Handbewegung, die Strangulieren andeutete. Dann setzte er sich. Während seines Referats hatte sich die Tabakswolke gelichtet, denn die Zuhörer hatten vergessen, ihre Pfeifen am Glimmen zu erhalten.

Niemandem fiel nun offenbar noch etwas Wichtiges ein. So sagte Kamptz schließlich: »Wir danken Ihnen, Herr Professor, für die außerordentlich informative und erhellende Belehrung. Ehe wir nun an uns selbst zu viele der genannten Symptome bemerken, wollen wir lieber die Versammlung auflösen.«

»So witzig wie selten«, dachte Kreisler. »Vielleicht kommt doch noch Leben in diese Mumienwelt.«

Nachdem Komplimente und Händeschüttelei ein Ende genommen hatten, ging Kreisler nach Hause. Er schnitt eine böse Karikatur des Professor Schmalz und steckte sie aufs Brot zur Gruppe der Machtmenschen und Philister.

Ins Tagebuch des Teufels aber schrieb er: »Der Teufel erscheint in vielfachen Gestalten. Auch in denen der Obrigkeit. Aber die Rolle, die ihm am besten steht, ist die Schwerkraft. Beherrscht nicht die Schwerkraft die gesamte Welt der Dinge? Sie zieht einen unweigerlich in Richtung Hölle, so als packe der Teufel alle Dinge am Schwanz, um sie hinabzuziehen in sein Reich. Das göttliche Prinzip hingegen ist das Schweben, das Aufsteigen, das Fliegen. Um wieviel schwerer bewegt man sich aber nach oben als nach unten! Jeder Tanz ist der Versuch einer kleinen Himmelfahrt, die der Teufel durch eine mehr oder weniger unsanfte Landung bestraft.«

Während der Kater um seine Beine strich und plötzlich mit einem gewaltigen Satz eine Lücke im Bücherregal eroberte, um dort zu erstarren wie ein geschnitzter Katzengott, kritzelte sein Herr an den Rand des Manuskriptes die beiden Namen »Legrand«, »Spinola«. Dann murmelte er: »Der Tanz- und der Maschinenmeister, ein hochinteressantes Paar. Ich werde mich ihm widmen müssen.«

13. DER THEATERMASCHINIST

Es war fast noch schwerer, ein Treffen mit Carlo Spinola, dem Theatermaschinisten des Hauses am Gendarmenmarkt, zu arrangieren als mit dem Ballettmeister Legrand. Kreisler bekam zu hören, daß Spinola ein äußerst menschenscheuer, ja ungehobelter Misanthrop sei, der sich bei weitem lieber mit seinen mechanischen Wunderwerken abgab als mit leibhaftigen Menschen.

Kreisler griff zu einer List: er besaß eine alte Spieldose. Sie war sehr kostbar. Wenn man sie aufzog, drehten sich auf ihrem Deckel ein Pianist samt Flügel und eine Sängerin. Die Hände des Pianisten bewegten sich über die Tasten. Musik erklang. Der Mund der Sängerin öffnete und schloß sich stumm dazu. Dies war nicht immer so gewesen. Kreisler erinnerte sich, daß er einst als kleiner Junge die Dame hatte singen hören. Nicht menschlich, sondern eher wie Vogelgezwitscher hatte es geklungen. Die Spieldose hatte seiner Mutter gehört und war ihm nun die intensivste Erinnerung an sie.

Durch Ludwig Freundt ließ er Spinola die Nachricht zukommen, daß er nichts sehnlicher wünsche, als eine Reparatur des kleinen Wunderwerks, und daß er sich dies ein gutes Stück Geld kosten lassen würde. Aber alle Uhrmacher und sonstigen Meister der Mechanik seien bisher an diesem Problem gescheitert.

Spinola erschien daraufhin tatsächlich in Kreislers Wohnung. Wahrscheinlich nicht aus Geldgründen, sondern aus herausgefordertem Ehrgeiz. Kreisler hörte ihn schon auf der Treppe poltern, und als Spinola die Tür öffnete, erschrak er über dessen imposante Gestalt. Waren Italiener nicht gewöhnlich klein und dunkelhaarig? Dieser Mann hier war von riesenhafter Statur. Seine Haare waren graugelockt, und seine Gesichtszüge wirkten edel, die Augen grau wie die Haare, die Lippen sinnlich und voll, die Stirn hoch und die Nase kräftig. »So sieht ein Renaissancefürst aus«, dachte Kreisler. Murr schien sich eine andere Meinung gebildet zu haben, denn er verkroch sich unter dem Sofa, und es war sicher, wäre er ein Hund gewesen, hätte er geknurrt.

Spinola trug ein kleines Kistchen unter dem Arm. Als er die Spieldose sah, die Kreisler auf den Tisch gestellt hatte, ging er geradewegs darauf zu. Er hob sie hoch, drehte den Schlüssel, hielt sie ans Ohr, und stellte sie dann wieder ab, während der kleine Pianist aus Ebenholz sein Stück auf dem verstimmten Piano zum Besten gab und die Sängerin ihr tonloses Lied dazu sang.

Kreisler sah aus einer respektvollen Ferne zu. Er traute sich nicht, Spinola etwas anzubieten, einen Likör zum Beispiel. Der Mann wirkte abweisend bis zur Unhöflichkeit. Er öffnete sein Kistchen, und eine Vielzahl von blitzenden Wunderdingen wurde sichtbar. Feinste Zangen, Schraubenzieher, Pinzetten, Messerchen, Feilen, das Werkzeug eines Uhrmachers und Feinmechanikers. Spinola kniff sich ein Uhrmachermonokel ins Auge und begann die Spieldose zu zerlegen. Die Bewegungen seiner großen Hände waren von der Präzision und Sicherheit eines Chirurgen. Die Sektion der Spieldose schien ihm Freude zu bereiten, denn ein unerwartetes Lächeln umspielte seinen Mund.

»Warum haben Sie eigentlich wirklich nach mir geschickt«, fragte er plötzlich. Spinola sprach fast akzentfrei und hatte die Stimme eines geborenen Baßbaritons. »Hat Ihnen meine Arbeit an der Undine nicht gefallen? War Ihnen vielleicht der Wasserfall zu klein oder der Sturm zu schwach?«

»Nein, nein, ganz im Gegenteil. Die Effekte sind ungeheuer eindrucksvoll. Die Leute sind bis in die vierte Reihe naß geworden. Einen solchen Sturm habe ich noch nicht in der Realität erlebt. Ich bewundere Ihre außerordentlichen Fähigkeiten auf dem Gebiet der Theatereffekte, aber auch des Automatenbaus. Sind Sie darüber hinaus vielleicht auch noch Sänger?«

Spinola warf ihm einen mißtrauischen Blick zu und fuhr dann stumm mit der Arbeit fort. Nachdem er aus dem Korpus der Dose alle möglichen Walzen, Zahnräder, Saiten und Hebel entfernt hatte, demontierte er die beiden Figuren. Dann hielt er die Sängerin gegen das Licht. Ein hübsches Püppchen mit blonden Haaren, einem großlippigen Mund, glänzenden roten Backen. Feine Drähte und ein Röhrchen hingen unter ihrem Rock heraus, und ihr Mund stand nun bewegungslos offen, als sei der Dame ein gewaltiger Schreck in die Glieder gefahren.

Kreisler trat hinzu und fragte mit gesenkter Stimme, so wie man sich nach einem vertrauten Patienten erkundigt: »Was ist mit ihr? Ist sie vielleicht krank? Hat sie erkältete Stimmbänder?«

Spinola zog vorsichtig an den Drähten, und die Dame schloß den Mund, öffnete ihn wieder, schloß ihn erneut. Dann sagte er, ohne sich dabei Kreisler zuzuwenden. »Sie ist nicht krank. Sie ist tot. Es wird nicht leicht sein, sie wieder zum Leben zu erwecken. Nichts ist schwerer als die Nachahmung der menschlichen Stimme mit mechanischen Mitteln. Was hat sie eigentlich gesungen?«

»Ich erinnere mich nicht mehr genau. Ich war sehr klein damals, als mein Vater sie meiner Mutter schenkte. Wir lebten damals in Königsberg. Mein Vater war Kriminalrat und wurde nach Insterburg versetzt. Die Spieldose war sein Abschiedsgeschenk. Wir haben ihn nie wieder gesehen.«

»Ist Ihre Mutter tot?«

»Ja, schon sehr lange. Schon über zwei Jahrzehnte. Ich war damals zwanzig.«

»Wie starb sie?«

»An einem Schlaganfall. Ihr Gesicht war grauenhaft entstellt, als man sie morgens tot im Bett fand. Wir lebten zurückgezogen im Haus ihrer Mutter. Dort wohnten schon ihre Schwester und ihr Bruder. Meine Mutter verließ dieses Haus nie mehr. Über uns wohnte ein geisteskranker Dichter. Er schrie oft des Nachts. Meine Mutter zog dann die Spieldose auf und lauschte der Musik. Ich glaubte, es sei ihre Stimme, die aus dem Mund des Püppchens kam. Hätten wir nicht diese Spieldose gehabt, hätte ich vielleicht nie das Klavierspielen und das Komponieren versucht. Ich wäre Ihnen zu allergrößtem Dank verpflichtet, wenn Sie sie wieder richten könnten.«

Spinola sah Kreisler spöttisch an. »Sie tun mir leid«, sagte er. »Ihre Liebe zu Frauen wird unstillbar bleiben.« Dann steckte er sich die Figur der Sängerin auf den Finger und bewegte sie wie ein Puppenspieler.

»Ich nehme an, sie hat einst ein kleines Coloraturmotiv gesungen. Der Konstrukteur dieses hübschen Spielzeugs hat gute Arbeit geleistet, aber er hat das Wesen der menschlichen Stimme verkannt. Er hat versucht, sie mittels kleiner Pfeifen zu imitieren. Nach Art der chinesischen Nachtigall. Die Mechanik ist nichts anderes als die einer gewöhnlichen Serinette, einer Miniaturdrehorgel, mit der man Vögeln Melodien beizubringen versucht. Der Blasebalg ist defekt, ebenso einige der Claves, der Taster, die die Noten auf der Walze abgreifen. Ich kann das reparieren, dann wird die Dame wieder wie ein Vogel zwitschern, aber singen wird sie nicht.«

Kreisler traute sich nun näher. »Wahrscheinlich ist es auch gar nicht möglich, etwas so Natürliches und Schönes wie die menschliche Stimme mit künstlichen Mitteln wirklich nachzuahmen.«

»Was wissen denn Sie«, antwortete Spinola schroff. »Die Stimme des Menschen ist im Wesen häßlich. Wie das Krächzen eines Raben. Die Schönheit des Gesangs ist dem Mißlaut abgerungen. Dies will bei einer mechanischen Imitation bedacht sein. Aber auch beim Komponieren. Die meisten Komponisten behandeln die Stimme, als sei sie von Natur aus schön. Das verleiht ihren Liedern etwas Süßliches, Verlogenes.«

Kreisler, der sich getadelt fühlte, suchte nach einer Erwiderung, aber Spinola hatte sich bereits erhoben. »Eine schwierige Operation wird nötig sein. Ich kann es versuchen, aber auf Ihr Risiko. Ich muß dazu alles mitnehmen. Hier ist es nicht möglich. Haben Sie einen Behälter und etwas Seidenpapier?«

Spinola packte sein Werkzeug zusammen und legte dann die mit Seidenpapier umwickelten Einzelteile der Spieldose mit größter Behutsamheit in den Karton, den Kreisler geholt hatte. »Wissen Sie, was ich glaube? Die Spieldose war nur ein Vorwand, mich hierherzubitten. Sie haben mich geholt, weil ein gewisser Verdacht in Ihrem Hirn seltsame Blüten treibt. Sie sind rot, und sie riechen faulig und süß.« Mit diesen Worten ging er zur Tür und verschwand.

Kreisler sah vom Eckfenster aus, wie Spinola zum Theater hinüberging und dort in einem Seiteneingang verschwand.

»Mein Freund, dich werde ich aufs rechte Brotende stecken müssen«, murmelte er.

14. DAS KAFFEEHAUS

»Kanntest du Angela Conterio?«

»Die Tote aus der Spree? Ich kannte sie flüchtig. Sie sang bei uns im Chor. Übrigens: Du kennst sie auch.«

Ludwig Freundt lehnte sich zurück und genoß sichtlich die Wirkung seiner Behauptung. Philipp Kreisler schien verwirrt. »Ich habe keinen Umgang mit jungen Blondinen.«

»Du hast sie gehört. Im Niederländischen Palais.«

»Die Schöne mit der unsicheren Stimme?«

»Genau die. Im Chor sang sie sicher. Solo nicht.«

»Sie soll zurückgezogen gelebt haben. Genauso wie Amandine.«

»Das ist, wie du weißt, die übliche Umschreibung für die besseren Dirnen. Für die, die nicht im Bordell arbeiten, sondern ihr eigenes Zimmer haben.«

»Du bist erstaunlich gut informiert. Besteht da eine Verbindung zu Amandine?«

»Möglich. Ich weiß nicht, ob Amandine auch diesem Nebenerwerb nachging. Die Honorare für Chorsängerinnen und Ballerinen sind lächerlich, wie du weißt.«

Sie saßen an ihrem Stammtisch bei ›Lutter und Wegener‹. Beide tranken erstaunlich maßvoll für ihre Verhältnisse. Sie wirkten wie zwei Verschworene, die sich innerlich für ein großes Vorhaben rüsteten.

Kreisler erwähnte seine Begegnung mit Legrand und Spinola: »Zwei interessante Männer. Der eine hat mir das Wesen des Tanzes zu erklären versucht, der andere das Wesen des Gesanges. Was weißt du von Spinola?«

»Nicht viel mehr als daß er ein wahres Genie ist. Und er hat Einfluß. Die Anteile der Theatermaschinerie an einem Stück werden immer größer. Das mag man aus Sicht der Schauspielerei bedauern, aber die Leute wollen es heute so. Jedenfalls sind Spinolas singende Schwäne und feuerspeiende Fabelwesen von höchster Attraktivität.«

»Ein merkwürdiger Mann. Schwierig. Dubios, aber beeindruckend. Er repariert übrigens meine Spieldose. Vielleicht eine Chance, ihn ein bißchen besser kennenzulernen.«

»Das glaube ich kaum. Niemand kommt an ihn heran. Er scheint übrigens das Haupt der italienischen Fraktion zu sein, die sich neuerdings bei uns gebildet hat.«

»Weißt du, wo er wohnt?«

»Irgendwo außerhalb. Wenn er nicht in seiner Werkstatt übernachtet, was häufig der Fall ist, dann verläßt er die Stadt in Richtung Schiffbauerdamm.«

»Hast du ihn etwa observiert?«

»Ich weiß es von Carlsberg. Der scheint mit ihm in Fehde zu liegen. Dabei bewundert er ihn zugleich maßlos. Eine Art Haßliebe vielleicht. Spinola hingegen ignoriert den guten Carlsberg völlig.«

»Ich wollte dich immer schon bitten, mir mehr über Carlsberg zu erzählen. Ich weiß nichts von ihm, außer daß er in Amandine verliebt war und ein erbärmlicher Schauspieler ist.«

»Nun, manche Rollen spielt er perfekt. Mönche zum Beispiel, Diener und Dorftrottel. Vielleicht liegt das an seinen persönlichen Erfahrungen.«

»Welchen Erfahrungen?«

»Carlsberg ist erst seit zwei Jahren Mitglied in unserem Ensemble. Vorher war er in einem etwas anderen Ensemble, von dem ich annehme, daß es in mancher Hinsicht glaubhafter zu spielen weiß als wir am Schauspielhaus alle zusammengenommen. Er war nämlich in der Irrenanstalt.«

»Und das erzählst du mir erst jetzt? Das ist doch eine Spur!«

»Sachte, mein Lieber. Findest du diese Spur nicht ein wenig überdeutlich? Carlsberg ist übrigens in der Charité unter einem anderen Namen aufgetreten. Er nannte sich Rabenstein. Ein interessanter Name, findest du nicht?«

»Rabenstein. So nannte man in alter Zeit den Platz, auf dem der Galgen steht! Da fällt mir ein, als ich bei Liebenwein war, machte der so komische Andeutungen. Von wegen, er kenne ein echtes Galgenmännlein. Erst dachte ich, er meine mich. Ist Carlsberg nicht auch ziemlich klein?«

»In der Tat, er ist recht klein, ziemlich schmal. Unscheinbar eben. Carlsberg hat mir übrigens auch erzählt, daß Spinola in ziemlich finsteren Kreisen verkehrt. In der Berliner Unterwelt, den sogenannten Kaffeehäusern, die in Wirklichkeit Bordelle und Spielhöllen sind.«

»Dann sollten wir uns so ein Etablissement doch einmal näher ansehen, was meinst du?«

»Genau! Ich kenne da einige hübsche Plätze, wo sich sogar der Teufel ziemlich frömmlerisch vorkommen würde. Zuweilen hole ich mir dort Anregungen für meine Rollen. Es gibt nichts Inspirierenderes als die unverdorbene Mimik und Sprache eines Ganoven. Wir sollten gleich heute nacht unser Glück versuchen. Geh nach Hause. Ich bin in einer Stunde bei dir.«

Als Kreisler später auf ein Klopfen hin die Wohnungstür öffnete, erkannte er seinen Besucher nicht sogleich. Nicht nur verunzierte ein großes Pflaster seine Wange. Er war auch gekleidet wie ein Papagei. Das grüne Halstuch, der übertrieben wattierte Frack aus roter Seide, die gelbschwarzkarierten Pantalons: das war die Aufmachung eines Gecken oder Lebemanns, der wenig Vertrauen einflößte. Auch der lose über die Schultern geworfene Garrick verbesserte den Eindruck nicht wesentlich, ebensowenig wie der abgetragene Zylinder. Es war jedoch zweifellos Ludwig. In der Hand trug er einen Koffer.

»Du wunderst dich über meine Eleganz? Du wirst bald einsehen, daß diese Maskerade durchaus ihre Vorteile hat an dem Platz, den wir heute abend aufsuchen wollen. Hier, ich habe auch für dich etwas Passendes mitgebracht.«

Freundt förderte aus dem Koffer einige Kleidungsstücke zutage, die sich als abgetragene Arbeitskleidung eines Flußschiffers erwiesen. Am eindrucksvollsten war der schwere Wettermantel aus geteertem Tuch.

»Damit du es weißt: Wir beide sind Grabräuber. Das ist ja auch nicht einmal eine Übertreibung.«

Kreisler zog die Kleider an, wobei ihm der Mantel wie ein Schneckenhaus vorkam. Dann gingen sie die endlos lange Friedrichstraße hinauf Richtung Oranienburger Tor.

Für späte Wanderungen eine wenig angenehme Route, wie Kreisler fand. Nicht nur lagen dort draußen die großen Friedhöfe, nicht nur das Invalidenhaus, das voller Kriegskrüppel war, nicht nur die Irrenanstalt. In der Oranienburger Vorstadt wohnten auch die Ärmsten der Armen. Es war bei Dunkelheit höchst unsicher dort.

»Wohin gehen wir?« flüsterte Kreisler.

»Du brauchst nicht zu flüstern. Das paßt nicht zu deiner Rolle. Du mußt laut und deutlich reden, selbstbewußt und mit verschlagenem Unterton.« Freundt machte es vor, indem er Kreisler mehrmals den Satz »Ich bin an einem gewissen Geschäft interessiert« vordeklamierte und ihn von ihm nachsprechen ließ.

»Wir suchen jetzt gleich eine der verrufensten Spelunken Berlins auf, mein Lieber. Ein falsches Wort und man schneidet dir die Gurgel durch. Das Lokal sieht aus wie eine harmlose Konditorei. Der Kuchen dort ist übrigens exquisit. Damit du Bescheid weißt: ich bin Franzose von Adel, erst ruiniert von der Revolution, später davon, daß sie aufgehört hat, kopflose Leichen zu produzieren. Ich habe mein Geschäft des Leichenhandels deshalb hierher verlegt, in eine Stadt, deren aufstrebender wissenschaftlicher Geist meine Handlangerdienste angemessen zu honorieren weiß. Du bist Schiffer und transportierst meine Leichen die Spree hinab in die Havel, von dort in die Elbe nach Hamburg, wo man Leichen braucht, weil die Hamburger sich zu schade sind, ihre hanseatischen Leiber der Medizin zur Verfügung zu stellen. Außerdem sind ihre Körper vom Salzwind zäh wie Pökelfleisch.« Freundt lachte maliziös. Er hatte sich wieder einmal perfekt in seine Rolle verwandelt. »Ich sage dies, um dir einen Vorgeschmack von meinem eleganten französischen Witz zu geben, der mich demnächst in jenem Etablissement charakterisieren wird. Du selbst bist ein wenig wortkarg, aber du bist ein Meister im Erfinden wüster Schauergeschichten. Vielleicht findet sich eine Gelegenheit, mit einem kleinen extemporierten Gruselmärchen das Vertrauen der Bauchaufschlitzer dort zu erwerben. Streng dich also an, mein Lieber. Jetzt könnte deine Kunst endlich einmal zu etwas nütze sein.«

»Und wozu der ganze Auftritt?«

»Ich habe gehört, daß die Conterio öfter in einem Kaffeehaus verkehrt ist. Ich habe weiter herausbekommen, um welches Lokal es sich handelt, nämlich um genau jenes, in das wir uns begeben werden. Die Conterio soll übrigens die Geliebte unseres Obermaschinisten Carlo Spinola gewesen sein.«

Sie gingen weiter, ohne zu bemerken, daß ihnen jemand in einem guten Abstand folgte. Eine Person, die einen grauen englischen Reisemantel trug, einen Garrick wie Freundt also, jedoch von echter Eleganz. Sie verstand es geschickt, sich in Hauseingängen zu verbergen, jedesmal wenn Freundt stehenblieb, um seinem Kumpanen etwas vorzudeklamieren.

Sie verließen die Friedrichstraße und bevorzugten nun dunkle Parallelstraßen, denen sie folgten, bis sie auf die Stadtmauer stießen. Eine einsame Laterne warf ihren schwachen Lichtkreis auf das Pflaster der Gasse, die entlang der Stadtmauer führte und die man die Kommunikation nannte, weil sie das Oranienburger mit dem Hamburger Tor verband. Schließlich erreichten sie das Eckhaus. In seinem Schaufenster lagen große Torten. Sie bestanden offenbar aus bemalter Pappe, ebenso wie das Gebäck. Die Armeen aus Marzipansoldaten und Schokoladenkanonen wirkten echt. Im Hintergrund des Ladens schimmerte Licht. Auch war gedämpftes Stimmengewirr durch die Scheibe zu hören.

»Frag auf keinen Fall direkt nach der Conterio«, sagte Freundt. »Die Leute da drinnen sind verdammt empfindlich. Ihre Huren sind ihnen heilig. Und nun komm.«

Eine Glocke bimmelte, als sie eintraten. Kaffeegeruch, Pfeifen- und Zigarrenrauch, Bierdunst quoll ihnen entgegen. Vom Laden, in dem um diese Zeit niemand war, gingen ein paar Stufen hinab in das tiefer gelegene Lokal. Ein Vorhang versperrte den Blick. Freundt, der den Umgang mit solchen Ausstattungsstücken von berufswegen liebte, öffnete ihn mit einer grandiosen Geste beider Hände und trat hindurch, dicht gefolgt von seinem Freund.

Der große Raum war ziemlich schwach beleuchtet von ein paar Ölfunzeln, die über den Tischen hingen. Im gelblichen Dämmerlicht sahen die Gestalten, die um die Tische saßen, wie Wachsfiguren aus. Es war brechend voll. Neben einem gußeisernen Ofen, in dem Holzscheite knisterten, hingen Mäntel und Zylinder. Als Kreisler seinen Wettermantel dort deponierte, nahm er den intensiven Geruch von Schweiß und den Mittelchen wahr, mit denen selbst diese Leute hier zu verbergen suchten, daß sie eigentlich wie Tiere rochen.

An einigen der Tische wurde gewürfelt, an anderen saßen Kerle, die in einer Art grimmigem Schweigen vor sich hinbrüteten. Es gab auch Mädchen, recht junge darunter, die sich durch kesse Zwischenrufe hervortaten.

Anders als bei ›Lutter und Wegener‹ war diese Unterwelt trotz aller zur Schau getragenen Gemütlichkeit und Wärme dennoch ein kalter Ort. Die Gesichter der meisten hatten etwas Geschäftsmäßiges. Die Fröhlichkeit, die einige lautstark vermittelten, wirkte künstlich. Die Mädchen vor allem schienen sich durchaus übertrieben wohl in ihrer so schmeichelhaft beleuchteten Haut zu fühlen. Es waren Dirnen, die offenbar noch am Anfang ihrer Geschäftslaufbahn standen und vielleicht glaubten, der Hölle ihres Alltags mit Hilfe einer guten Partie entkommen zu können.

Freundt und Kreisler setzten sich auf zwei Stühle, die gerade frei geworden waren, und bestellten Punsch. Der kam so schnell wie ein Gewitterregen, und er war stark. Eine Weile tranken sie nur, nestelten ihre Pfeifen hervor, rauchten, starrten vor sich hin wie die anderen Männer an ihrem Tisch. Dann sagte Freundt plötzlich mit seiner trainierten, auch bei leisen Tönen sehr durchdringenden Stimme: »Isch glaube nicht, daß wir zehn Leischen zusammenbekommen in dieser Stadt. Zwar sterben die hier offenbar wie die Fliegen, aber es gibt zu wenig junge darunter. Für junge Mädchen aber bekommst du in Ambourg am meisten. Isch weiß auch nischt, warum. Aber die Preise sind einfach so. Öchstens zwei Tage alte junge Mädchenkadaver, das bringt viel. Auf Eis gelegt und dann ab in die weite Welt. Eigentlisch schade, daß manche junge Dame ihre erste Erfahrung mit Weltreisen auf diese Weise macht. Ach, mein Freund, in meiner Eimatstadt Paris war das alles vor wenigen Jahren noch wesentlisch einfacher. Aber der Verfall von die Preise war damals das Problem. Man hatte einfach zu viele tote Mädchen, außerdem ohne Kopf, was bringt das schon? Es ist eben leider nicht wie bei den Fischen, wo der Leib teurer wird, wenn der Kopf ab ist. Ich glaube sogar, ier ist es noch schlimmer. Die vielen Krüppel von die Krieg, die sind noch unvollständiger oft als die jungen Pariser Damen.«

Gelassen versorgte Freundt seine Pfeife. Kreisler versuchte indessen, einen Priem so zwischen seinen Backentaschen zu bewegen, wie es dem en dit nach nur ein befahrener Matrose vermag. Er bemerkte dabei, daß die Blicke der Tischgenossen starrer wurden, wie es bei Leuten der Fall ist, die zuzuhören beginnen, ohne dies zugeben zu wollen.

»Neulisch ab isch eine Dame geliefert bekommen, der der rechte Arm fehlte. Das at das ganze Geschäft vermasselt. Die wollten mir nur die Älfte zahlen. Isch bitte dich, als ob der fehlende Arm die albe Frau sei. Es war doch keine Damen ohne Unterleib! Wenn sie mir zehn Prozent abgezogen ätten, das ätte isch ja noch verstanden, aber gleich die ganze Älfte. Wenn die Kopf fehlt, stellen sie sich bei weitem nicht so an. Da gibt's nur ein paar Prozente Abzug. Schädel aben wir schon genug, heißt es. Das muß wohl stimmen, denn für Köpfe allein gibt's fast nischts. Als ob es Fischköpfe sind, Katzenfutter.« Freundt blies in gespielter Empörung eine ganze

Vulkaneruption von Qualm gegen die Decke. Einige der Männer verbargen kaum mehr, daß sie höchst interessiert seinen Ausführungen lauschten. Drei finstere Typen am Nachbartisch hatten aufgehört zu reden und wandten ihnen mit unverhohlener Neugier die Gesichter zu. Freundt trat Kreisler unterm Tisch gegen das Schienbein: Das Zeichen für seinen Einsatz.

»Da gab's für die andere Kleine schon mehr. Die mit den großen Ohren. Amandine. Jedenfalls stand der Name auf dem Kreuz. Schade um die Kleine. Sie sah immer noch so frisch und munter aus. Solche Ware lob ich mir. Wie wollen wir sie übrigens diesmal verstauen? Wieder in Pökelfässern?«

»Meinetwegen, aber wasch sie vorher gut aus. Isch meine die Fässer. Du weißt, versalzene Leichen, versalzenes Geschäft. Erzähl doch mal die Geschichte von dem schönen Mädchen mit den goldenen Aaren. Ich kann sie immer wieder hören. Die Sache ist gar zu extraordinär.«

Kreisler leerte sein Glas und deutete mit dem Finger drauf. »Von der blonden Italienerin? Vorher brauch ich noch was. Sonst bleibt mir die Geschichte im Halse stecken.«

Ein großer Kerl am Nachbartisch rief nach der Bedienung. »Geben Sie dem Kleinen da noch einen Punsch, aber einen Doppelten, auf meine Rechnung.«

Der dampfende Becher kam, und Kreisler räusperte sich. Er hatte sich keine Geschichte zurechtgelegt, er mußte sich also ganz auf die Geneigtheit seiner Einfälle verlassen. Alle Gesichter hatten sich ihnen inzwischen zugewandt. Einige hatten sogar ihre Stühle umgedreht, die Arme um die Lehnen gekreuzt und saßen nun da, zum Zuhören bereit. Wüste Gesellen darunter, aber in ihren Augen leuchtete die Neugier von Kindern.

»Also«, begann Kreisler, in der Hoffnung, dieses unbedeutende Wörtchen würde einen spannenden Satz hinter sich herziehen wie einen Rattenschwanz, »also, es war letzten

Sommer. Du weißt, wie verdammt heiß er war. Ich hatte von dir eine gewisse Ware bekommen, höchst verderbliche Ware. Sie war ganz frisch und von besonderer Qualität. Eine junge Sängerin. Völlig komplett. Keinerlei äußere Verletzungen. Keinerlei Krankheitsmerkmale. Wunderschöne, goldglänzende Haare, eine Haut wie Alabaster. Erstaunlich für eine Italienerin übrigens. Hätte man ihre blutleeren Lippen geschminkt, man hätte sie für lebendig halten können. Das lag vor allem am Ausdruck ihrer Augen. Du weißt, daß die meisten Toten diesen völlig leeren Blick haben. Sie aber nicht. Sie sah nicht durch dich hindurch, als seist du das Nichts persönlich; sie schien dich vielmehr anzusehen, als wollte sie dir etwas Freundliches sagen. Im ersten Moment dachte ich tatsächlich, daß noch ein Funken Leben in ihr sei. Du weißt, so was kommt zuweilen vor. Lebendig Begrabene, die über den Styx zurückkehren aus dem Totenreich. Ich legte also meine Wange an ihren zarten, schönen Busen, um zu prüfen, ob ihr Herz etwa noch schlage, aber da war nichts, nichts außer einem leisen Ticken wie von einer Uhr. Wo kam dieses Ticken her? fragte ich mich.«

Es war still geworden im Raum. Kreisler schien in sich hineinzuhören, als wollte er noch einmal jenes Ticken ausfindig machen. In Wahrheit überlegte er verzweifelt, wie sich die Geschichte fortsetzen ließ.

»Also, erst dachte ich, es sei meine eigene Taschenuhr, aber die hatte ich tief in meiner Hosentasche vergraben, während dieses Ticken deutlich aus der Brust der schönen Italienerin kam. Vielleicht hat die Ärmste eine Taschenuhr verschluckt, dachte ich. Aber dann wurde mir sogleich das Unsinnige dieses Gedankens deutlich. Eine Taschenuhr, selbst jene zierlichen, die Damen tragen, ist doch wahrlich zu groß für einen Menschenschlund. Und überhaupt, warum sollte die Ärmste Appetit auf solch teure und unverdauliche Kost gehabt haben!«

Kreisler spürte, daß er sich verrannt hatte mit diesem verdammten Ticken in der Brust einer Toten. Um Zeit zu gewinnen, trank er sein Glas leer.

»Noch eins für den Schiffer«, grölte der Riese.

»Also, also …« Kreisler warf einen flehenden Blick zu Freundt. »Also, ich entschloß mich, der Sache auf den Grund zu gehen. Dazu gab es nur eine Möglichkeit. Ihr könnt euch denken, welche. Nun bin ich weder ein geschickter Chirurg, noch ein geübter Schlachter. Außerdem ist es keineswegs in meinem Interesse, eine so kostbare Ware durch grobe und einschneidende Maßnahmen zu verderben. Aber die Sache ließ mir einfach keine Ruhe. Zumal die Schöne mich mit ihren großen blauen Augen förmlich anzuflehen schien, hinter ihr Geheimnis zu kommen. Da es ein heißer Tag war, da die Sonne auf das Deck meines Schiffes brannte und mich wachsende Furcht beschlich, das Fräulein würde sich bei diesen ungünstigen Verhältnissen bald ihrer Schönheit beraubt sehen durch dunkle Flecken auf der Haut und andere unangenehme Vorboten der Verwesung, schritt ich zur Tat. Ich ging in meine Kammer und holte eine lange, dünne Nadel, wie sie der Segelmacher zum Nähen von grober Leinwand benötigt. Ich beugte mich nun über die Nackte, bat sie innerlich um Verzeihung und stieß die Nadel direkt in ihre linke Brust, dort hinein, wo meinem kümmerlichen anatomischen Wissen nach das Herz bei Frauen sitzt, wenn sie überhaupt ein Herz haben.«

Das Gelächter rund herum machte Kreisler mutig, und er fuhr mit leicht erhobener Stimme fort: »Ihr könnt euch vorstellen, welche Überwindung mich diese Maßnahme kostete. Zwar trat kein Blut aus der winzigen Wunde, aber das Nachgeben der Haut, des Gewebes, die trichterförmige Mulde, die entstand, das Eindringen der Nadelspitze, das Hineingleiten der Ahle ins Fleisch verursachte mir gleichsam einen scharfen Schmerz, den ich bei mir selber in der Herzgegend verspürte. Sie aber, die Schöne, gab keinen Laut von sich, kein Stöhnen, kein Aufschrei, dafür aber schien ihren halb geöffneten Lippen ein kaum hörbarer Klang zu entweichen. Eine zarte Melodie, als singe etwas Überirdisches in ihr. Und nun geschah jenes Seltsame, welches mich in den wahrhaft größten Schrecken versetzte: Die Nadel traf auf einen Widerstand. Ich zog sie ein wenig zurück und stach erneut zu. Das gleiche Ergebnis: es ging nicht weiter. Vielleicht ein Knochen? Eine Rippe? fragte ich mich. Aber der Widerstand schien mir härter, sozusagen metallisch zu sein. Doch nun ...« Kreisler hielt inne und genehmigte sich einen Schluck, um schnell zu überlegen, wie es weitergehen sollte, während der Sog der Erwartung bei den Zuhörern immer reißender wurde.

»... geschah etwas außergewöhnlich Ungewöhnliches. Jedesmal wenn ich gegen diesen Gegenstand in der Brust des Mädchens stieß, veränderte sich ihr Blick. Er wurde matter, verlor seinen lebendigen Glanz, so als wiche nun der letzte Rest an Leben aus ihr. Da hatte ich eine Idee, die ich im nachhinein für geradezu blendend halte. Ich stieß erneut die Nadel gegen jenen Widerstand. Dann befestigte ich ein Stückchen Pappe an ihrem Ende, das ich zu einer trichterförmigen Tüte gerollt hatte, deren spitzes Ende den Kopf der Nadel umschloß. Durch diese sinnreiche Vorrichtung hoffte ich, ins Innere des toten Mädchens lauschen zu können. Und tatsächlich, da war es wieder, jenes Ticken, diesmal so laut, daß man es im ganzen Raum deutlich hören konnte. Es glich jetzt eher einem Pochen, einem Klopfen, etwa wie es ein Specht an einer Baumrinde erzeugt. Ich lauschte ihm wie gebannt, meine Sinne umnebelten sich, ich wagte nicht mehr, mich zu rühren. Plötzlich jedoch hörte es auf. Ganz abrupt. Die Stille war entsetzlich. Zugleich gingen die Augen des Mädchens zu. Auch ihre Lippen schlossen sich. Ihre Gesichtszüge wirkten schlaff, sie schien um Jahre gealtert. Ihr ganzer Körper war verändert, verrenkter, wie soll ich sagen, toter als zuvor. Ich sah, daß sie die Starre bekam, ihr Kinn sank herab, die Glieder nahmen eine unnatürliche Stellung ein, die Finger krümmten sich zu Krallenhänden. Zu meinem Schreck waren jetzt auch die ersten verräterischen Schatten auf der Haut erschienen. Der Tod hatte sein scheußliches Zerstörungswerk mit Macht begonnen.«

Seufzer waren zu hören. Hie und da rieben sich Dirnen mit dem Schnupftuch die Augen. Kreisler trank seinen Becher mit einem Zug leer.

»Ach, ich begriff, daß es schnell zu Ende ging mit diesem Leib. Sein Wert sank von Minute zu Minute. Doch das war mir egal. Ich litt aus anderen Gründen, ich litt, weil mich die Schönheit des Mädchens betroffen gemacht hatte und ich nun seinen Verfall erlebte wie ein Liebhaber, der am Sterbelager der Geliebten wacht. ›Nein‹, rief ich, ›Tod, du entsetzlicher Mordgeselle, laß ab, laß ab von meiner Freundin.‹ Vergeblich. Schon begann ich den schrecklichen Verwesungsgeruch zu riechen, den ihr Leib verströmte. Noch einmal stieß ich die Nadel hinein. Aber kein Ticken mehr.«

Kreisler hielt erneut inne. Er blickte um sich und bemerkte, wie die Gesichter im Raum sich verändert hatten. Selbst die gröbste Visage hatte etwas Bekümmertes. Der Riese, der die Getränke spendierte, schien den Tränen nahe zu sein, die Bedienung und die leichten Mädchen saßen da mit roten Backen und feuchtglänzenden Augen, einige rauften sich die Haare vor Mitgefühl.

Kreisler genoß die Situation in vollen Zügen. Er hatte sie jetzt alle in seiner Gewalt. Die körperlichen Kräfte dieser Kerle waren gefesselt von seiner Stimme. Er fühlte sich stark, unverwundbar, und dies hatte er nichts anderem zu verdanken als seiner Phantasie.

»Weiter«, stöhnte jemand am Nachbartisch. Andere fielen ein. »Wie ging es weiter, erzähl«, erklang es im Chor.

Kreisler ließ sich seinen Becher wieder füllen und trank.

»Später«, sagte er dann, »beschlich mich ein kühner Gedanke. Jetzt, wo sie so verdorben war, konnte ich auch den letzten Schritt tun. Nachsehen, was es mit jenem Widerstand in ihrer Brust auf sich hatte. Also holte ich ein langes, scharfes Messer. Und dann ...« Er machte eine Pause und spuckte den Priem aus. Er hatte sich hineingeredet in die Geschichte. Ein bewundernder Blick seines Freundes bewies ihm das. Ja, er erlebte jenen schrecklichen Moment noch einmal, als er bei der Autopsie von Amandine dabei gewesen war. Aber diesmal war er der Prosektor. Seine Hände waren schweißnaß, seine Stimme zitterte, als er fortfuhr.

»Ich zögerte begreiflicherweise einen Augenblick, ehe ich den ersten Schnitt anbrachte. Es war der sogenannte Kragenschnitt. Fast tat es mir wieder selber weh, als nun das Messer eindrang. Natürlich gab es kein Blut mehr in diesem herrlichen Leib. Die aufklaffende Wunde, die mein Messer erzeugte, wirkte sauber und glatt. Es sah aus, als schnitte man in Marzipan. Dann aber stieß die Klinge auf einen unerwarteten Widerstand. Ich tastete mich vor, schnitt weiter, bis ich etwas Metallisches glänzen sah. Dort, wo man das Herz vermuten sollte, legte ich etwas völlig Fremdes frei. Einen kleinen, silbern schimmernden Kasten. Er war von feinen Drähten umgeben, die sich in den umliegenden Gewebeteilen verloren. Sie führten direkt ins Parenchym, meine Damen und Herren.«

Kreisler spürte fast körperlich, wie diese anatomisch völlig ungebildeten Leutchen erregt waren. Er hörte sie schwer atmen, hörte ihr Stöhnen, einige murmelten das ihnen neue Wort Parenchym nach.

»Ich holte also jenes verruchte Ding, das irgendein irrsinniger Maschinist an Stelle des Herzens in jenen herrlichen Frauenkörper eingebaut haben mußte, heraus. Dann säuberte ich es und legte es vor mich hin auf den Tisch meiner Kajüte. Mir war klar, daß ich einer ungeheuren Freveltat auf der Spur war.

Da mußte sich jemand als der liebe Gott persönlich aufgespielt haben. Nur ein teuflischer Mechanikus konnte auf die Idee gekommen sein, der Natur auf diese Weise ins Handwerk zu pfuschen.« Allgemeines Murmeln der Zustimmung. »Ja, nur ein verrückter Genius konnte eine solch ungeheuerliche Manipulation begangen haben. Ich wollte der Sache auf den Grund gehen. Zunächst aber versorgte ich, so gut es ging, die arme Tote. Nähte sie in grobes Leinen ein mit dem Entschluß, sie in Ehren zu bestatten, wenn ich auf See sein würde. Dann versuchte ich mit geeignetem Werkzeug jenem Kästchen sein Rätsel zu rauben. Das Öffnen erwies sich als äußerst schwierig. Hier hatte jemand alles daran gesetzt, seine dunklen Machenschaften dem menschlichen Zugriff zu entziehen. Doch endlich bekam ich es auf. Ich hielt es offen gegen das Licht. Was sah ich da? Feine Räderchen, Walzen, Federn, Metallzungen, einen Lederbalg! Wie in einer komplizierten Spieldose sah es aus. Ja, das mußte die Ursache jener Klänge gewesen sein! Und ich sah noch etwas: einen schimmernden Kristall. Er drehte sich, wenn man gegen das Kästchen stieß. Dabei entstanden winzige, blaue Funken, wie bei einem Elektrisierapparat. Ich verstehe von diesen Dingen leider zu wenig. Dennoch machte ich einen Versuch mit einem starken Magneten, den ich nun dem Kästchen näherte. Da begannen sich die Räder zu drehen, der Kristall schimmerte, funkelte, eine Melodie erklang. Sie war lieblich und zugleich fremdartig. Eine Frauenstimme, wunderbarer, englischer Gesang. Mich befiel eine große Müdigkeit.«

Kreisler gähnte herzhaft, als sei er dem, was er erzählte, auf eine eindringliche Weise nah. Dann trank er aus seinem frisch gefüllten Glas, setzte sich in Positur und fuhr fort:

»Hat hier jemand übrigens einen Kerl gesehen, breit wie ein Schrank, mit grauen Locken und Kinnbacken wie ein Nußknacker? Er nennt sich Spinola. Sein Mädchen ist eine schlanke Blondine. Sie heißt Angela Conterio!«

Schlagartig verstummte der ganze Saal. Die Stille hatte etwas Böses, sie war wie ein lauerndes Tier. »Ihr wollt Leichenhändler sein?« sagte der Riese, zog ein großes Messer und hieb es genau vor Kreisler und Freundt in die Tischplatte. »Wie wäre es, wenn ich euch an euch selbst verkaufte? Zwei schöne Kadaver, kaum beschädigt, nur ein Schnitt durch die Kehle!« Er lachte breit, geradezu herzlich, und alle lachten mit. Vorsichtshalber schlossen sich auch Freundt und Kreisler dem Gelächter an. Es war kein befreiendes Gelächter, sondern eher aggressiv. »Wer weiß, vielleicht war Lachen ursprünglich ein Vorspiel des Tötens«, dachte Kreisler. »Es legt die Zähne frei. Im Moment des Zubeißens lacht jeder Tiger.«

Der Große zog das Messer aus dem Tisch, und während Kreisler verzweifelt auf die tiefe Kerbe starrte, begann sein Gegenüber, mit dem Daumen die Schärfe der Klinge zu prüfen. »Weißt du, mein Kleiner, für dich bekomme ich nicht viel. Dein armseliger Körper dürfte keinen guten Preis machen. Aber dein Freund, für den gibt es mehr.« Er stieß erneut die Klinge ins Holz, diesmal ein gutes Stück näher. »Ihr beiden seid Schnüffler. Das ist jetzt klar. Wer hierherkommt und solche Fragen stellt, ist ein Schnüffler. Und Schnüffler werden als das behandelt, was sie sind. Als Scheintote. Weißt du übrigens, warum die Metzger ein Schwein schlachten, indem sie die Halsschlagader durchtrennen? Weil schnelles Ausbluten die Qualität des Fleisches fördert. Es bleibt länger frisch. Los, bringt sie nach nebenan.«

Zwei Kerle sprangen auf und packten Freundt und Kreisler so geschickt an Arm und Schultern, daß an Gegenwehr nicht zu denken war. »Ich habe immer gewußt, daß ich meinen letzten Auftritt in einer Klamotte habe«, sagte Freundt.

Man begann, sie in Richtung einer Tür im Hintergrund zu schieben. Kreisler wehrte sich so gut es eben ging, schleifte Stühle mit, warf einen Tisch um samt den Gläsern und Flaschen darauf. Freundt hingegen sträubte sich nicht. Er begann vielmehr, mit seiner volltönenden Stimme zu zitieren: »Gevatter Tod, du schmutziger Ganove, du geiler Kinderschänder, du liederlicher Mordbube, du sollst wissen, daß deine angebliche Macht ihre Grenzen hat. Was kannst du schon ausrichten gegen die Erinnerung eines Knaben an seine verstorbene Mutter, was sind deine Taschenspielerkünste, mit denen du Unschuldige einfach verschwinden läßt durch eine unsichtbare Tapetentür in den Kulissen des Lebens. Zwar mästest du den widerlichen grauen Wurm des Nichts mit deinen zahllosen Opfern, dem jungen Mädchen, das du ebenso kaltblütig dahinraffst in der Blüte seiner Jahre wie den tapferen Soldaten, den frommen Priestern, den Königen, den Bettlern und den Säuglingen in der Wiege. Ich sage dir, Tod, du stumpfer Schlächter unserer Lebensillusion, wir werden allesamt wiederkommen, deine undankbaren Sklaven, in unseren auferstandenen Leibern werden wir wiederkommen und dir die bleichen Knochen brechen und dich zu Staub zermalmen am Tage des jüngsten Gerichts ...«

In diesem Moment wurde sein von Gejohle und Pfiffen quittierter Monolog von einem neuen, unbeschreiblichen Lärm übertönt, der von der Ladentreppe herkam. Schrilles Pfeifen, barsche Befehle, laute Schläge mit Knüppeln auf Tische und Stuhllehnen. Schwarze, uniformierte Krähen flatterten durch den Raum, betreßte Schatten wogten. »Razzia«, schrie jemand, »Polente, nichts wie weg!« Aber es war zu spät. Die Tür im Hintergrund war bereits von zwei Konstablern bewacht. Wie auf Verabredung erstarrten nun alle im Raum in den alltäglichsten Posen. Hier einer mit dem erhobenen Glas, da einer mit dem Kartenspiel in der Hand, dort ein küssendes Paar. Als schaute man auf eine Gruppe hölzerner Figuren in einem Guckkastentheater.

Kreisler erkannte Kommissar Frederiksen an seinem sorgfältig gepflegten Zwirbelbart und seinen wasserhellen Augen. Frederiksen kam auf ihn zu, gab ihm die Hand. »Herr Kammergerichtsrat, ich hoffe, Sie befinden sich bei guter Gesundheit. Ich habe den Auftrag, Sie und Ihren Freund auf der Stelle heil nach Hause zu bringen.«

15. EIN GUTER KAUF

Zu Kreislers nicht geringem Erstaunen erschien am folgenden Nachmittag ein Lakai in seiner Wohnung, der ihm mitteilte, daß er ihn ins Innenministerium fahren solle. Nachdem sich Kreisler standesgemäß gekleidet hatte, folgte er dem Mann hinunter zur Kutsche. In ihr saß Trützschler, der ein besorgtes Gesicht machte.

Während der Wagen übers Pflaster polterte, sagte Kreisler. »Es scheint also tatsächlich so zu sein, daß man mich überwacht. Ich hatte diesen Eindruck übrigens schon seit einer ganzen Weile.«

»Ich denke, daß diese Maßnahme durchaus ihre Berechtigung hat«, erwiderte sein Vorgesetzter. »Sie wildern in fremden Revieren. Wären wir gestern nicht informiert gewesen, und hätte der gute Frederiksen seine Arbeit nicht so ausgezeichnet erledigt, wer weiß, vielleicht würde ich heute Ihrer Obduktion beiwohnen. Ich verstehe ja, daß Sie diese Mordserie derart aufwühlt. Aber Sie benehmen sich wie ein verliebter Jüngling, ohne Schranken, ohne Kopf, Sinn und Verstand. Ich nehme an, daß der Bericht, den ich heute morgen unterzeichnet habe, seine Folgen haben wird.«

Den Rest der Fahrt hüllten sich beide Herren in Schweigen. Kreisler befand sich übrigens in der zuweilen recht angenehmen Verfassung einer abgrundtiefen Gleichgültigkeit.

Die Kommission trat diesmal im sogenannten grünen Zimmer zusammen. Grün war die Farbe der Hoffnung. Vielleicht war inzwischen doch Bewegung in die so rätselhaften Verhältnisse gekommen.

Die Mitglieder der Kommission waren vollzählig versammelt. Schuckmann, Kamptz, Trützschler, zu Sayn-Wittgenstein, Hufeland, Schmalz, Frederiksen, Kreisler. Und es war noch eine Person anwesend. Ein schneidiger junger Mann von athletischem Körperbau. Doktor Georg Klindworth. Kamptz stellte ihn der Runde vor als Experten für Theaterfragen.

»Warum haben sie nicht Brühl geholt«, fragte Kreisler sich. »Der hat doch als Intendant des königlichen Theaters die meiste Kompetenz auf diesem Gebiet. Und außerdem: Eigentlich bin ich hier der Experte für Theaterfragen!«

Es war deutlich, daß Professor Schmalz Klindworth nicht mochte. Schmalz wiederholte seine Attacken gegen das Theater und das Turnen. »Da sehe ich keinerlei Verbindungen«, sagte Klindworth. »Ich selbst treibe Sport und mache dadurch die Erfahrung, daß es so etwas wie die Phantasie der Muskeln gibt. Das Theater hingegen wendet sich an die Phantasie des Herzens. Beide Tätigkeiten können der allgemeinen Moral höchst förderlich sein. Moralischer Verfall ist oft eine Folge des Mangels an Phantasie. Man beschäftigt sich nicht, also kommt man auf dumme Gedanken.«

Professor Schmalz schnaubte vor Empörung. »Ich bin ganz und gar nicht Ihrer Meinung, Doktor. Disziplin ist alles. Die Phantasie ist nur allzu oft eine Helfershelferin der Verschwörung. Vielleicht sieht man das in England oder Hannover anders. Diese beiden Länder haben ja auch den gleichen, bekanntlich schwachsinnigen König. Er ist noch heute im Amt, obwohl er, soviel ich weiß, inzwischen nicht nur verrückt, sondern auch vollkommen erblindet ist.«

Klindworth nahm die Attacke gelassen auf. »Wie Sie natürlich wissen, Herr Geheimrat, wird England mustergültig vom Prinzregenten von Wales regiert. Der arme König ist in der Tat ein kranker Mann, was kaum verwundert, wenn man bedenkt, daß er in seinem nun fast achtzig Jahre währenden Leben mehrmals unsterblich verliebt war und mehrere Attentate überstand. Beides greift die Nerven an. Ich freue mich, daß Sie sich so guter geistiger Gesundheit erfreuen, verehrter Professor, und ich ziehe meine Schlüsse daraus.«

Ehe Schmalz antworten konnte, schritt von Kamptz ein: »Keine Nebengefechte bitte, meine Herren. Wir brauchen alle Kraft für die gegenwärtige, unangenehme Situation, die sich durch ein neuerliches Ereignis verschärft hat, von dem zu berichten ich den Polizeikommissar Frederiksen hiermit ersuche.«

Der so Angesprochene erhob sich, nahm Haltung an und sagte: »Heute morgen ist im Spandauer Bezirk eine dritte Tote aufgefunden worden. Eine Prostituierte der dritten Klasse mit dem Namen Emma Meidling. Sie stammt aus Österreich und war bei uns ordnungsgemäß registriert. Sie erfreute sich eines guten Leumunds, hatte keine Schulden bei ihrem Hauswirt. Sie zahlte die Miete pünktlich. Uns ist auch nicht bekannt, daß sie mit einem Loddel«, er räusperte sich, »äh, mit einem Zuhälter zusammenarbeitete. Das Mädchen war offenbar selbständig. Ihre Wohnung liegt in der Friedrichstraße, nicht weit von dem Lokal, das wir vorgestern nacht ausgehoben haben und das seitdem geschlossen ist. Emma Meidling war bekannt für ihre ausgezeichnete Stimme. Sie sang oft in den entsprechenden Etablissements. Sie hatte eine professionelle Ausbildung, war in Wien am Theater als Choristin angestellt. Das wissen wir aus den Dokumenten, die wir in ihrer Wohnung in der Friedrichstraße gefunden haben. Die Parallelen zum Fall Angela Conterio sind unübersehbar.«

Der Polizeikommissar wollte sich setzen. Doch ehe es dazu kam, ermahnte ihn Kamptz. »Sie haben etwas Wichtiges vergessen, Frederiksen. Den Zustand der Leiche. Wie hat man sie gefunden?«

Frederiksen bereitete es sichtlich Mühe, Fassung zu bewahren. »Man fand sie in einem schauerlichen Zustand. Ihre Kehle war aufgeschnitten. Sie stand neben einem Abtritteimer in der Ecke des Hinterhofs des Hauses, in dem ihre Wohnung liegt. Stand ist nicht das richtige Wort.«

Kreisler starrte auf die grüne Seidentapete und sah wie von einer Laterna magica projiziert ein schreckliches Motiv. Es war zunächst verschwommen, gewann aber unter Worten des Polizeikommissars mehr und mehr an Schärfe: Ein weiblicher Torso lehnte gegen eine Backsteinmauer. Die Beine fehlten. Der Torso war nackt. Das Gesicht von einer venezianischen Maske bedeckt, einen Vogel mit langem Schnabel darstellend.

Nachdem Kommissar Frederiksen geendet hatte, herrschte ein fast körperliches Schweigen. Es bedeckte alle Gegenstände, das Mobiliar, die grüne Tapete, die Kerzenlüster, die stuckverzierte Decke.

Schließlich beendete der Polizeiminister die allgemeine Erstarrung, indem er mit belegter Stimme sagte: »Ich bitte Professor Hufeland um einen kurzen Bericht zu den Autopsieergebnissen.«

Der Angesprochene schien erleichtert. Er nahm die ihm so wohl vertraute Haltung des Kanzelredners an und begann zu dozieren: »Meine Herren, es steht für mich außer Frage, daß auch der Tod des Fräulein Meidling mit jenen anderen Verbrechen in engem Zusammenhang steht. Die gleiche chirurgische Präzision bei der Abtrennung der Beine. Deren Abschnürung vor dem Eingriff. Eine saubere Arbeit...«

Während Hufeland mit der Begeisterungsfähigkeit des Experten die Details einer fachgerechten Amputation schilderte, schweiften Kreislers Gedanken ab. Er fragte sich, warum er ausgerechnet in diesem Moment voller Zärtlichkeit an Johanna dachte. Er sah sie vor sich, wie sie sich während des Singens bewegte. Nicht voller Theatralik, wie es ihre meisten Kolleginnen machten, sondern zart, verhalten, die Hände und Arme nur wenig das musikalische Geschehen untermalend, die Augen in den tiefen Lagen zuweilen geschlossen, als lausche sie in sich hinein, während sie bei hohen Tönen in den

Himmel starrte, als schaute sie einem davonschwirrenden Vogel nach.

»Was ist mit der durchschnittenen Kehle? War dies die Todesursache?« hörte sich Kreisler plötzlich sagen.

»Vermutlich nicht. Gewisse Indizien deuten daraufhin, daß Fräulein Meidling im Moment der Kehlkopfextrahierung bereits tot war.«

»Extrahierung?«

»Ja, der komplette Kehlkopf wurde fachgerecht entfernt, einschließlich Kehldeckel, Stimmbändern, Stimmritze. Der gesamte Sprechapparat sozusagen, als habe ein Anatom ein Präparat gewinnen wollen.«

»Können Sie, Professor, der Kommission kurz eine vereinfachte Darstellung des menschlichen Stimmapparates geben? Ich meine, wie funktioniert er? Und läßt er sich eventuell künstlich nachbilden?«

Es war deutlich, daß etliche in der Runde auch diesmal Kreislers Alleingang mißbilligten. Doch der ließ sich von den Seufzern und Kopfschütteleien nicht stören. Ein schlimmer Verdacht ließ ihn nicht mehr los.

Hufeland schien irritiert. Er faßte sich an die Kehle, rückte den Kragen zurecht, räusperte sich mehrmals, als sei ihm in diesem Moment die Kompliziertheit des menschlichen Sprechorgans erst richtig bewußt geworden.

»Ihre Frage ist nicht leicht zu beantworten, Herr Kammergerichtsrat. Es gibt in der Tat mechanische Erklärungsversuche des Wunders der menschlichen Stimme.

Und vor nicht allzu langer Zeit hat sich ein gewisser von Kempelen mit der Erfindung einer Sprechmaschine beschäftigt. Dabei ist er von den quäkenden Tönen des Dudelsacks ausgegangen, die, wie er richtig bemerkt hatte, der menschlichen Stimme nicht unähnlich sind. Als Blasebalg, der den Wind erzeugt, fungiert die Lunge. Von dort geht die Luft über die Luftröhre in den Kehlkopf. Dieser ist durch Muskeln und verschiedene Knorpel in seiner Anatomie veränderlich, ähnlich wie die verschiedenen Pfeifen eines Dudelsacks verschieden groß sind. Der männliche Kehlkopf ist übrigens bedeutend größer als der weibliche, was die Ursache einer tieferen Stimme beim Manne ist. Am oberen Ende des Kehlkopfes wird die Luft sodann durch die Stimmritze gepreßt. Eine kleine, schlitzähnliche Öffnung zwischen den Stimmbändern. Sie entspricht ganz und gar dem Rohrblatt der Oboe oder auch den Zungen der Orgelpfeifen. Die hindurchgepreßte Luft bringt die Stimmritze zu einem schnarrenden Schwingen. Die Höhe des Tones wird von der Spannung der Stimmbänder beeinflußt, so, wie auch der Klarinettist den Ton durch das Pressen des Blättchens mit der Lippe beeinflußt. Der so erzeugte Klang tritt nun in den Rachenraum, der ebenfalls durch Gaumen, Zäpfen, Zunge und Lippen in seiner Form verändert werden kann, wodurch bestimmte Selbst- und Mitlaute erzeugt werden, ganz so wie der Schalltrichter einer Trompete, in seiner Form durch die Hand oder verschiedene andere Vorsätze verändert, dem erzeugten Ton eine andere Färbung gibt. Das Zusammenspiel all dieser einzelnen Faktoren ist verantwortlich für das so herrliche, so komplexe, so einmalige Phänomen der menschlichen Stimme. Und das heißt für mich: Jede mechanische Imitation ist meines Erachtens zum Scheitern verurteilt. Was natürlich nicht heißen soll, daß nicht doch jemand den Versuch dazu unternehmen könnte.«

Nach diesen Ausführungen herrschte andächtiges Schweigen. Der erste, der seine Sprache wiederfand, war Professor Schmalz. Ihn hielt es schon lange nicht mehr auf seinem Stuhl. Erregt sprang er auf und rannte im Raum auf und ab.

»Das mag alles schön und gut sein und seine Richtigkeit haben. Aber ich sehe nicht, was es zur Lösung der Fälle beitragen kann. Wir kennen den Täter nicht, das ist wahr. Aber für mich ist ganz klar, wo er zu suchen ist.«

Der Polizeiminister, Fürst zu Sayn-Wittgenstein, nickte. »Formulieren Sie Ihren Verdacht, Professor. Wir sind ganz Ohr.«

Schmalz trat nun ebenfalls zum Fenster, das Kreisler inzwischen wieder verlassen hatte.

»La Mettrie«, sagte er. »Das ist der Name des Teufels. Seine Reinkarnation.« Er blickte zum Fenster hinaus und machte eine pathetische Geste mit der Hand. »Die Stadt dort draußen ist vergiftet. Unter ihren Dächern, in den Betten, in den Gassen und dunklen Winkeln, unter den Brücken, in den Kanälen, überall geht die teuflische Saat auf, die La Mettrie vor sieben Jahrzehnten säte. Diesem Mann, dem Franzosen Julien Offray de la Mettrie, hat unser guter König Friedrich II. vor über einem halben Jahrhundert in Sans Souci, fataler Weise von seiner Menschengüte geleitet, Asyl gewährt, nachdem ihm sowohl in seinem Heimatland als auch später in Holland ein Ende auf dem Schafott drohte. Und zwar deshalb, weil er die groteske Meinung vertrat, der Körper des Menschen sei nichts anderes als eine Maschine, die ihre Triebfedern von selbst spannt. Nun, denke ich, wissen wir alle, daß diese materialistische Auffassung des Lebens die wahre Geißel unserer Zeit ist. Sie wird inzwischen von allzu vielen geschwungen. Die neue Religion des Antichristen. Sie degradiert alle unsere Werte, Familie, Vaterland, Christentum, zu bloßen Grillen, denen das Maschinenwesen Mensch nur solange nachhängt, als es nicht mit seinem Hauptinteresse beschäftigt ist, nämlich Wollust zu empfinden!«

Schmalz sprach das Wort Wollust mit vorgestülpten Lippen aus, was Kreisler als Indiz für die sinnliche Erregung des Mannes über sein Thema wertete.

Hufeland machte einen Einwurf: »Die materialistische Auffassung des Lebens stellt in der Tat aus Sicht der Wissenschaft eine unzulässige Vereinfachung der menschlichen Existenz dar. Die Seele, das Lebensfluidum: Niemals wird es gelingen, diese Rätsel auf dem Boden solcher Theorien zu lösen. Andererseits lassen sich durchaus gewisse Aspekte unseres körperlichen Seins mit dem Modell der Maschine erklären. Denken Sie nur an das Herz und seine Funktion für den Blutkreislauf. Dieser Muskel ist wirklich eine Pumpe.«

Der Ausdruck ›Pumpe‹ erschien Kreisler im Munde Hufelands von ähnlicher Beschaffenheit wie zuvor ›Wollust‹ im Munde von Schmalz. »Die Herren verraten durch ihre Lippenbewegung mehr als sie ahnen können«, dachte er.

Schmalz fiel Hufeland ins Wort: »Es gibt noch eine Steigerung jener unzüchtigen These vom Maschinenwesen des Menschen, meine Herren. Es ist noch keineswegs lange her, da hat ein Individuum gelebt, das wie kein anderes den moralischen Verfall unserer Welt verkörpert: der berüchtigte Marquis de Sade, dessen Werke eine obszöne Glorifizierung des Lasters, der widerlichsten Begierden und Instinkte darstellen. In einem seiner Bücher werden blutige Orgien in einem – und das sollte uns wirklich zu denken geben – ›Theater der Grausamkeit‹ gefeiert, werden Lustmord und Verbrechen verherrlicht. Eine seiner Figuren, eine Frau übrigens, und schon das zeigt die ganze Perversität dieses Denkens, wirft ihre eigene Tochter – können Sie sich das vorstellen, meine Herren – nach unsäglichen Folterungen ins Feuer und bemerkt – Sie erlauben, wenn ich das hier einmal zitiere …«

Schmalz zerrte ein zerfleddertes Büchlein aus der Rocktasche, blätterte darin, hielt es gegen das Licht, leckte sich die Lippen und zitierte mit tremolierender Stimme: »›Ich gestehe, daß ich das Verbrechen leidenschaftlich liebe und daß nur das Verbrechen allein meine Sinne erregt. Was kümmern mich die Opfer, es wird solche immer geben. Nur durch Missetaten erhält sich die Natur und erobert sich die Rechte zurück, die die Tugend ihr genommen hat. Wir gehorchen ihr also, indem wir uns dem Bösen hingeben.‹« Schmalz sah triumphierend in die Runde. »Meine Herren: dieser kriminelle Wollüstling ist zu Recht hinter den Mauern einer Irrenanstalt kläglich gestorben. Aber seine Lehre von der Liebe zur Gewalt und zum Verbrechen, zu Folterorgien, sexuellen Entgleisungen und Grausamkeit, sie lebt weiter; ihre Saat ist aufgegangen. Leider auch in unserer Stadt, wie jene drei Morde beweisen!«

Schmalz versagte die Stimme. Er machte den Eindruck, als würde er jeden Moment aus dem Fenster springen wollen. »Meine Herren«, flüsterte er, »es ist die Verherrlichung der fleischlichen Begierde, die das kranke Denken de Sades so attraktiv macht. Wehren wir den Anfängen, verhindern wir, daß die Bestie der Lust aus ihrem Käfig ausbricht!«

Der Redner ließ sich erschöpft in seinen Sessel fallen, während die Herren betreten vor sich hin sahen. Selbst Kreisler, so sehr er Schmalz verachtete, mußte zugeben, daß ihn dessen Ausführungen beeindruckt hatten. Vielleicht war Schmalz wirklich näher an der Lösung des Rätsels als er selbst. Vielleicht hatte er sich mit seinen Spekulationen einmal mehr verrannt. Das ›Theater der Grausamkeit‹: welch einprägsame Floskel!

Schließlich ergriff Schuckmann das Wort. »Verehrter Geheimrat, haben Sie herzlichsten Dank für diese ebenso eindrucksvollen wie schockierenden Ausführungen. Wir sollten uns freilich nicht nur mit theoretischen Überlegungen begnügen, meine Herren. Wir sollten hier vielmehr auch über praktische Maßnahmen reden. Ich schlage zweierlei vor, wenn Sie erlauben. Erstens: größere Präsenz der Polizei in den kritischen Gebieten. Das heißt, in den Theatern ebenso wie in Stadtvierteln, wo Armut, Prostitution und Verbrechen eine unheilvolle Allianz eingehen. Zweitens: Die Geheimpolizei verstärkt ihre Aktivitäten. Das ist Ihre Sache, Herr von Kamptz. Als vortragender Rat im Departement der höheren und Sicherheits-Polizei in Berlin ermuntere ich Sie hiermit, Gelder beim Innenministerium zu beantragen, um die zivile Polizei zu verstärken. Sehen Sie bevorzugte Ansatzpunkte für eine verstärkte Observation?«

»Durchaus«, sagte von Kamptz. »Sie wissen, daß in den letzten Jahren die literarischen und musikalischen Zirkel unerhört zugenommen haben. Vor allem die jüdischen Salons tun sich hervor. Man kann sagen, daß die ganze Stadt von einem kulturellen Nervensystem durchzogen ist, dessen Knotenpunkte die erwähnten Salons jüdischer Damen sind. Es sind kultivierte Frauen, deren Männer viel Geld haben. Frauen, die nichts anderes zu tun haben, als mit diesem Geld literarischen, musikalischen und theatralischen Vergnügungen nachzugehen. Sollte Professor Schmalz mit seinen Thesen recht haben, dann droht von hier am ehesten eine Übertragung des gefährlichen Bazillus der Freigeisterei.«

»Das klingt überzeugend«, bemerkte der Fürst zu Sayn-Wittgenstein. »Allzu freies Denken, allzu lose Moral sind nun einmal der Nährboden für Verbrechen.« Er sah prüfend in die Runde, von Gesicht zu Gesicht. Schließlich blieb sein Blick auf Kreisler ruhen. »Ich habe noch eine kleine Pflicht zu erfüllen«, sagte er. Seine Stimme klang wie das Schnarren eines in einer Schachtel gefangenen Insekts. »Ich möchte Ihnen, verehrter Herr Kammergerichtsrat, im Auftrag des Königs für Ihre so überaus verdienstvolle Mitarbeit in diesem Gremium danken. Hiermit entbinde ich Sie von Ihrer weiteren Mitwirkung an der Kommission.«

»Das ist die Quittung für meinen unbotmäßigen Kommentar auf der letzten Sitzung«, dachte Kreisler. »Die werden sich wundern, wie gut ich mit Quittungen umzugehen weiß.«

Frederiksen nahm Kreisler in seiner Kutsche mit. Ehe er ihn absetzte, meinte er: »Die hohen Herren sollten einmal persönlich miterleben, wie das einfache Volk lebt und wie wir Polizisten einen heroischen Kampf gegen das Verbrechen führen. Schlecht bezahlt, schlecht ausgerüstet.«

Er gab Kreisler die Hand und schüttelte sie heftig. »Ich bedaure sehr, daß Sie an den Ermittlungen nicht mehr mitwirken. Sie sind jemand, der die Sorgen des ärmeren Teils der Menschheit zur Kenntnis nimmt. Sie sind ein guter Mann.«

Kreisler ging nicht in seine Wohnung, sondern zurück unter die Linden, mitten in den Strom der Menschen hinein, ließ sich mitreißen, treiben. Hörte das Lachen der Menschen, ihr Schimpfen, ihr Johlen, ihre Musik, die Leierkastenmänner, die Militärs, Straßenverkäufer, Zeitungsausrufer, die Symphonie des alltäglichen Lebens, wo jeder drauflosspielte auf dem Instrument, das er gerade dabeihatte, und wenn es nicht mehr war als das nackte Dasein. Kreisler liebte diese mißtönende Musik, an der er sich nie satthören konnte. Seine Laune besserte sich. Er ging in ein Hutgeschäft und kaufte sich einen großen Schlapphut aus Filz, stülpte ihn sich auf den Kopf, lugte kühn unter der Krempe hervor und kam sich beinahe wie das Kaninchen vor, das der wohlmeinende Magier Schicksal aus diesem Hut gezaubert hatte.

Er betrat ein Lokal, bestellte ein Glas Burgunder und ließ sich Papier, Tinte und Feder bringen. Dann schrieb er: »Liebste Johanna. Ich muß Sie sehen. Gewähren Sie mir bitte morgen eine Stunde Ihres Lebens.«

Es war das erste Mal, daß er den Mut fand, um eine solche Audienz zu bitten. Der Hut schien ein guter Kauf gewesen zu sein.

16. JOHANNA

Er schlief schlecht in dieser Nacht. Immer wieder erwachte er in seine Träume hinein. So jedenfalls schien es ihm. Er wurde nicht richtig wach, sondern er steckte immer noch in seinem schlafenden Körper, während seine Gedanken einen Ausweg suchten aus der sie umgebenden Finsternis. »Ich bin scheintot«, dachte er, »mein Körper ist ein Sarg, der sich nicht öffnen läßt. Ich poche von innen gegen die Wände, ich schreie, die Luft wird mir knapp. Draußen höre ich Erde auf den Sargdeckel poltern.«

Er erwachte wirklich von Atemnot, weil Murr wieder einmal mit seinem ganzen Gewicht das Kissen beschwerte, das ihm auf das Gesicht gerutscht war. Das Bett neben ihm war leer. Nebenan hörte er Mischa, wie sie ein polnisches Wiegenlied sang.

Als er beim Kaffee saß, brachte ein Junge ein Billett vorbei mit der Gewährung seiner Bitte um einen Besuch bei Fräulein Eunicke für den Nachmittag gegen fünf Uhr.

Von einem seltenen Glücksgefühl beschwingt, setzte er sich sogleich ans Klavier, denn er wollte Johanna ein Präsent mitbringen, ein neues Stück, eine Komposition, die ihm ersparte, seine Gefühle mit Worten auszudrücken. Es sollte ein kurzes Klavierstück werden, eine Fantasie, und sie sollte mit dem Akkord aller Akkorde beginnen, einer Klangwolke, die in keine Tonart einzuordnen war, die jedoch seine ganze Sehnsucht enthielt. Wieder und wieder spreizte er die Finger, versuchte in Rapport mit den Tasten zu treten, die in ihnen schlummernden Klangmöglichkeiten zu erfühlen. Doch die Klangwolke, die er sich vorstellte, wollte ihm nicht so recht gelingen. Mal war sie zu harmonisch, zu gleichförmig gebaut, mal zu düster, als kündigte sie Sturm an. Besser gelang ihm die kleine Melodie, die jenem Anfangsakkord entstieg wie eine Lerche, die sich in die Höhe des Sommerhimmels schraubt.

Er kam nicht zu Ende mit dem Stück. Vielmehr nahm er ein heißes Bad und warf sich in Schale. Sein Versuch, wie ein Galan auszusehen, mochte auf andere lächerlich wirken, ihm jedoch tat es gut, für sein Verliebtsein das angemessene Kostüm zu tragen. Zum Schluß setzte er den Filzhut auf. Mochte er ihm weiterhin gute Dienste tun.

Auf dem Weg zu den Eunickes kam er an einem Wollgeschäft vorbei. Spontan betrat er es und kaufte einen Schal aus

Angoragarn, das aus dem feinen, weichen, seidenartig glänzenden Vlies der Angoraziege gewonnen wird. Vielleicht war es gut in diesem Fall, sich nicht nur auf die Kunst zu verlassen.

Nun stand er in Johannas guter Stube und war stumm. Er hatte ein Notenblatt dabei. Wie ein Fremder kam er sich plötzlich vor, in einem Land, dessen Sprache er nicht sprach. Also redete er mit Händen und Füßen. Er deutete auf das Pianoforte. Machte die Bewegung des Spielens, indem er seine Hände mit gespreizten Fingern flattern ließ.

Sie nickte. Ihr Haar war hochgesteckt. Sie trug eine weiße, einfache Bluse, und er glaubte, die Stimme in ihrer Brust zu sehen wie einen kleinen Vogel in seinem Bauer mit doppelter Kuppel. Ihre Brüste waren schön. Eigentlich wollte er sich nicht eingestehen, wie sehr er Johanna begehrte. Also setzte Kreisler sich schnell, während sie ihren Kopf leicht zum Zeichen des Einverständnisses neigte, ans Piano, hob den Deckel und legte beide Hände auf das kühle Elfenbein und Ebenholz der Tasten. Jetzt diesen Klang, der alles sagen sollte! Diesen so komplizierten, schönen, harmonischen und doch auch disharmonischen, interessanten Akkord, der die Fesseln der Tonarten abstreifte, der den Zuhörer frei machte für musikalische Träume.

Er atmete tief durch, drückte das Pedal, vorsichtshalber sozusagen, denn er wollte einen Klang, dessen Nachhall ewig anhielt, so wie seine Liebe zu dieser Frau nie vergehen sollte.

Er drückte die Tasten nieder. Ein Meer von Tönen quoll aus dem schwarzen Kasten. Sie flossen ineinander, verhielten sich wie Wellen, die gegen eine Kaimauer brandeten, zurückprallten und sich mit neuen Wellen überlagerten, wobei es diffuse Muster gab, Stellen der Stille und andere, wo das Wasser hoch aufspritzte in schrillen Mißtönen. Kein Zweifel, das Klavier war verstimmt. Der unendliche, vieldeutige Akkord war in Wahrheit ein schrecklich-verschwommenes Gemisch, ein Brei von Tönen.

Kreisler lehnte sich zurück. »Es hat keinen Sinn«, sagte er. »Es muß erst gestimmt werden. Ich hatte vor, Ihnen meine neue Komposition vorzuspielen und ein wenig zu erläutern. Aber auf diesem Instrument geht es einfach nicht.«

»Der Stimmer ist für morgen bestellt«, sagte Johanna. »Wenn Sie die Freundlichkeit haben, morgen nachmittag wiederzukommen? Ich bin wirklich gespannt auf Ihr neues Werk. Ist es ein Lied?«

»Es ist eine Kanzone«, log er. »Aber ich habe einen deutschen Text gewählt. Er stammt aus der Feder eines höchst eigenartigen jungen Mannes, der sich derzeit in unserer Stadt aufhält. Es ist von Clemens Brentano.«

»Ich kenne ihn, wenn auch nur flüchtig. Versteht er sich auf das Verseschmieden?«

»Keine Frage. Er ist ein höchst geschickter Schmied sogar. Das eigenartige an seinen Reimen ist, daß man sie kaum bemerkt. Sie fließen, sie klingen, aber sie haben nichts von dieser aufdringlichen Reimerei an sich, die auf den simplen Gleichklang der Endsilbe aus ist. Es gibt nichts Vergleichbares derzeit in unserem Land.«

Ach, was faselte er da. Er war doch nicht auf einer der üblichen Assembleen! Johanna verschwand und kam mit Tee zurück. Sie setzten sich an ein kleines Tischchen und tranken. Eine Kerze brannte vor ihnen. Er nippte an seiner Tasse, krümelte an dem Kuchen herum, den die Gastgeberin aufgedeckt hatte. »Johanna«, sagte er, »ich mache mir Sorgen um Sie.«

»Warum?« Sie sah ihn aus fragend geöffneten Augen an.

»Sie wissen doch, es passieren zur Zeit in Berlin scheußliche Dinge. Opfer sind immer Frauen, die etwas mit den Musen zu tun haben. Eine Tänzerin, zwei Sängerinnen bis jetzt. Schöne, junge Mädchen wie Sie, Johanna.«

Er war froh, wie leichthin ihm dies Kompliment gelungen war, verbrämt durch eine Warnung, die ihm die Plattheit nahm. »Bitte, seien Sie vorsichtig, gehen Sie abends nicht allein aus dem Haus. Lassen Sie sich abholen, wenn Sie von der Arbeit kommen.«

Johanna nickte. Doch sie sagte dann: »Ach, es wird so viel geredet in der Stadt. Die Leute übertreiben so gerne. Drei tote Mädchen, das ist entsetzlich. Aber mir, wer sollte mir etwas antun wollen!«

Sie erhob sich und kam mit zwei Karaffen und zwei Gläsern zurück. In der einen war eine goldgelbe Flüssigkeit, in der anderen eine wasserklare.

»Trinken Sie einen Sauternes mit mir?« fragte sie.

Er liebte die schweren süßen Weine, die auf dem Graves genannten Kiesboden der Campagne von Bordeaux wachsen. Johanna lächelte: »Ihr Lieblingswein, nicht wahr?«

Er nickte und sah sie schwärmerisch an. »Mischa würde so etwas nie fragen«, dachte er. Fräulein Eunicke schenkte ein Glas voll und reichte es ihm. Sich selbst schenkte sie aus der farblosen Karaffe ein.

»Und Sie, was trinken Sie da, Johanna?« Seine Stimme klang fast besorgt.

»Das ist Wasser. Aber ein besonderes. Man hat es magnetisiert. Es soll ausgezeichnet sein gegen alle möglichen Beschwerden.«

»Beschwerden, liebste Johanna? Welche Beschwerden plagen Sie?«

»Ach, Sie wissen doch, immer das gleiche Problem. Meine Stimme. Manchmal habe ich das Gefühl, ich verliere sie bald. Da tut es weh in der Brust. Als ob dort ein winziges Insekt herumkrabbeln und mich stechen würde.«

»Um Gottes willen, Johanna, damit ist nicht zu spaßen. Gehen Sie zu einem Arzt. Mit diesem magnetischen Wasser, ich weiß nicht, ob das ...«

»Ich war bei einem Arzt. Einem besonders berühmten sogar. Ich habe Hufeland persönlich konsultiert. Er hat mir das

Wasser verschrieben. Man bekommt es im Wolfahrtschen Institut.«

»Hufeland ist bestimmt eine Kapazität. Aber vielleicht mehr für tote als für lebende Körper!«

Er erschrak. So etwas Grobes hatte er eigentlich nicht sagen wollen. Johanna lachte. Sie nahm es nicht übel auf. »Sie sind ein witziger Mensch, Philipp. Ich höre Ihnen gerne zu. Man weiß nie, was einen erwartet, ist es ein Kompliment oder eine Bosheit, ist es ein ganz normaler Gedanke oder ein rätselhaftes Bild? Sie haben etwas von einer männlichen Sibylle an sich.«

Nun wußte *er* nicht, ob er sich geschmeichelt fühlen sollte oder kritisiert. Er wußte nur, daß er diese Frau liebte, was immer das auch für ein Gefühl war. Liebe... Glaubte er Ludwig Freundt, dann war sie das schlechte Rollenbuch für ein geschmackloses Stück. »Romeo und Julia ist die größte Posse der Theaterwelt«, pflegte Ludwig zu sagen. Er aber dachte anders darüber. Liebe hatte etwas mit Freundschaft zu tun, mit der Resonanz der Körper und Seelen. Johanna könnte dies sein, die vollkommene Ergänzung, Freundin, Geliebte und Gesellschafterin in einer Person. Mit ihr ließe sich jenes Ideal der höchsten, zugleich allumfassenden und besonderen Liebe verwirklichen, nach der er sich sehnte. Sinnlichkeit und Geist, ständige Abwechslung, ja, sogar Langeweile als höchster Genuß. Es war ein Märchen, aber er glaubte fest daran, daß es Wirklichkeit werden konnte, falls nur die beiden richtigen Partner sich fänden. Ja, er wußte, daß sich seine ständige innere Unruhe aus dieser Gewißheit speiste: endlich das zu verwirklichen, was seit seiner Kindheit in ihm als quälende Sehnsucht lebte.

»Darf ich also wiederkommen, wenn das Klavier gestimmt ist?«

»Natürlich. Und Sie dürfen mich auch nach der Vorstellung abholen, so oft Sie wollen.« Sie schenkte sich und ihm das

Glas voll. Diesmal nahm auch sie Sauternes. Er sah sie an. Nichts war ideal an dieser Frau. Sie hatte einen Hang zum Doppelkinn, ihre Nase war zu klein, ihr Stirnansatz zu niedrig. Ihr Mund war zu groß, die Lippen zu voll, die Augen zu klein. Und auch ihre Figur paßte kaum zu diesem Kopf. Sie war fast knabenhaft schlank. Eigentlich paßte nichts so recht zusammen, aber die Summe all dieser kleinen Schönheitsfehler war betörend. Johanna war eine mütterliche Nymphe, eine ideale Undine. Er wußte, warum er sie in dieser Rolle so großartig fand. Es lag nicht nur an ihrer Stimme, die keineswegs so groß war, daß sie unter den anderen Sängerinnen des Hauses besonders auffiel. Es gab andere, die hohe und tiefe Lagen mit größerer Virtuosität meisterten als Johanna. Nein, das Bezwingende ihres Gesanges bestand in etwas anderem. Ihre Stimme hatte Seele, sie machte alles glaubhaft, Töne, Intervalle und sogar die Sprache eines mittelmäßigen Librettos. Das merkten auch die anderen! Keine Sängerin war derzeit so beliebt auf der Bühne oder in den Salons wie Johanna. Ihre Stimme war Balsam für viele. Vielleicht erlebte dies die Sängerin als eine Überforderung, vielleicht war es das, was ihre Stimme so sehr strapazierte.

»Johanna, Sie sollten das kalte, unwirtliche Berlin verlassen. Ich weiß, im Süden würde Ihre Stimme niemals leiden. In der Wärme dort, dem Duft nach Limonen und Thymian, der ganz Italien füllt. Es gibt kein besseres Land für Gesang. Schon die Sprache dort singt mehr als alle anderen. Es heißt, der einfache Gondoliere in Venedig würde manchen unserer besten Tenöre in den Schatten stellen. Ich stelle mir vor, wie Sie dort auf dem weißen Balkon eines Hauses stehen, von Zypressen umgeben, den Blick zur blauen Bucht gewandt, in der das Meer ruht wie in einer schimmernden Muschel. Ach Johanna, ich kenne jedenfalls keine größere Sehnsucht als die nach dem Land, wo die Zitronen blühn. Warum harren wir nur aus in diesem kalten, zugigen, steifen Berlin mit seinen

Marionettenmenschen und seiner verlogenen Moral? Warum haben wir nicht den Mut, alles hinter uns abzubrechen und noch einmal ein ganz neues, freies Leben zu beginnen?«

Sie blickte ihn freundlich lächelnd an, während er redete, und einmal legte sie sogar kurz ihre Hand auf die seine und drückte sie.

»Philipp. Man braucht mich hier. Mein Vater. Er kann ohne mich nicht sein. Und nur hier bekomme ich Rollen wie Ihre Undine und die Donna Anna.«

»Die Donna Anna? Ich wußte gar nicht, daß Sie sie singen! Keine leichte Partie. Sie kostet bestimmt viel Kraft.« Er spürte, wie die Eifersucht seine Stimme unnatürlich machte. Johanna war ihm untreu, sie betrog ihn mit Mozart!

»Welch ein Trottel bin ich«, dachte er, »solche Gefühle zu haben! Ich sollte mich freuen über ihre Karriere!«

Er schenkte ihr zum Abschied den Angoraschal. »Tragen Sie ihn, wenn wir kalten Ostwind haben«, sagte er unbeholfen. Johanna nickte brav.

Als er nach Hause ging, war ihm so leicht zumute wie schon lange nicht mehr. Als seine Frau ihm öffnete, hielt er sie für ein Gespenst, das sich auf Anruf wie ein Nebelschleier auflösen würde.

»Du siehst übermüdet aus«, sagte Mischa. »Ich habe heißes Wasser bereitet, es reicht für ein Bad. Dies Päckchen ist übrigens für dich abgegeben worden.«

Sie zeigte auf einen Karton, der auf dem Tisch stand.

Er wußte sofort, was es war. Er öffnete das Paket und trug die Spieldose hinüber in das Eckzimmer. Dann stellte er sie aufs Fenstersims. Eine unerklärliche Erregung hatte ihn befallen. Er setzte sich in den Stuhl und zog das Werk auf. Noch nie waren ihm die beiden Püppchen auf dem Spieldosendeckel so lebendig vorgekommen. Er saß am Klavier, und Johanna sang. So sollte es sein. Er löste die Mechanik aus. Der Pianist begann sich zu bewegen, die Hände ruckten über die Tasten.

Die dünnen Klänge einer Einleitung, süßlich und voller Melancholie. Die Sängerin öffnete den Mund. Ein häßliches Geräusch ertönte, das Krächzen eines Raben. Wieder und wieder, schrill, heiser, böse, schwarz.

Als das Spieldosenwerk abgelaufen war, war ihm, als sei er nicht allein im Raum. Er drehte sich um, aber da war niemand. »Du bist der Teufel«, flüsterte er. In seiner Kehle stak ein Schmerz wie eine spitze Feder. Er schluckte, trank, aber das Kratzen blieb. Plötzlich packte er die Dose und warf sie aus dem Fenster. Er wartete auf das Geräusch ihres Aufpralls, aber es blieb still, als sei sie einfach davongeflogen.

Irgendwann in der Nacht kroch er zu Mischa. Sie begann ihn zu streicheln, und er wühlte sich in ihr weiches Fleisch hinein. Das irdische Wohlbefinden hatte nun einmal nichts mit dem Glück zu tun. Das mußte er endlich akzeptieren.

17. UNTER DEN LINDEN

Ein Ostersonntagvormittag bei schönstem Wetter. Der Frühling hatte Berlin in wenigen Stunden erobert, war von Süden her durch Stadttore und Stadtmauer hereingebrochen, eine italienische Armee der Düfte, der warmen Luftzirkulationen, der lieblichsten Militärmusik der Vögel, des blauen Uniformtuchs des Himmels und der weißen Parlamentärsflaggen kleiner Vorsommerwölkchen. Dies alles rekognoszierte Kreisler, indem er sich aus dem Ballonkorb seines Erkers weit hinauslehnte. Der erste Tag des Jahres, der wie geschaffen zum Flanieren war!

Nachdem er mit Mischa und dem Kater gefrühstückt hatte und dabei ungewöhnlich charmant zu beiden gewesen war, warf er sich in Schale. »Ich muß heute mit Ludwig die Parade abnehmen«, sagte er. »Die Parade der Eitelkeiten, der

Wichtigtuer und der Hochfrisuren. Willst du mit, meine Liebe?«

»Ich werde hierbleiben und mich um den Sonntagsbraten kümmern. Du kannst deinen Freund nachher zum Essen mitbringen.«

»Du bist mein Engel«, sagte er und kam sich ein wenig schäbig vor, denn ihm war der Vorschlag seiner Frau mehr als recht.

»Und hol drei Flaschen Hochheimer für uns aus dem Keller. Aber nicht zu früh, damit sie schön kalt sind.«

Er schlüpfte in die französischen Stiefel, setzte seinen neuen Schlapphut auf und ließ die Hände in dänische Handschuhe aus weißem Ziegenleder gleiten. »Meine Gnädigste, immer zu Ihren Diensten«, sagte er, machte eine tiefe Verbeugung und war wie der Blitz von der häuslichen Bildfläche verschwunden.

Freundt wartete unten bereits auf ihn. Er trug einen grauen, abgewetzten Gehrock und einen trübsinnig eingedellten Zylinder. So zogen sie los. Je näher sie den Linden kamen, um so dichter strömten die Menschen. Fröhliche Gesichter überall, Geträller, Lieder aus den winterlichen Opernaufführungen, die sich zu Schlagern gemausert hatten, indem sie erst wie Vögelchen in die Ohren der Leute gekrochen waren, um dort zu nisten und nun im Freien aus zahllosen Mündern zu schlüpfen.

Als sie unterhalb der Hundebrücke in die Linden einbogen, um sich in Richtung Brandenburger Tor treiben zu lassen, übertraf das Bild, das sich ihnen bot, noch ihre Erwartungen. Zwar waren die Kronen der Bäume in Wirklichkeit noch immer kahl, aber sie waren künstlich belaubt von zahllosen bunten Papierschlangen, ausgeblasenen Ostereiern, rosa und grünen und blauen Schleifchen, Lampions, immergrünen Zweigen von Lorbeer und Lavendel. Unter dieser bunt dekorierten Baumkulisse aber feierten noch andere Farben wahre Orgien: Da waren die Regenbogenfarben der Halstücher, die Sonnenaufgänge der Hüte, das bengalische Feuer rot geschminkter Lippen, die Pfauenräder der Fächer, die Goldfunken der Uniformknöpfe, das Schwarz frisch gewichster Stiefel, die silberbetressten Sättel der Pferde, die schokoladenbraun geschniegelten Rosse, die Paradiesvogelschwärme der Konkubinen und der Bürgermädchen, die sich in nichts unterschieden, außer vielleicht in der Tatsache, daß die Huren noch ein wenig sorgfältiger ausstaffiert waren als die Töchter der Bankiers und Handwerker.

Mit den Gerüchen war es ähnlich. Durch die Bewegung der Kleider, der Passanten, der zum Gruß erhobenen Arme, der Reiter und Kutschen, die den Mittelstreifen befuhren, war dieser Duftteppich aus Wohlgerüchen und Gestank in ständiger Bewegung, bildete faszinierende Gobelins, in denen Parfüms, Hundekot, Bratendüfte aus den Fenstern, Seifengeruch und Schnapsfahnen die interessantesten Muster abgaben.

Und der Lärm erst, er wetteiferte mit größtem Erfolg mit dem, was sich Augen und Nasen bot. Da spielten an mehreren Stellen Kapellen, wobei sich zwischen ihren Standorten Zonen der eigenartigsten Tonmischungen ergaben, wahre Kakophonien aus Militärmärschen und italienischen Opernouvertüren, da sangen die Leute ihre Lieblingslieder drauflos, was wiederum manchen Hund zu Gebell, manches Pferd zum Wiehern stimulierte. Und unter allem der riesige, die ganzen Linden entlang sich erstreckende Klangläufer aus Gesprächen, Grußworten, Zurufen, Gelächter, Spottreden und Pferdegetrappel.

Was war nur los mit dieser sonst so preußisch akkuraten und langweiligen Stadt? Welcher geniale Regisseur hatte diesen südländischen Maskenball inszeniert! Kreisler hätte sich nicht gewundert, wenn Gondeln auf den Spreearmen gefahren wären, wenn alle italienisch gesprochen und hinter den

Fassaden von Zeughaus und Universität der azurblaue Lido begonnen hätte.

Schausteller und Verkaufsbuden bildeten kleine Inseln in der allgemeinen Passantenströmung, die die Linden auf und ab wallte. Dort kam es zu Strudeln, zu Stockungen, in denen man notgedrungen hängen blieb. Das gab Gelegenheit, sich reichlich mit Eß- und Trinkbarem zu versorgen, einen Blick auf ein seiltanzendes Äffchen im rosa Krinolinenkleid zu werfen oder auf einen Zauberkünstler, der aus seinem Zylinder die Taschenuhr des vor ihm stehenden Galans zog und gleich darauf das seidene Schnupftüchlein seiner Begleiterin.

Die beiden Freunde steuerten eine große Menschentraube an, in deren Mitte sich ein Spektakel begab, das offenbar besonders viele Schaulustige anzulocken vermochte. Sie drängelten sich, so gut es ging, zwischen die Zuschauer. Auf einem von einem bestickten Tuch bedeckten Kasten stand unbeweglich eine marmorne Figur, ein schöner Männerkörper aus Alabaster, ein Apoll mit edlen Zügen, einen silbernen Lorbeerkranz auf den steinernen Locken. Welch hochbegabter Bildhauer mußte ihn geschaffen haben! Schadow vielleicht? Oder Rauch? Das Geschlecht des Mannes bedeckte ein großes Lorbeerblatt, seine Hand aber hielt einen Apfel. Also war es nicht Apoll, sondern Paris.

Aus dem Sockel der Figur kam Musik. Orgeltöne, Cymbeln und Panflöten. Die Statue machte winzige, abgehackte Bewegungen dazu. Spiel- und Standbein wechselten ganz allmählich die Position. Der Kopf drehte sich ruckweise, der Arm mit dem Apfel beugte sich mehr und mehr, näherte die Hand mit der Frucht dem Mund des Bildwerks, seine Lippen öffneten sich, er war innen menschlich rot mit menschlich weißen Zähnen, aber er biß nicht hinein. Vielmehr entfernte sich der Apfel wieder Ruck für Ruck. Schließlich erstarrte der Arm ausgestreckt vor einer der schönen Flaneurinnen, um ihr die Frucht zu kredenzen.

Alles applaudierte. Der Künstler ließ seine steinerne Natur fahren, verbeugte sich, stieg hinab, warf sich einen Mantel um, und sammelte Geld in einem Hut. Dann zog er mittels einer Kurbel das Spielwerk im Kasten wieder auf, ließ den Mantel von den Schultern gleiten, bestieg das Postament erneut und erstarrte zu der aufklingenden Musik Muskel für Muskel zu Stein.

»Komm weiter«, sagte Ludwig. »Der Kerl ist mir zu perfekt. Ich bekomme vom Zuschauen noch die Totenstarre.« Eine Weile flanierten sie an verschiedenen Konditoreien vorbei und verglichen die opulenten Auslagen. Die Kuchentürme, die Stadtmauern aus Kleingebäck, die Schokoladensoldaten und Marzipankapellen.

Kreisler zog seinen Freund in eines der vielen Cafés. Sie nahmen am Fenster Platz und bestellten einen Krug Wein und zwei Tabakpfeifen mit Knaster.

»Das war ein unheimlicher Auftritt. Der Kerl hat einem so richtig nahegebracht, wie stocksteif wir dereinst sein werden«, seufzte Freundt.

»Was für düstere Gedanken, mein Bester«, sagte Kreisler. »Und das an einem solchen Tag! Mich läßt der Kerl eher an Spinola denken. Der macht es zwar umgekehrt, versucht aus toten Dingen Leben zu schlagen, aber das Ergebnis ist ähnlich. Man ist verwirrt, weiß nicht mehr wo die Grenze zwischen Tod und Leben verläuft. Ich frage mich immer noch, was es mit dieser Spieldosengeschichte auf sich hat. Wollte Spinola mich verspotten? Wollte er mit dem Krächzen des Raben etwas andeuten, mir einen Wink geben?«

Kreisler berichtete von seinem Rauswurf aus der Kommission, von seinem Besuch bei Johanna und von der Spieldose, die Spinola auf so schockierende Weise repariert hatte und deren Trümmer nicht auffindbar waren, nachdem er sie aus dem Fenster geworfen hatte.

»Außerdem schmeckt es mir gar nicht, daß Johanna offenbar mehr und mehr in die Fänge der Magnetiseure gerät. Denk an den Auftritt im Niederländischen Palais! Wir sollten diese Scharlatane nicht aus den Augen verlieren.«

»Scharlatane? Bist du so sicher?«

»Nein«, seufzte Kreisler, »ich bin mir keineswegs sicher. An der Sache mit dem tierischen Magnetismus ist was dran, aber wo Wahrheit ist, sind auch ihre Verräter nicht weit. Wenigstens das sollten wir schlechte Christen aus der Bibel gelernt haben.«

»Hast du schon von Spinolas neustem Coup gehört? Seinem Meisterstück für den Don Giovanni?«

»Meinst du etwa den Komtur? Ich weiß nur, daß ihr zur Zeit den Don Giovanni probt und daß Johanna die Donna Anna singt.«

»Die Proben sind wieder einmal abgesetzt worden. Spinola kommt mit seiner Automate nicht weiter. Der Komtur soll sein Meisterwerk werden. Der Höhepunkt der diesjährigen Opernsaison. Eine tanzende und sprechende Kunstfigur. Die Wirkung soll wahrhaft erschreckend sein. Das hat mir Rüthling, der Direktionssekretär erzählt. Aber zur Zeit funktioniert der Kerl offenbar nicht so richtig. Halt, jetzt fällt es mir wieder ein. Rüthling sagte, der Komtur krächzt wie ein Rabe und bewegt sich wie ein Betrunkener.«

Sie gingen zum Kastanienwäldchen. Dieser baumbestandene Platz hinter der Universität war so etwas wie der bevorzugte Treffpunkt der Liebespaare. Aber auch die bessere Gesellschaft lustwandelte gerne hier. An diesem Ort bestand nicht die Gefahr, sich wie im großen Tiergarten aus den Augen zu verlieren. Sehen und Gesehenwerden, das war hier nur eine Frage der Bäume und der Abstände zwischen ihnen. Fast kam man sich vor wie im Foyer des Theaters Natur, und es war beinahe gleichgültig, in welche Richtung man grüßte: Man traf dabei immer ein bekanntes Gesicht.

Die beiden Freunde sonnten sich in der Aufmerksamkeit, die ihnen an diesem Ort zuteil wurde. So verging der milde Tag bei Gesprächen, und als die rote Abendkulisse vom Schnürboden des Himmels herabsank, kehrten sie bei ›Lutter und Wegener‹ ein. Sie stritten und gestikulierten, und sie waren bald Mittelpunkt einer Gesellschaft, die sich hier sammelte, als sei dies der tiefste Punkt einer Schale, die niemand anderes als Bacchus den armen Erdenbürgern kredenzte, um sie ihren Alltag vergessen zu machen.

Der Morgen graute bereits, als Philipp Kreisler nach Hause kam. Der Tisch war für drei Personen gedeckt. Drei Flaschen Hochheimer standen anklagend dort. Und unter einer silbernen Haube der kalt gewordene Braten.

Er öffnete eine der Flaschen, schenkte sich ein Glas ein, ging an sein Stehpult und trug in das Tagebuch des Teufels die folgende Bemerkung ein:

»Solange wir nicht wissen, warum wir eigentlich auf der Welt sind, hat der Teufel die Aufgabe, uns daran zu erinnern, daß wir dies eigentlich wissen sollten. Er ist der große Mahner, der mit dem roten, in Blut getauchten Finger auf jeden einzelnen von uns deutet und dabei murmelt: ›Auch Du, mein armer Freund, mußt dich der Tatsache beugen, daß du eigentlich wissen solltest, was du tust. Aber da du zu dumm dazu bist, muß ich dich ein wenig an der Nase im Kreise herumführen, in deiner eigenen kleinen Hölle.‹«

Darunter setzte er noch eine Liste aller Namen der ihm verdächtigen Personen in der ›Mordserie Amandine‹, wobei er die Namen Spinola und Carlsberg dick unterstrich.

Als er endlich auf der Recamiere des Eckzimmers einschlief, ging gerade der Mond hinter dem Theater auf und beschien das kleine, faltige Gesicht Kreislers, auf dem bereits das Wetterleuchten böser Träume zuckte.

18. DAS MAGNETISCHE SPITAL

Am nächsten Morgen machte sich Kreisler auf den Weg zu Johanna. Zwar war das Wetter umgeschlagen, aber aus seinem Inneren hatten die Unwetter der Nacht den Frühling nicht vertreiben können. Fluchtgedanken schossen ihm durch den Kopf. Eine Kutsche mieten. Mit Johanna durchbrennen nach Italien. Jetzt sogleich! Sein Herz klopfte, als er läutete.

Johannas Vater öffnete und bat ihn herein. »Es tut mir leid, Herr Musikdirektor«, sagte Friedrich Eunicke, »die Gute ist ausgeflogen.« Ob er wisse, wo sie sei. »Vielleicht im Wolfahrtschen magnetischen Spital in der Französischen Straße 36. Sie geht dort in letzter Zeit regelmäßig hin wegen ihrer Stimmbandreizung.«

Wenig später traf Kreisler dort ein. Er betätigte die Türschelle und wurde von einer jungen Frau eingelassen. Die Innenräume des magnetischen Spitals hatten etwas von einer Kirche an sich. Bunte Glasfenster, Wohlgerüche von Weihrauch und Rosenwasser. Kreisler stellte sich unter falschem Namen bei der in lange, weiße Gewänder gekleideten Empfangsdame vor. Auf die Frage nach Professor Wolfahrt wurde ihm eröffnet, daß der zur Zeit leider nicht anwesend sei.

»Ich bin an einer Behandlung interessiert«, sagte Kreisler.

»Wenden Sie sich bitte an den Assistenten des Herrn Professors. Er wird Ihnen weiterhelfen können.« Die Dame zog sich in ihre Empfangsnische zurück.

Der Assistent war ein alerter, junger Mann, der einen weißen Kittel trug. Er stellte sich als Doktor Rudolf vor. »Unter welchen Beschwerden leiden Sie?« fragte er.

»Ich schlafe schlecht in letzter Zeit. Da ist wachsende Unruhe in mir. Wenn ich irgendwo bin, habe ich spätestens nach einigen Minuten Sehnsucht nach einer Veränderung. Nach einem Ortswechsel, neuen Ideen, neuen Menschen.«

»Ein interessantes Phänomen. Und typisch für unsere hektische Zeit. Die Transportmittel ändern sich. Denken Sie an die Laufwagen des Freiherrn von Drais, an Dampfschiffe, an Ballons. Ich halte diese Erfindungen allerdings weniger für die Ursache als für die Symptome der von Ihnen so treffend charakterisierten Ruhelosigkeit«, sagte Doktor Rudolf und lächelte gönnerhaft. »Würden Sie mir bitte folgen!«

Er führte Kreisler in einen großen, dämmrigen Raum. Schemenhaft erkannte man ein riesiges Faß in seiner Mitte. Aus seinem Deckel führten gebogene Eisenstäbe heraus zu den Seiten. »Unser magnetisches Baquet. Aus echtem Mahagoni. Von Professor Wolfahrt aus dem Messmerschen Baquet entwickelt. Es hat einen weitaus höheren Wirkungsgrad, wovon Sie sich sogleich überzeugen können. Sie haben Glück, wir sind gerade bei einer Probebehandlung. Nehmen Sie bitte Platz.«

Um das Gefäß herum waren Kissen verteilt, auf denen Personen saßen, deren jede einen der Eisenstäbe mit beiden Händen umfaßt hielt, durch die das magnetische Fluidum aus dem Baquet in sie fließen sollte. Alle waren untereinander mittels eines Seiles verbunden, das man ihnen in Brusthöhe um den Leib geschlungen hatte. Doktor Rudolf holte ein Kissen und bat Kreisler, den Rock auszuziehen, den Oberkörper zu entblößen und sich zu setzen. Dann steckte er einen neuen Krummstab in das Faß, löste das Seil, wickelte zwei Schlaufen um Kreislers Brustkorb und verknotete es wieder mit den beiden freien Enden.

»Schließen Sie die Augen und strecken Sie die Hände vor. Und nun fassen Sie möglichst fest das Ende des Stabes.«

Rudolf gab seine Anweisungen im Flüsterton. Kreisler fühlte das kühle Eisen zwischen den Händen. »Wenn die Wirkung zu stark wird, lassen Sie los, oder halten Sie den Stab nur mit einer Hand. Und lassen Sie sich auf keinen Fall von den Reaktionen der anderen Patienten irritieren. Sollte jemand eine Krise haben, werden wir ihn augenblicklich ins Krisenzimmer nach nebenan bringen, wo er sich erholen kann. Und nun überlasse ich Sie Ihrem Schicksal und den belebenden Kräften des tierischen Magnetismus.«

Es war deutlich, daß sich das Eisen zwischen seinen Fingern immer wärmer anfühlte. Aber war dies nicht eine natürliche Folge der Erwärmung durch sein eigenes Blut?

Betörende Musik erscholl. Irgendwo spielte jemand auf einem Spinett. Und dann hörte er eine Stimme. Gesang. Ihre Stimme, da gab es diesmal keinen Zweifel. Johanna sang. Er kannte dieses Timbre, diese fast vibratolose, natürliche Stimme, die so weich und elastisch modulierte.

Kreisler öffnete die Augen. Er sah inzwischen mehr, denn sie hatten sich an die Dämmerung gewöhnt. Neben sich sah er eine junge Frau, nackt bis zur Hüfte. Sie wippte mit dem Oberkörper vor und zurück. Sie war erregt. Ihre Brustwarzen waren prall. Kreisler hörte sie stöhnen. Seine Handflächen brannten inzwischen, und ein Prickeln zog von dort in seine Arme. War im Inneren des Fasses vielleicht eine Elektrisiermaschine?

Er wollte Johanna rufen, wollte aufstehen und sie suchen, aber er bekam die Hände nicht los von dem Metall. Die Frau neben ihm stöhnte und schaukelte immer heftiger. Kreisler drehte den Kopf. Auf der anderen Seite saß ein alter Mann auf dem Kissen, sein welker Körper war naß von Schweiß, und seine dünnen, weißen Haare standen ihm strähnig vom Kopf ab. »Wir werden tatsächlich elektrisiert«, dachte Kreisler.

Plötzlich begann die Frau neben ihm zu schreien. Sie warf sich zurück ins Sägemehl und schlug mit den Armen um sich. Zwei Gestalten eilten herbei, knoteten das Seil los und trugen die sich heftig Wehrende nach nebenan. In diesem Moment verstummte der Gesang, und es wurde hell. Läden wurden aufgeklappt, und Doktor Rudolf und ein Helfer banden die Patienten los.

»Wie fühlen Sie sich?« fragte er, nachdem er auch Kreisler befreit hatte. »Zeigen Sie Ihre Hände. Sehen Sie, sie sind rot. Lassen Sie mich Ihren Puls fühlen.« Mit sicherem Griff packte er dessen Handgelenk und zählte die Pulsschläge mit Hilfe einer großen Taschenuhr.

»Stark und sehr schnell. Fürs erste Mal eine durchaus befriedigende Reaktion. Sie werden für den Rest des heutigen Tages eine große Mattigkeit spüren. Das ist normal und beweist, daß die Kur angeschlagen hat. Darf ich Sie bald wieder erwarten?«

Kreisler antwortete nicht. Statt dessen sagte er: »Ich möchte Fräulein Eunicke sprechen.«

Rudolf wirkte irritiert. »Fräulein Eunicke?«

»Ich habe ihre Stimme gehört. Unverkennbar Undines Stimme.«

»Sie ist leider schon gegangen. Aber es freut mich, daß Ihnen der Gesang gefallen hat. Ja, Fräulein Eunicke ist uns eine große Hilfe. Ihr stimulierender Gesang erhöht die Heilungsbereitschaft der Patienten. Professor Wolfahrt behandelt sie für diesen Dienst gesondert und natürlich kostenlos. Auch Sie brauchen fürs erste Mal nicht zu bezahlen, Herr Kammergerichtsrat.« Doktor Rudolf lächelte sein frisches Jungenlächeln.

»Ist es schon so schwierig für mich, incognito in dieser Stadt aufzutreten? Dann wird es Zeit, den Ort zu wechseln.«

»Ich bin ein Bewunderer Ihrer Oper«, sagte Doktor Rudolf. »Darin bin ich mir übrigens mit dem Fräulein Eunicke einig.«

Ehe Kreisler ging, erhaschte er einen Blick ins Krisenzimmer. Dort, auf den ausgebreiteten Matratzen lag die junge Frau. Man hatte ein Tuch über sie geworfen. Ihre Augen waren aufgerissen und glänzten. »Sie ist schon sehr weit in der Behandlung«, ließ sich Doktor Rudolf vernehmen. »Sie reagiert stärker als alle anderen. Wir müssen die Kur vielleicht sogar bald abbrechen in ihrem Fall.«

Draußen empfand Kreisler den Straßenlärm und die vorbeihastenden Menschen wie ein Geschenk des Himmels. Er wollte zum Wasser, zur Spree, wollte seine finsteren Gedanken wie eine Flaschenpost hineinwerfen, hoffend, daß sie irgendwann die Weiten eines Ozeans erreichte. Doch plötzlich machte er kehrt. Von einer vagen Idee getrieben, rannte er den Weg zurück in die Französische Straße.

In der Nähe des Eingangs zum magnetischen Spital verbarg er sich und wartete. Lange geschah nichts. Dann fuhr eine Kutsche vor, und man brachte eine weibliche Gestalt heraus. Es war die Dame mit der Nervenkrise. Sie sah blaß aus, schien sich aber beruhigt zu haben. Zwei Männer stützten sie. Der eine war Doktor Rudolf, der andere Professor Wolfahrt. Sie setzten die Dame in die Kutsche, die daraufhin davonfuhr. Die beiden Herren verschwanden im Spital.

Kreisler verließ seinen Beobachtungsplatz in einem Hauseingang nicht, obwohl ihn fror und jene Mattigkeit, von der Doktor Rudolf gesprochen hatte, sich tatsächlich einzustellen begann.

Es dämmerte schon, als die Tür noch einmal aufging. Johanna erschien und mit ihr Wolfahrt. Er verabschiedete sie mit offenbar großer Herzlichkeit. Beide gingen in verschiedene Richtungen.

Kreisler wartete noch ein paar Sekunden, dann folgte er Johanna. Er holte sie ein, sprach sie an, bot ihr seinen Arm. Sie nahm ihn an, schob ihren Arm unter seinen. Obwohl sie fast einen Kopf größer war als er, wirkte sie wie eine Tochter, die ein besorgter Vater ausführt.

»Sie singen bei Wolfahrt?« begann er das Gespräch.

»Ja«, sagte sie. »Ich tue es aus Dankbarkeit. Er hat mir sehr geholfen. Meine Stimme ist fester geworden. Dieses Kratzen im Hals ist fast verschwunden. Das verdanke ich dem spargierten Wasser, das mir Wolfahrt gibt. Ich trinke jeden Morgen davon. Und natürlich dem schönen Angoraschal von Ihnen, der wahre Wunder tut. Warum spionieren Sie mir nach, Kreisler?«

Er drückte ihren Arm, indem er den seinen eng an den Leib zog. »Johanna«, sagte er, und es klang wie der Beginn einer Liebeserklärung. »Ich... ich finde, Sie sollten sich nicht zu sehr mit diesen Leuten einlassen. Es mag ja was dran sein, aber es ist auch viel Humbug dabei.«

Sie nahm ihn mit in die Wohnung und bot ihm Tee und Gebäck an. Wieder einmal saß er da wie ein Mensch, der sich so in seine Gefühle verstrickt hatte, daß sie wie Fesseln wirkten.

»Ich werde das Gefühl einfach nicht los, daß Sie in Gefahr sind, Johanna.«

Sie lachte, kokett, wie er fand. »Ich glaube beinahe, Sie sind eifersüchtig auf den netten Doktor Rudolf«, sagte sie. »Ich versichere Ihnen, ich passe schon auf mich auf.«

Er ging. Später schrieb er in sein ›Tagebuch‹: »Doktor Rudolf, Doktor Rust, Doktor Klindworth – das ist der neue Männertyp. Smart, alert, dynamisch, gewissenlos, dabei sehr gewandt und angenehm im Umgang. Sie sind kaum jünger als ich, aber ich komme mir im Vergleich zu ihnen wie ein verschrobenes Relikt aus dem letzten Jahrhundert vor. Ich frage dich, Teufel, wie gehst du mit diesen Kerlen um? Verführst du sie? Ich glaube, das geht nicht, jedenfalls nicht mit deinen alten Methoden. Du bist schließlich auch ganz schön in die Jahre gekommen. Ich kann mir vorstellen, daß du deinen Schwanz einklemmst, deinen Huf in einen Stiefel steckst und deinem Satyrgesicht einen jovialen Zug zu geben versuchst. So näherst du dich diesen Männern, mischst dich unter sie und vermittelst ihnen das Gefühl, über die bösen Mächte erhaben zu sein. Das ist deine letzte Chance. Du wirst vom Verführer zum Geschäftspartner, wobei du deinen neuen Kunden das falsche Gefühl vermittelst, unbeeinflußbar zu sein.«

Dann nahm Kreisler ein Blatt Papier zur Hand und malte zwei große Kreise darauf, die sich an einer Stelle ein wenig überlappten. In den einen Kreis schrieb er ›Spinola‹, in den anderen ›Wolfahrt‹. In die Überschneidungszone malte er ein Fragezeichen.

»Es gibt zwei zwielichtige Bereiche«, sagte er sich. »Die Mechanikusse und die Magnetiseure. Beide haben sie beinahe konträre Vorstellungen von der menschlichen Existenz. Einsame Maschine im toten Kosmos oder aber Teilhabe an der allgemeinen magnetischen Weltseele. Beide Vorstellungen sind übrigens durchaus entlastend für das Gewissen eines Mörders. Wenn er tötet, zerstört er entweder nur ein Uhrwerk oder aber er hilft dabei, die Anima von einem Platz auf den nächsten zu schicken. Würde es in dieser Stadt einen Bereich geben, wo sich beide Weltansichten überschneiden, würde ich dort den Mörder Amandines vermuten!«

Er seufzte angesichts so vieler Hypothesen.

19. DAS VERHÖR

Die Bilanz des Todes war wieder einmal negativ gewesen am gestrigen Tag: Dem Acker des Lebens waren mehr Seelen entsprossen als in ihm begraben worden waren. Das jedenfalls entnahm Kreisler der Zeitung, die er, nicht eben gut gelaunt, beim Frühstück studierte. Das endgültige Ende Napoleons – er befand sich seit nunmehr fast zwei Jahren in sicherem Gewahrsam auf der Insel St. Helena – schien sich wie ein Fruchtbarkeitselixier auszuwirken. Die Geburtenrate in Europa stieg, und Berlin wuchs und wuchs wie ein Brotteig in der Wärme. Siebzehn Kinder, neun Mädchen und acht Knaben hatten gestern das Licht der Welt erblickt, während nur neun Leute gestorben waren. Fünf davon eines natürlichen Todes. Ein Kind ertrank in der Spenerschen

Badeanstalt. Ein halbwüchsiges Mädchen wurde in Charlottenburg von einem Kutscher angefahren und dabei so schwer verletzt, daß es noch am Unfallort starb. Ihr Leichnam lag jetzt vermutlich im Totenzimmer der Charité auf der berüchtigten schwarzen Marmorplatte. Ein junger Mann starb wahrscheinlich durch Selbstentleibung. Man hatte ihn jedenfalls erhängt gefunden, in jenem Kastanienwäldchen, durch das Kreisler und Freundt erst am Ostersonntag spaziert waren. Und eine neunte Person lag erdrosselt im Bett eines Armenasyls.

In einer Fabrik zischten die Ventile der ersten Berliner Dampfmaschine, ölglänzende Pleuelstangen zuckten wie die Glieder eines Rieseninsekts. Die schwarzen Wolken aus dem Schlot der in England von John Barnett Humphrey gebauten ›Prinzessin Charlotte‹, eines Mittelraddampfers, der seit dem Oktober des vergangenen Jahres zwischen Potsdam und Berlin pendelte, wirkten wie Rauchzeichen, die Botschaften eines neuen Zeitalters verkündeten. Eines Zeitalters, das der menschlichen Muskelkraft die überlegenen Kräfte stählerner Giganten beigesellte, welche, obzwar dumm bis in die letzte Schraube, doch mehr und mehr an Einfluß auf die Arbeitsverhältnisse und den Handel und sogar das Lebensgefühl gewannen.

Die regelmäßigen Vibrationen jenes Dampfschiffes versetzten die mitreisenden Damen in Erregung und verwirrten ihre Kavaliere. Das war etwas anderes, als die unsanften Stöße der Karossen, denn es ging tiefer hinein in Leib und Seele!

»Der Teufel schürt seine Esse auf neue Weise«, schrieb Kreisler in sein Tagebuch, ehe er das Haus an diesem schönen Tag verließ, um zur Arbeit zu gehen. »Er liebt es neuerdings, künstliche Unterteufel aus Stahl in seine Dienste zu stellen, durch deren Adern weißer Dampf quillt. Überall erleidet die gute, alte Schwerkraft ungewohnte Niederlagen. Flugmaschinen kreisen am Himmel, dampfgetriebene Kräne lassen die schwersten Lasten wie Pusteblumensamen durch die Lüfte schweben, und die Ozeane werden sicher binnen kurzem selbst bei Windstille von pfeilschnellen Dampfschiffen durchpflügt. Ganze Großstädte brennen des Nachts im Elmsfeuer der Gaslaternen. Nur die Dichter sitzen weiterhin bei ihren Kerzen und Ölfunzeln und verderben sich die Augen, während sie altmodische Geschichten niederschreiben, die bald kein Mensch mehr verstehen wird.«

Kreisler war deprimiert. Freundt und er kamen nicht so recht weiter bei ihren Recherchen. Auch jene drei Mordfälle, die nun schon so lange zurücklagen, daß sie den Platz für Sensationen an den ästhetischen Teetischen anderen Neuigkeiten überlassen mußten, schienen von der Flut neuen Lebens hinweggespült.

Auf der Dienststelle in der Hausvogtei gab es neuerdings nur Ärger. Trützschler behandelte ihn frostig. Die Aktenberge in Sachen Verschwörung gegen den König und den Staat wuchsen, die Verhörprotokolle wurden länger und im Ton aggressiver.

Seit Kreisler nicht mehr an den Sitzungen im grünen Kabinett teilnahm, erfuhr er das Neueste nur aus zweiter Hand. Als Experte für Theaterfragen sollte dort inzwischen von Brühl wirken. Als er Trützschler in dieser Sache zur Rede stellte, zuckte der nur die Schultern: »Die Kommission tritt auf der Stelle. Die Polizeiarbeit ist jetzt wichtiger denn je. Seien Sie froh, daß man auf Ihre Dienste in dieser Angelegenheit verzichtet.«

»Halten Sie mich auf dem laufenden?«

Trützschler zuckte noch einmal mit den Schultern, drehte sich um und verließ das Zimmer.

Kreisler beugte sich lustlos über eine Akte, in der die Anklage gegen eine Frau aus besseren Kreisen in umständlichem Amtsdeutsch festgehalten war. Helmina von Chézy, geborene Freiin von Klencke, und, was schwerer wog, geschiedene Freifrau von Hastfer, hatte in einem Brief an Gneisenau die Zustände in den belgischen Lazaretten beklagt. Daraus folgte eine Untersuchung gegen die Königlich Preußische Invaliden-Prüfungskommission zu Köln, die darauf zur Gegenattacke überging und eine Klage gegen Madame Chézy erwirkte. Sie floh rechtzeitig und wurde in Abwesenheit wegen Beleidigung einer Königlich-Preußischen Instanz zu einem Jahr Gefängnis und 1 000 Franken Strafe verurteilt. Jetzt war sie schon eine Weile in Berlin, um ihre Sache zu verfechten.

Dieses Verfahren war natürlich eine Farce. Kreisler ging davon aus, daß die Dame unschuldig war. Zwar hatte sie nicht den besten Ruf, denn sie war Schriftstellerin, doch abgesehen von dieser in letzter Zeit modisch gewordenen Frauenattitüde schien die Chézy eine durchaus respektable Person zu sein. Dennoch blieb ihm nichts anderes übrig, als die Verurteilte zum Verhör vorzuladen.

Als die Chézy in der Hausvogtei erschien, war Kreisler erstaunt, wie selbstsicher die Dame auftrat. Sie war in den Dreißigern, eine Frau mit körperlichen und geistigen Vorzügen, die vor der Kulisse der Amtsstube fast noch mehr hervortraten als auf einem ästhetischen Tee.

Kreisler ertappte sich während des kurzen Verhörs mehrfach bei dem Gedanken, mit dieser Frau schlafen zu wollen. Sie war ihm irgendwie vertraut, er meinte, sie bereits einmal berührt zu haben. Ein Verdacht keimte in ihm: War dies nicht die Dame aus dem Niederländischen Palais, aus der Loge? Wollte sie sich durch ihre Annäherungsversuche Vorteile in ihrem Rechtsfall verschaffen? Aber sie konnte damals ja noch gar nicht wissen, wem der Fall zur Bearbeitung zugeteilt werden würde!

Ein zweites Verhör war nötig. Kreisler lud Madame Chézy dazu in seine Wohnung. Das sahen zwar die Vorgesetzten nicht gerne, denn das Private der Atmosphäre schwächte der offiziellen Meinung nach entschieden die Möglichkeit der Einschüchterung, aber ihm schien dies in jeder Hinsicht der vorteilhaftere Weg zu sein. Um der Wahrheit und um seines geheimen Verlangens willen.

Kreisler schickte ein Billett mit der entsprechenden Aufforderung, und Madame Chézy fand sich zur vorgeschlagenen Stunde bei ihm ein. Sie begrüßten sich wie alte Bekannte. Dann nahmen sie im Wohnzimmer Platz und sahen sich lange stillschweigend an. Die Chézy sah ein wenig derangiert aus. Ihr elegantes Kleid wies rote Flecken auf. Kreisler, der Mischa fortgeschickt hatte, wußte nicht, wie er anfangen sollte. Ihr Blick lag auf ihm, und die in ihm flackernde Unruhe teilte sich ihm mit. Schließlich sagte er: »Ist es wirklich so schlimm in jenen Lazaretten, Madame?«

»Es ist viel schlimmer, als ich es in meinem Brief andeutete. Es fehlen Betäubungsmittel. Die Amputationen werden bei vollem Bewußtsein vorgenommen. Die Gliedmaßen landen in Kübeln, die oft tagelang nicht ausgeleert werden. Der Gestank und das Gewimmer sind allgegenwärtig. Es ist die Hölle. Und dazu fehlen die einfachsten Hilfsmittel wie zum Beispiel Tourniquets zur Blutstillung. Die Glieder werden mit schlichten Knebeln abgebunden. Es fehlen außerdem antiseptische Mittel. Die Folge ist Wundbrand, Faulfieber. Die Sterberate ist ungewöhnlich hoch. Ich sage Ihnen, Herr Kammergerichtsrat, diese Krankenhäuser sind nichts anderes als Fortsetzungen der Schlachtfelder. Man stirbt dort sogar noch schlimmer, weil ohne die Würde eines freien Himmels über sich.«

Kreisler zündete sich eine Pfeife an. Beide nippten von dem Sherry, den er inzwischen kredenzt hatte.

»Aber Waterloo ist Vergangenheit. Es sind fast zwei Jahre her...«, warf er ein. Die Chézy lachte und zeigte dabei ihr vorbildliches Gebiß. »Sie glauben doch nicht, lieber Kammergerichtsrat, daß damit die Neigung der Männer, sich abzuschlachten, ein für allemal vorbei ist? Glauben Sie mir, dieser Hang zur Selbstverstümmelung ist tief in die männliche

Seele eingepflanzt. Wir Frauen kennen das nicht. Wir wollen gebären, wir wollen Glieder wachsen sehen. Ihre Gattung schneidet sie offenbar lieber ab.«

Kreisler, dem diese Wendung des Gesprächs, das nun wirklich nichts mehr von einem Verhör an sich hatte, sichtlich unangenehm war, brachte zur Ablenkung die jüngsten Neuigkeiten aus dem Theaterleben ins Spiel. Die Aufführung des Don Giovanni sei um eine Woche verschoben worden, da es offenbar technische Probleme mit der Ausstattung gab. »Ich weiß, der Komtur soll tanzen und sogar sprechen und kann es nicht ordentlich«, sagte die Chézy. »Aber er wird wohl bald repariert sein.«

»Woher wissen Sie das?«

»Gehen Sie denn in keine Salons? Ich habe es bei der Varnhagen gehört. Sie schwärmt übrigens von Spinola, er soll ein wahres Genie sein. Ebenso wie Schinkel. Seine neuen Dekorationen sollen über alle Maßen vortrefflich sein. Man soll wirklich glauben, in Italien zu sein.«

»Das glaube ich aufs Wort. Man wird sich also wieder einmal die Reise dorthin sparen können.«

Endlich wollte Kreisler zurück zur eigentlichen Angelegenheit kommen. »Sie müssen, verehrte Gnädigste, deutlich machen, daß Sie mit ihrer Beklagung der Zustände in jenen Lazaretten niemanden persönlich beleidigen wollten. Sie sollten deutlich machen, daß Sie mit bester Absicht ...«

Ehe er sich's versah, saß die Chézy neben ihm auf der Chaiselongue und umschlang seinen Hals. Sie roch wie eine Katze, und sein Herz klopfte wie wild. Der Gedanke an Ehebruch schreckte ihn nicht, eher noch der, Johanna untreu zu werden. Dennoch ließ er es geschehen, daß Madame Chézy sein Gesicht mit Küssen bedeckte. »Sie sind ein genialer Mann«, flüsterte sie und schmiegte sich an ihn. »Wenn Sie möchten, werden sich unsere Körper ebenso vereinen wie unsere Gedanken.« Sie schob ihre kleine, weiche Hand unter seine Chemisette. »Wir kennen uns besser, als Sie ahnen. Wir haben uns schon zweimal berührt. Einmal im Niederländischen Palais und einmal in einer Theaterloge.«

»Bespitzeln Sie mich etwa, Gnädigste? Und in wessen Auftrag?«

Die Chézy lachte. »Ausschließlich in meinem eigenen. Männer wie Sie gibt es selten. Sie sind mir sofort aufgefallen, als ich Sie damals im Niederländischen Palais sah: Sie sind nicht dumm, Sie sind nicht schön, Sie sind nicht borniert, Sie sind nicht langweilig. Was wünscht sich eine Frau mehr als diese Kombination!«

Kreisler gelang es, sich aus der Umschlingung zu befreien. Er ging ins Nebenzimmer, ergriff Feder und Tinte und setzte das Protokoll auf. Dabei las er laut die Worte der Delinquentin durch die angelehnte Tür vor.

»Die Beschreibung der von mir im Sommer 1815 zu Namur vorgefundenen Verhältnisse im dortigen Lazarett sind nicht als Injurie anzusehen. Vielmehr ist es nicht möglich, eine Tat oder einen Zustand, die man rügen will, mit anderen Worten zu bezeichnen als mit solchen, die den Begriff davon geben, wie man sie empfunden …«

Als er ins Wohnzimmer zurückging, fand er die Chézy auf dem Sofa ausgestreckt. Sie lag da wie eine Mißbrauchte. Das Kleid war hochgerutscht, ihre Bluse aufgeknöpft. Sie hatte Tränen in den Augen.

Er setzte sich zu ihr und begann sie zu streicheln. Erst übers Haar, als sei sie ein kleines Mädchen, dann über den Busen. »Ich habe Angst«, flüsterte sie. »Ich werde verfolgt. Man hat meine Wohnung schon mehrmals durchsucht. Gestern erst. Ich habe den Mann gesehen, der es getan hat. Aber er trug eine Maske. Wie soll ich ihn wiedererkennen!«

»Fassen Sie sich.« Seine Stimme klang belegt. Er schob ihr den Arm unter den Rücken und hob sie ein wenig empor. Dann küßte er sie auf die salzigen Lider.

Die Chézy saß stocksteif neben ihm und knöpfte sich die Bluse zu. »Verzeihen Sie«, sagte sie. »Ich wollte Sie nicht ... in Verlegenheit bringen. Sie sind ein so guter Mensch.«

Er lachte ein wenig, so als mache er sich über sich lustig. »Können Sie die Figur des Mannes beschreiben?«

»Er war groß, schlank, wie ein Sportsmann gebaut.«

»Sahen Sie ihn davonlaufen?«

»Ja. Ich sah ihn vom Flurfenster aus.«

»Sind Sie sicher, daß der Mann aus Ihrer Wohnung kam?«

»Ja, absolut. Ich war ja auf der Flurtoilette gewesen, ziemlich lange, weil ich ... « Sie zögerte, den Grund zu erläutern.

»Ich glaube, ich weiß wer es ist. Er ist Engländer. Ein halber wenigstens. Und er arbeitet für den Geheimdienst, Madame.«

Sie ging ins Badezimmer und machte sich frisch. Ganz ungeniert puderte sie sich vor dem Spiegel, den sonst Mischa benutzte. Ehe sie ging, verabredeten sie ein gemeinsames Wochenende am Wannsee. Bevor er die Tür hinter ihr schloß, sagte Kreisler noch: »Sie brauchen keine Angst zu haben. Man kann Ihnen nichts anhängen. Die Herren sind nur von Tag zu Tag nervöser und beginnen selbst unbescholtene Bürger auszuspionieren.«

20. DIE SPALLANZANISCHE FLEDERMAUS

Kreisler hatte es sich zur Angewohnheit gemacht, hin und wieder alte Akten zu durchstöbern. Es war, als ob man Reisen in die Vergangenheit machte, interessante Reisen. Sie hatte ihre eigenen Farben, die Vergangenheit: Die Himmel schienen anders gewesen zu sein, die Nächte dunkler, die Sonnenuntergänge leuchtkräftiger.

Der Kammergerichtsrat wußte erst gar nicht, worauf er in diesem Vorgang aus dem Jahre 1786 gestoßen war. Doch dann durchfuhr es ihn wie ein Blitz: Der Name! Der Name!

Kreisler war es, als hätte ihm der Zufall endlich einen entscheidenen Schlüssel für die Lösung der rätselhaften Morde in die Hand gespielt.

Die Akte betraf einen Naturforscher aus Italien namens Lazzaro Spallanzani, der sich 1786 in Berlin aufgehalten und dortselbst in der Öffentlichkeit einige höchst anstößige Experimente durchgeführt hatte. Unter anderem offenbar mit Fledermäusen und Hunden. Auf Geheiß der Behörde hatte Spallanzani schließlich die Stadt wieder verlassen müssen. Viel mehr war der Akte Spallanzani leider nicht zu entnehmen. Am Rand der Akte war die Bemerkung nachgetragen: »1799 auf Sizilien verstorben?« Das Fragezeichen war es, das Kreisler vor allem interessierte. Ein Fragezeichen, das sich wie eine giftige Schlange krümmte.

Um mehr über den Mann herauszufinden, begab sich Kreisler zu Anselmus Liebenwein, der schließlich ebenfalls so etwas wie ein Naturforscher war. Liebenwein war zwar in seinem Laden, jedoch offenbar so beschäftigt, daß er von seinem Besucher keinerlei Notiz zu nehmen gewillt war. Der räusperte sich, sagte ein paar mal »Hallo«, doch als Liebenwein ihm weiterhin den Rücken zukehrte, sagte er laut und deutlich: »Sagen Sie, mein Bester, wer ist eigentlich dieser Spallanzani?«

Der Erfolg dieser Frage trat auf der Stelle ein. Liebenwein wandte sich um und sah Kreisler mit aufgerissenen Augen an.

»Kennen Sie Spallanzani etwa?« fuhr Kreisler fort, und diese zweite Frage schien alles noch schlimmer zu machen. Liebenwein wurde leichenfahl im Gesicht, wischte sich plötzlich auftretende Schweißtropfen von der Stirn und wollte durch den Hintereingang in sein Labor verschwinden. Doch Kreisler hatte ihn bereits am Ärmel seines Kittels gepackt.

»Raus mit der Sprache, dieser Spallanzani scheint Ihnen ja richtig nahezugehen.«

Liebenwein beruhigte sich nun offensichtlich. Er nahm Haltung an und konterte seinerseits mit einer höchst unerwarteten Frage.

»Haben Sie, mein verehrter Freund, einmal etwas von der Spallanzanischen Fledermaus gehört?«

»Die Spallanzanische Fledermaus? Der Name gefällt mir, aber ich habe leider nie mit einem Tier dieser Spezies Bekanntschaft gemacht.

»Seien Sie froh. Vor allem darüber, daß Sie selber keine solche Fledermaus sind. Es handelt sich übrigens um die ganz gewöhnliche gemeine Fledermaus, die, nebenbei bemerkt, völlig harmlos ist, wiewohl sie die Menschen häufig durch ihr graues Geflatter erschreckt. Die Spallanzanische Fledermaus ist allerdings auf eine gewisse unschöne Weise manipuliert.«

»Inwiefern manipuliert? Was meinen Sie damit?«

»Einen Augenblick, mein Freund. Ich bin gleich wieder zurück.«

Liebenwein eilte mit flatternden Ärmeln zur Eingangstür und verschloß sie, nicht ohne einen Blick auf den imaginären Ozean zu werfen. Dann verschwand er in seinem Labor.

Es dauerte nicht lange, und er war zurück mit einem unansehnlichen Etwas, einem Ding, das einem alten Lappen nicht unähnlich schien. Er legte es auf den Tresen und zupfte vorsichtig daran, bis eine offensichtlich präparierte Fledermaus zu erkennen war.

»Fledermäuse können sich im Dunkel orientieren«, sagte Liebenwein. Ein Rätsel, das erst der große Spallanzani löste. Er hat den Tieren zunächst die Augen ausgestochen. Sie flogen immer noch mit einer Meisterschaft ohnegleichen, stießen nirgends an. Dann hat er ihnen die Trommelfelle zerstochen. Aus war es, sie taumelten blindlings herum, prallten gegen Wände und Decken und gegeneinander. Spallanzani hat bewiesen, daß Fledermäuse mit ihren großen Ohren sehen können. Eine ganz erstaunliche Abschweifung der Natur.

Dies hier ist eine solcher Art verstümmelte Versperugo murinus, eine blinde und taube gemeine Fledermaus, die der große Spallanzani damals zu seinen Versuchen benutzte.«

»Dafür habe ich großes Verständnis«, sagte Kreisler, »ich sehe mit den Ohren auch besser als mit den Augen.«

»Und das da ist ebenfalls Spallanzanis Werk.«

Liebenwein legte so etwas wie einen unansehnlichen, verknäuelten Strick auf die Theke.

»Eine Schlange mit zwei Köpfen. Er hat einer Schlange den Kopf abgetrennt und zu dem anderen auf einen zweiten Körper verpflanzt. Ein ganz erstaunlicher Mann. Ein Abt übrigens, der nichts lieber tat, als Gott ins Handwerk zu pfuschen.«

»Wo ist er jetzt?«

»Ich nehme an, unter der Erde, bei seinem letzten Experiment, der Erzeugung von Leichenfett, dieser dem Sperma Ceti so ähnlichen Substanz. Ja, Spallanzani soll seit siebzehn Jahren tot sein. So um die Jahrhundertwende soll er in Pavia gestorben sein.«

»Wissen Sie, Verehrtester, warum man einen solch großen Naturforscher damals aus Berlin vertrieben hat?«

»Wer sollte es besser wissen als ich. War ich doch sein Gehilfe damals.«

Liebenwein warf sich in die Brust. »Ja, ich war damals ein eifriger Jünger der Wissenschaft, kein alter, verschrobener Pillendreher wie heute. Ich habe ihm assistieren dürfen. Wir haben für die Fledermäuse sogar eine künstliche Höhle gebaut.«

»Eine Höhle?«

»Ja, aus Pappe, Leim und Farbe. Spallanzani wollte, daß seine Tierchen in einer möglichst natürlichen Umgebung lebten, außerdem war er ein besessener Freund des Theaters, der Oper, ein Italiener wie er im Buche steht. Seine Versuche hatten etwas von Opernaufführungen. Auch deshalb diese Kulisse, wie ich heute annehme.«

»Man wird ihn wohl kaum wegen seiner Fledermausexperimente davongejagt haben.«

Liebenwein sah sich mißtrauisch um, als wollte er sich vergewissern, daß sie tatsächlich unbelauscht waren. Dann flüsterte er: »Er hatte es mit dem Sperma. Hat nachgewiesen, daß die Theorie der Urzeugung falsch ist. Das tierische Leben entsteht keineswegs aus Schlamm, aus Fäulnis, wie damals die meisten Biologen dachten, nein, es entsteht aus dem Ei. Das Sperma spielt dabei eine undurchsichtige Rolle. Deshalb hat Spallanzani jenes kühne Experiment gewagt, an das sich keiner vor ihm traute, aus Scheu vor den Geheimnissen der Schöpfung. Spallanzani hat eine Hündin künstlich befruchtet. Ein hübsches Tier. In aller Öffentlichkeit. Vor Publikum mit einer Klistierspritze dem Tier Hundesamen eingespritzt. Es gab einen regelrechten Aufstand. Spallanzani mußte damals bei Nacht und Nebel Berlin verlassen. Seine Gegner wollten die mißbrauchte Hündin töten lassen. Das konnte jedoch verhindert werden. Das Experiment hat übrigens funktioniert. Die Hündin bekam Junge. Der große Spallanzani hatte mit dem Experiment bewiesen: Die Zeugung ist ein höchst natürlicher Vorgang, zu dem immer zwei gehören, bei Tieren wie bei Menschen.« Liebenwein sah Kreisler mit einem diabolischen Lächeln an: »Manche sagen auch, er hätte Versuche unternommen, nicht nur Tiere, sondern auch Menschen künstlich zu erzeugen! Ja, er war ein kühner Geist, dieser Spallanzani. Ein Jammer für unsere Wissenschaft, daß er von der Spree vertrieben wurde. Spallanzani hätte Berlin zum Zentrum der Naturforschung gemacht. Was sind gegen ihn Quacksalber wie Hufeland!«

Liebenwein schien in Gedanken versunken den vergangenen Zeiten nachzuträumen. Eine Weile hörte man nur das Ticken der Uhren, von denen er eine ganze Reihe besaß.

»Wie kommst du eigentlich auf ihn?« fragte er Kreisler plötzlich in vertraulichem Ton.

»Ich bin in einer alten Akte auf seinen Namen gestoßen. Und auf dem Schminkspiegel einer Toten.«

»Das sieht dem Meister ähnlich. Er war beides: Naturforscher und Magier. Vielleicht gibt es da sowieso keinen richtigen Unterschied. Jammerschade, wenn er nicht mehr lebt. Er war zuletzt noch einem zweiten Geheimnis auf der Spur. Pflanzen können bekanntlich nicht laufen. Aber Pflanzen sind keine weniger intelligenten Wesen als Tiere, nur, sie können sich nicht aus eigener Kraft fortbewegen. Verstehst du, was das bedeutet? Etwas Entsetzliches, etwas ganz Ungeheuerliches. Die gesamte Welt der Pflanzen steht unter einer extremen, ich möchte beinahe sagen, bösen und gewalttätigen inneren Spannung. Jede Blume, jeder Busch, jeder Baum, selbst jeder Grashalm, sie alle leiden Höllenqualen unter ihrer Verwurzelung, unter ihrer völligen Ohnmacht, was die Mobilität anbelangt. Nur ein paar Flugsamen haben es da besser. Auch ein paar welke Blätter, wenn sie der Wind davonfegt. Im Frühling, wenn der Pollenstaub fliegt, ist es besonders schlimm. All diese winzigen kleinen Pollenkörner sind in Wirklichkeit Protestbriefchen der Pflanzen: Wir wollen uns endlich bewegen können, wir wollen wie die Tiere ans Wasser gehen können, wenn uns dürstet, wollen uns unsere Nahrung selber suchen ebenso wie unsere Gesellschaft. Spallanzani hat diesen verheerenden Zustand der Pflanzenwelt damals als einziger erkannt. Denn er war ein Genie der Einfühlung. Er konnte sich mühelos in einen alten Eichenbaum einfühlen, der im märkischen Sand wurzelt und nach Grundwasser lechzt. Und er hat davor gewarnt, daß eines Tages die Pflanzen ihre Behinderung überwinden könnten. Sie könnten plötzlich Gliedmaßen entwickeln, Kriechwurzeln zum Beispiel. Auch die Schlingarme mancher Pflanzen deuten auf diese Möglichkeit hin. Dann würden sie über die Erde ziehen und alles tierische Leben vernichten. Marschierende Wälder, würgende Büsche, kriechendes Gras.« Liebenwein blickte voller Entsetzen zum Fenster, als würde er dort jeden Moment die ersten Anzeichen einer solchen Invasion erwarten. Dann verfiel er in dumpfes Schweigen.

»Wo liegt die künstliche Höhle, wo fanden jene interessanten Experimente statt?« fragte Kreisler schließlich.

Aber statt einer Antwort begann Liebenwein nur zu singen, mit einer wenig schönen, jedoch erstaunlich intonationssicheren Stimme: »Ah! Giorno di dolori . . . « Dabei verschwand er durch seine Labortür.

Eine Weile lauschte Kreisler dem schwächer gewordenen Gesang. Dann ging er.

Zu Hause kramte er in einer Schublade und brachte jenes kleine, in einen Lappen eingewickelte Tierskelett aus dem Spukhaus zum Vorschein. Es war ein merkwürdiges Tier: grau, unansehnlich, ja, von geradezu teuflischer Häßlichkeit. Große Ohren, eine schweinerüsselähnliche Nase, kleine, boshafte Augen, zwei spitze Vorderzähne. Der rattenähnliche Körper war wie von einem Mantel in ledrige Häute gehüllt. Zwei krallenartige Dorne ragten aus den Schwingen.

»Wenn das keine Spallanzanische Fledermaus ist«, flüsterte er. »Auch wenn man natürlich keinerlei Manipulationen mehr erkennen kann. Wenn ich damit zu Trützschler gehe, erklärt der mich für verrückt.« Sein Mißtrauen gegen die Polizeiarbeit war in letzter Zeit zu einem fast körperlichen Gefühl der Abneigung geworden. Nein, er würde Trützschler nichts von seiner Entdeckung sagen.

21. DER KOMTUR

In dieser Nacht sah er sie wieder im Traum. Eine weiße Villa unter hohen Bäumen, dunkelgrünen Pinien und Zypressen. Die Baumspitzen schienen gleich Pinselquasten die Wolken in den blauen Himmel zu malen. Die Villa lag am Meer. Man sah es nicht, aber es mußte hinter den grünen, blumenbewachsenen Hügeln liegen. Von der hochgelegenen Terrasse des Hauses aus würde man es sehen können, eine irisierende Schale, gefüllt mit sich selbst.

Im Traum war ihm diese Vorstellung ganz einfach: Das Meer glich einer Schale, die sich selbst enthält. Erst als er sich an den Traum erinnerte, wußte er mit diesem Teil des Bildes nichts Rechtes mehr anzufangen.

Auf der Terrasse standen Figuren aus Marmor, weiße Göttinnen. Aber auch eine Frau aus Fleisch und Blut. Sie kehrte ihm den Rücken zu, während sie aufs Wasser hinaus blickte. Ihm schien, daß die Weite, die sie sah, durch ihre Augen in sie drang und sie gänzlich anfüllte mit blauen Schleiern der Sehnsucht. Er glaubte nun auch, das Rauschen der Wellen zu hören, dieses schönste Geräusch, das die Natur hervorzubringen imstande war, komplizierter als der Klang, den ein großes Orchester zu erzeugen vermochte. Eine unendliche Vielfalt einzelner Klänge, die ineinanderwirbelten wie all jene Myriaden von Wassertropfen, aus denen eine Welle bestand. Jeder dieser Tropfen brachte seinen eigenen, feinen Ton in dieses Geräusch. Als ob die Natur am Meeresufer auf einem Klavier mit unendlich vielen Tasten spielte und genau jenen Akkord erzeugte, den er vergeblich für Johanna hatte komponieren wollen.

Der Himmel verfinsterte sich. Schwarze Vögel zogen unter den sich türmenden Wolken vorbei. Ihre Schreie waren aus Glas. Die Fenster der Villa verhängten sich, die Läden klappten zu. Die Frauengestalt drehte sich plötzlich um. Da sah er, daß sie keine Augen hatte, kein Gesicht. Ihn blickte ein Totenschädel an, umrahmt von dichten Locken.

Er mußte geschrien haben, denn Mischa rüttelte ihn wach und beugte sich über ihn. »Hast du schlecht geschlafen, mein Lieber? Du mußt schlimm geträumt haben.« Sie sagte es auf polnisch, in dieser zärtlichen Sprache, die sie immer gebrauchte, wen sie ihn zu ihrem Kind machen wollte.

»Du solltest auch einmal ausspannen. Willst du nicht für ein paar Tage aufs Land fahren?« sagte er, nachdem er einigermaßen zu sich gekommen war.

»Mir geht es gut, mein Lieber«, antwortete sie. »Aber wenn du gerne möchtest, daß ich aufs Land fahre, dann kann ich es tun.«

Warum unterwarf sie sich immer so seinen Absichten! Er wollte ärgerlich werden, aber dann sank er in die Kissen zurück. Mischas Verhalten war ihm recht. Er wollte es gar nicht anders, wenn er ehrlich war. Die große Liebe fand eben nur im Kopf statt, in diesem Ballsaal, in dem das Herz sich selbst zu einsamen Tänzen auffordert. Johanna war im Grunde nicht besser. Er hatte sie inzwischen ein paar Mal abgeholt und nach Hause begleitet, er war zu Tee und Wein eingeladen worden und hatte mit ihr über Musik gesprochen. Es war jedesmal schön, und doch nicht das, was er sich, zu Beginn zumindest, erträumt hatte. Das große Gemälde des Glücks. Warum kam nur sein Freund so viel besser mit seiner Ehe zurecht. Ludwig erwähnte seine Frau nie. Dabei liebte er sie über offensichtlich alles. Er nahm im übrigen noch weniger Rücksicht auf sie als Philipp auf Mischa. Aber da er keinerlei Kompromisse machte im Durchsetzen seiner eigenen Interessen, wirkte er überzeugender in der Rolle des Ehemannes. Vielleicht lag deren schrille Harmonie auch darin begründet, daß Frau Freundt ebenfalls eine große Schauspielerin war. Die beiden waren Kollegen. Daher konnten sie es sich leisten, sich außerhalb der Bühne gegenseitig zugleich zu lieben und zu übersehen. Hin und wieder traten sie zusammen auf in einem Stück. Dann wurde deutlich, daß sie eine gute Ehe führten, denn sie spielten so aufmerksam miteinander, daß man als Zuschauer oft das Stück vergaß und meinte, die beiden in ihrer häuslichen Eintracht oder auch Zwietracht zu beobachten.

Der verwirklichte Traum, dachte er. Warum tut man sich so

schwer damit? Als ob der Esel sich scheute, seine Last abzuwerfen. Vielleicht sollte er endlich wirklich nach Italien fahren. Viele seiner Landsleute waren dort gewesen, alle hatten sie hier das gelobte Land der Sinne, der Düfte, der Farben, des Lichtes, das Mekka der Lebenslust vermutet, Maler, Dichter, Musiker. Aber alle hatten am Ende, so sehr sie das Land auch begeisterte, mit einem leisen Unterton der Enttäuschung von ihrer Reise berichtet.

Er war nicht der einzige, der seine Italiensehnsucht unbewußt davor zu bewahren trachtete, sich zu verwirklichen. Da war zum Beispiel dieser verrückte Göttinger Physikprofessor Lichtenberg. Auch der hatte immer nach Italien gewollt und es nie geschafft. Obwohl er doch über Geld und eine angesehene Stellung verfügte. Hätte er nicht bequem in einer Kutsche reisen können? Warum also hatte er immer nur davon geredet, warum waren seine Reisepläne immer wieder gescheitert, so wie es ihm selber ging? Die Erklärung war möglicherweise höchst einfach. Italien lag in ihm selbst. Es war die Landschaft seiner Sehnsucht mit ihren Bergen, Tälern, Flüssen, der Küste, dem Duft und den unwirklich blauen Himmeln. Das wirkliche Italien mochte eine schöne Kopie dieses inneren Italien sein, nicht mehr. Und das innere Italien erreichte man weder zu Fuß, noch mit einer Kutsche. Da war die Montgolfiere einer gefüllten Flasche Wein schon viel geeigneter, um in diesen Himmel aufzusteigen. Jeder Schluck war so gut wie das Abwerfen von Ballast.

Er ging also auch diesen Abend wieder dorthin, in Lutters Keller, dessen modrige Luft kerzenrauch- und weindunstgeschwängert war und ihm dennoch immer wie ein erfrischender Meerwind vorkam. Ludwig Freundt erwartete ihn schon. Wer ihn kannte, merkte, daß er keine gute Laune hatte. Seine Zurückhaltung und sein geradezu höfliches Benehmen waren sichere Indizien dafür.

Eine Weile tranken sie stumm. »Was ist dir über die Leber gelaufen, Ludwig?« eröffnete schließlich Kreisler das Gespräch. »Carlsberg«, stieß der hervor. »Ich muß in dem neuen Stück mit ihm die Bühne teilen. Eine schreckliche Strafe, die Hölle für einen Mimen.«

»Spielt er so schlecht?«

»Nein, das nicht. Er spielt sogar gut, ausgesprochen gut, fast perfekt. Dennoch, die Wirkung ist verheerend. Ich kann es dir nicht erklären. Dazu verstehst du zu wenig von Schauspielerei. Erzähl du lieber deine Neuigkeiten. Daß du welche hast, sieht man dir an der Nasenspitze an!«

»Ich bin auf die Silbe ›Spal‹ gestoßen. In einer Akte. Es geht um Spallanzani, Lazzaro Spallanzani, ein italienischer Naturforscher. Er hat mit Fledermäusen experimentiert, sie blind gemacht und festgestellt, daß sie sich dennoch orientieren können. Er hat auch eine Hündin mittels einer Klistierspritze künstlich befruchtet und anderes mehr. Man kann sagen, daß er ein genauso umstrittener wie genialer Mann war. Er hat einige Jahre hier in Berlin gewirkt. Jetzt ist er angeblich schon eine Weile tot.«

»Was heißt hier angeblich? Was du mir von diesem Sadisten erzählst, läßt mich hoffen, daß inzwischen die Würmer mit ihm experimentieren!!«

»In der Akte stand ein Fragezeichen neben seinem Todesjahr.«

»Ich glaube nicht, daß sich da ein Zusammenhang konstruieren läßt. Wenn schon Italiener, dann ist mir unser Spinola weitaus verdächtiger. Den sollten wir uns wirklich ein wenig näher ansehen. Übrigens habe ich eine neue Spalettür gefunden. Rate mal, wo! Im Proberaum des Balletts! Sie ist sehr gut gemacht. Ein Spiegel, der sich öffnen läßt. Dahinter liegt ein Zimmer, von dem aus man die Tänzer unbemerkt bei ihren Übungen beobachten kann.«

»Du hast recht, das sollten wir uns ansehen. Und die Werkstatt von Spinola auch.«

Gegen Mitternacht verließen die beiden den Keller. Sie waren nicht mehr ganz nüchtern und voller Tatendrang. Sie betraten das Schauspielhaus durch den Bühneneingang.

Die Vorstellung war längst vorbei, und das Gebäude lag in geisterhafter Finsternis da, wiewohl Kreisler mit seinen überreizten Nerven fernen Gesang von der Bühne zu hören meinte. Aber Freundt versicherte, daß niemand da sein könne. Der Pförtner sei wie immer in seinem Kämmerchen eingeschlafen. Da sei er ganz sicher, denn er habe dem Mann heute eine Flasche guten Weines zugesteckt.

Mehr Gefahr ging vom Wachtdienst aus, der sich neuerdings alle Stunde draußen sehen ließ, um die Eingänge zu inspizieren. Eine zusätzliche Sicherheitsmaßnahme, die die Polizei beschlossen hatte.

Sie vermieden es, Licht zu machen. Eine kleine Kerze hinter der hohlen Hand mußte genügen, und sie genügte auch, denn Freundt kannte sich im Labyrinth sämtlicher Gänge und Nebenräume des Theaters aus.

Der Schauspieler schlug zuerst den Weg zum Bühneneingang ein. Kreisler schickte er in den Zuschauerraum. »Setz dich in die fünfte Reihe, da sieht und hört man besonders gut. Deshalb sitzt hier auch immer der Regisseur.«

Kreisler ahnte, was nun kam. Eine kleine Privatvorstellung seines Freundes. Das war wohl nicht zu vermeiden, obwohl ihm lieber gewesen wäre, dieses Zwischenspiel wäre ausgefallen. Aber Freundt war von professioneller Eitelkeit und Spiellaune, sobald sich auch nur die kleinste Gelegenheit zu einem Auftritt ergab. Also tat Kreisler, wie ihm geheißen und wartete. Es war ziemlich dunkel, und ihm war mulmig zumute. Freundt machte sich irgendwo hinter dem Vorhang zu schaffen. Endlich ging er auf, und man sah die leere Bühne, schwach von der Kerze auf den Bodenbrettern beleuchtet.

Es währte nicht lange und von der Bühnenseite näherte sich eine Gestalt. Sie trug einen purpurnen Mantel mit Hermelinkragen. Um ihren Hals hing eine goldene Kette, die offenbar so schwer war, daß sie den Mann niederzubeugen schien. Oder war es irgendein maßloser Kummer? Der schleppende Gang drückte Alter aus, aber auch Ängstlichkeit des Gemüts und die Last eines unbequemen Schicksals.

Jetzt hielt der Greis inne, die rechte Hand fuhr ans Herz, packte die Kette, zerrte an ihr, ließ wieder los, fuhr über den kahlen Schädel. Die Augen flackerten unruhig, der Mund verzog sich zu einem unsicheren Grinsen, dem man zutraute, im nächsten Augenblick in kindisches Greinen umzuschlagen. Doch die Lippen bewegten sich, schienen sich zu spitzen, einen Laut formen zu wollen, der tief in der Brust des Mannes ruhte, einen nie gehörten Laut, so unbekannt wie das Rätselwort, mit dem einst die Schöpfung anhub.

»O«, sprach er. Ein Urlaut des Erschreckens, der Verwunderung, das Omega der Seele. Kreisler hatte solch ein O noch nie gehört in seinem Leben. Es klang fragend, klang stolz und zugleich elend, hohl, war gespenstisch, ein Laut, der, obwohl leise gesprochen, den ganzen zweitausend Zuschauer fassenden Saal zu füllen schien. Und noch einmal drang er aus Freundts Mund und schwebte davon in die Finsternis des Zuschauersaales. Dann folgten zwei Sätze: »Schützt vor Wahnsinn mich, vor Wahnsinn, Götter! Schenkt Fassung mir: Wahnwitzig möcht ich nicht gern werden.« Die Hand fiel vom Schädel herab, spreizte die Finger in einer gleichsam streuenden Bewegung, als habe sie die letzten vernünftigen Gedanken aus dem Hirn gegriffen und verteile sie nun wie Spreu im Wind.

Darauf straffte sich der Alte, trat nach vorne an die Rampe. Kraft schien in seine Glieder zurückgekehrt, denn der Mann wuchs um einiges. Seine Augen leuchteten, um Jahre jünger schien er plötzlich, die Haltung straff, die Stimme fest. Sie sprach: »Nun, sind die Pferde bereit?«

Dann folgte Stille, in die fernes Pferdegetrappel eingewoben schien. Freundt machte einen kleinen Schritt zur Seite, zog sich die Gummiglatze vom Kopf und verneigte sich.

Kreisler hatte sich vom Sitz erhoben und klatschte. »Ein herrlicher Lear«, sagte er. »So habe ich noch nie den Wahnsinn gespielt gesehen. Als eine absonderliche Vernunft gewissermaßen, die tödlich für ihren Besitzer ist. Aber findest du, daß dies der richtige Ort und der richtige Zeitpunkt für deinen Auftritt war. Wir haben wirklich Wichtigeres vor.«

Freundt sprang von der Bühne herab in den Orchestergraben und lief dort hin und her wie ein aufgescheuchtes Tier. Es verblüffte Kreisler immer wieder, wie körperlich beweglich dieser so ungesund lebende Mensch war. Er selbst hätte sich bei diesem Zwei-Meter-Satz vermutlich die Beine gebrochen.

»Du hast nichts begriffen, mein Lieber«, sagte er. »Hast du mir nicht selbst von dem Wahnsinn ohne Delirium erzählt? Und daß unser Täter daran leiden könnte? Aber was du und deine Kommission nicht wissen, ist, daß den nicht erst eure modernen psychischen Ärzte entdeckt haben. Schon Shakespeare kannte ihn, wie er auch sonst mehr von der Seele der Maschine versteht als alle Studiosi und Quacksalber zusammen. Schau dir den Lear an: bereits wahnsinnig und doch noch bei vollstem Verstand. Ein monströses Zwitterwesen zwischen klarstem Bewußtsein und dem Verfallensein an den Dämon des Irrsinns, das verkörpert Lear, und das habe ich dir soeben vorextemporiert, damit du endlich begreifst, mit wem wir es zu tun haben. Mit einem gefährlichen Doppelwesen nämlich, sehr schlau, sehr wach, und dennoch bis in jede Nervenfaser hinein verrückt.«

»Und so, glaubst du, haben wir uns den Mörder vorzustellen?«

»Oder die Mörderin. Wir wissen bis jetzt nicht, ob es ein Mann oder eine Frau ist. Wiewohl vieles für einen Mann spricht. Frauen pflegen sich anders zu zerstückeln, mehr mit spitzer Zunge als mit dem Schlachterbeil. Außerdem sind alle Frauen ein bißchen bei Verstand und ein bißchen verrückt. Weder das eine noch das andere tritt besonders krass bei ihnen hervor. Das macht sie ja so liebenswert. Aber gehen wir jetzt an die Arbeit. Warte, ich hole dich.«

Der Schauspieler verschwand mitsamt der Kerze durch eine seitliche Tür aus dem Orchestergraben. Es war stockfinster geworden, und Kreisler klammerte sich an seinen Sitz. Schwach glaubte er wieder Stimmen zu hören, Musik, Gesang. Aber das konnte nicht sein! Oder hatten sich die Töne all der vielen Aufführungen in den Kulissen, den Vorhängen, den Stuckarbeiten und Verzierungen der Wände und Decken verfangen? Atmete dieses Haus, das soviel Musik und Sprache zu hören bekam, sie des Nachts wieder aus wie ein Schlafender, dessen Seele im Traume die Erlebnisse des Tages in phantastischen Masken wieder emporsteigen läßt?

Er war froh, als er endlich Schritte hörte, und, von der Kerzenflamme gespenstisch von unten beleuchtet, die wüste Maske eines Gesichtes wahrnahm, das zweifellos seinem Freund gehörte. Der schien immer noch zu allerlei Schabernack aufgelegt, denn er hielt die Gesichtszüge dermaßen starr, daß man tatsächlich meinte, sie seien aus Gips. Das verzerrte Antlitz eines Fauns, die Lippen lüstern geöffnet, die Augen funkelnd, so schwebte es durch den Zuschauerraum auf Kreisler zu.

»Komm, wir werden jetzt hinabsteigen in die Unterwelt, in die Hölle der Illusionen, dorthin, wo wir sie einstudieren, wo wir mittels Puder und Schminke unseren dummen Menschengesichtern jene Aura verleihen, daß sie euch Sterblichen auf der Bühne wie die Physiognomien von Königen, Hexen oder Liebhabern erscheinen. Das Schauspiel ist Lüge. Und die Lüge will studiert, will komponiert, will geschminkt sein, denn sie ist die Lieblingshure des Begriffs, so ist es nun einmal. Halte dich dicht hinter mir!«

Freundt war in Fahrt. Während er schnell voranschritt, fuchtelte er mit den Armen, als wollte er unsichtbare Gegner vertreiben. Einmal drehte er sich um und legte die Hand auf Kreislers Schulter. »Hast du Angst, mein Freund?« sagte er mit dröhnender Stimme. »Wenn du Angst hast, dann gratuliere ich dir, dann steht es gut um dich, dann weilst du in diesem Totenreich, in diesem Hades der Schatten und Gaukelspiele noch unter den Lebenden, bist nur ein vorübergehender Gast, während ich bereits zu den Einheimischen gehöre, den verlorenen Schlemihls, die in diesem Labyrinth keinen Ariadnefaden mehr nötig haben, weil sie absichtlich ziellos herumirren. Ist dir übrigens schon aufgefallen, daß dieser unglückliche Greis namens Lear nichts anderes ist als der altgewordene Hamlet? Ja, Hamlet ist in die Jahre gekommen. Er hat Töchter gezeugt. Er hat Macht ausgeübt. Nur sein Wahnsinn ist noch nicht zum Ausbruch gekommen. Das erledigt er nun gleichsam so nebenbei. Sein oder Nichtsein, das ist keine Frage mehr, wenn man verrückt ist. Verrückte halten genau die Mitte zwischen dem Sein und dem Nichtsein. Sie sind halb und sind halb nicht.«

Freundt unterbrach seine Belehrungen, legte den Finger an die Lippen und flüsterte: »Siehst du den Gang dort, diese Reihe von Türen? Das sind die Garderoben. Und diese hier hat Amandine gehört.«

Er öffnete die Tür, trat ein und entzündete mehrere Wandleuchter. Der ganze Raum war mit Spiegeln ausgekleidet, so daß ihn gleißendes Licht vielfach gebrochen füllte. Kreisler sah sich und seinen Freund in zahllosen Spiegelungen rund herum. Tausende Ludwigs, die die Hand hoben und sich am Kopf kratzten, Abertausende von Kreislerschen Kobolden mit kleiner Statur und langnasigem Gesicht, die sich in langen Reihen im Nichts verloren und dabei alle die gleichen Bewegungen machten, besser exerzierend wie eine Kompanie preußischer Infanteristen.

Und da war noch jemand im Raum, unsichtbar, und dennoch da, präsent in kleinen Döschen, Kämmen, Fächern, Tüchern, Scheren, Nagelfeilen: Amandine.

»Alles ist unverändert«, stellte der Schauspieler fest. »Niemand vom Haus war bereit, diese Garderobe zu übernehmen. Jeder gruselt sich davor. Weniger vor dem Mörder, wie ich glaube, als vor dem Geist des Opfers. Nur die Schrift auf dem Spiegel hat man entfernt.«

»Ludwig, ich habe das Gefühl, Amandine ist tatsächlich noch hier, als Negativ, als das, was nach einem Scherenschnitt übrig bleibt.«

»Welch makabrer Vergleich, mein Guter«, sagte Freundt. Er hob einen Zettel hoch, der auf dem Schminktisch unter einem Handspiegel lag. »Sieh mal, ein Einkaufszettel offenbar. Drei Hühnchen. Fünf Pfund Kartoffeln. Zwei Knollen Sellerie. Ein Pfund Möhren. Ein Pfund Lauch. Sie wollte wohl eine Hühnersuppe machen, die Ärmste.«

»Eine, die für zehn Personen reicht. Dabei hat sie doch wohl allein gelebt. Seltsam. Zeig mir den Zettel.«

Er überflog das Papier noch einmal. Dann stutzte er. Aufgeregt hielt er den Zettel gegen die Kerzenflamme. »Schau her, Ludwig«, rief er. »Siehst du den Abdruck hier? Diese feinen Linien, wenn man den Zettel ein wenig schräg hält? Sieht aus als hätte der Zettel jemandem als Schreibunterlage gedient. Die Spur des Gänsekiels hat sich durchgedrückt.« Er steckte das Papierchen ein. »Erstaunlich, wie schlampig die Polizei recherchiert hat. Als *wollten* sie nichts finden.«

»Setz dich auf ihren Platz«, befahl Freundt. »Tun wir so, als seist du Amandine. Versuche, dich in sie hineinzuversetzen. Ich bin der Mörder. Ich komme von hinten.«

Kreisler wollte protestieren. Doch Freundt war bereits dabei, sich in den Täter zu verwandeln. Seine Miene veränderte sich, wurde stupider und freundlicher zugleich. »Der Mörder war gut gelaunt«, erläuterte er. »Mörder sind kurz vor der Tat immer gut gelaunt, denn sie sind in einem Maße mit sich einig, wie es normale Menschen selten erreichen.«

Kreisler versuchte, der ihm zudiktierten Rolle gerecht zu werden, indem er auf Amandines Stuhl Platz nahm und so tat, als würde er sich nach einem Auftritt abschminken. Er tauchte seine Finger in eine Schminkdose und malte sich das Gesicht weiß. Er lächelte. Ein großer, fremder Mund öffnete sich, ein blutiger Riß klaffte auf in der Gipsmaske und gab ein Lächeln frei, das ihm fremd war. Dann begann er, die Schminke mit einem in Alkohol getauchten Lappen zu entfernen.

Die Kerzen, die unmittelbar vor ihm auf dem Schminktisch brannten, blendeten ihn und verhinderten, daß er den Mann hinter sich sehen konnte. Aber er spürte ihn, spürte seinen Atem im Nacken, spürte die wilde Kraft, die von ihm ausging.

Dann hörte er ein Flüstern. Eine Stimme, die er zu kennen meinte, obwohl sie seltsam verzerrt klang. »Amandine, hab keine Angst. Ich möchte mit dir tanzen. Sei ganz ruhig. Es ist ein schöner Tanz. Ein Tanz, der nie aufhören wird.«

»Nein«, wollte er schreien. Doch seinem Maskenmund entschlüpfte kein Laut. Er spürte Arme, die ihn von hinten umschlangen, kräftige Arme, die ihn hochhoben. Da endlich, in einer letzten, fast übermenschlichen Anstrengung fand er seine Sprache wieder. »Hör auf, Ludwig«, stöhnte er. »Bist du des Wahnsinns?«

Freundt ließ los, und Kreisler sank auf den Stuhl zurück. Dann sah er eine Hand neben sich, seine Finger, die in die Schminkdose fuhren und etwas auf den Spiegel schmierten. Große Buchstaben, ungelenk in der Form, jedoch lesbar als S p a l...

»Eigentlich bist du jetzt tot«, sagte die Stimme hinter ihm. »Oder fast tot. Du hast dich noch einmal aufgebäumt und diesen verschmierten Namenszug geschrieben. Was war es, was hast du schreiben wollen?«

»Spallanzani«, sagte Kreisler und war sich seiner Sache plötzlich ganz sicher.

Nachdem sie um viele Ecken und über unzählige Treppenstufen gegangen waren, die Kreisler mehr und mehr die Orientierung raubten, blieben sie einige Zeit später vor einer großen Doppeltür stehen. »Dies hier ist der Eingang zu den Werkstätten«, sagte Freundt. »Das Atelier des Theatermaschinisten. Hier werden jene ungeheuren Illusionen fabriziert, all die Gewitter, die Regenschauer, die fliegenden Engel, die Erdbeben, überhaupt sämtliche Naturkatastrophen, die sich denken lassen. Außerdem Geister, Raubkatzen, Heuschreckenschwärme, alles, was das Herz eines modernen schwachsinnigen Tragödienschreibers begehrt. Ich sage dir, Weltreisende wie Forster hätten sich die ganzen Strapazen sparen können. In Spinolas Werkstatt hätten sie alles gefunden, was den Erdball interessant macht, feuerspeiende Vulkane, Tiefseeungeheuer, tropische Urwälder, Gletscher, Geysire, Aschenregen und Überschwemmungskatastrophen, sogar künstliche Fledermäuse, singende Schwäne, sprechende Frösche und brennende Scheiterhaufen. Das Reich Carlo Spinolas. Normalerweise ist es verschlossen, aber ich habe vorgesorgt.«

Er holte einen großen Schlüssel aus der Jackentasche. »Ein Lob der Bestechlichkeit«, sagte er. »Ohne diese Tugend würden wir heute noch in Bärenfellen in unseren Höhlen sitzen und Maulaffen feilhalten. Der Schlüssel hat mich eine Kiste besten Hochheimers gekostet. Inspizieren wir also die mechanische Zauberkammer des seltsamen Italieners.«

Die Tür öffnete sich, und sie erblickten im Licht ihrer beiden Laternen das Gewirr eines mit Apparaten, Werkzeugen und Materialien vollgestopften Raumes. Am meisten ins Auge fiel eine große Statue in seiner Mitte. Sie stellte einen Mann dar. Seine Haut schimmerte grau, und seine Augen spiegelten das Licht. Der Mund mit den schmalen Lippen wirkte hart, das Gesicht grob, mit mächtigen Kinnladen und hervortretenden Backenknochen.

»Darf ich vorstellen. Der Komtur«, sagte Freundt. »Der Kerl soll ganz passabel sprechen können, zur Zeit aber erkältet sein. Indisponiert, heiser. Die Don Giovanni-Premiere ist deshalb, wie du weißt, verschoben worden.«

Sie hoben die Laternen und musterten die Statue, umkreisten sie. Kälte ging von ihr aus. Kreisler nahm seinen ganzen Mut zusammen und klopfte dem Komtur mit dem Fingerknöchel gegen die Brust. Es klang hohl.

»Angeblich soll er mit dem Kopf nicken, gehen, sprechen, tanzen, sogar singen können. Ein Android. Ein künstlicher Mensch. Aber ich weiß nicht, wie man ihn dazu bringt. Siehst du vielleicht einen Schlüssel in seinem Hintern stecken, an dem man ihn aufziehen kann?«

Sie untersuchten die metallisch glänzende Haut der Statue, entdeckten aber nichts weiter als zwei Löcher in seiner Hüfte. Kreisler hatte inzwischen die großen Glasgefäße entdeckt, die auf einem Tisch direkt hinter dem Androiden standen. Sie waren mit kupfernen Leitungen verbunden. Zwei der Drähte hingen lose auf den Boden herab.

»Wenn mich nicht alles täuscht, sind das Voltasche Säulen. Volta hat meines Wissens die Entdeckung Galvanis, diese elektrisch zuckenden Schenkel gehäuteter Frösche, richtig verstanden und jene Quelle einer neuen Art der Elektrizität geschaffen, die wir hier vor uns haben.«

»Galvani und Volta, waren das nicht Zeitgenossen Spallanzanis? Was wäre die Welt ohne die verrückten Italiener!«

Freundt ging zum Tisch, beleuchtete die gläsernen Gefäße. Man sah metallisch glänzende Platten in einer gelblichen Flüssigkeit. »Kann man das Zeug trinken?« Freundt wollte mit dem Finger hineintippen, aber Kreisler fiel ihm in den Arm. »Bist du verrückt? Das ist Schwefelsäure und selbst für deinen Magen doch wohl etwas zu scharf!«

Kreisler nahm die beiden Drahtenden vom Boden auf und schob sie vorsichtig in die Löcher auf der Rückseite des Komturs. Eine Weile geschah nichts. Dann erscholl ein tiefes Rasseln und Schnarren in der Brust der Statue. Ihre Augen bewegten sich, rollten hin und her, der Arm hob sich, Finger krümmten sich zur Faust. Die Eisenlippen zitterten. Eine Stimme war zu hören, verzerrt, krächzend und doch verständlich: »Verbrecher, Verwegener, laß die Toten ruhen!«

Blaue Blitze krochen wie Schlangen über die Eisenhaut der Gestalt. Wieder öffnete sie den Mund. Irgendwie sah es albern aus, und Freundt mußte tatsächlich lachen.

»Dir vergeht das Lachen noch vor Morgengrauen«, stieß die Figur hervor. Mühsam, wie unter Aufbietung größter Kräfte hob sie ein Bein, senkte es wieder. Polternd machte sie einen Schritt. Dabei nickte sie mit dem Kopf, während die Augen rollten und der Mund sich öffnete und schloß wie bei einem gigantischen Krebs.

Noch ein Schritt, genau auf Freundt zu, der sich nun doch zu fürchten schien, denn er hob den Arm vors Gesicht und wich zurück. »Hör auf, den Kerl mit Lebenssaft zu versorgen«, rief er. »Zieh die Kabel raus!«

Kreisler dachte nicht daran. »Das sind elektrische Nabelschnüre. Sieh doch, welch geniale Konstruktion! Spinola ist wirklich ein Genie!«

Die Figur drehte sich um, machte noch einen dröhnenden Schritt. Sie glaubten, ein Stöhnen zu hören, das sehr menschlich klang und aus ihrem Inneren kam. Dann schwankte sie und fiel mit lautem Krachen um. Sie starrten sie erschrocken an. Erst nach einer Weile bemerkten sie die dunkle Flüssigkeit, die der Statue aus Mund und Augen und den Ritzen in ihren Gelenken quoll. Sie roch fade und süßlich. Kreisler kniete nieder und tippte ein Taschentuch hinein. »Das ist Öl«, sagte er.

»Oder Blut! Wir sollten lieber verschwinden.«

Kreisler war dies nur allzu recht. Sie verschlossen die Tür zur Werkstatt und tasteten sich zurück durch das Labyrinth der Gänge. Der Morgen graute bereits, als sie auf der Straße standen. »Kommst du noch auf einen Schluck Punsch zu mir hinauf?« fragte Kreisler, dem die Zähne klapperten.

»Ich hoffe, es gibt mehr als einen, mein Freund. Auch ich fühle den eisigen Hauch des Todes im Genick.«

22. DER EINKAUFSZETTEL

Sie saßen im Erker und tranken Punsch, den Mischa ihnen bereitet hatte. Wie immer schmeckte er vorzüglich. Mischa schien ihre ganze Liebe zu ihrem Ehemann in die Zubereitung dieses Lebenselixieres zu legen.

Kreisler rief seinen Kater herbei und hielt ihm das rotbefleckte Taschentuch vor die Nase. Das Tier schnupperte an dem Fleck. Sein Buckel wölbte sich, die Ohren legten sich nach hinten. Dann stieß der Kater ein verächtliches Schnauben aus und verkroch sich mit gesträubtem Fell unters Bett. Murr ist ein unbestechlicher Kriminalist, wie du siehst. Er ekelt sich vor Menschenblut. Ich habe das herausbekommen, als ich mich einmal in den Finger gestochen hatte ... Ludwig, die Sache ist mir nicht geheuer.«

»Froschschenkel, sagtest du, hat dieser Galvani elektrisch zum Zucken gebracht? Vielleicht geht es ja auch mit Menschenschenkeln. Was meinst du?«

Kreisler fand den Gedanken so abstoßend, daß er es vorzog zu trinken und zu schweigen. Er wollte das alles am liebsten vergessen, auch wenn er wußte, daß das längst nicht mehr ging. Er war schon viel zu tief in den Fall verstrickt.

Bei Freundt dagegen schienen die Erlebnisse des Abends das Interesse an dem Rätsel der Morde von neuem geweckt zu haben. Er sprach mit Feuereifer: »Wir müssen noch einmal ins Haus. Es gibt noch so viele Räume, die ich nicht kenne. Wir nehmen uns den Fundus vor und das Kulissenlager. Außerdem sollten wir unbedingt jene Tapetentür untersuchen, von der ich dir erzählt habe. Der Raum hinter dem Spiegel.«

»Und was hoffst du da zu finden?«

»Das weiß ich genausowenig wie du. Aber ich bin mir sicher, daß der Schlüssel für all die grausigen Ereignisse im Theater liegt. Wußtest du übrigens, daß die Ballerinen zuweilen mit Puppen arbeiten? Es gehört zu ihren Übungen, mit lebensgroßen, hölzernen Kavalieren zu tanzen. Das soll angeblich die Exaktheit und Harmonie der eigenen Bewegungen fördern. Die Puppen haben bewegliche Arme und Beine, wie große, schwere Pendel. Wenn man sie falsch führt, setzt es Tritte und Püffe.«

»Das paßt aber gar nicht zu Legrands Auffassung vom Tanz. Der Tanz als Flamme, nicht als seelenlose Virtuosität. Ich habe mich mit Legrand damals übrigens auch über Kleist unterhalten. Wußtest du, daß Kleist der Ansicht war, ein künstlicher Mensch, eine Marionette, könne besser tanzen, als einer aus Fleisch und Blut und Knochen? Es hänge mit dem Schwerpunkt zusammen. Er sollte innerhalb des Körpers liegen. Kleist behauptet, daß die Linie, die der Schwerpunkt bei einem Tanz beschreibt, sehr einfach sein müsse. Sie sei der Weg der Seele des Tänzers.«

»Interessant. Möglicherweise hat der arme Kleist von sich selbst die Meinung gehabt, seinen Schwerpunkt nicht mehr finden zu können, sonst hätte er sich doch nicht die Kugel gegeben. Oder er ging davon aus, daß der Schwerpunkt sich bereits außerhalb seines Körpers befände. Er wollte ihn vielleicht mit Blei in sich zurückschießen. Ein Versuch, durch eine Art Gegengewicht den Schwerpunkt wieder in seine Person zurückzuverlagern, unter dem Opfer dessen allerdings, was man gemeinhin fälschlich Leben nennt.«

Beide Freunde streckten sich behaglich in ihren Stühlen und

betrachteten das sinkende Sonnenlicht eines schönen Tages, das mehr und mehr die Dächer und Fassaden in ein unwirkliches Bühnenlicht zu tauchen schien. Die Welt war doch erstaunlich schön, wenn man sich dazu bereit fand, sie für eine perfekt gemalte Kulisse zu halten. Ihnen war nach Unterhaltung zumute, nach dem Austausch rätselhafter Thesen, geheimnisvoller Begebenheiten. Dabei gingen sie, wie so oft, assoziativ vor, ließen sich von ihren Gedanken und Gedankensprüngen treiben, anstatt sie am grauen Faden der Logik hinter sich her zu zerren. War diese Form der Konversation nicht so etwas wie ein mildes Feuer, an dem sich erfrorene Seelen wärmen konnten?

»Ich träume in letzter Zeit die erstaunlichsten Dinge«, sagte Kreisler. »Dabei kommt es mir so vor, als seien diese Träume bizarre Schatten, die die Wirklichkeit wirft, wenn man sie nur richtig beleuchtet. Hast du schon bemerkt, daß ein Schatten seinem Gegenstand um so ähnlicher ist, je punktförmiger die Lichtquelle ist? Eine Kerzenflamme und die so unendlich weit entfernte Sonne ergeben die besten Schatten. Aber nehme zwei Kerzen, und schon teilt sich der Schatten und wird dadurch interessant. Deshalb versuche ich, die Verhältnisse mit zwei Flammen zu beleuchten, dem Verstand und dem Gefühl. Dadurch ergibt sich ein doppelter Schatten, der sich in einem gewissen Bereich überlappt. Dort ist er am dunkelsten, dort liegt sein Geheimnis. Wenn ich träume, dann befinde ich mich genau in diesem Schattenzentrum.«

»Du willst doch mit diesen dunklen Andeutungen etwas sagen, mein Lieber.«

»Gewiß. Ich meine, daß wir den Fall Amandine nur lösen, wenn wir ihn von zwei Seiten beleuchten und wenn es uns gelingt, in das Zentrum seines Schattens zu gelangen. Deshalb ist es gut, daß wir zu zweit sind. Vielleicht kommen wir weiter, wenn wir uns von unseren Instinkten, unseren Gefühlen treiben lassen und hin und wieder einen Funken Vernunft in uns schlagen, um in seinem Licht die Schatten um uns zu betrachten.«

»Weißt du, was merkwürdig ist? Ich träume nie nach einer Vorstellung, um so mehr aber vorher. Wie ist das zu verstehen. Heißt das, daß ich, wenn ich spiele, meinen Träumen die Rolle nehme?«

Kreisler antwortete nicht. Er war in Gedanken versunken, aus denen er nach einer Weile erst zu erwachen schien.

»Der einzige, der so fein arbeitet wie die Natur«, sagte er und prostete Freundt mit einem Glas Punsch zu, »der einzige, der die Perspektive so glaubwürdig einsetzt, daß man meint, in einen Raum oder eine Landschaft hineingehen zu können, ist Schinkel. Ich habe zuweilen das Gefühl, dieser Mann malt sich seine künstlichen Wege aus der Welt hinaus. Ein Träumer mit phantastischem Sinn für die Wirklichkeit.«

»Was hat dies mit unserem Fall zu tun?«

»Ich weiß nicht, manchmal meine ich, der Mensch, mit dem wir es zu tun haben, versucht mit Hilfe seiner grausamen Taten zu träumen.«

»So wie du mit deinen Geschichten.«

»So ungefähr. Auch ich fühle mich übrigens im Besitz großer krimineller Energien, die ich jedoch geflissentlich im Tintenfaß ertränke.« Er blickte Freundt an. »Was meinst du, sollten wir uns nicht einmal diesen Zettel näher ansehen?«

Draußen war es längst hell geworden, als Kreisler jetzt den Einkaufszettel aus seiner Jacke zog, den sie in Amandines Garderobe gefunden hatten. Gerade wollte er ihn mit einer Lupe untersuchen, als Mischa klopfte und hereintrat. Hinter ihr hörte man eine wohlklingende Stimme, die Mischa mit anzüglichen Komplimenten über ihre Figur überhäufte. Dann stürzte niemand anderes als Dappertutto herein, gekleidet in die grobe Kutte eines Mönches.

»Meine Herren«, sagte er, »Sie sehen einen Büßer vor sich, der es ernst meint. Es ist vorbei mit dem Sündigen. Ich habe gebeichtet. Ja, ich habe die Generalbeichte abgelegt. Nun ist mir wohler. Ich fühle mich sogar so leicht und aufgebläht vor innerer Himmelsfreude wie ein Ballon, der sich über die irdischen Gefilde erhebt und von dessen Korb aus ich euch armen Sündern in Zukunft Blumen, Lieder, Gedichte und Gebete zuwerfen werde. Wie die Kinder werdet ihr danach greifen, und ihr werdet erkennen, daß auch ihr verstrickt seid in euer sündiges Fleisch, eure geilen Gedanken.«

Dappertutto ließ sich seufzend in einen Sessel fallen und holte einen Rosenkranz hervor. Während er tonlos Gebete zu murmeln begann, erhob sich Kreisler und holte ein drittes Glas.

Er schenkte es voll mit Punsch und hielt es dem Gast unter die Nase. »Trinken wir auf Ihre Rückkehr in den Schoß der Kirche«, sagte er.

Brentano ergriff das Punschglas und leerte es in einem Zug. »Ein duftender Schoß, fürwahr. Ein Frauenschoß, der nach Myrrhe und Menstruation riecht. Man fühlt sich dort wie neugeboren. Ich sage Ihnen beiden, Sie sollten auch mit jenem Schoß Bekanntschaft schließen. Sie können ihn nicht verfehlen, wenn Sie den Schenkeln immer nachgehen wie einem Geländer. Da, wo sie zusammentreffen, geht es hinein in die Sakristei der Lust. Noch einen Schluck, wenn ich bitten darf.«

Er streckte die Hand mit dem Glas aus und nahm einen großen Schluck, nachdem Kreisler es gefüllt hatte. Brentano senkte die Stimme und flüsterte: »Ich habe ein Theaterstück geschrieben, von dem ich denke, daß es Dinge ans Licht bringt, die unsere hiesigen politischen Verhältnisse aufs schärfste charakterisieren. Ich denke, Sie beide kennen jenen Teufel, dessen Machenschaften uns alle aufs äußerste bedrohen. Es entbehrt nicht einer gewissen Ironie, daß selbiger Herr auf den nahrhaften Namen Schmalz hört. Ja, ich rede vom Geheimen Rat Schmalz. In meinem Stück habe ich mir erlaubt, ihn Schnaps zu nennen. Man sollte diesen Kerl hinausprügeln aus der Stadt, aus dem Land, aus dem Erdball. Er behauptet überall Verschwörungen gegen die Staatsautorität und ist doch selber der größte Verschwörer. Ein glitschiger, rutschiger, schmieriger Teufel. Die Welt ist voll davon. Die Schmalze sind es, auf denen das Jahrhundert voranrutscht in den sicheren Abgrund. Nicht Napoleon, nicht Friedrich, oder gar wir armen Teufel von Künstlern und Philosophen.«

Brentanos kohlschwarze Augen sahen wie kleine Fenster aus, die auf eine wahrhaft tiefe Finsternis gingen. Ehe er dazu kam, seine Predigt fortzusetzen, sahen sie draußen über den Dächern ein Schauspiel, das ihnen beinahe den Atem nahm. Ein Ballon trieb über die Dächer. Wie eine große Zwiebel sah er aus. Mit der Wurzel war er aus der Erde herausgerissen und spottete nun der Schwerkraft. An Fäden hing eine Gondel, in der drei Menschen zu erkennen waren, die mit großen Tüchern winkten.

Kreisler holte seinen Dollond und richtete ihn auf das wunderliche Phänomen. »Das ist der Tuchfabrikant Claudius, der wieder einmal einen seiner verzweifelten Versuche unternimmt, der Erdschwere zu entkommen. Sicher landet die Angelegenheit demnächst auf irgendeinem Misthaufen. Neben ihm zwei Damen. Eine der beiden trägt eine grüne Brille.«

»Darf ich«, Brentano riß Kreisler förmlich das Fernrohr aus der Hand. Während der Wind die Himmelserscheinung langsam über die Dächer hinweg in Richtung Tiergarten trieb, sagte Dappertutto: »Rahel Varnhagen und meine Schwester Bettina. Kein Zweifel. Diese beiden Hexen haben sich den richtigen Besenstiel ausgesucht.« Er bekreuzigte sich und fuhr fort. »Wohin soll das noch führen, wenn sich die Damenwelt so hoch über uns erhebt? Wir werden als Frösche enden, die im Sumpf ihrer armseligen Träume vor sich hin quaken, während die Damen bereits über die Wolken dahinspazieren und mit ihren spitzen, langen Zungen die Fliegen von oben angeln.«

Brentano erhob sich, füllte die Kelle aus dem Punschtopf, trank daraus und verbeugte sich.

»Ich möchte Sie nun nicht länger belästigen und wünsche einen schönen Tag voller hübscher, liederlicher Banalitäten. Zwicken Sie Ihre Frauen und rauchen Sie Ihren Gedankenknaster in der seligen Gewißheit, daß Ihre Zeit bald vorbei ist. Verflossen, verflossen die Tage der Kindheit, die Schwermut ein süßer Wein, der zu Kopfe steigt, der Tod eine schwarze Rose, deren Dornen Kratzer auf die nackten Beine der Unschuld zeichnen. Ach, das Leben ist eine Gratwanderung auf dem First eines unsichtbaren Daches. Links der Abgrund des leiblichen Todes, rechts der des geistigen. Krankheit und Langeweile, die beiden Gefahren, in die der Absturz droht. Man schafft die Gratwanderung nur als Somnambuler, als Schlafwandler, oder als Betrunkener, der keine Schwindelgefühle kennt. Deshalb vielen Dank für den Punsch, meine Herren.«

Damit war er auf und davon. Freundt seufzte. »Welch ein Talent. Welch ein göttlicher Trottel. Schade um ihn. Aber er hat recht. Wir sollten uns einen schönen Tag machen, und eine schöne Nacht dazu. Wir werden eine Kutsche kommen lassen und hinausfahren vor die Stadt. Ein wenig Müßiggang wird uns vielleicht weiterbringen.«

»Laß uns vorher noch den Zettel inspizieren. Sonst habe ich für den Rest des Tages keine Ruhe.« Kreisler musterte das Papier durch die Lupe, hielt es schräg ins Licht. Dann ging er zum kalten Ofen und holte aus dem Aschekasten ein Stückchen Holzkohle. Er rieb mit dem Federmesser ein wenig schwarzen Staub auf den Zettel und blies darüber hin. Linien wurden sichtbar, zweifellos gehörten sie zu Buchstaben. Kreisler malte sie ab, während Freundt ihm über die Schulter sah.

»*Rust*«, buchstabierte der Schauspieler. »Rust. Interessant, ist das nicht jener Knabe, der die arme Amandine seziert hat?«

»Genau der.«

»Aber die Ärmste, sie wird sich doch nicht mit ihrem Tranchiermeister verabredet haben! Aber kein Wort mehr darüber. Wir werden uns die Sonne aufs Hirn scheinen lassen und das Spekulieren auf später verschieben.«

Und so geschah es. Gegen Mittag lagerten die beiden Freunde auf einer Wiese am Wannsee und leisteten sich den zweifelhaften Luxus, an überhaupt nichts zu denken. Ganz in ihrer Nähe lagen welke Blumen auf der Erde. »Könnte es sein, daß das die Stelle ist, wo Kleist seine Geliebte und sich erschoß?« fragte Kreisler.

»Bist du still«, meinte Freundt. »Bitte heute keine Toten mehr.«

»In dem Gasthaus da drüben bin ich demnächst mit einer Dame verabredet. In Liebesangelegenheiten. Sag, lieber Freund, muß ich ein schlechtes Gewissen haben?«

»Das mußt du in der Tat. Polygamie ist nichts anderes als erotische Phantasielosigkeit. Du wechselst die Frauen, weil dir bei jeder nur immer das gleiche einfällt. Man kann es auch so sagen: Du willst viele Personen sein und spielst dabei immer die gleiche Rolle. Ich hingegen, ich spiele viele Rollen und bin doch immer die eine Person.«

Freundt rollte sich auf die Seite und schlief sofort ein, wie Kreisler an seinem imposanten, weithin übers Wasser schallenden Schnarchen erkannte.

23. KELLERTHEATER

Eine Woche später fuhr Kreisler nach Potsdam hinaus und mietete sich in einem Landgasthaus am Wannsee ein. Am Abend erschien Helmina von Chézy. Sie verbrachten die

Nacht in dem Zimmer, in dem sechs Jahre zuvor, wie sie vom Wirt erfuhren, der lebensmüde Heinrich von Kleist ruhelos auf und ab gegangen war, ehe er seine Freundin Henriette Vogel und sich erschoß. Zufällig war kein anderes Zimmer frei gewesen. Der Wirt überließ es ihnen billiger.

Kreisler fühlte sich am anderen Morgen alles andere als lebensmüde. Das Leben hatte wieder einmal auf drastische Weise von ihm Besitz ergriffen. Er war jetzt einundvierzig und trank zum Frühstück Kaffee und ein Gläschen Wein. ›Hoffmannstropfen‹, wie er es nannte.

Helmina war reizend. Das Chiffonkleid umgab ihren Körper wie ein zarter Nebel. Sie erzählte von ihrem Ehemann, von dem sie getrennt lebte. »Er gehört zu den Männern, die erschreckend normal sind. Er funktioniert. Seine Verdauung genauso wie sein Geschlechtsleben und seine Konversation. Es gibt nichts Langweiligeres als einen solchen Menschen. Er ist wie eine Maschine konstruiert.«

»Ich entnehme deinen Formulierungen das indirekte Kompliment, daß bei mir nichts so richtig tickt.«

Sie lächelte: »So simpel sind männliche Analogieschlüsse. Nein, bei dir liegt der Fall anders. Du bist ein Mann, der nicht automatenhaft funktioniert. Alles hängt von Stimmungen ab bei dir, von Bedürfnissen, Launen, von Situationen. Es gibt Spiegel, die so klar sind, daß man sich nur selbst in ihnen sieht. So ist mein Mann. Es gibt Spiegel, die blind sind, so daß man gar nichts in ihnen sieht. Auch solche Männer kenne ich. Du bist ein von den Umständen behauchter Spiegel, mein Lieber. Erst sieht man nichts, dann wird plötzlich alles wunderbar klar.« Sie gingen am Ufer des Wannsees spazieren. Die Blumen an der Stelle, wo zwei Leben geendet hatten, waren verwelkt. Sie legten zwei neue Sträuße dorthin. Was wollte er noch? Er war dabei, mit seinen Erzählungen Erfolg zu haben. Seine Oper wurde demnächst zum sechzehnten Male aufgeführt. Man verehrte ihn in gewissen Kreisen und beargwöhnte ihn in anderen. Helmina war eine genauso leidenschaftliche wie rücksichtsvolle Geliebte. Sie stellte über den Moment hinaus keine Ansprüche. Als sie getrennt zurückfuhren, ertappte sich Kreisler dabei, wie ein Idiot zu grinsen.

Am nächsten Abend saßen sie wieder bei ›Lutter und Wegener‹. Kreisler erzählte Freundt von seinem Verhältnis mit Madame Chézy.

»Du bewegst dich auf glühendem Glatteis, mein Lieber, wenn ich so sagen darf. Du wirst ausrutschen und dich dabei verbrennen. Aber nur zu. Vielleicht brauchst du das, um schreiben zu können«, sagte der Schauspieler. Dann kam er auf Amandine zu sprechen, und im selben Augenblick schlug ihre Stimmung um. Ihre Heiterkeit war mit einem Mal verflogen. Sie schwiegen und nippten dann und wann an ihren Gläsern. Es ging nicht voran. Sie fühlten sich wie Stümper, wie Nichtnutze.

»Was haben wir schon in der Hand«, sagte Freundt schließlich, nachdem die Stille unerträglich geworden war. »Das Gerippe von einer Fledermaus und einen Einkaufszettel mit dem Namen Rust. Damit läßt sich doch kein Mordfall lösen! Übrigens, bei uns im Haus ist der Teufel los. Man hat uns alle wegen dem umgestürzten Komtur verhört. Spinola ist außer sich. Er droht damit, den Saboteur seiner Arbeit umzubringen. Zur Zeit hat er sich mit seinem Monstrum eingeschlossen und versucht, es zu reparieren. Der ›Don Giovanni‹ ist natürlich wieder verschoben worden. Dafür haben sie die Premiere des ›Lear‹ vorgezogen. Wir waren mit den Proben noch gar nicht so weit. Es war entsetzlich. Lauter Pannen.«

»Ich weiß. Ich war da. Weißt du, wie du den Lear gespielt hast?«

Freundt blickte Kreisler erschrocken an: »Du willst sagen, ich war nicht gut? O Philipp, dein Urteil vernichtet mich. Ich war nicht gut in deinen Augen, die so genau zu blicken verstehen. Ich habe den Lear deiner Ansicht nach gewiß nicht wie Lear, sondern wie Freundt gespielt!«

»Ganz im Gegenteil, und weitaus schlimmer, mein Lieber. Es war nicht, als ob Freundt sich selbst spielte, nein, darüber bist du längst erhaben. Gewiß, du wolltest Lear sein, von Freundt gespielt. Aber es war leider umgekehrt. Du warst Lear, der den Freundt gab.«

Der Schauspieler fuhr hoch und packte seinen Freund am Kragen: »Und wie geht das? Kannst du mir vielleicht ein Beispiel geben, wie es ist, wenn Lear den Freundt spielt?«

»Nun, du warst ein alter Mann, dem Wahnsinn nahe, du warst wirklich Lear, das fühlte jeder im Saal. Du liebtest deine Töchter, ohne zu wissen, was Liebe ist, vor allem liebtest du die jüngste von ihnen, Cordelia. Du liebtest sie sogar so sehr, daß es die Grenzen des sittlich und moralisch Erlaubten überschritt. Du begehrtest sie. Du schliefst in Gedanken mit ihr. Und deshalb warst du fast dem Tode nahe vor Schuldgefühlen, aber dann flackerten deine Augen, du warfst den Kopf zurück und strichst dir über die ergrauten Locken, und ein Feuer kam in deine Stimme, und ich sage dir, es war Freundts Feuer, diese ewige, kräftige Flamme, die aus dir lodert, selbst wenn du trübsinnig bist. Ich wartete wie die anderen darauf, daß du jetzt sagen würdest: Ich möchte Wein, eine ganze Flasche, um auf das Unwohl der ganzen Welt zu trinken, auf alle mißratenen Figuren, auf Napoleon, auf den König, auf Brühl, auf Kotzebue, Goethe und Schmalz und wie sie alle heißen, die sich für Könige halten und nichts weiter als aufgeblasene Bettler sind. Statt dessen sagtest du leider nur jenen erbärmlichen Satz, den der Autor an dieser Stelle des Stücks dem Lear in den Mund legt: ›Ich möchte eigentlich lieber nicht wahnsinnig sein.‹«

»Sagte ich das? Nun gut, das müssen wohl tatsächlich die Worte Lears gewesen sein, die Shakespeare ihm unglücklicherweise an dieser Stelle des Stücks in den Mund gelegt hat.

Aber wer weiß denn, ob Lear nicht vielmehr tatsächlich sagen wollte: Gebt mir angesichts dieser ganzen traurigen und trostlosen Angelegenheit etwas zu trinken, damit ich vergessen kann. Euch vergessen, meine beiden älteren Töchter, die ihr zu dämlich seid, um zu wissen, was sich schickt, und euch, ihr Staatsgeschäfte, die grau und verzwickt sind, und euch, verehrtes Publikum, das nichts im Kopf hat außer einer breiartigen Masse, die sich im Laufe eures erbärmlichen Lebens rund um das Wörtchen Lust gebildet hat, und vor allem dich, meine geliebte kleine Cordelia. Komm, trinken wir, etwas anderes lohnt sich nicht.«

»Ja, Ludwig, genau so solltest du den Lear spielen. Jetzt hast du's erfaßt. Jetzt spielt Lear nicht Freundt und Freundt nicht Lear. Jetzt spielt Lear den Lear, und das ist es, was großes Theater ausmacht. Die Figuren sind nichts als sie selbst.«

Freundt war aufgesprungen und umarmte Kreisler und preßte ihn dabei wie eine Zitrone. »Du Guter, was wäre ich ohne dich, ohne dein Urteil. Komm, laß uns trinken.«

Doch ihre Gläser waren inzwischen leer. Und obwohl das Lokal nur halbvoll war, machte die Kellnerin mit ihrem vollen Tablett ganz offensichtlich einen großen Bogen um die Nische, in der sie saßen. Sie reagierte auch nicht auf Zuruf.

Kreisler hielt es schließlich nicht mehr aus. Er kletterte auf seinen Stuhl und brüllte: »Sich auf einen Stuhl setzen, erzeugt bei mir immer eine Art Begräbnisstimmung. Man wird seßhaft. Man überschätzt sozusagen den eigenen Hintern als Grundlage eines Daseins, dessen Stärke kaum die Beweglichkeit ist.«

Auch Freundt kletterte auf seinen Stuhl und von dort auf den Tisch. Mit nicht minder kräftiger Stimme rief er:

»Du drückst dich kompliziert aus, mein Freund. So kompliziert, daß ich vermute, dir ist sowohl nach sitzen als auch nach stehen zumute. Ein schwieriger Zustand, einer, der grausame Verrenkungen bewirkt.«

Freundt begann, eine entsprechende Pantomime aufzuführen. Ein innerer Ringkampf zwischen sitzender und stehender Natur eines Menschen. Ein sich verkrümmender Wurm, gestalthaft zwischen Fragezeichen und Ausrufungszeichen schwankend. Die Pantomime war brilliant. Rund herum wurde applaudiert.

»Hier seht Ihr es, liebes Publikum, leibhaftig demonstriert. Wäre der Mensch nur anatomisch anders konstruiert«, rief Kreisler, »würde sich sein Hintern irgendwie von der Ferse bis zum Nacken erstrecken, die Sache wäre bedeutend einfacher. Aber so, mit diesen getrennten Hintern und Füßen ausgestattet, sollten wir lieber flugs verschwinden aus dieser verhängnisvollen Stadt. Aber das scheitert wahrscheinlich allein daran, daß sie sich schneller ausdehnt, als wir uns von ihr wegzubewegen vermögen. Wir sitzen in der Falle. Deshalb setz dich wieder, Ludwig. Laß uns die Leere dieser beiden Gläser vertreiben, indem wir sie in Gedanken mit Rebensaft vergolden. Als ich heute abend diese Stufen hinunterstieg, war ich mir vollkommen sicher, etwas Richtiges zu tun. Ich wollte einen echten Niedergang. Eine negative Karriere sozusagen. Hinab in den Keller, um mich zu betrinken, ein angenehmer Vorgeschmack der Hölle auf der Zunge, eine tiefsinnige Angelegenheit gewissermaßen, hier unten zu feiern, drei Meter unterhalb der Kruste dieser Erde, auf der es nicht geheuer ist. Da grünen zum Beispiel die Bäume! Stell dir das vor! Jedes Jahr dieselbe Frechheit!! Sie denken nicht, sie lieben nicht, sie leiden nicht, sie grünen einfach nur. Warum blauen sie nicht mal zur Abwechslung! Ist das nicht schrecklich? Schenk also ein, trösten wir uns mit Wein. Wenn schon untergehen, dann muß man eben auch vollaufen wie ein abgesoffenes Schiff.«

Freundt fuhr mit der Hand über den leeren Tisch. »Ich würde uns ja gerne einschenken, wenn nur eine frische Karaffe mit Wein da wäre. Da sie jedoch fehlt, stellt der Vorgang des Einschenkens außerordentlich große Anforderungen an die Einbildungskraft. Probieren wir es dennoch.«

Er machte die Bewegung des Einschenkens und Trinkens. »Ahhh... welch herrlicher Tropfen! Das ist bester Bordeaux, diese braunrote Farbe, dieser bitterfaule Geschmack, trink, mein Freund, stoß mit mir an, verwandle dies Blut Christi in dein Wasser.« Beide prosteten sich mit ihren unsichtbaren Gläsern zu, stießen an, tranken.

»Ludwig, ich kann mir nicht helfen«, sagte Kreisler. »Irgendwie ist der Wein heute einfach zu trocken. Wirt, bringe er uns einen anderen Tropfen, einen lieblichen bitteschön, einen goldgelben Haute Sauternes!«

Lutter näherte sich und rang die Hände. »Wissen Sie, wie hoch Sie beide, meine Herren, bei mir inzwischen in der Kreide stehen? Die Kellnerin hat Anweisung...«

Freundt sprang den Wirt an wie ein Eichhörnchen den Baum. »In der Kreide, Lotter?« Er pflegte den Namen des Wirtes gerne zu verhunzen. »Das ist ja noch trockener, Lotter. Wenn Cordelia nicht sofort zwei Flaschen lieblichen Sauternes bringt, dann werde ich nicht in der Kreide sein, sondern auf der Heide. Einer Heide in Britannien, wenn du weißt, wo das ist, du ungebildeter Patron. Und dann werde ich morgen abend bei meiner nächsten Aufführung, es ist zufällig der Lear, vierte Szene, dritter Akt, folgendes sagen:

In solcher Nacht mich auszusperrn! Gieß fort, ich will's erdulden.
In solcher Nacht, wie die! O Regan, Goneril!
Euren alten, guten Vater, des freies Herz
Euch alles gab, – oh, auf dem Weg liegt Wahnsinn! –
Nein, dahin darf ich nicht hinab, in diesen Keller nicht!

Und der gute Kent sagt darauf, los Philipp, sprich mir nach:

Mein guter König, geht hinein!«
»Mein guter König, geht hinein!« sagte Kreisler.

»Und ich fahre folgendermaßen fort:

Bitt dich, geh du hinein, sorg für dich selbst!
Der Sturm erlaubt nicht, Dingen nachzusinnen, die
Mehr mich schmerzen. Doch ich geh niemals dort hinab,
In diesen Keller nicht, wo der Wirt so trocken ist
Wie meine Kehle und sein Wein so sauer wie mein Los.«

Freundt blickte zufrieden um sich. An einigen Tischen wurde Beifall geklatscht. »Glauben Sie mir, Lotter, jeder im Zuschauerraum wird wissen, welcher Keller gemeint ist und welcher Wirt! Und nun bringen Sie endlich den Tropfen, Sie Tropf!«

Freundt setzte sich und blickte wild um sich. Lutter verneigte sich, und kurze Zeit später standen zwei Flaschen Sauternes und frische Gläser auf dem Tisch.

Diesmal tranken sie wirklich. Ihre Laune stieg mit jedem Schluck. »Ist dir schon aufgegangen, bester Ludwig, warum es so viele Menschen hier in der Stadt gibt? Und warum es immer mehr werden? Weil sie alle wegwollen. Leute, die wegwollen, rotten sich zusammen. Du siehst es am Vieh, wenn es sich am Gatter sammelt.«

Freundt grunzte sein Einverständnis mit dieser kühnen These.

»Der Mörder Amandines«, fuhr Kreisler fort, »er gehört vielleicht auch zu den Leuten, die sich hier eingenistet haben, weil sie ständig wegwollen. Vielleicht ist das das eigentliche Tatmotiv: entfliehen, wenn es sein muß, sogar mit Hilfe eines Galgens.«

Wieder grunzte Freundt. Dann flüsterte er: »Würdest du vielleicht ein bißchen leiser sein. Ich glaube, das sollte nicht jeder mitbekommen.«

Er deutete zur Garderobe. Kreisler drehte den Kopf und sah, wie sich dort ein Mantel bewegte. Saß dort jemand? In der trüben Beleuchtung war es nicht genau zu erkennen.

»Wir müssen noch einmal ins Theater. Wir müssen uns einschließen lassen«, flüsterte Freundt. Wie jeder gute Mime verstand er es, so durchdringend zu flüstern, daß man es bis in den hintersten Winkel verstand.

»Ich bekomme den Hauptschlüssel leider nicht mehr. Es scheint, Spinola ahnt inzwischen, wer den Komtur beschädigt hat. Komm deshalb morgen in die Vorstellung. Du wirst im übrigen den besten Lear deines Lebens sehen. Ich habe jetzt nämlich dank deiner Äußerung vorhin endlich begriffen: Die beiden haben was miteinander. Lear hat mit Cordelia geschlafen. Das erklärt alles. Als sie in der ersten Szene sagt, ›nie werd ich frei'n wie meine Schwestern, den Vater nur allein zu lieben‹, genau da dreht der Alte durch. Weißt du, warum? Er dreht durch vor Eifersucht. Und so etwas kann nur ein Liebhaber. Und er enterbt sie, weil er nur so seine verdammten Schuldgefühle bannen kann. Endlich, endlich hab ich es kapiert. Ich werde es morgen allen beweisen, wie man den Lear zu spielen hat. Nicht als alten irrsinnigen Trottel, sondern als verzweifelten, feurigen Liebhaber seiner eigenen Tochter. Ja, morgen wirst du den besten Lear deines Lebens sehen. Und hinterher kommst du in meine Garderobe. Nimm eine Flasche Sekt mit, dann schöpft niemand Verdacht.«

24. AUF DEM SCHNÜRBODEN

Die Aufführung des Lear an diesem Abend wurde zu einer Sensation. Freundt machte seine Ankündigung wahr: Er spielte den König jugendlich, aggressiv und verliebt. Er hatte sich nicht wie sonst die Haare weiß gepudert und das Gesicht aschfahl geschminkt. Mit seinen natürlichen braunen Locken und seinen geröteten Wangen sah er eher aus wie ein lüsterner Faun.

Das Theater war brechend voll. Kreisler sah, daß das halbe

Weißbrot-Schattenkabinett, wie er es nannte, anwesend war. Er erkannte Trützschler, Rust, Hufeland, Wolfahrt, Schinkel, die Gebrüder Gerlach, die Staegemanns und viele andere, die er in den letzten Wochen aus Papier geschnitten hatte und die nun hier leibhaftig in dieser platonischen Welthöhle Platz genommen hatten. Sogar der Geheime Rat Schmalz war da. Nicht weit von Kreisler entfernt saß die Chézy. Sie wandte sich zu ihm um, hob den Schleier und schenkte ihm ein kurzes, gefühlvolles Lächeln. Johanna saß in seiner Reihe. Neben ihr Doktor Rudolf, der Assistent aus dem magnetischen Hospital. Als Kreisler den Blick über die Logen und Ränge gleiten ließ, bemerkte er Klindworth, der von seiner erhöhten Position die Szenerie mittels eines Opernglases inspizierte. Kreisler war sich sicher, daß einige der Türsteher und Platzanweiser Polizisten waren.

Spinola hatte ganze Arbeit geleistet. Das berühmte Unwetter auf der Heide wütete im dritten Akt derart heftig, daß man den Wind bis in den Zuschauerraum spürte. Blitze, Donner und Regenschauer hätten in der Wirklichkeit nicht realistischer sein können. Kreisler fragte sich, welche ungeahnten elektrischen Kräfte der Theatermaschinist einsetzte, um das fahle Zucken der Entladungen aus den schwankenden Soffitten zu bewirken. Alle Apparatur wurde jedoch, ebenso wie die Kühnheit der Kulissen, vom Spiel des Lear in die Schranken verwiesen. Es war so wild, so eindringlich, so voller Abgrund und Gefühl, daß die meisten der Zuschauer alles um sich vergaßen.

Als die ärmste Schauspielerin, die die Cordelia gab, in der siebten Szene des vierten Aktes den schlafenden Lear küssen mußte, sah sie sich plötzlich von dessen kräftigen Armen umschlungen und aufs Lager niedergezogen. Kaum kam sie dazu, ihren Text zu stammeln. Bei der Stelle »dies Silberhaar verlangte Mitleid«, brach das Publikum in brüllendes Gelächter aus.

Der Abbruch der Aufführung drohte, als Freundt seinen Text offenbar höchst willkürlich extemporierte und seiner jüngsten Tochter die unsittlichsten Anträge machte. Doch immer wieder verstand es dieser Lear, das Publikum zu betören, ja, zu begeistern. Es gab mehrfach Zwischenapplaus. Doch als Freundt während seines Sterbemonologs nach einem nicht fünfmal, sondern sechsmal gedonnerten ›Niemals‹ seiner Cordelia bei den Worten »Ich bitt euch, knöpft hier auf« eigenhändig die Bluse aufzuknöpfen begann, tobte der Saal so, daß der Vorhang vorzeitig zu fallen begann. Freundt sprang jedoch unter ihn und hielt ihn mit einer Handbewegung auf. Während die völlig verstörte Cordelia derangiert auf den Bühnenbrettern lag, setzte er seinen Monolog fort:

»Seht ihr dies?« Dabei zeigte er auf seine Tochter und Geliebte. »Seht sie an!! – Seht ihre vollen, roten Lippen, seht hier, – seht hier! –«

Mit welcher Glut sprach er diese Worte! Das Publikum wurde mucksmäuschenstill. Und dann starb Freundt den glanzvollsten Bühnentod. Er starb ihn langsam, so langsam wie nie zuvor. Er öffnete die Arme, öffnete die Lippen, schien zu zerfließen in Richtung Cordelias, taumelte ein paar Schritte auf sie zu und sank langsam auf sie nieder, schluchzend, bebend, die Tote umschlingend und ihr einen bis in die letzte Reihe hörbaren Kuß auf die geöffneten Lippen drückend.

Alle im Saal erhoben sich, klatschten wie rasend. Der Schauspieler, der den Edgar zu spielen hatte, mußte lange warten, bis er sich endlich mit dem Satz »Er schwindelt, – o mein König!« Gehör verschaffen konnte. Bei der Stelle »O wirklich tot!« zwinkerte der auf der toten Cordelia liegende Tote mit den Augen. Die letzten Worte Albaniens »Dem Ältsten war das schwerste Los gegeben, wir Jüngern werden nie so viel erleben« gingen ebenso im Lärm, in Buhrufen, in Gelächter und begeisterten Freundt-Rufen unter wie der Totenmarsch, unter dem die beiden Leichen weggetragen wurden.

Ein um das andere Mal fiel der Vorhang, ging wieder auf, fiel und stieg, wieder und wieder. Freundt tänzelte an die Rampe, zerrte Cordelia hinter sich her, küßte sie, kam dann allein und nahm den Jubel der begeisterten Menge entgegen. So viele Vorhänge hatte es schon lange nicht mehr gegeben. Und Kreisler jubelte innerlich über den Triumph seines Freundes.

Später in der Garderobe öffneten sie die Sektflasche und stießen an. »Ich war immer noch betrunken«, sagte Freundt. »Hat man es sehr gemerkt?«

»Du warst großartig. Du warst es vielmehr, der uns alle betrunken gemacht hat mit diesem neuen Lear.«

In diesem Moment klopfte es, und der Kopf eines alten, weißhaarigen Mannes erschien. Er sah verwirrt aus und zugleich würdevoll.

»Schau mal, Philipp, der sollte den Lear spielen, wirklich. Ich werde es dem Intendanten vorschlagen«, sagte Freundt. »Was willst du, mein lieber König? Du siehst einen einfachen Mann vor dir, der nach einem großen Kampf seine Wunden pflegt.«

»Sie möchten bitte die Güte haben, Herr Freundt, und sofort beim Grafen Brühl erscheinen.«

»Die Kündigung. Die fristlose Entlassung, hab ich mir's doch gedacht! Der Graf scheint meinen neuen Lear nicht zu mögen. Du wartest hier, Philipp. Ich werde bald zurück sein.«

Kreisler blieb nichts anderes übrig, als sich die Zeit mit Grübeleien und Phantasien zu vertreiben. Hier in Freundts Garderobe konnte man sich der Wirklichkeit entrückt fühlen. Die Masken, die Spiegel, die Flakons, die Stiche, die den Schauspieler in großen Rollen zeigten, alles fügte sich zu einer künstlichen Insel der Träumerei.

Kreisler öffnete eine der Flaschen und roch daran. Es war

kein Rosenwasser, sondern Rum. Er nahm einen Schluck und fühlte sich sogleich besser. Seine Gedanken schweiften aus, sie vervielfältigten sich in den Spiegeln, verflüssigten sich in den Wachstropfen der Kerzen, rannen herab auf den Marmor des Schminktisches. »Ich muß Hermine wiedersehen«, dachte er. »Es ist dringend. Ich brauche Nahrung für meine Sehnsucht, die sonst zu zerfließen droht wie eine Wolke in aufsteigender Luft.«

Endlich war Freundt zurück. Er strahlte. »Weißt du, was passiert ist? Statt einem Rauswurf, den ich nach meiner Frechheit heute abend erwartete, hat Brühl mir eine Gehaltsaufbesserung zugesagt. Ein Riesenerfolg dieser Abend. Offenbar haben begeisterte Zuschauer den guten Brühl bestürmt, den Lear nicht so bald abzusetzen. Diesen neuen Lear, meinen Lear. Jetzt erwartet man von mir Wunder. Ich sollte den Hamlet als Tattergreis spielen!«

Freundt setzte sich und schminkte sich die immer noch roten Backen und Lippen ab. Dabei nahm er hin und wieder einen Schluck Rum aus dem Flakon. »Weißt du, was Glück ist, mein Lieber? Eine Blüte des Ungewöhnlichen!«

Allmählich erstarben die Geräusche im Inneren des Theaters. Eine Weile warteten sie noch, bis alles mucksmäuschenstill war. Dann steckte Freundt den Kopf zur Tür hinaus. »Alles dunkel, die Luft ist rein, komm!«

Sie nahmen jeder eine Kerze und gingen die Seitentreppe hoch, die zum obersten Stock des Hauses führte. »Warst du schon einmal auf einem Schnürboden? Es ist verwirrend. So ähnlich wie in der Takelage eines Segelschiffes.«

Freundt hatte recht. Dieses Gewirr von Seilen, von Blöcken und Taljen in dem offenen Dachboden über der Bühne war in der Tat chaotisch für einen Laien. Emporgezogene Kulissen wirkten wie große Rahsegel, Stützpfeiler erinnerten an Masten. Kreisler wurde schwindlig. Durch Laufstege und Planken sah er in einen bodenlosen Ozean von Schwärze hinab. Er hielt sich krampfhaft an Seilen fest, wobei er nicht wußte, ob sie nachgeben würden und er selbst als Kulisse, als Sommerwölkchen hinabschweben würde in den finsteren Höllenschlund.

Von irgendwoher klang klagender Gesang. War es Einbildung? Eine akustische Halluzination? Oder übte da jemand noch seine Arie? Es war eine Frauenstimme, ein Sopran, nicht strahlend, sondern eher dunkel angefärbt in Richtung Mezzosopran. Johanna fiel ihm ein und daß er sie schon lange nicht mehr gesprochen hatte. Er befürchtete noch immer, sie könne in Gefahr schweben.

Kreisler fühlte sich ein wenig wohler, als sie den Schnürboden verließen und das Kulissenmagazin betraten. Eine ungeheuerliche Welt der gemalten Illusionen umgab sie hier. Wälder, Burgen, Himmel, sanfte Flußlandschaften, Feuersbrünste, Tempel, Kirchen, Wasserfälle und zerklüftete Felsen, alles eng nebeneinander, auf Rollen beweglich, die ganze Schöpfung, soweit sie schön, dramatisch und symbolisch war.

»Der liebe Gott hätte seinen Spaß daran«, sagte Freundt. »Er würde diesen Flitter und Tand wie ein Kartenspiel mischen und völlig neue Kombinationen schaffen. Einen Wasserfall zum Beispiel, der aus Baumwipfeln quillt. Für uns Schauspieler sind Kulissen eher etwas Komisches. Wir agieren so nahe vor ihnen, daß für unsere Augen die Illusion zerstört ist. Das ist kein Wald mehr, das sind grüne Pinselstriche. Was aus dem Zuschauerraum erstaunlich echt aussieht, ist aus der Nähe grob bemalte Leinwand. Und dennoch erwartet man von uns ein glaubwürdiges Spiel. Ich sage dir, wir sind schon von Berufs wegen reine Scharlatane. Wir jonglieren mit Gaukeleien und zaubern aus leeren Hüten erstaunliche Kaninchen des Gefühls hervor. Wenn ich die Bibel neu schreiben dürfte, als Rollenbuch für das Drama Menschheit, würde ich mit dem Satz beginnen ›Am Anfang war nicht das Wort, auch nicht die Tat oder das Ding, am Anfang war der Schein.‹«

Die Werkstatt der Theatermaler lag direkt nebenan. Der Mond war aufgegangen und warf kalkig weißes Licht durch die im Dach eingelassenen Glasscheiben. Eine große Kulisse war in Arbeit. Das Motiv war Kreisler vertraut. Ein Marmorpalast auf einer Klippe am Meer, Pinien und Zypressen. Es war ihm schon oft im Traum erschienen.

Der Maler arbeitete offensichtlich nach einem Entwurf, einer kolorierten Zeichnung, die an die Wand geheftet war. Es war deutlich, daß er sich nicht sklavisch an die Vorlage hielt. Die Stimmung des Gemäldes war düsterer. In einem dem Palast vorgelagerten Park sah man Statuen. Es gab sie auch im Entwurf, aber die der Kulisse waren verändert. Man sah es so deutlich, weil der Maler in einer fast unwirklichen Detailtreue zu malen verstand. Die Wirklichkeit schien sich in seinem Bild noch einmal zu wandeln, nicht indem sie malerisch verändert war, sondern im Gegenteil, indem sie überscharfe und überdeutliche Konturen annahm. Und genau dies verlieh ihr die Gewalt von geträumten Visionen.

Auf den ersten, flüchtigen Blick standen dort zwischen Oleanderbüschen die üblichen antiken Göttergestalten, Torsi aus Marmor, Frauen und Männer mit jenen stillen, abgeklärten Mienen, wie man sie von klassischen Plastiken kannte. Doch bei genauerem Hinsehen erkannte man in diesen Gesichtern andere Gefühle, Gefühle wie Schmerz, Angst, Entsetzen.

Kreisler trat näher. »Schau dir das an, Ludwig«, sagte er und wies auf eine Statue, die den Mittelpunkt jenes Parks bildete. »Das ist Amandine als Aphrodite. Unverkennbar ihr Wuchs, ihr Gesicht. Und sieh dir das an.« Er deutete auf die Figur. Ludwig hob seine Kerze, deren warmes Licht dem Bild eine intensive Farbe verlieh. »Schau her, auf der Schulter Amandines sitzt ein Rabe.«

Der Vogel hatte seine Krallen in das zarte Fleisch der

Aphrodite geschlagen. Blut floß herab und tropfte auf ihre Brust. Das Schlimmste aber waren die Augen der Göttin: Sie starrten den Betrachter schwarz und hohl an. Der Rabe hatte sie ihr ausgehackt.

Kreisler wandte sich ab. »Wir müssen herausfinden, wer das gemalt hat, Ludwig. Ich glaube, wir kommen der Lösung des Rätsels endlich näher.«

»Es sind die Kulissen für den ›Don Giovanni‹. Soviel ich weiß, stammen die Entwürfe von Schinkel. Ausgeführt werden sie von einem jungen Theatermaler aus dem Hause. Er soll sehr begabt sein. Aber er hat einen reichlich makabren Geschmack, wenn du mich fragst. Oder steckt in diesem Motiv eine Anspielung auf Amandines Tod? Auf ihren Mörder?«

»Genau das denke ich auch. Aphrodite ist mit so viel Liebe gemalt! Und der Rabe, erinnert er dich nicht an jemanden? Ich meine, sein böses Krächzen zu hören.«

»Komm weiter, Philipp. Du träumst. Ich höre irgendwo Menschen reden.«

Als sie an den Probenräumen vorbeikamen, hörten sie tatsächlich Stimmen. Der französische Akzent der einen war unverkennbar. »Legrand«, flüsterte Freundt. »Welche Gelegenheit! Komm, geschwind hier hinein.«

Er zog den sich sträubenden Kreisler mit außergewöhnlicher Kraft in den Probenraum der Ballettleute. Dann öffnete er die Tapetentür und schob Kreisler hinein. »Mach die Kerze aus«, zischte er.

Die Finsternis war so vollkommen, daß Kreisler Sterne vor seinen weit geöffneten Augen sah, ein Feuerwerk von Funken, von dem er wußte, daß es seinem überreizten Hirn entstieg. Dann sahen sie Licht durch den Spiegel. Ein vielarmiger Leuchter wurde entzündet und erhellte den Raum. Zwei Personen bewegten sich dort. Beide nackt. Eine schöne, junge Frau und ein dicker, kleiner Mann. Zwischen ihnen stand eine kleine Tonne. Der Mann, es war der Tanzmeister Legrand, entzündete einen Fidibus an einer der Leuchterkerzen und warf ihn in das Fäßchen. Sofort züngelten hohe Flammen empor.

Die beiden begannen sich zu bewegen. Es sah wie ein Ritualtanz aus. Das Licht vergoldete ihre Leiber. Die Arme der Tänzerin schienen wie Flammen aus ihrem Körper zu wachsen, die Finger wie weißer Rauch. Legrand war stehengeblieben und beobachtete sie.

»Kennst du sie?« flüsterte Kreisler.

»Nein. Sie muß neu sein.«

»Er bringt ihr die Seele des Tanzes bei. Die Flamme. Das Feuer des Augenblicks. Siehst du ihr Lächeln? Es ist so anziehend und so abstoßend zugleich. Ich glaube, ich glaube, ich habe es irgendwo schon einmal gesehen. Auf einem Bild vielleicht.«

Gebannt sahen sie zu. Während Legrand immer wieder trockenes Holz in die Tonne warf und, wie es schien, Lampenöl hinzugoß, worauf die Flamme jedesmal gewaltig emporzüngelte, steigerte sich die Balletteuse mehr und mehr in einen Bewegungsrausch. Legrand glitt hinzu, packte sie an den Hüften und hob sie. Die Kraft des kleinen Mannes schien erstaunlich zu sein, denn während er sie trug, sprang er noch in die Luft und schlug die Füße gegeneinander.

»Sie sind nackt, weil der Kerl ein lüsternes Schwein ist«, flüsterte Freundt.

»Das glaube ich nicht. Legrand sieht als echter Purist in der Kleidung von Tänzern eine lästige Konzession an die Prüderie der Gesellschaft. Er will wenigstens bei den Proben die reine Bewegung.«

Plötzlich erstarrten die beiden Tänzer draußen in einer Pose, die sie beibehielten, bis die Flamme im Faß erlosch. Dann lösten sie sich voneinander. Die Ballerina schlüpfte in ein langes Kleid, und Legrand zog einen Mantel über. Er packte den Leuchter, und dann gingen sie.

Kurze Zeit später flohen auch Freundt und Kreisler durch die Gänge des Gebäudes nach draußen. Kreisler war sichtlich erleichtert, als er den kühlen, regnerischen Nachtwind im Gesicht spürte. »Ich werde Schinkel besuchen«, sagte er, als er Freundt zum Abschied die Hand drückte. »Vielleicht weiß er etwas über die Kulisse und ihren Maler. Und ich werde mich mehr um Johanna kümmern. Ich glaube, sie ist in Gefahr.«

Als er seine Wohnung betrat, erwartete ihn eine böse Überraschung. Sie war durchwühlt, die Teppiche von Papier bedeckt, Schubladen ausgeleert, Tinte verschüttet, Bücher aus den Regalen gerissen, Bilderrahmen zerbrochen, Schränke aufgebrochen, Kleiderberge am Boden.

Er ging hinüber in Mischas Zimmer. Auch hier sah es übel aus. Er rief ihren Namen. Vergebens. Mischa war fort. Nur der Kater kam völlig verstört unter dem Bett hervor und begann zu fauchen.

25. SCHINKELS TRAUM

Die Situation war prekär. Wolken sammelten sich über der Stadt, ballten sich zusammen über den Häuptern der Menschen und verdüsterten ihr Gemüt. Kreisler stand im Erker und starrte aus dem Fenster. Was er sah, gefiel ihm nicht. Das Theatergebäude wirkte wie ein Stein, der aus dem fernen Weltraum auf die Erde herabgefallen war. Er versuchte, eine neue Geschichte aufzuschreiben, aber er kam nicht voran. Die Sätze, die er erwog, fielen auseinander wie ein Bündel Mikadostäbchen. Wenn er einen von ihnen berührte und dabei einen anderen anstieß, hatte er das Spiel verloren. Schließlich entschloß er sich, sein Zimmer gründlich aufzuräumen, um festzustellen, was fehlte.

Als er fertig war und die Wohnung wieder wie vorher aussah, fehlte nur das Tagebuch des Teufels. Er hatte es in letzter Zeit vernachlässigt. Doch standen genug Dinge darin, die ihm Schwierigkeiten bereiten konnten, wenn seine Annahme stimmte, daß ihm die Geheimpolizei diesen Besuch abgestattet hatte, weil ihr seine Verbindung zu Madame Chézy nicht gefiel. Das Tagebuch enthielt eine Liste der Verdächtigen. Außerdem satirische Porträts seiner Kollegen, geschriebene und gezeichnete. Schuckmann, Trützschler, Kamptz, Wittgenstein als lächerliche Unterteufel. Der Fürst sah wie eine Bulldogge aus, Schmalz wie eine Kröte. Von dem trockenen Weißbrot waren übrigens nur Krümel übrig, die hineingesteckten Figuren waren offenbar ebenfalls konfisziert worden. Aber das störte Kreisler nicht weiter. Er wußte, daß er seit seinem Besuch in der Werkstatt der Theatermaler endlich eine wirklich heiße Spur gefunden hatte. Sie würde ihm früher oder später den Weg zu dem Mörder weisen.

Am Nachmittag kam seine Frau zurück. Sie war erschöpft und verheult. Man hatte sie stundenlang verhört. »Sie wollen wissen, wer dich gewöhnlich besucht.«

»Wer sind ›sie‹«, fragte er fast ungehalten.

»Ich weiß nicht. Ich kannte keinen der Männer. Man hat mich in einer Kutsche mit zugezogenen Vorhängen dorthin gebracht.«

»Wann?«

»Gestern abend, nachdem du fort warst.«

»Wohin hat man dich gebracht?« Er ertappte sich dabei, daß auch er eine Verhörstimme hatte.

»Ich weiß es nicht«, schluchzte seine Frau. »Die Fenster der Kutsche waren doch verhängt.«

»Was hast du ihnen erzählt?«

»Nichts Wichtiges. Daß du viel ausgehst. Meistens mit Ludwig.«

»Das weiß man ohnehin. Und meine Besucher?«

»Ich habe von diesem Doktor erzählt, der neulich hier war.«

»Dappertutto?«

»Ja.«

»Und sonst?«

»Nichts. Schließlich haben sie gesagt, ich sollte mich mehr um dein Wohlergehen kümmern, mit dir nach Carlsbad reisen, eine Wasserkur machen. Du seist krank.«

Er drehte Mischa den Rücken zu und sah wieder zum Fenster hinaus. Die Wolken wurden immer schwärzer. Gleich würde der Blitz aus ihnen fahren.

Kreisler ging in die Hausvogtei und bat Trützschler um eine Audienz. Der empfing ihn mit ernster Miene.

»Was geht da vor. Wer ist gegen mich!!« schimpfte Kreisler. »Man hat meine Wohnung auf den Kopf gestellt. Wertvolle Manuskripte wurden entwendet. Ich möchte Anzeige erstatten.«

»Das würde ich nicht tun«, sagte sein Vorgesetzter. »Es wäre ein Fehler. Natürlich haben Sie Gegner in dieser Stadt. Ist das ein Wunder? Sie äußern sich häufig sehr freimütig über Ihre Mitmenschen, und sie haben einen scharfen Blick für deren Schwächen.«

»Seit wann ist das verboten?«

»Seit Anbeginn der Menschheitsgeschichte würde ich sagen. Verleumdung nennt man es gewöhnlich. Gab es das nicht schon im Paradies? Übrigens sieht man an höherer Stelle Ihre Beziehung zu diesem Schauspieler nicht gern. Schließlich sind Sie eine Amtsperson. Freundt ist eine Klatschbase. Sie sollten sich von ihm fernhalten.«

»Was soll ich jetzt tun? Mich rechtfertigen als guter Preuße? Eine Leichenbittermiene aufsetzen und Abstinenz vom Leben üben?«

Er war erregt. Trützschler lächelte. »Ihre Nerven. Es steht nicht zum Besten mit Ihnen. Ich werde Ihnen einige Wochen Urlaub geben.« Er reichte ihm die Hand. »Sie sind ein guter

Mann«, fuhr Trützschler fort. »Aber vielleicht in die falschen Zeiten hineingeboren. Ich finde, Sie gehören ins nächste Jahrhundert.«

»Eher ins letzte.« Kreisler wandte sich zum Gehen. Er war schon an der Tür, als er sich noch einmal umdrehte. »Eine Frage noch: Gibt es etwas Neues in Sachen Amandine und der übrigen Morde?«

Sein Vorgesetzter wiegte den Kopf. »Ich sollte darüber nicht reden, vor allem mit Ihnen nicht. Aber da Sie offenbar von dieser Tänzerin so besessen sind ... Nun, man hat gestern endlich ihre Wohnung ausfindig gemacht. Ein Erfolg der Polizei, der Sondereinheit von Kommissar Frederiksen.«

»Wie das?«

»Brühl hat Frederiksen eine Porträtskizze der Kleinen gegeben, die man zufällig in der Werkstatt der Theatermaler gefunden hat. Sie stammte von einem der Maler, dem sie wohl Modell gesessen hat. Man hat Kopien angefertigt, und Polizisten sind von Haus zu Haus gegangen. In Spandau, in einer Armeleutegegend, ist man fündig geworden. Amandine wurde wiedererkannt. Vor allem wegen ihrer großen Ohren.«

»Wie bitte? Ihrer was?«

»Sie war sehr hübsch, ich weiß, aber sie hatte sehr große Ohren. Richtige Fledermausohren. Haben Sie das nie bemerkt?«

Er dachte an sie zurück, wenn sie tanzte, war sie ihm makellos erschienen. Aber natürlich, sie hatte wirklich große Ohren. Aber ihr Lächeln, ihre so harmonischen Bewegungen hatten den kleinen Schönheitsfehler allemal retuschiert.

»Hat man in ihrer Wohnung etwas Aufschlußreiches gefunden?«

»Nichts, was uns weiterbringt, mein Lieber. Doch man hat ein sehr gutes Ölbild gefunden. Ein Porträt Amandines, offensichtlich vom selben Künstler nach der erwähnten Skizze gemalt. Übrigens war die Wohnung belagert von Bettelkindern. Amandine scheint für sie häufig gekocht zu haben. Den großen Töpfen nach, die wir in der Küche gefunden haben. Die Kinder haben dies bestätigt.«

»Wer ist jener Künstler?«

»Ein honoriger Mann. Über jeden Verdacht erhaben. Aber mehr kann ich Ihnen wirklich nicht sagen.«

»Schinkel. War er es?«

»Fragen Sie ihn doch selbst.«

Es war nicht sehr weit bis zu Schinkels Wohnung in der Friedrichstraße. Seit man ihn vor zwei Jahren zum Geheimen Oberbaurat ernannt hatte, konnte er sich endlich diese Räume leisten, die groß genug waren für seine Kolossalgemälde. Es gab Gerüchte, daß Schinkel von dieser Wohnung aus ein neues Berlin plante, eine antike Polis, deren Tempel Athen Konkurrenz machen würden.

Kreisler mochte den Mann. Und nicht nur, weil dessen großartige Bühnenbilder nicht unwesentlich zum Erfolg seiner Oper ›Undine‹ beigetragen hatten. Es gab noch einen anderen, tieferen Grund. Von Schinkel ging eine Unruhe aus, die Kreisler vertraut war. Die Unruhe des lebenslänglich in den bestehenden Verhältnissen Inhaftierten, des ewigen Träumers also. Die Ursache dieser Unruhe war einfach: Wo man sich aufhielt, war alles eng. Darum versuchte man zu fliehen, aber die Ferne wurde ebenfalls eng, wenn man sie erreicht hatte. Jedes Fernweh mußte also irgendwann in Klaustrophobie umschlagen. Ein Ziel verlor automatisch seine Anziehungskraft, wenn man dort ankam. Ein unlösbares Problem. Nähe und Ferne glichen dem Igel und seiner Frau, zwischen denen sich jede ehrliche Hasenseele zu Tode rannte.

Kreislers Meinung nach waren die Bilder Schinkels geniale Fluchtversuche mittels Pinsel und Farbe. Ihre Perspektive durchbrach die Leinwand und führte in unwirkliche Räume dahinter, in denen man sich verlor.

Schinkel war zurückhaltend, fast verschlossen, kein Gesellschaftslöwe. Seine Genialität verbarg sich hinter der Fassade einer gewissenhaften Existenz ohne Skandale, und nur seine ungewöhnliche Arbeitswut verriet das schwarze Feuer, die innere Hölle, die in diesem Mann glühte. Schinkel war Illusionist. Ein Demiurg, der bei seinen Bauten versuchte, einen in sich geschlossenen Kosmos zu schaffen. Ein Türknauf mußte vom gleichen Geist sein wie ein Portal, eine Statue oder eine Dachform. Selbst das Mobiliar, die Bilder natürlich, die Dinge des Alltags, Geschirr, Teppiche, Gläser waren Elemente der Gesamtkomposition eines Bauwerks, wenn Schinkel es schuf.

Auch Schinkels Wohnung spürte man diesen demiurgischen Willen an. »Er schafft Symphonien fürs Auge und für den ganzen Leib«, dachte Kreisler. »Warum will er nichts dem Zufall überlassen? Wovor hat er Angst?«

Berühmt war Schinkel in Berlin zuerst durch seine Diaramen geworden, spektakuläre Großgemälde, die geschichtliche Ereignisse dem Auge des Betrachters nahebrachten, so daß er glauben konnte, Augenzeuge des dargestellten Geschehens zu sein, Augenzeuge des Brandes von Moskau zum Beispiel. Dank einer ausgeklügelten Maltechnik, einer die Illusion der Dreidimensionalität bewirkenden perspektivischen Technik, auch dank des Einsatzes von beweglichen Teilen, von mechanisch gesteuerten Figuren, von Beleuchtungseffekten, Geräuschen und Musik wirkten diese Diaramen so täuschend echt, daß die Betrachter das Gefühl hatten, die ungeheure Glut der Flammen zu spüren, die Asche zu riechen und die Schreie der Menschen Moskaus zu hören. Nicht selten fielen Damen mit schwachen Nerven in Ohnmacht bei solchen Ausstellungen oder besser gesagt Aufführungen, die im Gropiusschen Theater in der Französischen Straße Nr. 43 stattfanden. Sie waren wochenlang Gegenstand heftiger Debatten. Lag in solchen intensiven Illusionswelten nicht eine große Versuchung? Konnte man nicht darüber sogar den Verstand einbüßen? Waren sensible Gemüter nicht in der Gefahr, sich in jenen gemalten Welten zu verlieren mit der Folge, daß sie nicht mehr zurückfanden in die eigentliche Wirklichkeit?

Als Kreisler eintraf, war Schinkel gerade in Reisevorbereitungen. Er nahm sich jedoch Zeit für seinen Gast und führte ihn in den Salon.

Sie unterhielten sich zunächst über das Schauspielhaus, das Schinkel, wie er erklärte, für einen häßlichen und für seine Zwecke völlig ungeeigneten Bau erachtete. »Der Erbauer verstand offensichtlich nichts von der Schauspielerei«, sagte er. »Fragen Sie Ihren Freund, den großen Mimen. Ist die Bühne nicht viel zu lang? Muß er sich nicht die Lunge aus dem Hals schreien, wenn die Szene im Hintergrund spielt?«

»Das ist wahr. Er hat schon darüber geklagt. Auch, daß die Maschinerie so unübersichtlich ist. Einmal ist eine Kulisse herabgefallen, eine große, schlecht gemalte Sommerwolke. Sie hat ihn fast erschlagen.«

»Ich würde solche Soffitten, all diese Versuche, den Bühnenhimmel mit aufgehängten Kulissen zu beleben, überhaupt abschaffen. Ebenso die Seitenkulissen. Sie wirken lächerlich. Wie die Unterröcke einer Riesin, die auf dem Rücken liegt. Da entsteht keine echte Tiefe. Die kann man nur durch eine perspektivisch und maltechnisch sauber hergestellte Hintergrundkulisse erzeugen. Nur dann bekommt das Spiel jenen Geist der Illusion, den ich als Realität anzunehmen bereit bin.«

»Manchmal frage ich mich, was überhaupt eine Illusion ist und was Wirklichkeit? Zuweilen scheinen mir die Übergänge fließend, könnte man das eine für das andere halten.«

Schinkel lächelte. »Sie haben völlig recht. Ich neige übrigens dazu, zwei Arten von Illusion zu unterscheiden. Die echte und die falsche Illusion. Die falsche Illusion tut so, als sei sie die Wirklichkeit. Sie arbeitet dabei mit plumpen Mitteln. Sie ist sozusagen schlecht gemalt. Auch das Leben kann schlecht gemalt sein, eine plumpe Täuschung. Die echte Illusion ist hingegen die wahre Wirklichkeit. Sie ähnelt dem Traum. Im Schlaf ist jeder Traum wirklich. Im Traum öffnet sich uns die Tür zu einer höheren Wirklichkeit.«

»Sie sprechen mir aus der Seele«, sagte Kreisler. »Und unser Theater am Gendarmenmarkt wäre somit ein Gebäude, das die echte Illusion behindert und die falsche fördert?«

»So ist es. Vor allem aber sind die Sicherheitsverhältnisse, was eventuelles Feuer anbelangt, geradezu katastrophal. Wiewohl ich zugeben muß, daß mir das in diesem Falle beinahe recht ist. Soll das Ding doch endlich abbrennen!«

»Was würden Sie denn anders machen?«

»Die größte Gefahr geht von den Räumen für die Theatermaler und dem Magazin für die Kulissen und Dekorationen aus. Sie liegen direkt über den Zuschauern. Ein ungeheures Gewicht. Bei einem Brand wäre die Katastrophe unausweichlich. Die Decke stürzte ein. Die Zuschauer, wenn es ihnen nicht gelungen ist, zu fliehen, werden von lodernder Leinwand und Ölfarbe vernichtet. Ein Inferno. Brennende Himmelsgewölbe, brennende Schlösser, brennende Meere und Wälder, tödliche Illusionen segeln herab und begraben Menschen unter sich. Welch erbärmliches Schicksal! Nein, solche Räume gehören in den Keller. Ebenso der Lagerraum für die Theaterlampen und das dazugehörige Öl. Beides befindet sich derzeit ebenfalls über dem Zuschauerraum. Ich möchte kein Theater, in dem man sich seines Lebens nicht mehr sicher ist.«

Die letzte Bemerkung Schinkels gab Kreisler endlich die Gelegenheit, auf sein eigentliches Anliegen zu sprechen zu kommen. »Haben Sie die Ballerina Amandine gekannt?« fragte er.

»Ich habe sie ein paarmal gesehen und war fasziniert von ihrer virtuosen Art zu tanzen. An sie kam im übrigen Ballett niemand heran. Sie war eine Augenweide. Um so schlimmer, daß sie auf diese Weise umkommen mußte.«

»Und um so unbegreiflicher, daß man die Tat noch nicht aufgeklärt hat. Es soll übrigens eine sehr gute Porträtskizze Amandines geben. Stammt sie von Ihnen?«

Schinkel lächelte. »Sind Sie von Amts wegen hier, Herr Kammergerichtsrat? Doch nein, das kann nicht sein. Ich höre Ihrer Stimme zuviel innere Beteiligung an. Sie haben dieses Mädchen verehrt?«

»In gewisser Weise schon. Sie fehlt mir jetzt. Als ob der Welt selbst etwas fehlt, ein Fenster vielleicht. Es ist dunkler um mich geworden.«

»Ich habe Amandine nicht gemalt. Ich hätte es mir auch nicht zugetraut. Mein Talent hätte nicht gereicht. Landschaften, Gebäude, Statuen, Bäume, das sind meine Stärke, aber Bewegung, Leben, das wäre mir erstarrt, hätte ich es festzuhalten versucht. Nein, ich habe die Skizze nicht gemalt. Sie stammt von einem jungen Mann. Hochbegabt. Er arbeitet nur hin und wieder fürs Theater. Eigentlich ist er Porzellanmaler an der königlichen Manufaktur.«

»Ich habe vor kurzem eine der Kulissen zum Don Giovanni gesehen. Eine italienische Landschaft. Eine Villa am Meer.«

»Das Bild ist nach einem Traum entstanden. Ich träume ihn oft. Wieder und wieder. Noch sind seine Konturen nicht deutlich, noch ist alles verschleiert. Ich träume von einem Palast auf den Klippen. Er liegt am Meer. Doch es ist nicht die Ägäis. Es ist das Schwarze Meer. Ich erahne dieses Gebäude mit all seinen Zimmern, Sälen, Türmen, Wandelgängen, Atrien und Parks. Der weiße und rosa Marmor erinnert an menschliche Haut. Die Fenster sind Rahmen herrlicher Bilder vom Meer, von Felsen, Olivenhainen, Pinien, Zypressen, Oleander, Magnolien. Niemand bewohnt diesen Palast. Und dennoch ist Leben in seinem Inneren. Unsichtbares Leben. Zarte, weiße Vorhänge wehen in die Räume. Fahnen des Todes, von Sonnenlicht gemustert. Die Stille ist ein Kind, das in den Ecken Fangen spielt. Jetzt öffnet sich eine hohe Flügeltür, und ein Windhauch bringt den Meergeruch vom Ufer herauf. Ich träume, daß ich dort einst einziehen werde, wenn ich nicht mehr von diesem irdischen Dasein belastet bin.«

»Es ist verblüffend, wie sehr sich unsere Träume ähneln«, sagte Kreisler. »Vielleicht gibt es doch Hoffnung für die Menschheit, wenn solche Hirngespinste in verschiedenen Köpfen blühen. Dafür schreibe ich. Ich hoffe auf den Pollenflug der Wörter, der Musik und der Bilder.«

»Ich habe jene Kulisse nicht selbst gemalt. Sie ist jedoch nach einem Entwurf von mir entstanden. Ich weiß nicht, wie genau sich der Maler an ihn gehalten hat. Sie stammt übrigens von demselben Künstler, der auch Amandine gemalt hat. Er ist sehr begabt, wie schon gesagt, aber ein wenig düster in seinem Temperament. Düsterer noch als wir beide, lieber Kreisler.«

»Wie ist sein Name?«

»Eduard Rust. Er ist mit dem hiesigen Prosektor übrigens nicht verwandt.«

Kreisler war der Name in die Glieder gefahren. Von einer dunklen Ahnung ergriffen, fragte er: »Wo kann ich ihn finden?«

»Im Augenblick nirgends, fürchte ich«, antwortete Schinkel. »Man fand bei der Porträtskizze eine Notiz von ihm: ›Sucht mich nicht. Ich bin im Land des Lichts.‹ Ob er nach Italien gereist ist? Er sprach immer davon. Auch von einer Freundin, die ihn begleiten wolle. Soviel ich weiß, sucht ihn jetzt die Polizei. Waren Sie schon einmal in Italien?«

»Leider nicht. Aber ich bin mittels Ihrer Bilder dorthin gereist.«

»Die sind nur ein schwacher Abglanz. Obwohl ich manchmal meine, ich könnte mit ihnen ausdrücken, was ich fühle. Zypresse und Pinie zum Beispiel, das sind die beiden Grundzustände der Seele, die schirmartige, beschützende Pinie, die der Erde und den Menschen Schatten gibt, und der schwarze Dolch der Zypresse, der gegen den Himmel gerichtet ist. Zypressen ähneln den Zeigern von Sonnenuhren. Wahre Schwermut setzt sich aus beidem zusammen. Aus Schatten und Zeit. Hier hingegen, unter unseren Koniferen gibt es nur gewöhnliche Depressionen!«

Schinkel schwieg. Vom Nebenzimmer war das Lachen eines Kindes zu hören. Es wirkte künstlich, als würde es mechanisch erzeugt.

»Ich möchte Sie nicht weiter aufhalten bei Ihren Reisevorbereitungen«, sagte Kreisler, der mit einem Mal wie auf glühenden Kohlen saß. »Sie haben mir sehr geholfen.«

Schinkel erhob sich und reichte Kreisler die Hand. »Sie gehören zu den wenigen, in denen sich die neue Zeit vorbereitet, ohne daß die alte darüber gänzlich verloren geht«, sagte er. »Ich wünsche Ihnen noch viele glückliche Tage und traumreiche Nächte, lieber Kreisler.«

Er rannte davon. Seine Rockschöße flatterten. Den Schlapphut hielt er mit der Linken fest. Passanten sahen ihm nach, Gassenjungen pfiffen und schickten ihm höhnische Bemerkungen hinterher. Er hörte sie nicht. Er war plötzlich sicher, dem Geheimnis von Amandines Tod auf den Fersen zu sein.

26. DAS PORTRÄT

Er suchte Kommissar Frederiksen auf. Der geleitete ihn in ein Wohnzimmer, wie sie sich mehr und mehr in Berlin zu verbreiten schienen. Die Atmosphäre fürstlicher Säle war in ihnen gleichsam auf ein gediegenes Maß geschrumpft. Mahagonimöbel, schwere, grüne Seidentapeten, ein bis unter die Deckenstuckatur reichender Stehspiegel, mehrfach geraffte

Tüllgardinen mit violetten Volants, von der Mitte der Decke die unvermeidliche Astrallampe aus opalisierendem Glas.

Der Gesamteindruck war ein wenig bedrückend in seiner Gemütlichkeit. Man fühlte sich zu ewigem Familienglück verdammt. Entsprechend benahmen sich die Hausbewohner. Frederiksens Töchter übten sich im Abzeichnen von Blättern und Blüten, eine Katze spielte sittsam mit einem Wollknäuel, und die Hausherrin saß klöppelnd in der Nähe des Fensters ohne das Draußen eines Blickes zu würdigen.

»Ich möchte mit Ihnen über Amandine reden«, sagte Kreisler, nachdem die beiden Herren ein paar Höflichkeitsfloskeln gewechselt hatten. Frederiksen hob die Hände in einer Geste der Ratlosigkeit und schickte seine Familie inklusive der Katze hinaus. Dann bot er Kreisler eine Zigarre an.

»Sie wissen, daß ich über laufende Ermittlungen nichts sagen darf.« Um seine Aussage gleichsam theatralisch zu kommentieren, hüllte sich der Inspektor in eine dicke Qualmwolke ein.

»Ich möchte Sie keineswegs zum Ausplaudern geheimer Informationen verleiten, mein Verehrtester. Da ich bereits zu wissen glaube, wer der Täter in diesem Fall ist, interessieren mich nur die reinen Nebensächlichkeiten, zur Abrundung des Bildes sozusagen.«

Er schien eine Weile den irritierten Blick des Kommissars zu genießen, dann fuhr er fort: »Es könnte übrigens zwei Täter geben, die nichts oder nur wenig miteinander zu tun haben. Der Mörder Amandines hat nicht zwangsläufig die anderen Frauen auch auf seinem Gewissen. Haben Sie zufällig eines der Fahndungsbilder von Amandine da?«

Frederiksen schien sich mit Mühe eines Kommentares zu enthalten. Er erhob sich und holte ein Blatt aus der Schublade einer mächtigen Mahagonikommode. Kreisler nahm es ihm ab und betrachtete es eine Weile stumm.

»Das ist hervorragend getroffen. Sie scheint zu leben, einen ansprechen zu wollen, scheint ausplaudern zu wollen, wer ihr Mörder ist. Im Grunde sagt er es selbst durch dieses Bild. Sein Besitzanspruch diesem zarten Wesen gegenüber ist offensichtlich immens. Die Zeichnung stammt, wenn ich richtig informiert bin, aus der Feder eines gewissen Eduard Rust, Porzellanmaler und gelegentlich auch Theatermaler. Ich möchte Sie herzlich darum bitten, Kommissar Frederiksen, mir Zugang zur Wohnung Amandines in Spandau zu verschaffen. Da Sie die dortigen Untersuchungen sicherlich mit größter Akribie abgeschlossen haben, besteht keinerlei Gefahr, daß an mich geheime Informationen gelangen. Hängt das Porträt noch da?«

Frederiksen nickte. Er schien sich unbehaglich zu fühlen. Ehe er jedoch seine Verteidigungsbastion festigen konnte, sagte Kreisler: »Sie entsinnen sich sicherlich an unser kurzes Gespräch in der Kutsche, als Sie die Freundlichkeit hatten, mich nach meiner Entlassung aus der Kommission nach Hause zu fahren.«

Wieder nickte Frederiksen.

»Sie äußerten damals, daß die hohen Herren einmal persönlich erleben sollten, wie das einfache Volk lebt, und Sie hatten die Güte, mir eine gewisse Fähigkeit zu konzedieren, die Sorgen des ärmeren Teils der Menschheit wahrzunehmen. Ich hoffe, Sie haben Ihre Meinung nicht inzwischen geändert.«

»Nein, ganz und gar nicht.«

»Dann lassen Sie uns fahren. Nehmen wir wieder Ihre Kutsche, ich möchte Ihnen während der Fahrt einige Informationen zukommen lassen, die den weiteren Gang der Angelegenheit entscheidend beeinflussen könnten, und natürlich werden nicht zuletzt Sie als der offizielle Leiter der Untersuchungen davon profitieren. Meine Wenigkeit können Sie in diesem Zusammenhang völlig aus dem Spiel lassen.«

Kreisler hatte gewonnen. Frederiksen erhob sich und ging nach nebenan. Man hörte, wie er seiner Frau ein paar erklärende Sätze sagte, dann seinen Kindern versprach, Schokolade für sie zu kaufen. Als er wieder erschien, trug er seinen Mantel und winkte Kreisler, ihm zu folgen.

Sie fuhren über die Spree ins Spandauer Viertel. Während der Fahrt sagte Kreisler: »Wissen Sie, Frederiksen, es ist nur natürlich, daß wir Menschen in den einfachsten Zusammenhängen zu denken suchen. Ein Bedürfnis nach Harmonie, nach Gemütlichkeit im Abstrakten läßt uns kurzschlüssig denken. In diesem Fall haben wir alle die rasch aufeinanderfolgenden Tode dreier junger Frauen in einen Topf geworfen. Darin bestärkt durch die Tatsache, daß sie allesamt aus dem Theatermilieu waren. Doch es gibt feine Unterschiede. Amandine war Tänzerin, die anderen waren Sängerinnen. Ich gehe davon aus, daß es sich um zwei verschiedene Dinge handelt. Um eine Einzeltat aus Leidenschaft, und zwei Morde aus völlig anderen, eher kalkulierten Motiven. Ich gehe weiter davon aus, daß der Mörder Amandines und der der anderen Frauen in einem engen Verhältnis zueinander stehen. Der eine ist wahnsinnig, aber man merkt es ihm nicht an, während der andere normal ist, jedenfalls im weitesten Sinne, aber diese Normalität, die Fähigkeit zu lieben nämlich, bis an die Grenze des Wahnsinns getrieben hat. Vielleicht ist er selbst bereits tot, denn dieser Tätertyp neigt zum Selbstmord. Kleist, kennen Sie ihn? Kleist war ein ähnlicher Typ. Er ermordete erst die Frau, die er liebte, und dann sich. Beider Tod war eine Art finaler Geschlechtsakt.«

Frederiksen hatte kommentarlos zugehört. Aber ein genauer Beobachter hätte bemerkt, daß er nicht unbeeindruckt von den Ausführungen Kreislers geblieben war.

In der Hamburger Straße, nahe dem dort gelegenen jüdischen Friedhof, hielten sie vor einem heruntergekommenen Haus. Vom Innenhof aus führte eine rostige Eisentreppe die schlecht verputzte Mauer empor, über die sie Amandines Wohnung erreichten. Auf den Stufen der Stiege saßen abgerissene Kinder und streckten ihnen bettelnd die Hände entgegen.

Frederiksen öffnete das schwere Schloß und entfernte die Eisenkette, mit der die Haustür versperrt war. Dann standen sie in einem dunklen Raum, der nach Essen und Seife roch. Kreisler fiel es schwer, sich Amandine in diesem Milieu vorzustellen. Doch dann fiel sein Blick auf das Gemälde, das über dem schmalen Bett hing.

Sie war es, die ihn ansah, mit diesem unnachahmlichen Lächeln, das seine Gefühle zugleich geweckt und gezähmt hatte. Die straff zurückgekämmten, schwarzen Haare verdeckten die Ohren nicht. Diesen Schönheitsfehler, der dem Gesicht Amandines jenen Reiz verlieh, den Ebenmaß nie zu besitzen vermag. Es war ein Halbporträt. Die eckigen Schultern waren nackt, den mageren Hals zierte eine feine Korallenkette.

Der Künstler hatte sein Modell so gut getroffen, daß es zu leben schien. Die halb geöffneten Lippen würden sich gleich bewegen, und Amandine würde ihre beiden Gäste begrüßen.

»Der Maler muß Amandine sehr geliebt haben. Für meinen Geschmack allerdings zu sehr. Er hat mit diesem Bild auf eine Weise von ihr Besitz ergriffen, die etwas Grausames an sich hat. Ich fürchte, wir werden hier irgendwo eine grauenvolle Entdeckung machen. Sind die Schränke durchsucht worden?«

Frederiksen bestätigte dies. Kreislers Blick fiel auf den zerschlissenen Teppich, der die schadhaften Dielen bedeckte. Er zog den Teppich beiseite.

»Und das hier? Hat man das auch untersucht?« Er wies auf drei Bretter, die erst vor kurzem erneuert worden waren.

»Anscheinend nicht, wie ich Ihrem Schweigen entnehme. Würden Sie bitte die Bretter entfernen!«

Frederiksen protestierte, aber Kreisler duldete keinen Widerspruch. Schließlich kniete Frederiksen nieder. Er holte ein schweres Messer aus seiner Jacke und machte sich daran, ein Dielenbrett zu lockern. Dies bereitete offenbar keine große Mühe, da die Bohlen, auf die die Bretter genagelt waren, von Feuchtigkeit und Schimmel halb zerfallen waren. Kreisler sah währenddessen zum Fenster hinaus über die Stadt, deren Türme ein trügerisches Bild der Wohlanständigkeit in diesen armseligen Raum warfen.

Hinter sich hörte er den schwergewichtigen Frederiksen schnaufen. Kreisler versuchte, aus den Geräuschen ein Bild zu formen. Dieses Stöhnen, wenn ein Dielenbrett hochgestemmt wurde und die Nägel aus den Bohlen glitten. Diese weinerlichen und zugleich aggressiven Kinderstimmen draußen, vertontes Elend nach einer trübseligen Partitur.

Als er Frederiksen ein gepreßtes »Mein Gott« ausstoßen hörte, wußte Kreisler, daß er recht gehabt hatte mit seiner Vermutung. Er drehte sich um. Frederiksen stand neben dem länglichen Loch im Fußboden. In seinem Blick mischten sich Abscheu und Anteilnahme. Kreisler trat näher. Was er zu sehen bekam, berührte auch ihn zutiefst. Die Reste eines Menschen im Zustand der Auflösung. Ein verzerrter und gleichsam ungeschickter Anblick. Immer noch Spuren einstiger Schönheit, aber grauenhaft karrikiert von Verwesung. Unwillkürlich mußte Kreisler an den präparierten Kadaver der Spallanzanischen Fledermaus denken, die Liebenwein ihm gezeigt hatte.

Identifizieren ließ sich Amandine immer noch, und zwar an ihren Ohren. Es war auch zu erkennen, daß an der Leiche manipuliert worden war. Teile der Kopfhaare fehlten, auch die Haut war teilweise entfernt. Das Gebiß war zerstört, offenbar waren Zähne herausgebrochen. Der linke Arm fehlte gänzlich. Und dann bemerkte Kreisler mit Entsetzen dieses andere Leben, die Würmer, die Maden, die sich dort bewegten. Leben, das sich aus dem Tod ernährt. Neues Dasein auf einer niedrigen Stufe. So entsetzlich der Anblick war, wenn er es sich recht überlegte, hatte er letztlich fast etwas Tröstliches.

Licht fiel in den Raum. Die Sonne hatte ein Einsehen mit diesem trüben Tag. Ihre Strahlen trafen schräg auf das Porträt an der Wand, wodurch seine fast reliefartigen Strukturen hervortraten.

»Sehen Sie mal«, sagte Kreisler zu Frederiksen, der immer noch nicht aus seiner Erstarrung erwacht war. »Hier, diese Partien, wirken sie nicht eigenartig echt? Echter, als man sie malen könnte?«

Er fuhr mit dem Finger über das Haar der Dargestellten. »Wissen Sie, was ich glaube? Der Maler hat in seinem irrsinnigen Streben nach Realismus die echten Haare Amandines mit in das Bild praktiziert. Auch die Zähne übrigens. Ich sehe jetzt, daß er auf Holz gemalt hat, und die Zähne sind echt, sie sind in das Holz eingelassen. Nun weiß ich, warum dieser verrückte Eindruck entsteht, von der wirklichen Amandine betrachtet zu werden! Sie sollten das Bild untersuchen lassen. Vielleicht ist noch mehr an ihm auf diese Weise präpariert.«

Sie fuhren zurück zur Hausvogtei, nachdem Frederiksen die Wohnung sorgfältig verschlossen hatte. Dort meldeten sie sich bei Trützschler, und Frederiksen erstattete in seiner nüchternen amtlichen Sprache Bericht. Kreisler vertrat noch einmal seine Theorie von den getrennten Mordfällen, den verschiedenen Tätern. »Wir müssen Rust finden. Lassen Sie eine Fahndung nach ihm ausschreiben. Versuchen Sie herauszufinden, wo er gewohnt hat. Außerdem sollte man unbedingt sämtliche Fälle von Selbstmord der letzten Zeit noch einmal untersuchen. Sind alle Opfer identifiziert? Auch der Tote zum Beispiel, der sich im Kastanienwäldchen aufgehängt hat? Über ihm brannte eine Laterne. Das Land des Lichts!«

Trützschler blickte Kreisler irritiert an und reichte ihm dann die Hand. »Wenn es nur nach mir ginge, würde ich Ihnen einen Verdienstorden verleihen.

»Und wenn es nur nach mir ginge«, sagte Kreisler, »dann würde ich ihn nicht annehmen.«

Er ging. Jedoch nicht nach Hause. Er mußte zum Wasser. Auch wenn es nur ein schmutziger Kanal war. Er wollte allein sein. Also ging er am Lustgarten vorbei nach Nordwesten. In diesem abgelegeneren Teil der Stadt war nichts los, da jetzt, am frühen Abend, die Vergnügungssüchtigen unter die Linden strömten und die Häuslichen sich in ihre Wohnungen verkrochen.

Auf der Monbijoubrücke blieb er stehen. Er lehnte sich über die Brüstung, starrte ins Wasser. In den Schlieren und Strömungsmustern glaubte er Amandines Bild zu sehen. Sie lächelte, und ihr schwankender Blick streifte ihn wieder und wieder. Jetzt erst war sie richtig tot für ihn. Und jetzt erst fühlte er diese schmerzende Süße unerfüllbarer Sehnsucht ganz. Eine Weile begann er sich Vorwürfe zu machen. Warum hatte er seinen Wunsch nach Liebe auf so viele Frauen verteilt, warum war er immer so feige gewesen, sich mit Halbheiten zu begnügen!

Er beugte sich weit über die Brüstung. Immer noch lächelte sie aus dem Wasser, lockend, ihn rufend, ihre Augen verschwammen im trüben Strom, zwei kleine Korallen ihre Lippen, ihr Haar ein Schwarm von Dunkelheit, ihr Körper eine Flamme, die unter der Strömung tanzte. Weiter beugte er sich vor, um die Stimme Undines vernehmen zu können, ihre Arme kamen aus dem Wasser, Rosenfinger griffen nach ihm, da fühlte er plötzlich eine schwere Hand auf seiner Schulter. »Wenn Ihnen übel ist, mein Herr«, sagte eine tiefe Stimme, »dann sollten Sie besser nach Hause gehen und nicht in ein öffentliches Gewässer speien.«

27. IM TOLLHAUS

Es hatte eine neue Leiche gegeben. Nun war das in einer Stadt dieser Größe nichts Ungewöhnliches. Auch die Tatsache, daß die Person keines natürlichen Todes gestorben, sondern erdrosselt worden war, mußte noch nicht als ungewöhnlich gelten. Dann schon eher die anschließende Verstümmelung der Leiche. Jemand hatte ihren Kopf geöffnet, das Gehirn entfernt und eine Spieldose hineinpraktiziert. Keine gewöhnliche Spieldose, sondern eine, die das berühmte Revolutionslied ›Die Marseillaise‹ spielte. Solche Spieldosen waren in Berlin strengstens verboten.

Die Identität des Toten wurde schnell ermittelt: Es war der Apotheker Liebenwein aus der Reetzengasse. Ein durchaus unbescholtener, wenn auch etwas zwielichtiger Mann. Man hatte den Toten in seinem Laboratorium gefunden, in einem Stuhl sitzend. Als man die Tür öffnete, war jene Spieldose mittels eines von dort gespannten Fadens ausgelöst worden und hatte das aufrührerische Lied ertönen lassen.

Trützschler ließ Kreisler kommen. »Sie sind zwar beurlaubt, Kollege«, sagte er, »aber ich weiß, daß Sie mit Liebenwein zu tun hatten. Was für ein Motiv könnte der Mörder Liebenweins gehabt haben, und warum hat er diese bizarre Inszenierung seines Todes gewählt?«

»Es gibt nur eine Erklärung. Liebenwein wußte zuviel. Er muß dem Mörder Amandines, der wahrscheinlich auch der Mörder der anderen Damen ist, mit seinen toxikologischen Kenntnissen geholfen haben. Die Sache mit der Spieldose ist in der Tat rätselhaft. Ein Zeichen. Ein Wink. Ein Hinweis vielleicht. Mir kommt es so vor, als wolle der Mörder seine Verfolger verwirren und zugleich auf sich aufmerksam machen. Übertriebener Geltungsdrang. Haben Sie übrigens Rust inzwischen gefunden?«

»Sie halten ihn für den Mörder Amandines?«

»Nein. Ich hatte ihn nur kurz in Verdacht. Er hat Amandine zwar vergöttert, aber auch tatsächlich geliebt. Er hat ihre Leiche gestohlen und versucht, sie durch ein Porträt mit echten Teilen der Toten wiederzubeleben. Als er sah, daß sein Vorhaben kindisch war, zum Scheitern verurteilt, hat er Selbstmord begangen oder ist nach Italien gereist, ins Land des Lichtes.«

»Wir haben Rusts Leiche in seiner Wohnung gefunden. Er war tatsächlich in Reisevorbereitungen. Er ist umgebracht worden. Zunächst mit einer Spritze betäubt, dann durch ein rätselhaftes Gift gestorben. Wir haben Manipulationen an seinem Körper gefunden. Ein kleiner Schnitt in der Bauchdecke, der sorgfältig vernäht wurde. Der andere Rust vermutet, daß seinem betäubten Namensvetter ein Stück einer Leiche implantiert wurde. Tod durch Leichengift.«

»Das würde zu Liebenwein passen. Er war Spezialist für den ›Samen des Todes‹.«

»Ich nehme an, daß Sie auch weiterhin Ihre eigenen Untersuchungen betreiben werden«, sagte Trützschler freundlich. »Natürlich muß ich das offiziell mißbilligen. Aber ich werde Frederiksen bitten, Ihnen keine Steine in den Weg zu legen. Unter einer Bedingung: Sie ziehen mich bei Neuigkeiten in Ihr Vertrauen.«

Trützschler reichte Kreisler die Hand und schüttelte sie auffällig lange.

»Noch eine Frage«, sagte Kreisler. »Ist Ihnen ein gewisser Doktor Rudolf bekannt?«

»Ja. Ein fähiger Mann. Er ist übrigens mit Klindworth eng befreundet.«

»Was macht er beruflich, außer in Wolfahrts magnetischem Spital den Assistenten mimen?«

»Er arbeitet im Invalidenhaus und in der Irrenanstalt. Ein sehr verdienstvoller Mann, dieser Rudolf. Ein Idealist. Wenn

Sie ihn vielleicht irgendwelcher dunklen Machenschaften verdächtigen, dann sind Sie bereits jetzt auf dem falschen Weg.«

Noch am gleichen Tag besuchte Kreisler Ludwig Freundt. Der war wieder einmal krank. Oder auf bettlägerige Weise gesund. Jedenfalls lag er in seinem imposanten Himmelbett mit einem großen Eisbeutel auf dem Haupt und einer Wärmflasche an den Füßen. »Mir ist heiß im Kopf und kalt in den Beinen«, klagte er. »Ich habe solche Angst«, heulte er, während ihm Tränen aus den Augenwinkeln quollen, so daß sich eine Pfütze um sein Gesicht bildete. »Ich habe solche Angst.«

»Wovor?« fragte Kreisler, »wovor hast du Angst, mein Freund?«

»Vor dem Tod natürlich, du Idiot. Das ist wie der letzte Vorhang. Stell dir diese Qual für einen Mimen vor. Der letzte Vorhang und er kann nicht mehr vor ihn treten und den Applaus des Publikums entgegennehmen! Ich weiß, daß ich ihn hervorragend spielen werde. Mein Abgang von dieser Welt wird meine größte Rolle, und dann, nach meinem letzten Wort, ›Adé, Adé, grausame Welt‹, raffe ich mich dahin und sinke zerbrochen in den Staub, der Vorhang wird fallen, es wird dunkel, und das Publikum tobt vor Begeisterung, es ruft mich, ruft meinen Namen, wieder und wieder, ich will hinaus, den Vorhang teilen, mich verbeugen, will Kußhände werfen, lächeln, winken, aber es geht nicht, denn es gibt mich nicht mehr, nur noch ein dummer Kadaver liegt da auf dem Bett, leer von Gedanken, leer von Gefühlen, tot. Du weißt, was ich von dir fordere, wenn ich demnächst sterben werde? Du sollst während des ganzen Todeskampfes bei mir sein!«

Freundt deutete auf das große, schwarze Piano, das im Zimmer stand und als Ablage für eine ganze Flaschenbatterie diente. »Du sollst am Piano sitzen und den Don Giovanni spielen. Das ganze Stück im Klavierauszug. Die Arien nur ein wenig mit Sprechgesang angedeutet. Versprichst du mir das, daß du mir diesen Freundschaftsdienst erweist?«

»Ich verspreche es dir, hier meine Hand darauf!«

Dann erzählte Kreisler ihm von dem Mord an Liebenwein, von dem infamen Mord an Eduard Rust, von Amandines Porträt. »Meinst du, Spinola hat seine Finger in der Sache?« fragte er schließlich den Schauspieler.

»Er oder Legrand oder beide. Das ist meine feste Überzeugung. Man glaubt in einem Schmierenstück zu sein. Die Handlung ist ziemlich übertrieben konstruiert, das macht sie so wahrscheinlich. Realität ist immer geschmacklos. Die Personen in diesem Schmierenstück sind zu kurios, um glaubwürdig zu sein. Außerdem sind sie allesamt eitel. Also haben sie ein Motiv. Eitelkeit ist das Motiv hinter allen Motiven, das weiß niemand so gut wie ich, der aus ganzem Herzen der Bescheidenheit lebt, ha ha! Spinola versucht übrigens permanent, sich in einem möglichst skurrilen Licht erscheinen zu lassen. Das könnte ein Ablenkungsmanöver sein. Wir in meinem Beruf nennen das Überspielen. Findest du nicht auch, daß der oder die Täter überspielen? Schade, daß ich dir nicht weiter helfen kann. Wir müssen uns in die Gegebenheiten fügen. Und eine davon ist, daß ich höchstwahrscheinlich gleich sterben werde.«

Er sah mit glasigen Augen zur Decke. Man konnte meinen, sie würden im nächsten Moment tatsächlich brechen. »Spiel jetzt«, hauchte Freundt. »Spiel die Overtüre des Don Giovanni. Es gibt nichts Größeres in der Musik. Spiel. Es wird meiner Seele dadurch leichter gemacht, die richtige Öffnung in meinem Körper zu finden, aus der sie entschlüpfen kann.«

Freundt sank zurück in die Kissen und röchelte, während Kreisler zum Klavier ging, einige Flaschen beiseite räumte und den Deckel öffnete. Aber statt der gewünschten Musik ließ er einen Gassenhauer ertönen. Freundt, der die Augen bereits geschlossen und die Hände gefaltet auf der Decke vor sich liegen hatte, hob den Kopf. Sein Blick wurde klar. Er stützte sich auf.

»Du hast ja recht, es ist wohl noch zu früh für den letzten Auftritt. Komm, reich mir mal die Flasche da, die neben deinem linken Fuß.«

Er trank und sprang aus dem Bett. Während er sich vor dem Spiegel wusch und die zerwühlten Haare zu glätten versuchte, sich dann einseifte und mit dem Rasiermesser hantierte, sprach er mit Schaum vor dem Mund: »Nein, niemals geben wir auf. Es ist jetzt eine Sache der höheren Gerechtigkeit geworden. Und wir sind ihre Helfershelfer. Das Recht auf Leben ist ein hoher Wert. Findest du nicht, daß wir aufhören sollten, uns weiterhin so wehleidig in unseren Betten zu verkriechen, wie du es so gerne tust? Aber zunächst sollten wir uns ein wenig Klarheit verschaffen über die allgemeine Situation unserer Situation. Der Mörder Amandines, welches Motiv hatte er? Das ist wichtig, denn was für den Mann gilt, muß für sein Motiv keineswegs gelten. Es kann logisch sein, dein Mann jedoch ist unlogisch. Oder umgekehrt, der Mann ist logisch und das Motiv unlogisch. Oder sind beide logisch oder gar beide unlogisch? In den zwei letztgenannten Fällen haben wir keine Chance. Aber in den beiden anderen durchaus. Wenn wir bei dem Widerspruch zwischen Motiv und seinem Inhaber ansetzen. Ich plädiere für einen Verrückten mit einem logischen Motiv! Der Eifersucht!«

»Das klingt plausibel. Sein Besitzanspruch auf Amandine war total. Weitaus totaler als der des Porzellanmalers.«

»Ich denke immer noch an Legrand. Er war mehr als ein gewöhnlicher Tanzlehrer für Amandine. Sie war seine beste Schülerin, sein Produkt, seine Geliebte, wenn man die tiefen erotischen Wurzeln des Tanzes bei ihm bedenkt.«

»Und Carlsberg? Der hat sie doch auch geliebt.«

»Geliebt haben sie alle, auch du, mein Lieber. Dennoch verdächtige ich dich nicht. Oder sollte ich? Carlsberg ist zu unbedeutend für einen Mord. Das würde sein Talent überfordern. Außerdem: Denk an die anderen Morde. Denk an Rust. Warum mußten die Sängerinnen sterben, warum der Maler? Auch aus Eifersucht? Wohl kaum. Die Eifersucht bringt uns nicht weiter. Glaub mir, wir haben es mit einem Irren zu tun, einer Bestie, die nach außen hin ganz harmlos erscheint.«

»Käme Spinola da in Frage?«

»Möglicherweise ja. Eifersucht scheidet bei ihm nämlich aus. Er wirkt nicht, als ob er an Frauen interessiert ist, soweit sie keine Maschinen sind. Und die Spieldosengeschichte macht ihn irgendwie verdächtig. Aber sie kommt mir zu dick aufgetragen vor, zu inszeniert. Dennoch sollten wir ihn nicht aus den Augen verlieren.«

»Bleibt noch die Fährte Spallanzani. Ich werde das Gefühl nicht los, daß wir zuerst in dieser Richtung suchen sollten.«

Freundt spülte sich den Rasierschaum aus dem Gesicht, rieb es trocken und begann, sich aus einem Flakon mit süßen Düften einzunebeln. »Spallanzani, deine fixe Idee. Aber warum nicht. Er ist tot, also kommt er durchaus als Mörder in Frage. Ein Wiedergänger, einer, den es nicht im Grabe hält, ein Vampir. Eine menschliche Fledermaus. Graue, flatternde Unwesen treiben ihr teuflisches Spiel mit Jungfrauen. Warum nicht? In meinem Kopf ist es stockfinster. Nur Fledermäuse können sich dort orientieren. Warte, mein Lieber. Setz dich wieder ans Klavier und spiele sanfte, schwebende Akkorde, weiche, flatternde Klänge.«

Kreisler tat, wie ihm geheißen. Seine Finger glitten über die Tasten. Diffuse Klänge, wolkige Akkorde ohne tonale Zuordnung. Sphärenmusik, durch das gedrückte Pedal ineinanderfließend. Freundt stand neben ihm und lauschte verzückt. Plötzlich schlug er sich mit der flachen Hand gegen die Stirn.

»Halt ein, halt ein«, rief er. »Ich hab's. Mein Gott, warum sind wir bloß nicht früher darauf gekommen. Die ganze Zeit sprechen wir darüber, daß der Täter irgendwie verrückt sein muß. Aber auf die Idee, einmal dort zu recherchieren, wo die Verrückten sich häufen, wo sie sozusagen die Hauptpopulation bilden, sind wir nicht gekommen. Du fragst, wo das ist? Im Theater? Beinahe richtig. In den Ministerien? Noch richtiger. In der Irrenanstalt? Am richtigsten. Seit ich den Lear spiele, habe ich selbst eine große Inklination in diese Richtung. Ich interessiere mich für den echten Wahnsinn, da ich ihn möglichst glaubhaft spielen will. Komm, wir fahren hin und lassen uns einweisen.«

»So einfach wird das nicht gehen. Wahrscheinlich nehmen sie uns nicht, weil wir zu verrückt sind. Aber wir können es ja trotzdem mal versuchen. Verrückt genug ist die Sache sowieso. Übrigens, siehst du diesen Stuhl?«

»Natürlich, mein Bettstuhl.«

»Du benutzt ihn, um deine Kleider beim Ausziehen drüberzuwerfen?«

»Ganz recht. Zu diesem Zweck steht er da.«

»Und jetzt?« Kreisler zog den Stuhl zum Fenster, setzte sich drauf und sah hinaus. »Jetzt ist er verrückt! Kein Bettstuhl mehr sondern ein Platz zum Ausgucken. Er hat seine Identität gewechselt wie weiland ein gewisser Rabenstein, der zu Carlsberg wurde. Komm. Wir fahren ins Tollhaus und gehen dieser Spur endlich nach.«

Freundt zog sich eilig an. Dann gingen sie hinunter und hielten eine Kutsche an, einen dieser Fiaker, die neuerdings nach dem Wiener Muster als öffentliches Verkehrsmittel dienten. »Bitte zum Irrenhaus«, sagte Freundt und deutete dem Kutscher zur Erklärung auf Kreisler, der mit seinem Schlapphut seiner Meinung nach das überzeugende Bild eines Verrückten abgab.

»Die Friedrichstraße hinauf zum Oranier Tor, dann die Oranienburger Chaussee entlang und in die Invalidenstraße hinein. Das Irrenhaus liegt auf dem Gelände der Charité.«

Der Kutscher beugte sich von seinem Bock herab und entgegnete: »Ich kenne den Weg sehr gut, bester Herr. Meine Frau lebt dort, die gute Seele. Sie ist närrisch geworden vor Glück. Und mein Bruder ist im Invalidenhaus gegenüber. Er hat keine Beine mehr und nur einen Arm. Wissen Sie, wie er sich vorwärts bewegt? Wie ein Kreisel!« Er lachte und schwang die Peitsche.

Die Kutsche hielt vor einem langgestreckten, kasernenähnlichen Gebäude, das eine hohe Mauer umgab. Die Fenster waren vergittert. In manchen von ihnen meinte Kreisler Gesichter zu sehen, bleiche Ovale, offene Münder, Augen, die in Fernen blickten, die sich nicht draußen, sondern im Inneren dieser Menschen dehnten. Noch ein anderer merkwürdiger Eindruck drängte sich Kreisler auf: Das ganze Haus vibrierte ein wenig, als sei es bis zum Bersten gefüllt mit Unruhe. Seine Umrisse wirkten unscharf, verschwommen, das Mauerwerk glich einer gemalten Kulisse. Efeu kletterte an ihr empor und griff mit zahllosen, krallenbewehrten Händen in Ritzen und Spalten, um sie zu erweitern, um die Insassen zu befreien. Ihm fiel ein, was Liebenwein über die Spallanzanische Theorie der Pflanze gesagt hatte. Wesen, die ihre Bewegungsunfähigkeit aggressiv und verrückt machte. Vielleicht hatte das Irresein etwas mit dem Verfallen in eine gleichsam vegetative Existenz zu tun!

Sie meldeten sich beim Pförtner an, wobei Kreisler seine Position als Kammergerichtsrat anführte, mit dem Erfolg, daß sie in einen Besucherraum geführt wurden und kurze Zeit später ein junger Mann erschien, der sich als Doktor Steinhäuser vorstellte. Kreisler erkannte sofort, daß er von ähnlichem Schlage war wie Rudolf und Klindworth. Ein neuer Menschentyp, glatt und fast ein wenig mechanisch.

»Womit kann ich den Herrschaften dienen«, sagte Steinhäuser. Er wirkte so übermäßig normal und ausgeglichen, als sei es seine Hauptfunktion, ein Gegengewicht gegen all den ihn umgebenden Wahnsinn zu bilden.«

»Mein Begleiter und ich, wir möchten uns ein wenig über den Wahnsinn und seine verschiedenen Formen informieren. Ich bin in meiner Funktion als Kammergerichtsrat nicht selten mit wahnsinnigen Taten und verrückten Verbrechern befaßt und will mich daher genauer über psychische Krankheiten kundig machen«, sagte Kreisler.

»Ich freue mich sehr über Ihr Interesse und darüber, daß Sie sich so vertrauensvoll an uns wenden«, sagte Steinhäuser. »Es ist wohl am besten, wir machen einen kleinen Rundgang durch unser Haus; Sie können sich dann am besten ein anschauliches Bild psychischer Krankheit machen, und ich kann Ihnen unterwegs das eine oder andere erläutern.« Steinhäuser sah auf die Uhr. »Es ist gerade Essenszeit. Wenn Sie wollen und sich nicht davor ekeln, daß hier nicht alles nach der bürgerlichen Etikette abläuft, führe ich Sie in den Speisesaal. Da sind jetzt die meisten Insassen versammelt.«

Sie gingen über lange Flure. Das Haus summte wie ein Bienenstock. Einzelgeräusche waren kaum zu unterscheiden, alles floß ineinander, Sprache, Schreie, Musikfetzen, eine gigantische Sinfonie der einsamen Seelen, wobei kein Musiker den anderen sah oder hörte und dennoch alle zusammenzuwirken schienen unter dem Dirigenten eines boshaften Schicksals.

»Wir sind gerade dabei, unser Institut zu modernisieren«, erklärte Steinhäuser. »Die meisten unserer Irren werden zum Beispiel nicht mehr angekettet. Auch versuchen wir, nach den modernsten Methoden zu behandeln. Da sind, neben der moralischen Kurmethode, zum Beispiel die Elektrisiermaschinen oder traditionsreiche Therapien wie Schockbäder in eiskaltem Wasser. Wir behandeln Tobsüchtige mit beruhigenden Medikamenten, Zuckerwasser, Salpeter, Weinstein, Sedativa, Hypnotica, Narcotica, Belladonna, Kampfer, Bilsenkraut, Morphium, Opium, Schwefeläther, Baldrian, Asa foedita. Aber, wo nötig, müssen wir leider immer noch auf härtere Maßnahmen zurückgreifen wie die systematische Entziehung des Lichtes in Dunkelzellen, wie Zwangsjacken oder die Mundbirne. Und schließlich nutzen wir in letzter Zeit mit durchaus erstaunlichem Erfolg die Heilmethoden des animalischen Magnetismus. So vielfältig wie die Heilungsverfahren sind allerdings auch die verschiedenen Erscheinungen des Irreseins, wovon Sie sich gleich selbst ein Bild machen können.«

Steinhäuser öffnete die Tür zum Speisesaal. Hier herrschte eine durchweg fröhliche Laune. Einige der Insassen katzbuckelten unentwegt, hörten nicht auf, einander mit Verbeugungen, Knicksen und anderen Höflichkeitsritualen zu traktieren, so daß sie schließlich gewaltsam von den Wärtern zu ihren Sitzplätzen geführt werden mußten. Andere stürzten sich wie wilde Tiere auf ihr Essen, schlangen es gierig hinunter, leckten die Teller ab, versuchten, Bissen vom Nachbarn zu stehlen.

An einem Extratisch saß eine Gesellschaft, die sich scheinbar höchst gesittet benahm. Eine grazile junge Dame in einem zart geblümten Chiffonkleid, daneben ein junger Mann in schwarzem Talar, einige Herrschaften, denen man anzusehen meinte, daß sie distinguierte Anhänger einer wohlanständigen Lebensweise waren. Darunter ein alter Mann mit bedeutend gewölbter Stirn, einem Kranz schlohweißer lockiger Haare, hager, mit scharfer Nase und aufmerksamen, großen Augen. Er glich ganz der altrömischen Marmorbüste eines Philosophen. Steinhäuser deutete auf ihn. »Hier haben wir zum Beispiel Galileo Galilei. Ein ehemaliger Schullehrer. Ein tragischer Fall im wahrsten Sinne des Wortes.«Steinhäuser lächelte. »Er beschäftigt sich mit nichts anderem als mit dem Fallgesetz. Wir müssen ihn ständig bewachen oder anbinden, sonst springt er aus dem Fenster. Wir haben auch Leonardo hier. Ein bärtiger Mann, der in kühnen Fragmenten spricht. Er ist unbeliebt, da er durch seine dunklen Sprüche zum Nachdenken zwingt. Und dann haben wir noch drei Napoleons in unseren Mauern. Alles arme Teufel, die wohl das Opfer der Napoleonischen Kriege sind. Ihre Seelen scheinen die Flucht nach vorne angetreten zu haben, sie sind einfach in den Verursacher des Schreckens geschlüpft, der ihre Lebensgeister zerstörte. Wir geben uns übrigens alle Mühe, die drei nicht zusammenkommen zu lassen. Die Folgen könnten verheerend sein.«

Beim Hinausgehen kamen sie an einem Mann vorbei, der einsam und in sich zusammengesunken an einem kleinen Tischchen saß. Den Teller hatte er nicht angerührt. Er hielt den Kopf gesenkt und reagierte nicht, als Kreisler ihn ansprach. »Ein sonderbarer Heiliger«, sagte Steinhäuser. »Er hält sich für die Menschheit.«

Sie gingen durch einen langen Gang, an Türen vorbei, die ähnlich Gefängniszellen vergitterte Öffnungen hatten. Dahinter heulte es bestialisch.

Ein wildes Gesicht erschien in einem der Fensterchen. Blutunterlaufene Augen, geiferndes Maul, heraushängende Zunge. Kreisler trat nahe heran und wollte dem armseligen Kerl etwas sagen. Der aber spuckte ihn durch das Gitter an. Dann lachte er schrill und schlug mit dem Kopf gegen die Tür, daß es dröhnte. »Es ist meine große Hoffnung«, ließ sich Doktor Steinhäuser vernehmen, »daß wir eines Tages so weit sein könnten, all diesen armen, verirrten Seelen zu helfen. Diese armen Teufel leben in einem merkwürdigen Zwischenreich, sind nicht wirklich tot und leben nicht wirklich. Sie sind eingesperrt in sich, lebendig Begrabene sozusagen. Es geht um die Wiederauferstehung ihres Verstandes, der sich irgendwo verkrochen haben muß im tiefsten Keller ihrer Seelen. Ich halte nichts von der These, daß es gleichsam ein natürliches Irresein gibt. Jedem kann geholfen werden, das zeigen die immer wieder erstaunlichen Fälle einer plötzlichen Heilung.«

Sie waren inzwischen wieder in Steinhäusers Büro angelangt.

»Haben Sie noch Fragen, meine Herren?«

»Sie sagten, es gäbe immer wieder Fälle einer plötzlichen Heilung.«

»Ja, wenn auch sehr selten.«

»Gab es vor zwei Jahren so einen Fall?«

»Allerdings. Ich werde ihn nicht vergessen. Wir hatten einen Medizinstudenten hier. Er ist angeblich bei der Sektion eines jungen Mädchens wahnsinnig geworden. Als er eingeliefert wurde, redete er beständig davon, daß er in der Lage sei, einen toten, zerstückelten Körper wiederzubeleben. Er verfüge über das entsprechende Wissen.«

»Sein Name?«

»Rabenstein.«

»Und die plötzliche Heilung? Wie kam sie zustande?«

»Dank der Hilfe eines Ausländers. Er arbeitete damals im Invalidenhaus. Ein Mechaniker mit außerordentlichen Fähigkeiten, der Großartiges leistete im Bereich künstlicher Gliedmaßen. Er war zuweilen bei uns, denn auch wir haben Patienten, denen solche Gliedmaßen angepaßt werden müssen. Denken Sie nur an die Fälle von Selbstverstümmelung.«

»Hieß dieser Mechanikus zufällig Spinola?«

»Ja, ich glaube, so hieß er. Er war jedenfalls Italiener.«

»Und wie brachte er die Heilung Rabensteins zustande?«

»Auf eine sehr seltsame Art und Weise. Ich habe so etwas in meiner ganzen Laufbahn noch nicht erlebt. Er redete dem verrückten Rabenstein ein, verrückt zu sein! Rabensteins anatomische Kenntnisse waren für diesen Spinola oder wie er hieß offenbar von großem Wert. Die beiden steckten öfters zusammen. Eines Tages kam Rabenstein zu mir und sagte, daß er entlassen werden möchte. Er habe Großes vor. Das Merkwürdige war, daß er sich plötzlich Spallanzani nannte. ›Nun ist er wirklich verrückt‹, dachte ich. Aber seit sich Rabenstein für Spallanzani, den großen italienischen Naturforscher hielt, war sein Betragen fehlerfrei. Er wirkte höchst konzentriert bei der Arbeit, keine Ausfälle, keine Depressionen, keine Tobsuchtsanfälle wie vorher, ein völlig verwandeltes Krankenbild. Ich bekam heraus, daß es Spinola war, der ihm eingeredet hatte, Spallanzani zu sein. Eine Heilung gewissermaßen durch Bündelung des Wahnsinns in eine einzige fixe Idee!«

»Sehr interessant. Und wie kam Rabenstein-Spallanzani wieder ins normale Leben zurück?«

»Eines Tages erschien er wieder bei mir, lächelnd, wie befreit wirkend, und teilte mir mit, daß er tatsächlich gar nicht Spallanzani sei. Er entschuldigte sich geradezu höflich bei mir für diese Spinnerei, wie er es nannte.«

»Und die alten Symptome kehrten nicht wieder?«

»Nein. Obwohl ich damit gerechnet hatte. Nach einem Monat der Beobachtung konnten wir Rabenstein als vollständig geheilt entlassen.«

»Ich danke Ihnen sehr für Ihre Informationen«, sagte Kreisler. »Wir könnten froh sein, wenn alle unsere Irrenärzte derart moderne Ansichten vertreten würden. Dann hätte der preußische Staat eine Chance.« Sie gingen, einen leicht verwirrten Doktor Steinhäuser zurücklassend.

Dann standen sie draußen im Park der Charité. Kreisler deutete auf ein anderes Gebäude, das durch die frisch belaubten Bäume schimmerte. Das Invalidenhaus. Sie meldeten sich beim Pförtner. Auch hier stellte sich Kreisler als Kammergerichtsrat und Freundt als seinen Protokollanten vor. »Wir untersuchen amtlich die Vorwürfe einer gewissen Dame der höheren Gesellschaft, die die Einrichtungen dieses Hauses kritisiert. Unzureichende hygienische Verhältnisse, das Essen, Sie wissen schon. Wir gehen davon aus, daß die Vorwürfe unberechtigt sind, wollen uns jedoch von den Verhältnissen durch Augenschein überzeugen.«

Der Pförtner zeigte sich empört. »Nirgendwo auf der Welt

wird so viel für Kriegsinvaliden getan. Die Pflege ist vorbildlich. Ich werde einen unserer Betreuer holen, der Sie herumführen kann.« Erst jetzt bemerkte Kreisler die verstümmelten Hände des Mannes. Sämtliche Finger fehlten bis auf das unterste Glied.

Er ging und kam mit einem vierschrötigen Mann zurück, der unversehrt zu sein schien, wie Kreisler bei flüchtiger Betrachtung feststellte. Erst später sah er, daß dem Betreuer ein Ohrläppchen fehlte.

»Wir haben zur Zeit eine starke Überbelegung«, sagte sein Führer. »Wissen Sie, die Invaliden aus dem Französisch-Preußisch-Russischen Krieg sind nun, nachdem zehn Jahre vergangen sind, in einem höchst rüstigen Alter. Wer die ersten Monate überlebt, bleibt uns bei oft bester Gesundheit erhalten. Wir haben weniger Abgänge als es unter normalen Sterblichen der Fall ist, die mitten im Leben stehen. Und nun sind auch noch eine stattliche Anzahl von Krüppeln aus den Befreiungskriegen auf uns gekommen. Wir haben also so etwas wie zwei verschiedene Armeen in unseren Gemäuern, die sich recht feindlich gesonnen sind. Die tapferen Soldaten, die 1806 und 1807 Gliedmaßen verloren haben und die von 1813 bis 1815. Wahrlich keine einfache Situation. Wir haben alle Hände voll damit zu tun, daß sie nicht aufeinander losschlagen.«

»Kann man sie unterscheiden?«

»Natürlich: am Alter einerseits, und, wenn sie nackt sind, am Zustand der Stümpfe Es gibt alte und frische Stümpfe. Das ist ein großer Unterschied. Sehen Sie, da kommt ein alter Stumpf.«

Ein Mann mit einem halben Arm kam auf sie zu. Er hob den Stumpf zum Salutieren, dann brachte er ihn wieder in eine vom Leib abgewinkelte Stellung.

»Ihm ist von einer Granate die Muskete aus der Hand geschossen worden. Obwohl ihm die Glieder fehlen, spürt er seine Waffe immer noch. Er hält sie unsichtbar und zielt damit auf einen verborgenen Feind. Er ist verrückt, wir haben hier fast so viele Verrückte, wie die drüben, die wir jedoch lieber hier behalten. Echte Patrioten gehören nicht in die Irrenanstalt.«

Der Mann war Kreisler unangenehm.

»Die Schlachten von Jena und Auerstädt haben uns besonders viele Invaliden beschert. Aber Waterloo war auch nicht schlecht. Wissen Sie was? Ich glaube, die Verletzungen aus einer gewonnenen Schlacht heilen schneller als die aus einer verlorenen.«

»Interessant«, sagte Kreisler. Sie hatten inzwischen das Haupthaus erreicht. Überall begegneten ihnen Krüppel. In den Gärten, den Fluren und Nebengebäuden. Ja, sogar in den Bäumen saßen und hingen sie. Manche balancierten mit Stöcken über unsichtbare Abgründe, andere mühten sich mit primitiven Prothesen wie auf Stelzfüßen vorwärts. Wieder andere lagen im Gras und krochen auf allen vieren, oder besser gesagt, dreien, in den Büschen umher. Dennoch herrschte eine allgemeine Lustigkeit in dieser Welt. Etwas Albern-Verrücktes. Vielleicht war der Grund ganz einfach: Hier konnte niemand mehr einer Arbeit nachgehen, die die Gesellschaft als nützlich ansah.

»Kann ich einen Blick in den Speisesaal werfen?«

»Sie kommen gerade richtig. Wollen Sie vielleicht mitessen?«

»Ja, das würde ich sehr gerne«, sagte Kreisler.

Im Speisesaal drängten sich einige hundert Krüppel an langen Tischen. Sie summten und wimmelten wie Fliegen, denen grausame Kinder die Beinchen ausgerissen hatten. Solche, die beide Arme verloren hatten, wurden vom Gegenüber gefüttert. Offenbar hatten sich hier aus der Not der Verhältnisse geborene Sitzordnungen gebildet.

Kreisler und Freundt wurden Plätze zugewiesen. Er saß einem Menschen gegenüber, dem eine Kugel das untere Gesicht weggerissen hatte. Man sah geradewegs in einen roten Krater. Zunge und Unterkiefer fehlten. Der Mann hielt eine Art Trichter in der Hand, den er mit großem Geschick hin und wieder in die Speiseröhre einführte. Der Mensch neben Kreisler, dem beide Beine fehlten – sein Rumpf steckte in einer gepolsterten Schale auf der Bank –, schüttete dann mit einem Löffel etwas von der dünnen Suppe in den Trichter. Kreisler beeindruckte die Art, wie alle mit ihren Gebrechen umgingen. Witze wurden gemacht, die Stimmung stieg, als Wein aufgetischt wurde. Er war billig und sauer, aber er tat seine Wirkung.

»Was fehlt dir, Bruder?« sagte Kreislers Tischnachbar. »Mich hat es vor Jena erwischt. Beide Beine. Glatt abgefahren. Rat mal, wovon. Das rätst du nie. Vom Lazarettwagen.« Der Mann bog sich vor Lachen und füllte Suppe in den Trichter nach. »Bei dir, mein Freund, haben sie wohl den ganzen Kopf abgeschossen. Er sieht wie eine Prothese aus.« Der Invalide kreischte vor Lachen und offenbar auch der Mann ohne Untergesicht, denn seine Lippe zuckte, und die Augen führten Tänze auf.

Später ließ sich Kreisler die Prothesenwerkstatt zeigen. An Werkbänken wurde emsig gearbeitet. Der Meister zeigte Kreisler stolz ein künstliches Bein. »Wir stehen vor großen Umwälzungen, was Kunstglieder anbelangt. Die meisten der armen Teufel bei uns müssen sich immer noch mit dem Stelzfuß begnügen. Das macht den Rücken kaputt, auch wenn die Kerle erstaunliche Geschwindigkeiten damit erreichen. Sehen Sie hier. Dieses Bein. Eine geniale Konstruktion aus Lindenholz, mit Stahlscharniergelenken. Es wiegt weniger als vier Kilo. Ein riesiger Fortschritt! Hier sehen Sie den Mechanismus für das Kniegelenk und hier den für das Fußgelenk. Er besteht aus einer polierten Glaskugel, die sich in einem Kautschukbett dreht. Starke Darmsaiten ersetzen die Sehnen. Ich bin überzeugt, daß wir erst ganz am Anfang sind. Wir müssen die Mechanismen der menschlichen Gliedmaßen noch besser verstehen lernen. Deshalb arbeiten wir eng mit dem anatomischen Institut zusammen.«

»Stammt die Konstruktion von Spinola?«

»In der Tat. Ein genialer Mechaniker. Leider arbeitet er nicht mehr bei uns.«

»Obduzieren Sie auch menschliche Gliedmaßen?«

»Natürlich. Wenn wir welche von der Charité bekommen können. Dank Professor Hufeland und Doktor Rust sind wir in der glücklichen Lage, immer wieder entsprechendes Material zu bekommen.«

Sie fuhren mit einer Leihkutsche zurück in die Innenstadt und ließen sich an der Hundebrücke absetzen. Die Passanten kamen ihnen wie Krüppel vor, gerade wegen der Vollständigkeit ihrer Gliedmaßen. »Sind diese Gesichter nicht alle irgendwie vergittert?« sagte Freundt. »Jeder scheint mutterseelenallein in seinem eigenen kleinen Irrenhaus zu hocken.«

Sie setzten sich in ein Café. Kreisler sagte: »Die Idee mit dem logischen Irrsinn will mir nicht aus dem Kopf. Jetzt, nachdem wir im Tollhaus waren, erscheint sie mir noch plausibler. Eine Art Doppelwesen. Vernunft und Wahnsinn in einer Person, denk an Lear. Ich bin außerdem nach wie vor der festen Überzeugung, daß der Mörder Amandines und der der anderen Frauen nicht die gleiche Person sind. Amandine wurde aus anderen Gründen getötet als die Conti oder die Meidling. Rust und Liebenwein wurden wiederum aus anderen Gründen umgebracht, wahrscheinlich nur, weil sie zuviel wußten. Hinter dem Ganzen stecken mindestens zwei, wenn nicht drei Personen.«

»Ist dir noch nie der Gedanke gekommen, daß zwei Personen in eine fahren können? Denk an das, was Steinhäuser uns über die seltsame Heilung Carlsberg-Rabensteins erzählt hat.

Erst ist er ein normaler Student namens Rabenstein, dann ein verrückter Rabenstein, dann ein verrückter Spallanzani, dann ein normaler Spallanzani, dann ein normaler Rabenstein, der sich schließlich in den Chargen Carlsberg verwandelt ...«

»... der möglicherweise verrückt ist. Und zwar logisch-verrückt. Du hast Recht, man kann Doppelgänger seiner selbst sein. Zwei Menschen, vielleicht sogar drei Menschen in einer Person. Das kenne ich sehr gut, nicht zuletzt an mir selbst.«

28. DER CHARGE

»Erzähl mir mehr von Carlsberg alias Rabenstein«, sagte Kreisler, als sie später bei Freundt zusammensaßen. »Was weißt du noch alles von ihm?«

»Ein unscheinbarer Mann, das hab ich dir ja schon gesagt. Er ist seit zwei Jahren bei uns am Theater und wird ein ewiger Charge bleiben. Er spielt nie etwas anderes als Diener, Mönche, Knappen, Deppen und dergleichen Randfiguren. Er hat auch keine eigene Garderobe, nur einen Spind auf dem Flur. Manchmal denke ich, er übernachtet sogar darin. Wir proben gerade die ›Räuber‹, und da hat er seine bisher größte Rolle. Er spielt den Daniel, den alten Diener von Franz Moor. Für jeden Chargen eine Traumrolle, denn es gibt ein paar zwar kürzere, jedoch echte Monologe. Carlsberg ist, nebenbei bemerkt, beliebt, weil er niemals Schwierigkeiten macht. Ja, er scheint jede Art der Erniedrigung sogar zu genießen. Man schickt ihn raus, holt ihn rein, je nachdem. Man läßt ihn reden oder schweigen, je nachdem. Der Mensch sollte einem leid tun, aber in Wirklichkeit übt er eine große Macht aus. Die Macht der Nichtigkeit. Solche Leute wie Carlsberg gibt es übrigens in jedem Ensemble. Manchmal denke ich, ein solcher ewiger Charge müßte tatsächlich prall gefüllt mit Mordlust sein, denn er tritt nie heraus aus sich, hat nie einen Einzelvorhang, bekommt nie Szenenapplaus. Ich fürchte solche Leute. Aber einen Mord, nein, das traue ich ihnen genauso wenig zu wie einen gut gesprochenen Hamletmonolog.«

»Da geht es mir wie dir. Auch ich traue ihm keinen Mord zu. Und dennoch halte ich ihn für den Täter. Natürlich klingt das wie ein Widerspruch. Aber kann man nicht auch töten und dabei glauben, das Gegenteil zu tun? Denk an die entsetzlichen Verletzungen Amandines. Immer wieder sehe ich diese Stümpfe vor mir. Undenkbar, daß Carlsberg, selbst wenn er verrückt ist, so etwas mit seiner Geliebten anstellt. Und dennoch hat er es wahrscheinlich getan, weil er meinte, damit etwas Gutes zu bewirken. Er hat ihr aus Liebe die Füße amputiert! Was hältst du von dieser These?«

»Ziemlich wahnsinnig, mein Guter.«

»Nicht, wenn Carlsberg glaubte, durch solche Manipulationen seine Geliebte wieder zum Leben zu erwecken. Deshalb zuerst die Füße. Sie sind das Wichtigste für eine Tänzerin. Der Sitz ihrer Seele sozusagen. Ich habe da so meinen Verdacht. Aber wir sollten uns endlich Carlsberg schnappen, ehe er die nächste Untat begeht. Wann ist die nächste Probe?«

»Von den Räubern? Heute. Ich wollte eigentlich nicht hingehen. Aber du hast recht. Ich unterdrücke mein künstlerisches Gewissen und schreite mit dir zur Tat.«

Als sie ins Theater kamen, waren die Proben bereits im Gange. Der Regisseur, ein junger, berufsmäßig zornig dreinblickender Mann, akzeptierte die Anwesenheit von Kreisler sofort. »Wunderbar, sie spielen die gesamte Mordbrennerbande von Karl. Unsere Statisten sind noch nicht dabei. Es genügt, wenn sie hier Aufstellung nehmen und finster dreinblicken.«

Sie probten auf der großen Bühne des Hauses. Der Regisseur saß in der fünften Reihe. Neben ihm eine junge Dame, die seine Bemerkungen aufzuschreiben hatte. »Da Sie, Herr Freundt, endlich wieder dabei sind, können wir uns heute die erste Szene aus dem fünften Akt vornehmen«, sagte der Regisseur. »Stellen Sie sich vor, meine Herren, bemühen Sie Ihre Phantasie, wenn ich bitten darf: im Hintergrund und seitlich viele Zimmer, einige erleuchtet, das Schloß. Sonst alles finster. Es ist Nacht. Rabenschwarze Nacht!« Er klatschte in die Hände. »Auf Position bitte, meine Herren. Carlsberg, Sie nehmen die Laterne und das Reisigbündel und gehen zur linken Tür hinaus. Aber die Laterne noch nicht anmachen, das ist zu gefährlich. Wenn ich mit dem Stock aufstoße, kommen Sie herein und sagen Ihren Monolog. Freundt, Sie kennen Ihr Stichwort. Sie stürzen durch die andere Tür herein, wenn Carlsberg ›aber meine Seele ist gerettet‹ fertiggesprochen hat. Aber stürzen Sie nicht zu schnell, und auch nicht zu langsam. Stürzen Sie sozusagen mittelschnell.«

Carlsberg verließ den Raum wie ihm befohlen; und für einen Augenblick schien es Kreisler, als ob er sichtlich erleichtert war. Jetzt, nachdem er Rabenstein erstmals richtig gesehen hatte, mußte Kreisler seinem Freund recht geben. »Tatsächlich«, dachte er. »Ludwig hat recht. Dieser Mann ist ein Stimmungsgrab. Seine habituelle Unsichtbarkeit ist eine ideale Tarnkappe.«

Der Regisseur setzte sich, hob den Stock und schlug ihn kräftig auf. Alle starrten zur Tür und erwarteten das Auftreten des alten Daniel, aber nichts geschah. Die Tür blieb zu. Noch einmal stieß der Regisseur den Stock heftig zu Boden. Wieder nichts. Ehe der Regisseur so recht ins Schimpfen kam, ging jedoch die andere Tür auf und Freundt stürzte heraus, keineswegs mittelschnell, sondern wie rasend. Er rannte bis zur Rampe und brüllte: »Verraten! Verraten!! Geister ausgespien aus Gräbern! Losgerüttelt das Totenreich aus dem ewigen Schlaf brüllt wider mich: ›Mörder! Mörder!‹«

Franz Moor erstarrte, wurde kalt wie Eis. Drehte den Kopf und flüsterte dröhnend: »Wer regt sich da?«

Jetzt hätte Daniel einfallen müssen, aber er war immer noch nicht da. Seine Tür blieb geschlossen. Freundt fuhr fort, den Text verändernd, während der Regisseur nach Luft schnappte: »Niemand regt sich da! Carlsberg ist so unsichtbar wie eine Motte im Winterschlaf. Komm, Kreisler, laß uns die Ratte suchen, bevor sie uns entwischt.«

»Halt, halt, halt, Schluß damit«, kreischte der Regisseur und rannte auf die Bühne, aber da waren Kreisler und Freundt längst im Labyrinth des Theaters verschwunden. Sie trennten sich, um Rabenstein so vielleicht schneller aufstöbern zu können. Doch ihre Suche blieb vergeblich. Er war weder hinter der Kulisse, noch in der Garderobe, noch im Speiseraum, noch sonstwo. Der Pförtner hatte niemanden gehen sehen. Es war ein Rätsel. Doch als sich die beiden Freunde für den Abend verabredeten, tat Kreisler äußerst geheimnisvoll.

29. PAS DE TROIS

»Ich habe etwas höchst Interessantes entdeckt«, sagte Philipp Kreisler und wärmte sich wie ein Salamander in der Sonne seines Punsches.

Sie saßen bei ›Lutter und Wegener‹. Freundt war im Gegensatz zu Kreisler niedergeschlagen. Mit dem trostlosen Blick eines geprügelten Hundes sah er seinen Kumpanen an und murmelte: »Es gibt nichts zu entdecken, was sich lohnt, entdeckt zu werden. Der Nordpol ist genauso trostlos wie der Südpol, und was dazwischen liegt ist auch nicht viel besser. Was hast du entdeckt?«

»Das Geheimnis der Tapetentür.«

»Ich denke, wir haben es längst gelöst.«

»Was bist du so mürrisch, Freund. Ist deine Leber bereits so geschwächt, daß sie auch nicht mehr die kleinste Laus verträgt?«

»Das Leben ist keine kleine Laus. Es ist eine riesige Zecke. Ich gedenke zu kündigen.«

»Mein Gott, Ludwig. Bei deinen Erfolgen! Dein Lear! Alle Welt will ihn sehen. Und dein Moor wird bestimmt genauso erfolgreich!«

»Du kannst oder willst mich nicht verstehen. Kündigen, nicht auf diesem lächerlichen Theater, sondern auf dem Theater der Welt! Das will ich. Genauso wie Kleist. Nur werde ich mir nicht in den Mund schießen. Für einen Schauspieler gibt es nur eine kongeniale Methode: Gift. Ich werde den Schierlingsbecher nehmen.«

Freundt hob sein Glas, trank und verdrehte die Augen, so daß man nur noch das Weiße sah.

Kreisler betrachtete seinen sterbenden Kumpanen mit tiefster Sympathie. »Ludwig, komm zurück, es ist noch zu früh. Du hast die Akte verwechselt. Du bist noch längst nicht im letzten. Prost, Ludwig. Es lebe das Leben, auch wenn es dürftig ist. Willst du nicht wissen, was ich für eine Entdeckung gemacht habe, als wir Rabenstein suchten?«

Freundt blickte mit glasigen Augen durch ihn hindurch. Seine Lippen zuckten.

»Ja«, fuhr Kreisler fort, »frage nur. Du warst es, der das Stichwort gegeben hat. Ohne deine Bemerkung neulich wäre ich dem Geheimnis nie auf die Spur gekommen. Weißt du noch? Du sagtest wörtlich über Rabenstein ›Er hat keine eigene Garderobe, nur einen Spind auf dem Flur. Manchmal denke ich, er übernachtet sogar darin.‹ Als ich auf der Suche nach ihm durch die Gänge irrte, stand ich plötzlich vor diesem Spind. Sein Name stand auf der Tür. Sie war nur angelehnt.«

Freundt war jetzt ganz bei der Sache. Das Leben war in ihn zurückgekehrt.

»Ich öffnete die Tür. Der Spind war weitgehend leer, bis auf ein schmutziges, fleckiges Tuch. Ich habe es beiseite geschafft. Die Flecken könnten Blut sein. Murr wird es für mich analysieren. Ich wollte gerade weitergehen, als mir eine Idee kam. Vielleicht habe ich einfach nur an das schöne Wort Spalettür gedacht. Jedenfalls bemerkte ich, daß die Rückwand des Spindes tapeziert war. Ich klopfte gegen sie. Es klang hohl. Ich drückte dagegen. An verschiedenen Stellen. Nichts. Im oberen Teil des Spindes befindet sich eine Garderobenstange mit ein paar Kleiderbügeln. Einer dunklen Eingebung folgend zerrte und rüttelte ich an ihr, und siehe da, wie durch ein Wunder sprang die Rückwand auf und gab den Blick auf eine gähnende, finstere Leere frei. Ich hatte eine echte Spalettür gefunden, groß genug, um einen Menschen hindurchzulassen. Dahinter tiefschwarze Dunkelheit. Ich leuchtete mit der Kerze hinein. Ich kannte den Raum. Die Maschinen, die Apparate, die Werkbänke. Zweifelsohne die Werkstatt Spinolas. In der Mitte stand glänzend und stumm der Komtur. Sonst war niemand zu sehen. Ich schloß und verriegelte die Tapetentür wieder und ging, dich zu suchen.«

»Aber warum hast du mir im Theater nichts gesagt? Sollte Rabenstein durch die Spalettür im Spind in den Raum gelangt sein, so hat er sich mit ziemlicher Sicherheit immer noch darin befunden, als du hineingeleuchtet hast. Wir hätten ihn stellen können, Kreisler.«

»Und dann? Wir haben doch noch viel zu wenig in der Hand gegen ihn. Alles sind bis jetzt bloß ziemlich haarsträubende Vermutungen, keinerlei handfeste, prozeßtaugliche Beweise. Nein, Ludwig, wir hätten uns schön blamiert.«

»Und du hast ihn nicht gesehen, als du mit der Kerze in die Werkstatt geleuchtet hast? Es gibt dort keine Schränke, jedenfalls keine, die groß genug für einen Menschen sind.«

Kreisler malte mit dem Finger in einer kleinen Weinpfütze auf dem Tisch. »Kennst du den berühmten Schachautomaten des Wolfgang von Kempelen?« sagte er. »Er hat auch eine Sprechmaschine erfunden, die wie ein dreijähriges Kind reden konnte. Aber sein Schachautomat ist noch berühmter. Das ist ein Kasten mit einer Puppe drauf, einem künstlichen Türken, der es angeblich mit jedem Schachmeister aufnehmen kann. Er hat ein Schachbrett vor sich und bewegt ruckweise seine Figuren, auch die des Gegenspielers, auf Zuruf. Tatsächlich gewinnt der Türke fast immer. Ein gewisser Mälzl hat die Maschine geerbt und zieht damit immer noch herum. Er war auch hier in Berlin. Ich habe ihn gesehen. Vor jeder Aufführung öffnet er die drei Türen des Kastens nacheinander. Man sieht anscheinend nur Räderwerk und komplizierte Mechanik. In Wahrheit kann sich ein kleinwüchsiger Mensch dahinter verbergen. Durch das Öffnen und Schließen der Türen in einer bestimmten Reihenfolge bekommt ihn der Zuschauer nicht zu Gesicht. Beim Spielen steuert der Zwerg, der natürlich ein hervorragender Schachspieler ist, den sich maschinenmäßig drehenden Kopf des Türken und seinen mechanischen Arm von innen. Das ist jedenfalls meine Meinung. Denn ich glaube nicht an solche Wunder der Mechanik. Und nun, Ludwig, sieh mich an. Bemerkst du etwas an meinem Gesichtsausdruck?«

Freundt starrte ihn an. »Du triumphierst, mein Lieber, was sich darin äußert, daß dein Antlitz aussieht wie ein afrikanischer Götze, dem eine Jungfrau geopfert wird.«

»Wie wahr, Ludwig. Denn weißt du, was ich glaube? Der Komtur ist ähnlich konstruiert wie Kempelens Schachautomat. Ein Mensch steckt in ihm und verursacht die plumpen Bewegungen genauso wie die schnarrende Stimme.«

Freundt sprang auf wie elektrisiert. »Mein Gott, Kreisler, es fällt mir wie Schuppen von den Augen. Wenn Carlsberg im Komtur gesteckt hat, dann war er es, der Amandine ermordet hat. Und Amandine hat nichtsahnend mit ihrem Mörder den Totentanz geübt. Erinnere dich, Amandine sollte eine wichtige Rolle im Don Giovanni spielen. Den Tanz mit dem Komtur. Du weißt, daß Don Giovanni und sein Diener eingeladen werden, mit dem Komtur zu speisen. Dabei soll dieser Tanz stattfinden. Die Idee des Regisseurs: der Komtur soll seinen Kontrahenten, den hemmungslosen Frauenhelden Don Giovanni dadurch eifersüchtig machen. Und nicht Legrand hat dafür die Choreographie geschrieben, sondern ein italienischer Gastchoreograph. Legrand spielt seitdem verrückt, wie du weißt. Übrigens wird die Oper auch italienisch gesungen, gegen den Widerstand von Brühls!«

Freundt nahm einen tiefen Schluck und setzte nun seinerseits ein triumphierendes Lächeln auf. »Ich weiß etwas, was du nicht weißt«, sagte er und blickte Kreisler schelmisch an. Wieder trank er genüßlich einen Schluck Punsch und freute sich daran, wie sehr er Kreisler auf die Folter spannte. Dann sagte er endlich: »Der Komtur ist inzwischen repariert. Er soll geradezu menschlich singen und tanzen können. Das habe ich von Rüthling gehört, dem Direktionssekretär. Die nächste Probe der Tanzszene findet morgen statt. Im Probenraum des Balletts. Streng geheim, unter Ausschluß selbst der an jener Szene nicht beteiligten Schauspieler. Wir aber werden dabeisein, mein Guter, hinter dem Spiegel. Sei morgen früh um halb zehn in meiner Garderobe. Wir müssen uns rechtzeitig verstecken.«

Kreisler war pünktlich zur Stelle. Nüchtern und zugleich trunken vor Aufregung. Freundt öffnete einen Sack und zog ein paar blaue Leinenanzüge hervor. »Hier, das tragen die Hilfsmaschinisten, die Beleuchter, Spinolas Untergebene. Ziehen wir es an, dann hält man uns für Bühnenarbeiter.«

Sie gingen auf diese Weise verwandelt durchs Haus. Freundt spielte den Bühnenarbeiter so perfekt, daß er sich sogar eine Weile mit vermeintlichen Kollegen unterhielt. Über den Komtur schien es in diesen Kreisen die wildesten Gerüchte zu geben. Da ginge etwas nicht mit rechten Dingen zu. Das sei keine bloße Maschine. Das sei ein künstlicher Mensch, ein Wesen mit Gefühlen und Verstand, jedoch ohne Skrupel. Auch sein Schöpfer, Spinola, habe sich in letzter Zeit sehr zu seinem Nachteil verändert. Die Zusammenarbeit mit ihm sei inzwischen äußerst unersprießlich.

Ohne Probleme gelangten sie durch die Geheimtür in den Spiegelraum. Sie mußten nicht lange warten, um Zeugen einer gespenstischen Szene zu werden. Beim Licht einiger weniger Kerzen schoben Arbeiter auf einem kleinen Rollwagen den Komtur herein. Neben ihm ging Spinola. Dann folgte ein junges Mädchen in fleischfarbenem Trikot und ein langnasiger, großer Mann mit wilden Haaren und einem Pferdegebiß.

»Man nennt die Tänzerin Gioconda, weil sie permanent dieses gleiche widerwärtig-maliziöse Lächeln wie die Mona Lisa aufsetzt«, flüsterte Freundt. Es war die gleiche Person, die sie beim Flammentanz mit Legrand beobachtet hatten. »Der lange Kerl heißt Philippo Bellini, er ist der neue Choreograph. Ein wahres Scheusal, findest du nicht?«

Spinola hatte eine Voltasche Säule dabei, die er auf einem Tischchen hinter dem Komtur abstellte.

Bellini führte die Ballerina direkt vor den Komtur. Dort nahm sie eine ladestocksteife Haltung an. Ihr Lächeln schien noch geheimnisvoller zu werden, grausam und mädchenhaft zugleich.

Spinola verband inzwischen die Voltasche Säule durch Drähte mit dem Komtur. Ein Schnarren und Rasseln war die Folge. Blitze zuckten über die Eisenhaut der Statue und ihre eisernen Lippen klafften auseinander. Sie begann zu krächzen: »Dir vergeht das Lachen noch vor Morgengrauen«, wieder und wieder der gleiche Satz. »Dir vergeht das Lachen noch vor Morgengrauen.«

Die Tänzerin hatte glänzende Augen. Sie wirkte starr, somnambul, als stünde sie unter Drogen. Jetzt nahm sie den Aplomb ein. Der Komtur bewegte die mächtigen Arme wie Zangen. Er packte die Tänzerin um die Hüfte und hob sie in die Luft. Eine Weile schwebte sie dort, zappelte wie ein Fisch. Der Griff der Automate schien ihr Schmerzen und Lust in einem zu bereiten. Der Komtur setzte sie langsam wieder ab, beugte den Kopf ein wenig und näherte seine Eisenlippen dem zerbrechlichen Korallenmund der Gioconda. Sie schürzte die Lippen zum Kuß, der Komtur preßte sie an sich, daß man meinte, ihre Rippen krachen zu hören. Dann stieß er sie in die Höhe, ließ sie, eine gewichtlose Feder, über seinem Haupte kreisen, warf sie in die Luft, fing sie auf, setzte sie nieder. Aus Gioconda schien alles Leben gewichen zu sein. Sie sank in sich zusammen. Ihr eiserner Partner hob den Fuß, setzte ihn auf ihre Brust und verharrte einen Moment in dieser Pose.

»Er tötet sie«, flüsterte Freundt. »Wir müssen etwas unternehmen.« Er wollte zur Spalettür, aber Kreisler hielt ihn zurück. »Schau, Bellini!«

Die ganze Zeit über hatte der Choreograph zu dieser schrecklichen und doch faszinierenden Darbietung auf dem Klavier geklimpert. Nun erhob er sich und machte Spinola ein Zeichen. Der trat nahe an den Komtur heran und flüsterte etwas in dessen handtellergroßes Ohr. Er hob sein Bein, und die anderen zogen die Tänzerin ein Stück weg. Bellini kniete nieder, stützte ihren Kopf hoch und flößte ihr etwas zu trinken ein. Gioconda schlug die Augen auf und lächelte ihr sanftstarres Lächeln.

In diesem Moment erscholl Lärm von draußen. Jemand hämmerte wie wild gegen die Tür, schien sich dann mit dem ganzen Gewicht gegen sie zu werfen. Sie gab nach, und ein Mann stürzte hinein. Legrand. »Betrug«, schrie er, »Betrug und Mord.« Er wollte sich auf den Komtur stürzen, aber

Spinola packte ihn, und beide begannen aufeinander einzuschlagen. Es war erstaunlich, mit welcher Gewandtheit der Franzose immer wieder dem Würgegriff des Maschinenmeisters entschlüpfte. Der Kampf wogte bereits eine Weile unentschieden hin und her, als zwei Arbeiter in den Raum kamen, Legrand packten und fesselten. Dann stülpten sie ihm einen Sack über und schleppten ihn hinaus.

Gioconda schien sich unterdessen erholt zu haben. Sie verließ zusammen mit dem Choreographen den Raum. Spinola blieb zurück. Obwohl er aus einer Stirnwunde blutete, wirkte er zufrieden. Er ging zum Komtur und klopfte mit dem Fingerknöchel gegen dessen Eisenkleid. »Komm jetzt raus«, sagte er. »Die Luft ist rein.«

Der gewölbte Brustpanzer des Monstrums sprang auf, und wie aus einer Luke kroch ein Mensch heraus. Es war kleingewachsen und trug ein graues Trikot. Den Kopf bedeckte eine Kapuze, in die Löcher für Augen und Mund geschnitten waren.

Freundt wäre fast ein Aufschrei entfahren, aber Kreisler hielt ihm rechtzeitig die Hand vor den Mund. Durch den Spiegel hindurch sahen sie, wie Spinola die Brustpforte des Komturs wieder schloß. Dann verließ er mit dem Vermummten zusammen den Raum. »Welch bizarren pas de trois haben wir gesehen«, sagte Freundt. »Zwischen einer Automate, einem Gespenst und einer somnambulen Tänzerin.«

Da es erst Mittag war, gingen Freundt und Kreisler entlang der Spree spazieren. Nach all den bizarren Erlebnissen der letzten Zeit brauchten sie jetzt dringend frische Luft. »Weißt du, was mir gerade klar wird?« sagte Freundt. »Die müssen über uns ganz gut Bescheid wissen, denn dieser Teufel Rabenstein muß auch damals im Komtur gesteckt haben, als wir Spinolas Werkstatt einen verbotenen Besuch abgestattet haben.«

Aber Kreisler schien gar nicht richtig zuzuhören. Gespannt blickte er in die Ferne, als sei dort etwas Merkwürdiges zu sehen. »Schau mal, wer da läuft«, sagte er schließlich.

Im Sturmschritt eilte jemand am Spreeufer entlang Richtung Schiffbauerdamm. Ein unscheinbarer Mann in einem beigen Anzug. Sie hätten ihn bestimmt übersehen, wenn Kreisler sein Tempo nicht aufgefallen wäre.

»Das ist doch Rabenstein«, sagte Freundt. »Komm, ihm nach.«

Auf der Höhe des Ephraimschen Palais kam ihnen eine Gruppe junger Leute entgegen, Männer und Mädchen. Sie grölten und scherzten. Rabenstein verschwand in der Gruppe und war anschließend wie vom Erdboden verschluckt. Sosehr sie sich auch nach ihm umsahen, die beiden konnten keine Spur mehr von ihm entdecken.

30. DIE SCHIFFSWERFT

»Ich werde Spinola auflauern«, sagte Kreisler zu Freundt. »Geh du nach Hause.«

»Die Sache ist zu gefährlich, mein Lieber. Überlaß den Kerl lieber mir!«

»Ich glaube nicht, daß Spinola sich auf dich einläßt. Bei mir ist es etwas anderes. Er hat die Wasserwelt der Undine gebaut, er hat sich meine Spieldose vorgenommen. Ich glaube, er würde mich als Gesprächspartner akzeptieren. Aber niemals einen Schauspieler. Also geh schon, Ludwig. Ich paß schon auf mich auf.«

Freundt gehorchte murrend, und Kreisler verbrachte den hereinbrechenden Abend in der Nähe des Bühneneingangs. Er lief den Gendarmenmarkt auf und ab, zählte Pflastersteine, Fenster … vergeblich. Spinola schien das Theater nicht mehr zu verlassen. Vom Pförtner hatte Kreisler erfahren, daß der

Theatermaschinist in seiner Werkstatt sei. Er habe sich Essen bringen lassen.

Um Mitternacht gab Kreisler auf. Er ging nach Hause und schlief ein paar Stunden. Beim ersten Morgengrauen war er wieder auf seinem Posten. Ja, hieß es, Spinola sei immer noch bei der Arbeit.

Dann hatte Kreisler Glück. Er sah, wie der Theatermaschinist das Haus durch eine Hintertür verließ. Spinola war groß gewachsen, und er schritt gewaltig aus, so daß Kreisler rennen mußte, um ihm auf den Fersen zu bleiben.

Spinola lief durch die halbe Stadt. Er schlug dabei Haken wie ein Hase. Zuweilen blieb er stehen und sah sich um. »Er weiß, daß er verfolgt wird«, dachte Kreisler. »Aber er gibt sich keine allzugroße Mühe, den Verfolger abzuschütteln.« Doch … wäre Spinolas Gestalt nicht so auffällig gewesen, sein grauer, unbedeckter Kopf so erhaben, Kreisler hätte ihn bestimmt verloren. Schließlich erreichten sie den Spreebogen. Hinüber ging es über die Weidendammerbrücke und am rechten Ufer entlang stromabwärts. Sie passierten den Ephraimschen Garten mit dem ehemals Wartenslebenschen Palais. Dann den Schiffbauerdamm entlang bis zur Mündung der Panke. Eine kleine Holzbrücke führte hinüber zu einer Gruppe flacher Schuppen, die zu einer Schiffswerft gehörten. In einem der Gebäude verschwand Spinola.

Kreisler blieb im Schutz eines Baumes stehen und wußte nicht, wie er sich nun verhalten sollte. Sollte er wieder warten? Sollte er versuchen, in jenes Gebäude zu gelangen, in dem Spinola verschwunden war? Während er noch überlegte, ging die Tür auf, und der graue Lockenkopf Spinolas erschien. Er winkte und rief, und als Kreisler sich immer noch nicht zu rühren wagte, ging er ein paar Schritte auf ihn zu.

»Komm ruhig herein, mein Freund«, sagte Spinola mit seinem volltönenden Baß. »Du bist mir durch die ganze Stadt gefolgt. Nun mußt du auch sagen, was du von mir willst!«

Kreisler näherte sich zögernd. Nein, sehr mutig war er nicht. Kühn war er nur auf dem Papier. Das Herz klopfte ihm bis zum Halse. Als er dem großen Italiener nahe genug gekommen war, packte der sein Handgelenk mit hartem Griff und zog ihn hinter sich her in das Halbdunkel des Schuppens.

Der Mann war Kreisler mehr als unheimlich, wenn er auch durchaus eine gewisse Sympathie für ihn empfand. Spinola saß auf einer Kiste und starrte ihn an. »Du siehst aus wie ein deutsches Kasperle«, sagte er. »Die lange Nase, das spitze Kinn, die ledrige Haut. Am liebsten würde ich dich ausstopfen und dann an feine Schnüre hängen. Du würdest auch gut in eine Automate passen.«

Spinola setzte sich auf ein großes Faß und bedeutete Kreisler, auf einem kleineren Platz zu nehmen.

»Sie sind ein wahrhaft genialer Mechanikus«, sagte Kreisler, den es irritierte, daß seine Beine in der Luft baumelten. Dennoch wollte er sich keine Unsicherheit anmerken lassen. »Macht der Komtur noch Schwierigkeiten?«

»Ich bin dabei, sein Innenleben zu erweitern. Es gibt Erfindungen, die ich noch zu wenig genutzt habe. Den Sömmeringschen Telegraphen zum Beispiel. Kennst du ihn?«

Kreisler schüttelte den Kopf.

»So ist es eben. Von den wirklich großen Erfindungen nehmt ihr Kerle keine Notiz. Diesem Frankfurter Arzt ist es schon vor etlichen Jahren gelungen, Buchstaben durch Elektrizität zu übertragen. Er nutzte das Phänomen, daß sich Wasser galvanisch zersetzen läßt. Bläschen steigen auf, wenn man zwei Drähte ins Wasser taucht, die mit einer Voltaschen Säule verbunden sind. Konstruiert man eine Art Buchstabenklavier und leitet Drähte von jedem Buchstaben zu einem Wasserbehälter, an dessen oberem Rand die gleichen Buchstaben angebracht sind, dann kann man auf diese Weise eine Botschaft übermitteln. Drückt man auf A, steigen beim anderen A Bläschen auf. So einfach ist das. Und so genial.

Ich glaube, daß die Nervenstränge im Körper nichts anderes sind als Sömmeringsche Telegraphen. Ich sehe hier daher eine Möglichkeit, meinem eisernen Freund ein Nervensystem zu verleihen.«

»Sind Sie ein Anhänger La Mettries?«

»Du meinst diesen unbegabten Scharlatan von Franzosen? Ich habe von ihm gehört. Er hat den Menschen mit einer Maschine verglichen. Ein dummer Gedanke. Menschen sind viel zu stümperhaft gebaut. Sieh dich doch an, so zerbrechlich, so schnell aus der Fassung zu bringen. Ein kleiner Schnupfen, und schon bist du dem Grabe nahe. Der menschliche Körper ist eine ziemlich mangelhafte Konstruktion.«

Spinola zog ein Messer aus dem Gürtel und prüfte die Schärfe seiner Klinge mit dem Daumen. Dabei fixierte er Kreisler mit einem solchen anatomischen Interesse, daß der seinen Adamsapfel spürte wie einen Kloß im Hals.

»Die Halsschlagader zum Beispiel, sie ist viel zu wenig geschützt. Ich würde die empfindlichen Teile einer Uhr immer tief in ihr Inneres verlegen. Du siehst also, der liebe Gott ist wahrlich kein guter Mechanikus gewesen. Es ist eher umgekehrt: Maschinen haben manches mit Menschen gemein, mit besser konstruierten allerdings. Mein Ehrgeiz ist es, Maschinen das zu geben, was sie verdienen: ihre eigene Würde. Mit Menschen ist das viel schwieriger. Sie haben meistens keine Würde, und man kann sie ihnen auch nicht geben.«

Spinola machte eine Pause und blickte Kreisler prüfend an. »Weißt du«, sagte er dann mit einem höflich-mitleidigen Ton in der Stimme, »eigentlich tust du mir leid. Du gehörst zu den Menschen, die am Leben gehindert worden sind. Durch den Vater, die Mutter, die Eltern, die Lehrer, die Vorgesetzten, was weiß ich? Jedenfalls geht von dir jener seltsame Sog aus, der von all den Unglücklichen ausgeht, die irgend etwas, ein Umstand, ein Lebensverhältnis am Leben gehindert hat. Du bist ein Krüppel des Daseins. Deshalb trinkst du und redest du. Beides mit einer Leidenschaft, die nur erklärlich ist, wenn man dich zu den Ertrinkenden rechnet, zu denen, die hoffnungslos schwimmen, nicht aus Lust, sondern weil sie keinen Boden mehr unter den Füßen haben. Du bist zwar verheiratet und hast ein Amt. Doch diese armseligen beiden Planken im weiten, leeren Ozean, an die du dich klammerst, sind bereits vollgesogen mit dem Wasser, in dem du selber treibst.«

Er hielt von neuem inne und begann mit dem Messer ein Stück Holz zu bearbeiten. »Diese ganze Stadt«, fuhr er fort, »sie ist nicht viel anders. Sie hat keinen Sinn. Sie liegt an keinem Meer, an keinem Strom. Sie liegt an einem armseligen Rinnsal, einem Flüßchen. Sie hat sich hierher verirrt, hierher, wohin eigentlich ein Dorf gehört. Deshalb wird Berlin immer ein Dorf bleiben, auch wenn es noch so wächst. Niemand sollte bedauern, wenn diese Stadt von der Landschaft verschwände, niemand sollte sie ernsthaft vermissen. Genauso wie dich niemand wirklich vermissen würde, wenn ich dich verschwinden ließe. Ich könnte dich jetzt ganz einfach umbringen, kleiner, neugieriger Mann. Und dich hier irgendwo verscharren. Ich könnte dich zerlegen und die Einzelteile in Fässer verschließen und in den Fluß werfen. Aber ich tue es nicht, weil du mir gefällst. Du hast Sympathie gezeigt für meine Arbeit. Du hast dir den Komtur angesehen und mein Lebenswerk bewundert. Deshalb werde ich dir im Augenblick nichts tun. Ich möchte dich aber warnen. Begib dich nicht zu tief in die Geheimnisse jenes Hauses. Und vor allem störe mein Projekt nicht. Der Komtur muß fertig werden.«

Spinola erhob sich von seinem Platz und trat auf Kreisler zu. Der spöttische Ausdruck im Gesicht des Italieners verhieß nichts Gutes. Auch hielt er das Messer so, als wollte er Kreisler im nächsten Moment wie eine Melone aufspießen. Der griff in seine Jackentasche, holte ein großes Schnupftuch heraus, faltete es auf und zog ein unansehnliches, graues Ding heraus, das er Spinola entgegenhielt. Die Maßnahme wirkte augenblicklich. Spinola erstarrte. Ein wenig von seiner Selbstsicherheit schien aus seiner Haltung gewichen. »Woher hast du das?«

»Sie wissen, was es ist? Es ist eine Fledermaus. Aber keine gewöhnliche. Es ist eine Spallanzanische Fledermaus. Kannten Sie den Mann, der dieses arme Tier einst für seine Experimente mißbraucht hat?«

»Mißbraucht, sagst du? Das ist wohl kaum das richtige Wort. Ja, ich kannte ihn. Wir haben uns vor vielen Jahren in Sizilien getroffen. Wir sind Freunde geworden. Seine große Leidenschaft waren damals in der Tat Fledermäuse. Ich zeigte ihm eine Höhle, die voll mit diesen Tieren hing. Spallanzani verbrachte dort die Nacht. Als wir uns am nächsten Morgen wiedersahen, behauptete er, mit einigen der Tiere gesprochen zu haben. Ihre Sprache sei sehr hoch, zu hoch für menschliche Ohren. Dann zeigte er mir ein Gerät, das es ihm angeblich möglich machte, die Stimmen der Fledermäuse zu hören. Eine Art Kasten mit je einer Öffnung an den beiden Schmalseiten. Auf der einen Seite ein Trichter, auf der anderen Seite eine Art Hörrohr. Wenn man den Deckel öffnete, sah man winzige feine Saiten, die nach Spallanzanis Worten von den hohen Pfeiftönen der Fledermäuse zum Schwingen gebracht wurden und dann selber Töne abgaben, die das menschliche Ohr vernahm. So etwas wie eine Übersetzermaschine also.«

»Hatten Sie mit Spallanzani auch Kontakt, als er in Berlin war?«

»Wenn du ein Mann der Wissenschaft wärest und kein Quacksalber der Worte und Töne, würdest du nicht solche Fragen stellen. Ich will dir dennoch ein wenig Nachhilfe geben. Ja, ich hatte Kontakt mit ihm, als er hier war. Man ging nicht allzu freundlich mit ihm um. Für mich war es selbstverständlich, einem Landsmann beizustehen. Außerdem überschnitten sich unsere wissenschaftlichen Interessen.

Ich habe ihm also bei seinen Experimenten geholfen. Wir fingen Fledermäuse und steckten sie in eine künstliche Höhle. Wir raubten ihnen das Augenlicht und schnitten einigen die großen Ohren ab und beobachteten ihr Verhalten. Die Tiere ohne Ohren taumelten wie Motten durcheinander und verletzten sich, weil sie gegen die Wände flogen.«

»Und wozu das alles?«

»Spallanzani war dem Geheimnis des Lebens auf der Spur. Er glaubte an seine künstliche Nachahmung. Sein Fehler war, sich zu sehr auf die Natur zu verlassen. Er dachte, man könne sie verbessern, einen künstlichen Menschen schaffen auf der Basis seiner viel zu spröden Knochen, seiner zu schwachen Muskeln, seiner mittelmäßigen Sinnesorgane. Er hoffte, den Orientierungsapparat der Fledermaus auf den Menschen übertragen zu können. Das Experiment scheiterte. Totes Gewebe wurde von lebendem abgestoßen, trotz der Substanzen, die wir einsetzten.«

»Und die Sie von Liebenwein erhielten.«

»Liebenwein war Spallanzanis Experte für Drogen. Er war übrigens nekrophil. Seine Spezialität waren Leichen, war das Niemandsland zwischen Tod und Leben. Und er war besessen von der Idee, einen Weg zu finden, Gold zu machen. Dank seiner Kenntnisse gelang es Spallanzani, einen zweiten Kopf auf eine Schlange zu verpflanzen.«

»Ein teuflisches Trio. Warum ist es auseinandergegangen?«

»Spallanzani mußte nach seinem Experiment mit der Hündin Berlin verlassen. Aber wir waren sowieso zerstritten. Ich glaubte damals schon, daß der Mensch der Zukunft nicht aus Fleisch und Blut besteht, sondern aus Kupfer, aus Drähten, aus Elektrizität.«

»Eine Vision des Bösen.«

»Ganz im Gegenteil. Du wirst nicht bestreiten können, daß der Mensch in seiner jetzigen Form das Böse auf eine höchst überzeugende Weise verkörpert.«

»Er hat einen guten Kern.«

»Und genau der ist die Ursache all der Schandtaten, die im Namen des Guten geschehen. Der Teufel ist nichts anderes als der dunkle Schatten, den die göttliche Lichtgestalt wirft. Nimm dem Menschen die Anlage zur Moral, und er wird nicht mehr gegen sie verstoßen!«

»Empfinden Sie denn den Tod eines Menschen nur als sein persönliches Drama?«

»Wir aus Palermo haben eine andere Einstellung zum Tod als ihr Deutschen. Wir wissen, daß jeder Mensch ein kleines Gefängnis ist. Einen Menschen töten, bedeutet, ihn aus seinem Gefängnis befreien.«

Spinola begann auf und ab zu gehen. Wenige Schritte her und hin, wie jemand, der sich in einem kleinen Gefängnishof Bewegung zu verschaffen sucht. Kreisler empfand beinahe so etwas wie Mitleid mit diesem Goliath, in dem ein David zu stecken schien.

Aber dann dachte Kreisler an Amandine, und die alte Wut kehrte zurück. Er sprang vom Faß herunter und stellte sich Spinola in den Weg. »Für Ihre Experimente brauchten Sie einen Operateur, der mindestens so gut war wie Spallanzani. Sie fanden ihn in Rabenstein.«

Spinola legte seine mächtigen Hände auf Kreislers Schulter und begann zu lachen.

»Du scheinst gut recherchiert zu haben, mein Kleiner. Woher nimmst du eigentlich den Mut, mir das alles zu sagen? Oder ist es kein Mut, sondern Dummheit! Bist du noch immer in diese Tänzerin verliebt? Ja, ich arbeite mit Rabenstein zusammen. Der arme Teufel ist nicht ganz richtig im Kopf. Eigentlich gibt es drei von ihnen. Der Medizinstudent, der er mal war; ein Verrückter, der sich für Spallanzani hält; und Carlsberg, der Schauspieler. Alle drei zusammen ergeben Rabenstein. Eine schwierige Mischung. Ich habe viel Mühe mit ihm. Zumindest seit er sich wie wahnsinnig in die gute Amandine verliebt hat.«

»Wie kam es zu ihrem Tod?«

»Ich sehe, deine Neugier in dieser Sache ist unstillbar. Und nichts hält mich aus bestimmten Gründen davon ab, sie zu stillen. Also höre.«

Er fuchtelte wieder mit seinem Messer herum, und Kreisler erinnerte sich mit Schrecken daran, daß es von Mördern hieß, sie würden unmittelbar vor der Tat dem Opfer gegenüber noch gerne ihr Gewissen erleichtern.

»Der arme Rabenstein war also besessen von einer krankhaften Zuneigung zu jener hochbegabten Tänzerin. Diese Obsession gefährdete unsere Zusammenarbeit. Ich entschloß mich, Amandine zu opfern. Ich redete Rabenstein ein, er könne sie haben. Sie gehöre ihm. Er solle sie sich holen. Rabenstein tat es auf eine Weise, die ihren Tod zur Folge hatte. Sie starb an dem Gift, das sie willenlos machen sollte. Obwohl sie jenes Gift sonst auch zur Steigerung ihrer tänzerischen Leistung einsetzte, war die Dosis diesmal zu hoch. Rabenstein drohte über dem Tod der Tänzerin völlig den Kopf zu verlieren. Und damit endgültig zu einer unberechenbaren Gefahr für meine Projekte zu werden. Um ihn zu beruhigen, schlug ich deshalb vor, die Tote zu reanimieren. Eine Art Rekonstruktion. Wir begannen mit den Füßen.«

»Sie sind ein Teufel. Wissen Sie, daß Amandine zu diesem Zeitpunkt noch gar nicht tot gewesen war? Das ergab jedenfalls die Obduktion.«

Spinola blickte Kreisler ungerührt an. »Und wenn schon. Ihr Schicksal war ohnehin besiegelt, so oder so. Ich versprach jedenfalls Rabenstein, ihm eine neue Geliebte zu verschaffen, vollendeter noch als Amandine. Und ihm vollkommen hörig ... Wir versuchten alles, spezielle Substanzen ...«

»Die Sie von Liebenwein erhielten.«

»Magnetismus.«

»Sie ließen sich von Wolfahrt beraten. Und Sie sammelten andere Gliedmaßen. Sie sind schlimmer als der Teufel!«

»Ich wußte natürlich, daß unser Experiment zum Scheitern verurteilt war. Aber ich konnte auf diese Weise den guten Rabenstein bei der Stange halten.«

Kreisler hatte genug gehört. Er wechselte das Thema. »Wie haben Sie es geschafft, diese menschliche Automate zu bauen, den Komtur? Wie funktioniert er, wie kann er sprechen und gehen?«

»Und tanzen vor allem! Das kann er am besten. Es ist eine Frage der Gewichte, der Schwerpunkte und ihrer Balance. Ich glaube, hier wird in den nächsten Jahrhunderten noch eine ungeheure Entwicklung stattfinden. Die Fortschritte bei künstlichen Gliedern sind jetzt schon enorm. Wir müssen es nur noch lernen, Sinnesorgane zu bauen. Ohren, Augen nach Art des Sömmeringschen Telegraphen. Ich beschäftige mich in letzter Zeit vor allem mit künstlicher Sprache. Man kann viel von der Geige lernen. Eine Geige kann schluchzen, kann singen, kann weinen. Bogen, Saiten, Stimmstock, Resonanzboden, gewisse veränderliche Formen des Schallkanals, ich bin überzeugt, auf dem richtigen Weg zu sein. Ich arbeite momentan an einem mechanischen Kehlkopf. Ich habe es zuvor mit Kehlköpfen von Leichen versucht. Sie sind unbrauchbar, wenn die Durchblutung fehlt.«

»Warum haben Sie Liebenwein getötet, und warum diese theatralische Aktion mit der Spieldose in seinem Kopf? Und Rust, Eduard Rust? Was haben Sie mit ihm angestellt?«

»Liebenwein wollte mich erpressen. Er brauchte Geld für seine Goldmacherei. Und Rust, er war für Amandines Gesicht zuständig. Ich habe gehofft, ihn wie Rabenstein halten zu können. Aber Eduard war genauso wie ihr alle. Er hielt die Lust des Fleisches für das höchste Ziel des Daseins. Ja, er wurde getötet. Auf eine besonders sinnfällige Weise. Indem man ihm ein Stückchen Fleisch seiner toten Geliebten implantiert hat. Heißt es nicht so schön von der körperlichen

Liebe, sie sei ›die Vereinigung des Fleisches‹? Rust ist an diesem Glück krepiert.«

»In meinen Augen sind Sie eine kranke Bestie«, sagte Kreisler. Seine Stimme zitterte. »Sie sind wahnsinnig, besessen, und dabei doch voll zurechnungsfähig. Und Sie sind ein Scharlatan. Ist Ihr Komtur nicht bloß eine Attrappe nach Art des Kempelenschen Schachautomaten?«

Im selben Moment, als er dies sagte, spürte Kreisler, daß er zu weit gegangen war. Wie ein gereiztes Tier sprang Spinola auf ihn zu, packte ihn und riß ihn zu Boden. Die Kräfte des Mannes waren ungeheuerlich. Kreisler zappelte wie ein Kind unter seinem Griff.

»Ich werde dir den Kopf aufschlagen wie ein Hühnerei!« brüllte Spinola außer sich. »Ich werde dich in die Spree werfen mit aufgeschlitztem Bauch. Dann kannst du wie ein Fisch zu den Sternen hoch sehen. Aufgeschlitzte Fische treiben immer mit dem Bauch nach oben. Wußtest du das? Nein? Und du willst ein Dichter sein!«

So schnell wie sein Zorn gekommen war, verrauchte er wieder. Er stellte Kreisler auf die Füße. »Was willst du jetzt machen, kleiner Mann? Zur Polizei gehen? Ich finde, du hast schon genug Schwierigkeiten bereitet. Ich schlage dir einen Handel vor. Du und dein Freund, ihr haltet still bis nach der Premiere des Don Giovanni. Sie wird der krönende Abschluß meiner Arbeit hier. Dann verschwinde ich aus der Stadt, und ihr könnt meinetwegen die Polizei informieren. Wahrscheinlich wird man euch dort für verrückt halten, denn diese Herren haben keine Phantasie.«

»Der Handel gefällt mir nicht«, sagte Kreisler. »Er macht mich zum Mittäter ...«

»Vielleicht läßt sich mein Vorschlag auf diese Weise annehmbar machen«, fiel ihm Spinola ins Wort. Er erhob sich, öffnete den Deckel der Kiste, holte einen Schal hervor und reichte ihn Kreisler, der ihn sofort erkannte. Er war aus seidenweichem Angoragarn, glänzend weiß, jedoch von ein paar häßlichen Flecken verunziert.

»Es ist Blut«, sagte Spinola. »Aber Ihre Freundin ist bisher nur leicht verletzt.«

Spinola näherte sich Kreisler und legte seine Hand auf dessen Schulter. »Ich denke, das genügt. Du wirst auf meinen Vorschlag eingehen, und ich werde als Gegenleistung darauf verzichten, mir die wunderbaren Stimmbänder dieses Fräuleins näher anzusehen.«

Spinola führte Kreisler zur Tür und geleitete ihn bis zur Pankebrücke. Er drückte ihm die Hand zum Abschied: »Du gefällst mir. Ich würde dich wirklich gerne sezieren lassen. Deine Stimme knarrt allerliebst wie die einer Automate. Du solltest mir deinen Zwergenkörper testamentarisch vermachen, bester Freund!«

»Eine letzte Frage habe ich noch«, sagte Kreisler, der sich wunderte, wie warm und freundschaftlich Spinolas Händedruck war: »Was bedeuten die vier Buchstaben auf Amandines Spiegel?«

»Du bist wirklich unersättlich. Es war so: Nachdem Rabenstein Amandine in meine Werkstatt geschleppt hatte und wir ihre Füße amputiert hatten, brachte ich den Leichnam zurück und setzte ihn vor den Spiegel. Amandine sah mich an. Ihr Blick drückte Entsetzen aus. Einen Augenblick dachte ich, daß sie noch lebte. Ich tupfte einen Finger in ihre Schminkdose. Es war eine Art Beschwörung. Ich muß gestehen, daß ich so etwas wie Furcht verspürte, und um dieses Gefühl zu bannen, wollte ich etwas ganz Einfaches schreiben, etwas, das genau das bedeutete, was ich gerade tat. Ich begann das Wort ›spalmare‹ auf den Spiegel zu schmieren. Spalmare heißt in meiner Muttersprache schmieren, wie du weißt. Als ich die ersten vier Buchstaben geschrieben hatte, fiel mir auf, daß sie alle in meinem Namen enthalten sind, außerdem ist es der Anfang von Spallanzani. Dies kam mir wie ein Einfall des Teufels vor. Vielleicht war es die Tote, die meine Hände lenkte. Ich geriet in Panik und eilte davon. Du siehst, auch ich habe meine Schwächen.«

Sie waren ganz nahe an die Flußmauer getreten. Im trüben Wasser trieb eine Ratte. Sie war weiß, nackt, und ihre Gliedmaßen bewegten sich im Rhythmus der Wasserwirbel. Spinola wäre es ein Leichtes gewesen, Kreisler ins kalte Wasser hinabzustoßen. Aber statt dessen klopfte er ihm noch einmal auf die Schulter. »Du wirst das alles nicht weitererzählen. Denk an den Schal. Außerdem hast du als Verfasser wirrer Gruselgeschichten einen solch schlechten Ruf, daß dir sowieso niemand glauben würde.«

Spinola lachte noch einmal, wandte sich ab und ging in Richtung Werft zurück. Kreisler sah seiner massigen Gestalt nach, und ihm schien, daß eine große Traurigkeit von ihr ausging. Dann setzte er seinen Weg fort. Einmal blickte er hoch, ob da nicht Schnüre vom Himmel herabhingen und seine Arme und Beine bewegten. Aber er sah nur jagende Wolken. Erst auf der Spreebrücke blieb er stehen. Regenböen peitschten das Wasser. Mit beiden Händen hielt er sich am Geländer fest. Warum hatte ihn dieser bestialische Mann trotz allem so beeindruckt? Er fühlte deutlich, daß er sich jener Faszination, die von Spinola ausging, nur schwer entziehen konnte.

Der plötzliche Wetterumschwung paßte zu seiner düsteren Stimmung. Im nachhinein kam es ihm vor, daß ihn die Veränderungen des Himmels, diese schwärzlichen Wolkensoffitten, die plötzlich aus dem Schnürboden des Firmaments herabhingen, dazu inspiriert hatten, noch einmal umzukehren.

Er ging über die Weidendammer Brücke zurück und begab sich zum Ephraimschen Garten. Völlig durchnäßt kletterte er auf die Mauer, die den Park umgab. Es dauerte nicht lange, und sein Verdacht bestätigte sich. Er sah die hochgewachsene Gestalt eines Mannes, der einen schweren Wettermantel trug. Spinola. Er kam über die morastigen Wiesen der Panke und betrat den Garten durch eine kleine Pforte. Kreisler glitt von der Mauer herab und verbarg sich im Gebüsch. Von hier aus sah er, wie der Maschinist auf den berüchtigten Pavillon zuging, den man das Spukhaus nannte, und in ihm verschwand. Kreisler traute sich nicht näher heran. Eine Weile wartete er noch, doch da Spinola nicht wieder erschien, machte er sich endgültig auf den Weg zu Freundt.

31. DAS SPUKHAUS

Auch nach dem vierten steifen Punsch fror Kreisler noch. Er war völlig durchnäßt und verwirrt bei seinem Freund eingetroffen, und Ludwig hatte ihn mit den Worten empfangen: »Gut, daß du kommst. Ich habe wichtige Neuigkeiten. Sie haben Legrand in die Anstalt gebracht. Er ist jetzt in den Händen von Doktor Steinhäuser. Wie findest du das? Er hat randaliert, hat alles kaputtgeschlagen, was ihm in die Quere kam. Er soll auch den guten Brühl tätlich angegriffen haben. Man hat den armen Kerl in der Zwangsjacke weggebracht.«

Kreisler schien gar nicht zuzuhören. »Ludwig, weißt du, was mir Schreckliches widerfahren ist?« sagte er. »Ich bin dem Bösen begegnet, ich habe sogar mit ihm parliert, beinahe wie in einem Salon! Und das Entsetzliche ist, das Böse hat in manchem meine Sympathie.«

»Spinola? Du hast also mit ihm geredet!«

»Ja. Er hat seine Karten aufgedeckt. Jedenfalls weitgehend. Dennoch hat er den höchsten Trumpf in der Hand behalten. Johanna. Er hat sie als Geisel genommen. Ich weiß nicht, was ich tun soll.«

»Erzähl erst mal in Ruhe, mein Guter, und trink noch einen Punsch.«

»Du hast recht. Ich glaube, man trinkt auch in der Hölle Punsch. Denn die Hölle ist kalt, eiskalt, sage ich dir.«

Kreisler erzählte seine Begegnung mit Spinola in aller Ausführlichkeit. Dann sagte er: »Was wir vor allem brauchen, sind handfeste Beweise. Gibt es zum Beispiel eine Möglichkeit zu überprüfen, wann welcher Schauspieler im Theater anwesend war und was er dort getan hat?«

»Ja, das Direktionsbuch. Da wird all das festgehalten. Es ist der Augapfel des Direktionssekretärs Rüthling.«

»Es müßte sich also nachweisen lassen, daß Carlsberg nie während der Don-Giovanni-Proben den Daniel oder andere Rollen gespielt hat. Jedenfalls, wenn der Komtur bei den Proben benötigt wurde.«

»Ich kann versuchen, an das Buch heranzukommen. Es wird nicht einfach sein. Aber was hast du sonst noch vor? Hältst du nicht den Zeitpunkt für gekommen, Trützschler und Frederiksen einzuschalten?«

»Die entscheidende Frage lautet: Warten wir bis zur Don-Giovanni-Premiere, ehe wir losschlagen? Wenn wir davon ausgehen, daß Carlsberg im Komtur steckt, dann wäre das die ideale Gelegenheit, ihn zu schnappen. Spinola wird, wie ich ihn kenne, ebenfalls Zeuge seines Triumphes sein wollen. Denk doch mal, der Tanz des Komturs mit Gioconda, das Feuer und der Abgrund, der Don Giovanni verschlingt, das werden Höhepunkte seines Könnens sein. Er wird in den Kulissen sein, wenn all das geschieht. Aber ich fürchte, wir können das nicht abwarten. Wegen Johanna. Wir müssen sie befreien. Zögern wir also nicht. Gehen wir zu Trützschler.«

Als sie in der Hausvogtei anlangten, fanden sie dort bereits eine hochrangige Versammlung vor. Johannas Vater hatte das Verschwinden seiner Tochter inzwischen gemeldet, und in fieberhafter Eile war die Spitze des Polizei- und Sicherheitsapparates zusammengerufen worden.

In Trützschlers Büro waren anwesend: der Preußische Polizeiminister Fürst zu Sayn-Wittgenstein-Hohenstein, der

Minister des Inneren Friedrich von Schuckmann, der frischgebackene Direktor des Preußischen Polizeiministeriums Karl Albert von Kamptz, Professor Wolfahrt, der Polizeiagent Doktor Georg Klindworth und der völlig aufgelöste Tenorist des königlichen Nationaltheaters Friedrich Eunicke.

»Die Situation ist mehr als prekär. Sie droht aus dem Ruder zu laufen«, sagte der Fürst. Er sprach so leise, wie er es nur im Zustand höchster Erregung tat. »Das Verschwinden von Fräulein Eunicke wird sich nicht verheimlichen lassen. Sie ist noch mehr eine Person des öffentlichen Lebens, als es jene Tänzerin war. Selbst wenn wir diese Oper, die ...«

»Undine«, ergänzte Kreisler.

»... diesen Don Giovanni unverzüglich absetzen lassen, wird sich der Skandal nicht verhindern lassen. Es müssen also sofort und auf der Stelle Maßnahmen ergriffen werden, die dazu angetan sind, den Skandal zu verhindern.«

Fürst Wittgenstein sah Schuckmann an, dieser sah Kamptz an, und der richtete einen geradezu drohenden Blick auf Trützschler. Trützschler räusperte sich.

»Wir müssen so schnell wie möglich Johanna Eunicke finden, lebendig oder ...« Er zögerte, als er sah, wie der Vater Johannas flehend die Hände rang. »Meiner Behörde ist dank gewisser Recherchen bekannt, daß Sie, Herr Kammergerichtsrat Kreisler, möglicherweise im Besitz gewisser Kenntnisse sind, die für uns in dieser Angelegenheit hilfreich sein könnten.« Sein Blick ruhte in einer undefinierbaren Mischung von Wohlwollen und Kritik auf Kreisler. »Und auch Sie, Herr Freundt, sind in dieser Sache, wie wir ebenfalls wissen, höchst engagiert.« Freundt nahm Haltung an, fast hätte er salutiert, aber Kreisler zwickte ihn rechtzeitig in die Seite.

Schuckmann übernahm das Wort: »Wir sind über eigenmächtige Recherchen dieser Art ganz und gar nicht erfreut. Vielmehr würden wir sie mit den gebührenden Maßnahmen ahnden. In diesem Fall jedoch können wir mildernde Umstände gelten lassen, sollten durch Sie beide, meine Herren, Informationen vorliegen, die zur Auffindung von Fräulein Eunicke führen.«

»Ich weiß, wo sie ist«, sagte Kreisler. »Sie ist nicht in unmittelbarer Gefahr. Dennoch empfehle ich, einen sofortigen Befreiungsversuch zu wagen.«

Der Vater Johannas war kreidebleich geworden. Er näherte sich Kreisler und umschlang ihn. »Retten Sie meine Tochter«, stöhnte er.

Die eisige Stimme Schuckmanns war wieder zu hören. »Durch Doktor Klindworths Bemühungen ist uns bekannt, daß Sie den Theatermaschinisten Paolo Spinola der ungeheuren Taten verdächtigen, die unsere Bevölkerung in letzter Zeit so sehr beunruhigen. Haben Sie Beweise? Spinola hat große Verdienste um unsere Stadt. Von Brühl hat mir seine Bedeutung für den Erfolg des hiesigen Theaters bestätigt. Es ist keine Kleinigkeit, einen Mann dieser Reputation zu verdächtigen!«

»Glauben Sie mir«, sagte Kreisler. »Er ist ein Mörder. Er hat es mir selbst gesagt. Auch wenn er diesen Begriff nicht in dem Sinne versteht, wie wir es als gewöhnliche Christenmenschen tun. Ich bin gerne bereit, Ihnen nähere Auskünfte zu Spinola und seinem eigenartigen Weltbild zu geben, schlage aber vor, dies auf später zu verschieben. Johanna, ich meine Fräulein Eunicke, befindet sich mit größter Wahrscheinlichkeit im sogenannten Spukhaus, dem Gartenpavillon des Ephraimschen Gartens. Es ist möglich, daß sie ein Mensch namens Carlsberg bewacht. Spinola selbst hat sein Domizil in der leerstehenden Werft am Unterbaum.«

Trützschler gab Frederiksen Anweisungen. Wenig später sammelten sich im Hof der Hausvogtei bewaffnete Schutzmänner. In vier Wagen fuhren sie hinaus in den Norden der Stadt. Zwei Wagen hielten vor dem Ephraimschen Palais. Zwei andere fuhren unter Klindworth Führung weiter in Richtung Unterbaum.

Still und friedlich lag der Ephraimsche Garten da. Frederiksen näherte sich mit seinen Männern sternförmig dem Pavillon. Der Kommissar erreichte als erster die Tür und hob die Hand, um seine Leute zum Stehen zu bringen. Dann zog er eine Pistole, drückte die Klinke und trat ein. Dicht darauf folgten Trützschler und die Polizisten.

Es dauerte einige Zeit, bis auch Kreisler und Friedrich Eunicke hereingewunken wurden. Es war hell im Pavillon, da man die Vorhänge beiseite gezogen hatte. Gerümpel war aus einer Ecke fortgeschafft worden, wodurch eine Klappe sichtbar geworden war. Sie stand offen und gab den Blick frei auf Treppenstufen. »Kommen Sie, meine Herren«, sagte Frederiksen, »es ist kein angenehmer Anblick, aber Sie brauchen sich nicht zu beunruhigen.«

Fackeln brannten in dem Raum, in dem es über steile Stufen hinabging. Es roch unangenehm hier unten, süßlich und stechend scharf. Kreisler kannte den Geruch: Asa foedita.

Sie sahen sich um, erkannten zuerst wenig mehr als Flecken, Schatten. Dann, im Licht der Fackeln, sahen sie überall kleine, verrenkte Wesen, Gerippe an den Wänden, der Decke, am Boden. »Spallanzanis Fledermaushöhle«, flüsterte Kreisler. Dann fiel sein Blick auf ein primitives Bett, auf dem eine gefesselte Frau lag. Johanna. Frederiksen kniete neben ihr und ließ das Licht seiner Fackel auf sie fallen. Sie war nicht tot, das war deutlich, denn ihre Brust hob und senkte sich. Um ihren Hals zog sich ein feiner roter Strich, gesäumt von schwärzlich angetrocknetem Blut, eine Wunde, eingeritzt in die Haut.

»Sie ist nur betäubt«, sagte der Kommissar. »Ich glaube, sie wird gleich zu sich kommen. Vielleicht sollte eine mit ihr vertraute Person mit ihr sprechen. Kommen Sie, Herr Eunicke.«

Friedrich Eunicke kniete nieder neben seiner Tochter und

verbarg sein Gesicht in den Händen. Man hörte ihn weinen. Trützschler zog ihn weg. »Herr Kammergerichtsrat, Sie sind ein Freund Johannas.«

Kreisler kniete ebenfalls nieder. Er war vollkommen gefaßt. Sanft streichelte er Johanna über Stirn und Wangen. Es war das erste Mal, daß er ihr so nahe war, sie so anfassen durfte. Daß er Zeugen dabei hatte, störte ihn nicht. Er näherte seinen Mund ihren Lippen und küßte sie. Dabei roch er deutlicher als zuvor den Geruch von Asa foedita. Johanna regte sich immer noch nicht.

Er hatte eine Idee. Er begann zu singen, ganz dicht an ihrem Ohr. Das Lied, das er für sie geschrieben hatte. Seine Liebeserklärung: »Schweigend werde ich mein bitteres Geschick beklagen ...« Ihre Augenlider begannen zu zittern, Schweiß trat auf ihre Stirn. Sie atmete schneller. Er nahm ihre eiskalte Hand, und während er weitersang, kehrte das Bewußtsein in sie zurück. Sie blickte ihn an. »Wo bin ich?« flüsterte sie. »Ist er fort?«

Kreisler nickte. »Ein böser Mann war es. Er will mich töten, er will meine Stimme, meinen Kehlkopf, hat er gesagt.«

»Hab keine Angst, Johanna. Spinola ist nicht hier. Wir werden ihn fassen. Du brauchst ihn nicht mehr zu fürchten.«

Schließlich brachte man Johanna hinaus. Ein Wagen fuhr sie zur Charité. Unterdessen wurde unter Trützschlers und Frederiksens Leitung die Untersuchung der Katakomben unter dem Gartenhaus fortgesetzt.

Es gab mehrere Räume, die ineinander übergingen. Einer von ihnen war zu einem hervorragend eingerichteten Operationssaal ausgebaut. Hier gab es, wie der inzwischen herbeigeholte Prosektor Rust bestätigte, alles nur erdenkliche Gerät, um einen menschlichen Körper zusammenzuflicken oder aber in seine Bestandteile zu zerlegen. Messer, Scheren, Zangen, Sägen, Klammern, aber auch etliche Flüssigkeiten, Chemikalien, die zum Präparieren oder Mumifizieren dienten, wie Rust oberflächlich durch Riechen an den Flaschen ermittelte.

Der Raum nebenan war eine Werkstatt zur Anfertigung feinmechanischer Produkte. Mehrere künstliche Gliedmaßen, Hände, Finger, Füße, die echten täuschend ähnlich waren, bildeten auf einem der Tische ein schockierendes Stilleben.

Die Atmosphäre war gespenstisch. Fackeln erleuchteten den Raum. In ihrem Licht besaßen die Präparate auf den Tischen und den Regalen tierhaftes Leben, Hände, die auf ihren Schatten hockten, Finger, die sich wie Würmer zu krümmen schienen. Am schlimmsten aber war der bestialische Gestank. Eine Mischung von Blut, Formalin und anderen Essenzen, das grauenhafte Parfüm des Todes.

Man drängte nun nach oben ans Tageslicht. Der Pavillon wurde versiegelt und eine Wache postiert.

Inzwischen war Klindworth mit seinen Leuten zurück. Sie hatten keinen Erfolg gehabt. Zwar hatte man in der stillgelegten Werft einen Raum gefunden, in dem noch bis vor kurzem ein Mensch gehaust haben mußte – an der Wand hing ein Stich von Palermo –, aber das blieb der einzige Hinweis auf einen Bewohner namens Spinola.

Eine Befragung der Zollbeamten vom Unterbaum ergab, daß vor kurzem ein Segelboot von einer Helling ins Wasser gebracht und spreeabwärts gefahren war. Der Mann sei gekleidet gewesen wie ein Fischer. Daraufhin wurde berittene Polizei zur Inspektion der Flußufer in Bewegung gesetzt. Niemand rechnete allerdings mit einem Erfolg der Aktion. Inzwischen war genügend Zeit verstrichen, um einem Flüchtenden die Möglichkeit zu geben, irgendwo ungesehen im Ufergebüsch zu verschwinden.

In den folgenden Tagen schwirrten die Gerüchte in den Cafés und Salons herum wie bunte Sittiche. Stellte das Verschwinden des Theatermaschinisten die Don-Giovanni-Premiere in Frage? Nein, hieß es, die Maschinerie sei vollendet und würde vom zweiten Maschinisten und anderen Helfern bedient.

Und wie ging es dem Fräulein Eunicke, der Nachtigall der Spree?

Gut, hieß es. Sie habe sich dank des spargierten Wassers aus dem Wolfahrtschen Spital ungewöhnlich schnell erholt. Sie werde die Donna Anna singen können.

32. DIE PREMIERE

Er hatte eine ganze Loge für sich und Mischa genommen. Am liebsten wäre er ganz allein gewesen, aber diesmal hatte sich seine Frau entschlossen mitzukommen. Und nun saß sie neben ihm mit einem Gesicht voller kindlicher Vorfreude. Sie sah gut aus. Ihr bäuerliches Gesicht hatte im rötlichen Licht der Lampen einen indianischen Schnitt, wie er fand. Während er den Zuschauerraum und die anderen Logen musterte, tastete er nach ihrer Hand, und sie erwiderte deren Druck.

Die Sitzreihen füllten sich. Er erkannte Koreff, die Gerlachs, Familie Staegemann, Rust, Rudolf, Steinhäuser, Schinkel, Rauch, Wolfahrt, Hufeland und viele andere, die mit dem Fall Amandine in irgendeiner näheren oder weitläufigeren Beziehung standen. Auch Trützschler, Klindworth und Frederiksen waren da. Sie saßen auf den Außenplätzen der dritten Reihe, neben ihnen einige Herren, deren Eleganz eher komisch wirkte, so eng spannten die Fracks auf ihren muskulösen Körpern. »Man hat auf meine Empfehlung gehört«, dachte Kreisler zufrieden. »Es wird keine normale Premiere geben. Das weiß ich sicher.«

In der Nachbarloge gewahrte er eine Person, die sich gerade vorbeugte und gleich ihm voller Neugier den Zuschauerraum musterte. Es war Hermine, und er schämte sich. Aber sie lächelte ihm mit einem leichten Kopfnicken zu, so freundlich und selbstverständlich, daß er es dabei bewenden ließ, Mischas Hand loszulassen und höflich zurückzugrüßen. Dann lehnte er sich an die grün tapezierte, dünne Logenwand, vermutend, daß Madame Chézy es auf der anderen Seite genauso tat. Er meinte, sogar den Druck ihres Körpers zu spüren. »Welch armseligen Don Juan gebe ich doch ab«, dachte er. »Hermine, Amandine, Johanna, Mischa, eine höchst anziehende Kombination, aber die von ihr bei mir geweckten Gefühle sind alle zusammengenommen wahrscheinlich doch weniger als wahre Liebe.«

Die Theaterglocke ertönte, und das Orchester begann mit dem Stimmen. Er liebte diesen Vorgeschmack auf Musik, wenn die einzelnen Musiker ihre Instrumente vorbereiteten. Die Klänge, die dabei entstanden, waren auf ihre Art bereits Musik, eine Zufallskomposition, wirr und dissonant zwar, doch zuweilen vielversprechend wie ein dünner Mantel, der den anmutigen Leib des zu erwartenden Werkes darunter bereits ahnen ließ. Kreisler konnte an diesem Vorspiel bereits einschätzen, wie gut ein Orchester gelaunt war, und diesmal schien es von besonderer Spielfreude zu sein.

Dann erschien der Dirigent, und mit ihm verebbte das Stimmengewirr im Saal und eine fast körperliche Stille entstand. Er hob den Taktstock, warf den Kopf zurück, und dann war es, als steche er mit ihm wie mit einem Florett in diesen Körper, der sofort erstarb und jenen grandiosen, unheimlichen und genialen Klängen der Ouvertüre Platz machte, die jedesmal so in seine Seele schnitten, als höre er sie zum allerersten Mal. Fast sechs Minuten Ewigkeit. Dieses gnadenlose Memento mori der Paukenwirbel, diese Streicherunisoni, die wie Messer die Lider von den Augen schnitten, so daß man sein eigenes Ende sehen mußte, auch wenn man die Augen schloß. Er fühlte, wie das Metronom seines Herzens schlug, wie es aus dem Takt zu geraten schien. Ein Blick aus den Augenwinkeln zeigte ihm, daß Mischa blaß geworden war. Ihre

Züge wirkten verrutscht, wie tot. Erst als der Vorgang hochstieg und den Blick auf einen italienischen Garten freigab, schien seine Frau erleichtert aufzuatmen, obwohl die Szene düster genug war. Schwarze, dolchähnliche Zypressen, ein Marmorpalast im Hintergrund, Sterne am Himmel, eine Statue mit leeren Augenhöhlen und einem Raben auf der Schulter ... Schinkels Traum.

Als der dürre, lange Leporello erschien, mit der Laterne in der Hand, und zu singen begann »Notte e giorno faticar ...« strahlte Mischa wie ein Kind. »Er singt von dir«, flüsterte Kreisler ihr zu. »Tag und Nacht müh ich mich ab, für einen, der es nicht zu schätzen weiß.«

Beim Auftritt Donna Annas mußte der Dirigent den Musikern Einhalt gebieten, so tobte der Saal. Die Leute erhoben sich, applaudierten, riefen Johannas Namen. Sie trug das weiße Kleid der Braut. Eine rote Korallenkette zierte ihren schlanken Hals. Kreisler wußte, warum. »Wie wird sie singen?« dachte er. In diesem Augenblick hob der Dirigent den Taktstock und löschte mit einer einzigen Bewegung die tumultarische Begeisterung des Publikums aus. Stille. Das Orchester wiederholte den letzten Takt, und dann sang Johanna: »Non sperar, se non m'uccidi ... Hoffe nicht, entfliehen zu können, es sei denn, du tötest mich.« Giovanni fiel ein: »Donna folle! Indarno gridi ... Törichte Frau! Du schreist vergeblich, wer ich bin, erfährst du nie.« Und Leporello ergänzte zum Terzett: »Che tumulto! ... Welch ein Aufruhr!«

Kreisler hörte vom ersten Ton an, der über Johannas Lippen kam, in welch blendender Form sie war. Noch nie hatte er ihre Stimme so kräftig und klar gehört. Erleichtert lehnte er sich zurück und genoß dieses Wunderwerk von einer Oper, bei der Musik, Sprache, Darstellung auf noch nie dagewesene Weise wie Zahnräder ineinandergriffen und sich gegenseitig antrieben und bewegten, allerdings nur, wenn die Musiker und Sänger gut waren, und diese hier waren gut, so gut wie noch nie, denn Johanna riß sie alle mit.

Ein Blick zur einen Seite zeigte Kreisler, daß Mischa mit roten Flecken auf den Wangen gebannt zuhörte, zur anderen Seite sah er die Chézy, die Kopf und Arme auf die gepolsterte Brüstung gelegt hatte und mit geschlossenen Augen zuhörte.

In der Pause gab es im Foyer nur ein Thema: die wunderbare Wiederauferstehung der Donna Anna. Man verzieh es dem Vater Johannas, daß er überall die Leistung seiner Tochter in höchsten Tönen pries. Er hatte ja vollkommen recht. Kreisler stand mit Mischa und Freundt zusammen und trank Schaumwein. »Unsere guten Berliner schlucken sogar das Italienisch«, sagte Freundt. »Ich glaube, sie würden bei dieser Aufführung auch Chinesisch akzeptieren.«

»Mir scheint«, sagte Kreisler, »über dem Haus liegt eine nie dagewesene Spannung. Alle spüren es. Ich hätte Murr mitnehmen sollen, er wäre ein sicheres Barometer für den zu erwartenden Wettersturz.«

Wieder schrillte die Theaterglocke. Als Kreisler Platz nahm, bemerkte er, daß die Loge neben ihnen leer war. Er zückte seinen Dollond und ließ dessen rundes Blickfeld über den Saal schweifen. Nirgendwo erblickte er Hermine. Er hatte sie auch in der Pause nirgends gesehen. Merkwürdig, daß ihm diese Tatsache so zu schaffen machte. Wirklich, er war ein erbärmlicher Don Juan, verglichen mit jenem, den Mozart und Daponte mit einer beneidenswerten Kühle des Herzens ausgestattet hatten! Ja, Kreisler fühlte nur zu sehr in diesen Augenblicken, wie wenig ihm eine spielerische Form des Daseins zur Verfügung stand, wie sehr er Schutz suchte in der Nähe einer diffusen Mütterlichkeit, wie sie die Chézy für ihn ausstrahlte.

Im zweiten Akt mußte das Publikum lange, allzu lange auf Donna Anna verzichten. Donna Elvira konnte ihr nicht das Wasser reichen. Dennoch ließ die Spannung nicht nach, ja, sie stieg kontinuierlich an, je näher die berühmte Friedhofsszene rückte, in der die Statue des Komturs ihren ersten Auftritt hat. Als der Vorhang zur neunten Szene aufging, sah man in einem schwachen, kalkigen Mondlicht zwischen Grabsteinen und Kreuzen die riesige Gestalt des Komturs auf einem Pferde. Eine gewaltige Reiterstatue aus Stein, die Kälte zu verströmen schien. Don Giovannis Heiterkeit, die Frivolität, mit der er mit seinen Weibergeschichten prahlte, wirkte vor dieser gespenstischen Kulisse wie die verkrampfte Albernheit, die einen dem Tode Geweihten zuweilen überkommt. Als mitten in sein Gelächter hinein die volle Baßstimme des Komturs erscholl »Dein Lachen vergeht dir noch vor Morgengrauen«, gab es niemanden im Saal, den nicht das nämliche Entsetzen packte wie den armen Leporello in diesem Augenblick. War das eine menschliche Stimme? Wo kam sie her? Alle starrten wie gebannt auf den Komtur, und als der nun seinen Kopf neigte und auf Don Giovannis Frage »Kommt Ihr zum Mahl« die steinernen Lippen öffnete und ein donnerndes »Si« ertönen ließ, ging ein Raunen durchs Publikum. Vereinzelt waren auch Schreie zu hören, Damen preßten Taschentücher vor den Mund, Herren legten beruhigend den Arm um ihre Begleiterin. Kreisler nahm Mischas Hand und drückte sie.

Es war nur der Vorgeschmack des Grauens. Als wenig später vor dem Speisezimmer Don Giovannis das dumpfe Tappen des steinernen Mannes zu hören war, tap tap tap tap, dann sein dröhnendes Türklopfen, sprangen etliche im Publikum auf, einige eilten zu den Ausgängen, während sich auf der Bühne eine Tür im Hintergrund öffnete und, in flackerndes Flammenlicht getaucht, die Gestalt des Komturs erschien. Ein glücklicher Einfall des Regisseurs hatte ihm eine Tänzerin beigesellt, die den steinernen Riesen wie ein Schmetterling umflatterte. Ihr fast durchsichtiges Kostüm, die grazilen Bewegungen und Sprünge verliehen der schlanken Gestalt in der Nähe des Komturs eine gläserne Zerbrechlichkeit, und dieser Kontrast verstärkte wiederum die furchterregende Gewalt, die brutale Kälte, die die Statue ausstrahlte. Während der Komtur Don Giovanni sein markerschütterndes »Pentiti« ... »Bereue« entgegenschleuderte und Don Giovanni mit angstverzerrter Stimme sein »Nein« mehr heulte als sang, packte der steinerne Mann die Tänzerin und drehte sie wie eine gewichtlose Puppe in der Luft. Er preßte sie an sich, küßte sie, schien Don Giovannis Lebensprinzip der Vielweiberei in einer obszönen Parodie auf die Geilheit zu verhöhnen, doch wenn dies die Absicht des Regisseurs gewesen war, dann hatte er nicht bedacht, wie sehr die Szene jeden Anstand und jede Sitte vermissen ließ. Dennoch mußte Kreisler die präzisen Bewegungen des so ungleichen Paares bewundern, ebenso wie die sonore, volle Stimme des Komturs. Wie hatte Spinola diesen glanzvollen, tragenden Baß seiner Automate nur beigebracht! Unmöglich konnte das ein Mechanismus sein, niemals auch die Stimme Carlsbergs!

Das bedrohliche Crescendo der Musik, die alptraumhaft wehenden Klangvorhänge der Streicher, das stimmliche Duell des Komturs und Don Giovannis, die sich ihr Ja und ihr Nein, ihr ›Si‹ und ›No‹, entgegenschleuderten, gipfelte in einem Flammeninferno, das plötzlich aus dem Bühnenboden hervorbrach. Lodernde Zypressen, gepeitscht von heißen Stürmen, von Feuer verzehrte menschliche Körper auf brennenden Scheiterhaufen, gleißende Funkenfontänen, zwischen denen kleine, nackte Teufel tanzten.

Und dann kam das Ende. Unter Don Giovanni öffnete sich der Bühnenboden und langsam, mit einem markerschütternden Schrei auf den Lippen, versank der Sünder im Abgrund.

Der Komtur sah mit überkreuzten Armen dem Ende seines Kontrahenten zu. Dann näherte er sich mit schweren Schritten der Rampe, torkelte dabei wie ein Betrunkener. Rot tropfte es von seinen Lippen, quoll es zwischen den Scharnieren seines Panzers hindurch. Offenbar gehörte dieser Auftritt nicht mehr zur Inszenierung. Der Dirigent brach die Musik ab: Donna Anna und die anderen, die sich zu ihrer letzten Szene bereit machten, blieben in den Kulissen stehen. Immer mehr Zuschauer sprangen auf, gestikulierten, stellten aufgeregt Fragen. Kreisler stürzte aus der Loge und rannte das Treppenhaus hinunter. Als er die Brüstung zum Orchestergraben erreichte, sah er, wie Frederiksen, Klindworth und die anderen Beamten in Zivil, die auf Kreislers Anraten der Aufführung beigewohnt hatten, auf die Bühne sprangen und auf den Koloss zugingen. Ehe sie ihn erreicht hatten, stürzte der Komtur mit einem gewaltigen Krachen auf die Bretter. Mit verrenkten Gliedern lag er da. Die Maske hatte sich gelöst und gab den Blick frei auf das entstellte Gesicht eines Menschen. Kreisler bewegte sich mit unglaublicher Gewandtheit, sprang in den Orchestergraben und erklomm die Bühne. Er näherte sich dem gefallenen Riesen. Es gab keinen Zweifel. Es war Spinola, der in der Automate steckte.

Frederiksen und seine Leute begannen, an der Figur zu zerren, offenbar in der löblichen Absicht, sie zu verhaften. Kreisler schritt jedoch ein und bat sie, mit ihren Maßnahmen zu warten. Er kniete nieder und näherte sein Ohr dem geöffneten Mund Spinolas. Blut floß in einem dünnen Faden aus einem der Mundwinkel. Noch schien Leben in dem Mann, denn Kreisler vernahm das Rasseln seines Atems. »Ist ein Arzt da?« rief er. Nepomuk Rust näherte sich. »Wir müssen ihn so schnell wie möglich von seiner Hülle befreien«, sagte er.

Dieses Vorhaben erwies sich als nur schwer zu bewerkstelligen. Mit Hilfe von herbeigerufenen Arbeitern der Theaterwerkstatt gelang es schließlich, Stück für Stück den Panzer zu demontieren. Ein nackter, zerschundener Leib kam zu Tage. Die Mechanik der Automate hatte dem Körper Spinolas tiefe Wunden zugefügt. Der Innenraum der Figur war entschieden zu klein gewesen für die massige Gestalt des Italieners. Er mußte sich unter grauenhaften Schmerzen bewegt haben.

Wie er unter diesen Umständen so imponierend hatte singen können, war Kreisler ein Rätsel.

Man hob Spinola auf eine Trage und schaffte ihn hinaus. Ein Wagen würde ihn, so schnell es ging, in die Charité bringen. Rust sagte, er wolle alles versuchen, den Mann zu retten.

Kreisler bat, mitfahren zu dürfen, und die Bitte wurde ihm von Trützschler gewährt. Im Wagen saß er neben Spinola und beobachtete ihn. Man hatte dessen zerfleischte Brust notdürftig verbunden. Spinola schien bei Bewußtsein. Seine Augen blickten jedoch so leer, so von allem irdischen Interesse abgewandt, daß Kreisler daran zweifelte, von Spinola eine Antwort auf die Frage zu bekommen, die er auf den Lippen hatte. Eine einfache Frage. Die Frage »Warum hast du dir das angetan?« Wollte Spinola etwa seinen Triumph mit seiner Selbstbestrafung verbinden? Wenn die Schaffung eines Androiden sein Ziel war, dann wußte er doch längst, daß er im Falle des Komtur versagt hatte. Er wußte auch, daß dies herauskommen würde, oder aber hatte er nicht damit gerechnet, bei seiner Aktion so schwer verletzt zu werden? Gewiß, er hatte versucht, den Komtur so umzubauen, so daß er ihn von innen bewegen konnte. Aber er hatte mit Sicherheit auch gewußt, wie unvollkommen diese Attrappe eines Androiden war.

Vielleicht schien Spinola die Fragen Kreislers aus dessen Blick zu lesen. Plötzlich lächelte er. Seine Lippen bewegten sich. Kreisler näherte ihnen sein Ohr. »Pentiti«, flüsterte Spinola. »Bereue.« Dann verstummte er, und seine Augen brachen.

»Wann spielst du wieder?« fragte Kreisler seinen Freund, der seit zwei Tagen das Bett hütete und Rum aus einer Schnabeltasse trank. »Überhaupt nicht mehr. Brühl hat einen Ersatzmann für mich aus Riga engagiert. Er soll unglaublich schlecht sein.«

»Und warum spielst du nicht? Hat dich Spinolas Auftritt derart mitgenommen?«

»Nein, mein Guter. Sein Abgang hat mir eher Mut gemacht. Zwar hat er den unverzeihlichen Fehler begangen, sich für etwas Besonderes zu halten. Aber zumindest als Schauspieler muß man einfach bis zum Letzten gehen. Jede Form von Zimperlichkeit muß man in unserem Fach schrecklich büßen. Man wird dann nämlich zum Chargen, sprich zur Kopie seiner selbst. Und das ist die schlimmste Strafe in unserem Beruf, die es gibt. Ich glaube, Spinola hat sich aus diesem Grund umgebracht, weil er fürchtete, sich bald nur noch nachzuahmen. Alle moralischen Gründe scheiden bei ihm jedenfalls aus. Für ihn hatten nur stilistische Gründe einen Wert. Er war aus meiner Sicht ein genialer Kollege.«

»Wahrscheinlich hast du recht. Mir tut es nur für Johanna leid, daß der Don Giovanni abgesetzt ist. Sie hätte ihren Triumph wirklich noch eine Weile auskosten sollen!«

»Er wird wiederaufgenommen, wenn sie einen neuen Komtur haben. Ich nehme an, der wird wenig mit dem alten gemein haben. Vielleicht sollte ihn der Geheimrat Schnaps spielen.«

»Wir haben Carlsberg noch nicht. Amandine ist noch nicht vollständig gerächt!«

»Carlsberg, Carlsberg. Das ist doch nur der Wagner dieses Doktor Faustus gewesen. Ein braver Gehilfe, nicht mehr. Wir sollten ihn laufen lassen. Wahrscheinlich ist er sowieso inzwischen über alle Berge.«

»Ich bin nicht deiner Meinung. Diesmal nicht, Ludwig. Die Gehilfen sind oft schlimmer als ihre Meister. Sie haben keine Inspiration. Es gibt keinen schrecklicheren Anblick als einen Teufel ohne Hörner und ohne Pferdehuf. Klindworth, das ist so einer. Übrigens, warum hast du die Rolle des Moor aufgegeben?«

»Man hat sie mir genommen, weil ich den Kerl angeblich zu revolutionär mime. Deshalb bin ich gewissermaßen zur Zeit in Ungnade gefallen. Das ist mir nur recht, denn ich mag Schiller nicht, wie du weißt. Ich werde aber demnächst den Falstaff geben. Man will mich offenbar auf Komödien festlegen. Die werden sich wundern! Der Falstaff ist eine höchst politische Rolle. Ein feister, aufgeblasener Junker, da wird sich so mancher unserer Zeitgenossen wiedererkennen können. Willst du einen Schluck?«

Freundt reichte Kreisler die Schnabeltasse. Der schüttelte den Kopf. »Ich habe mir vorgenommen, weniger zu trinken. Mich mehr um Mischa zu kümmern und um meine Arbeit.«

»Du bist suizid.« Mit dieser knappen Feststellung drehte sich Freundt auf die Seite und beendete damit die Audienz.

Später an diesem Tag saß Kreisler wieder einmal in seinem Erker. Die Straßen waren belebt, da Markttag war. Kreisler nahm sein Perspektiv und suchte die Gesichter ab. Er mußte an Amandine denken, die er hier zuweilen beobachtet hatte, nur, um sich ein bißchen aus der Ferne zu verlieben, ein scheinbar ungefährliches Spiel der Sehnsüchte, das ihn nun in der Erinnerung schmerzte.

Zur gleichen Zeit sagte gegenüber im Schauspielhaus bei den Proben zu den ›Räubern‹ der Direktionssekretär Rühtling in der Rolle des Daniel seinen Satz zum zweiten Mal: »Eilt, helft, rettet, gnädiger Herr, das ganze Schloß steht in Brand!«

Kaum hatte er ihn gesprochen, sah er, wie aus dem Deckenloch über dem Kronleuchter, das zur Ventilation diente, ein Funke herabfiel. Er schwebte wie ein Glühwürmchen in kleinen Kreisen herab, gefolgt von noch einem und noch einem. Ein ganzer Schwarm von Funken. Jetzt sahen es auch die anderen. Hinter beiden Luftöffnungen glühte es rot.

Alle standen sie wie angewurzelt da. Die ganze Szene eingefroren wie in einem lebenden Bild: der wahnsinnig gewordene Franz mit diesmal echtem Entsetzen in den Zügen, Grimm, die Statisten, die das Volk zu mimen hatten, die Banditen Schweizer und Schwarz. War das nur wieder ein ungeheuerlicher Einfall des Zauberkünstlers Paolo Spinola? Schließlich war der berüchtigt für seine realistischen Kunststücke. Aber Spinola gab es nicht mehr. Doch wer weiß, vielleicht spukte sein Geist weiter in diesem Haus.

Der Regisseur, der in der fünften Reihe saß, und die Szene beobachtete, rief ganz gegen seine sonstige aufgeregte Art: »Ruhig, Kinder! Den Kopf nicht verlieren!« Dann schritt er gemessenen Schrittes zum Ausgang.

Irgendwo knallte es wie Schüsse. »Mein Gott, das Lampenarsenal!« dachte Rüthling. In diesem Augenblick leckten lange rote Zungen den Vorhang hinab, fraßen schwärzliche Bahnen hinein in sein Gold. Ein brennendes Ungeheuer, eine Frau mit langen lodernden Haaren stürzte von oben herab. Rüthling, der noch am ehesten einen klaren Kopf behielt, erkannte, daß es eine Puppe aus der Schneiderei war. Doch die anderen brachen in Panik aus. Schreiend sprangen sie in den Orchestergraben und rannten in die Finsternis der unterirdischen Gänge.

Rüthling folgte als letzter. Er eilte an den Damengarderoben vorbei, die Treppe hoch, denn er wollte zu seinem Ankleideraum, der hinter der Maschinerie lag. Die Maschinentür war zu seinem Erstaunen nur angelehnt. Er stieß sie auf, doch schwarzer, undurchdringlicher Qualm hinderte ihn, etwas zu sehen. »Hallo!« brüllte er. »Ist hier jemand drinnen?«

Eine Flamme züngelte, und er sah, wie die Umrisse des neuen Komturs aufleuchteten. Die Metallpuppe schien sich bewegen zu wollen, sie zitterte und schwankte. Ihre Haut glühte bereits rot.

Rüthling schlug entsetzt die Tür zu und stürzte weiter. Hinter sich hörte er Schritte. Als er sich umdrehte, sah er, wie ein Mann in einer Tür verschwand, der ihn an Carlsberg erinnerte. Rüthling rannte die Treppe hinunter zu seinem Arbeitszimmer. Dienstliche Papiere, Akten, Bücher, alles in den Holzkorb und dann hinaus ins Freie war sein einziger Gedanke. Der Logenschließer tauchte auf, verwirrt, sich die Haare raufend. »Bleiben Sie hier, Mann«, schrie Rüthling ihn an. »Ich brauche Sie gleich zum Tragen.« Dann riß er die Tür zum angrenzenden Zimmer auf, in dem er das Direktionsbuch wußte. Auch hier dichter Rauch. Dennoch rannte er hinein, prallte gegen einen maskierten Menschen, seinen massiven Schatten, der etwas in den hoch erhobenen Händen hielt. Das Direktionsbuch! Rüthling versuchte, es ihm zu entreißen, beide rangen, stürzten hin. Rüthling entriß dem anderen schließlich das Buch und eilte mit dem Schnupftuch vor der Nase zurück.

Der Logenschließer war verschwunden, der Korb für Rüthling allein zu schwer. Also rannte er die Treppe hinunter, hustend, die Stufen nur ahnend, denn beißender Rauch trieb ihm Tränen in die Augen. Unten wurde ihm schwarz. Der Länge nach schlug er hin, fühlte gerade noch, wie sie ihn aufhoben, hinauszerrten.

Dies etwa war der Moment, an dem Kreisler etwas Ungewöhnliches auffiel. Dem Dach des Musentempels, den er im Blickfeld hatte, entwand sich eine Schliere gleich einer dunklen Haarlocke, die sich zum Himmel kräuselte.

Sekunden später hörte er Lärm auf der Straße. Er beugte sich vor und sah einen Menschen, der lauthals »Feuer« schrie.

Er rannte in Richtung Friedrichstraße und schrie immer wieder »Feuer«. Giftgelber Rauch quoll jetzt aus den Dachschindeln. Dann ein Knall, irgendwo prasselte Glas herab.

Kreisler rührte sich nicht. Es war, als würde ihn eine tiefe innere Freude ausfüllen und schwer und unbeweglich machen. »Du machst ein kleines Feuerchen, Teufel, um die kalt gewordenen Hände daran zu wärmen?«

Überall gingen jetzt Fenster auf, und die Rufe »Feuer«, »Es brennt« nahmen zu. Dann hörte man die Feuerglocke. Flammen schlugen aus dem Dach des Theaters heraus. Vor den Eingängen bildeten sich Menschentrauben. Die Wagenspritzen rasselten, von schweren Gäulen gezogen, heran, Kommandos ertönten, Schläuche wurden verlegt.

Kreisler sah, wie die Menschenmenge wuchs, wie die Polizei sich mühte, sie zurückzudrängen. Jetzt brannte das Dach des Theaters bereits lichterloh. Da die Sonne schien, wirkten die Flammen matt und fast farblos. Dünne Wasserstrahlen erhoben sich, brachen ab, tanzten wieder hervor, im feinen Sprühregen leuchteten Regenbogen.

Jetzt spürte Kreisler auch die Wärme, die fast wie ein Gegenstand, wie eine durchsichtige Mauer vor seinem offenen Fenster emporwuchs. Unwillkürlich streckte er die Hand hinaus, fühlte, wie sie von Hitzeschwaden umspült wurde.

Kater Murr hatte sich fauchend unter dem Sofa verkrochen. Mischa steckte den Kopf herein. »Soll ich packen?« sagte sie ruhig.

»Noch nicht«, antwortete ihr Mann.

In diesem Moment stürzte donnernd ein Teil des Daches ein. Funkenregen wirbelten auf. Kreisler sah auch andere Dinge, die wie aus dem Krater eines Vulkans aus dem Dachstuhl herausfuhren und zum Himmel stiegen. Brennende Kostüme, Perücken, Kulissenteile. Einiges landete auf dem Dach seiner Wohnung, und er schloß das Fenster. Eine der Feuerspritzen richtete ihren Strahl auf das Dach des Eckhauses Taubenstraße 31. Wasserschlieren machten die Scheibe blind. Brandgeruch breitete sich aus.

Jetzt hörte er Stimmen im Treppenhaus. Ein Konstabler erschien und forderte Kreisler und Mischa auf, das Haus zu verlassen. Kreisler griff unters Bett und packte den Kater. Dann gingen sie hinunter und reihten sich unter die Schaulustigen.

Das Theater brannte inzwischen überall. Dabei wirkte es wie seine eigene Kulisse. Ein letztes Meisterwerk Spinolas, dachte Kreisler. Flammenvorhänge wehten aus den Fenstern. Der Feuersturm war schließlich so stark, daß es den Damen die Hüte vom Kopf riß.

Noch am Abend konnte Kreisler mit seiner Familie in die Wohnung zurückkehren. Alles war dort durchweicht vom Löschwasser, ein paar Manuskripte verdorben. Aber die Gefahr war vorüber.

Länger als eine Woche glühte der riesige Haufen Schutt auf dem Gendarmenmarkt. Polizisten und Feuerwehrleute wühlten in ihm herum. Dabei fand man in den Trümmern die verbrannten Überreste eines Menschen. Knochen, halbverbrannte Eingeweide, ein angeschmolzenes Schmuckstück. Rüthling identifizierte es als Ring seines Freundes Carlsberg.

Schon kurz nach dem Brand erhielt Schinkel den Auftrag, ein neues Theater zu bauen. Kreisler aber war traurig. Die Undine-Kulissen waren verbrannt. Daß seine Oper so bald wieder aufgeführt wurde, war unwahrscheinlich geworden. Schlimmer war jedoch die atmosphärische Veränderung in der Stadt. Das Mißtrauen und die Gerüchte von Verschwörung waren penetranter als der allgegenwärtige Brandgeruch.

Doch zunächst wurden sechs Maschinisten und fünf Hilfsarbeiter wegen Verdacht der Fahrlässigkeit verhaftet. Drei waren noch nach acht Tagen in Haft. Dann waren auch sie frei.

»Es waren wahrscheinlich Juden. Stand das Theater nicht

zwischen zwei Kirchen?« Diese Vermutung wurde in Salons wie dem Staegemannschen vertreten. Und von dort aus machte sie ihre Runde durch die Stadt. Wie üblich wurde eine Kommission gegründet, um die Hintergründe des Feueranschlags zu untersuchen. Sie bestand im wesentlichen aus den Mitgliedern der alten Kommission, die wegen der Morde gebildet worden war. Von Amandine und den anderen Toten sprach jetzt niemand mehr.

Kreisler durfte inzwischen seinen Dienst wieder antreten. Freuen mochte er sich nicht darüber. Man hatte ihm ein anderes Zimmer gegeben. Er war jetzt nicht mehr allein. Ein grauer Mensch, ein Charge des Lebens wie Carlsberg, saß mit im Raum. Angeblich als sein Sekretär.

34. NACHTSTÜCK

Es war Nacht. Er saß am Fenster und starrte auf die immer noch schwelenden Trümmer, die verkohlten Reste des Theaters. Er war unten gewesen und hatte in ihnen herumgesucht, ohne zu wissen, was er finden wollte. Er war auf ein Stückchen bemalte Leinwand gestoßen. Es war angesengt, und die Ölfarbe hatte Blasen geworfen, aber der mittlere Teil war unversehrt. Zypressen, Pinien, eine weiße Villa, eine Statue, Aphrodite, ein Torso, das blaue Meer, Zephirwölkchen. Der Bildausschnitt genügte, um seine alte Sehnsucht zu wecken. Er hatte das Kulissenfragment an die Wand geheftet.

Jetzt saß er da und versuchte, einen Gedanken zu fassen. Das stellte sich als höchst schwieriges Unterfangen dar. Nichts gab es in dieser Welt, für das sich Denken lohnte, so kam es ihm vor. Der Kater hatte sich seinem linken Bein genähert, schnurrte und ließ seinen Schwanz um seinen Knöchel ringeln. Ein äußerst seltener Anhänglichkeitsbeweis des guten Murr.

Wen hatte er sonst noch auf seiner Seite? Freundt natürlich. Sie hatten die Lösung des Falles auf ihre Weise bei ›Lutter und Wegener‹ gefeiert. Ludwig hatte den letzten Auftritt des Komturs pantomimisch dargestellt und sich anschließend so betrunken, daß er in der Kellnerin Amandine auferstanden zu sehen glaubte. Heute hatte er den ganzen Tag über in einer Holzbaracke den Falstaff geprobt. Dabei wollte er eigentlich endlich den Prinzen von Homburg spielen. Dieses aus Gründen der Staatsraison in Preußen verbotene Stück. »Kleist wäre unser Shakespeare geworden«, hatte Ludwig neulich gesagt. »Warum hat der Idiot sich die Kugel gegeben. Ein Akt des Schwachsinns, der Bilderstürmerei. Ihm hätte ich einen zweiten Hamlet zugetraut.«

Dann war da noch die Chézy. Er würde sie wiedersehen, wiederspüren. Die Frau tat ihm gut. Sie entkrampfte sichtlich sein altgewordenes Liebhaberherz. Aber eine Zukunft hatte die Geschichte nicht.

Mischa? Ja, da war im Grunde mehr. Wenn sie nur nicht so verdammt wirklich gewesen wäre!

Wieder fiel sein Blick hinaus. Er glaubte, Amandine zu sehen, wie sie in den Trümmern tanzte, ein Irrlicht vergangenen Lebens auf schwärzlichen, verbrannten Bühnenbrettern. Alles, was bleiben mochte, verdankte er schließlich doch nur dem Schreiben. Noch in diesem Jahr sollte der zweite Teil seiner Nachtstücke erscheinen. War die Nacht nicht viel tröstlicher als der Tag? Ja, die Nacht war das, was ihn faszinierte. Die Dunkelheit in all ihren Schattierungen. Alles begann mit dem Sonnenuntergang und endete mit dem Sonnenaufgang. Die Geburt war ein Sonnenuntergang und der Tod ein Sonnenaufgang. Hell wurde es, und damit bekamen die Dinge endlich die Deutlichkeit, die wirkliches Leben nicht zuließ. Ja, so war es. Träume, Sehnsüchte, Liebe, Glück, das waren Heimlichkeiten, die höchstens Zwielicht vertrugen. Man sollte keine Tagebücher schreiben, sondern Nachtbücher!

Er erhob sich, ging zum Schrank, holte ein Glas und eine Flasche heraus, entkorkte sie, ließ den blutfarbenen Burgunder hineinströmen, hob das Glas gegen das Fenster, sah hinaus in diese rot verwandelte Sonnenuntergangswelt. Dann ging er zum Stehpult, holte aus der Schublade ein frisches Blatt Papier, zückte die Feder, tauchte sie ein in die Schwärze des Tintenfasses, das dieses tröstliche Giftgebräu seiner Träume enthielt.

Murr kam unter dem Sofa hervor und näherte sich. Er öffnete sein Mäulchen, als wollte er etwas sagen. Kreisler bemerkte es. »Du willst, daß ich vor dem Schreiben überlege, guter Murr?« Der Kater schmiegte sich an Kreislers Bein und schnurrte. Kreisler schloß die Augen, ließ die Bilder der letzten Zeit im Diarama seines Kopfes vorüberziehen. »Große Künstler sind tragische Figuren. Sie müssen die Folgen ihrer Arbeit am eigenen Leibe spüren wie man an Spinola und dem Komtur deutlich gesehen hat. Ich sollte eine Geschichte schreiben über einen fanatischen Künstler, der aus Liebe zu seiner Kunst zum Mörder wird«, flüsterte er. »Der eine ganze Großstadt in Angst und Schrecken versetzt, weil die Polizei unfähig ist, den Fall aufzuklären. Nur ein Dichter kann ihn aufklären, weil nur der über die nötige Phantasie verfügt. Oder besser, ein weiblicher Dichter, eine Schriftstellerin wie die Chézy, deren Intuition der Logik der Kriminalisten überlegen ist. Warum soll es nicht möglich sein, auf diese Weise Spinola den angemessenen Nachruf zu verfassen.«

Noch einmal tauchte er die Feder ein, und dann begann er zu schreiben.

FINIS